KB113272

분노의 포도 1

The Grapes of Wrath

세계문학전집 174

분노의 포도 1

The Grapes of Wrath

존 스타인벡

김승욱 옮김

민음사

이 작품을 쓰도록 의지를 불어넣어 준 캐럴과
이 작품 속의 삶을 실제로 겪은 톰에게
이 책을 바친다.

차례

1장

오클라호마 시골의 붉은색 땅과 회색 땅에 마지막 비가 부드럽게 내렸다. 이미 상처 입은 땅이 빗줄기에 다시 베이지 않을 만큼. 빗줄기가 개울을 이루어 흘러갔던 흔적 위로 쟁기들이 오락가락했다. 마지막 비에 옥수수가 쑥쑥 자라고, 길가의 잡초와 풀 들이 점점 퍼져 나가 회색과 검붉은 색을 띠고 있던 땅이 초록색에 가려 사라져 버렸다. 5월 말이 되자 하늘은 점점 연한 색으로 변했고, 봄 하늘 높이 깃털처럼 오랫동안 매달려 있던 구름이 흩어졌다. 자라나는 옥수수 위에서 하루도 빠짐없이 이글거리는 태양 때문에 칼처럼 뾰족뾰족한 초록색 이파리 가장자리를 따라 갈색 선이 점점 번져 나갔다. 구름이 나타났다가 사라지더니 한동안 다시 모습을 드러내려 하지 않았다. 잡초들은 스스로를 지키기 위해 더욱더 어두운 초록색을 띠었고, 이제 더 이상 사방으로 퍼져 나가지 않았다. 땅은 얇고 딱딱한 껍질처럼 변했다. 하늘이 점점 연한 색으로 변하자 땅도 덩달아 연한 색으로 변했다. 붉은색 땅은 분홍색으로, 회색 땅은 하얀색으로.

흐르는 물이 만들어 놓은 도랑에는 물 대신 건조한 흙먼지가 내려앉았고, 뒤쥐와 개미귀신 때문에 흙먼지가 작은 눈사태처럼 풀썩거렸다. 날이면 날마다 햇빛이 쨍쨍하게 내리쪼였기 때문에 어린 옥수수 이파리들이 나긋나긋해졌다. 처음에는 이파리들이 그냥 둥글게 휘어졌지만, 이파리 중앙을 차지한 잎맥의 힘이 점점 약해짐에 따라 이파리들이 모두 아래로 기울어졌다. 곧 6월이 찾아오자 햇볕은 한층 더 사나워졌다. 옥수수 이파리 가장자리의 갈색 선들이 점점 넓어지면서 가운데 잎맥 안까지 퍼졌다. 잡초들은 너덜너덜해져서 뿌리만 남았다. 공기가 희박해지고 하늘 색깔은 더욱 엷어졌다. 땅 색깔도 날이 갈수록 엷어졌다.

사람들이 움직이고 있는 곳, 바퀴가 땅을 파고 말발굽이 땅을 두드려대는 길에서는 땅을 껍질처럼 덮고 있던 흙이 깨져 흙먼지가 일었다. 무엇이든 움직일 때마다 허공으로 흙먼지가 피어올랐다. 사람이 걷고 있는 곳에서는 연한 흙먼지가 허리 높이까지 피어올랐고, 짐마차가 지나가는 곳에서는 울타리 꼭대기까지 먼지가 피어올랐으며, 자동차 꽁무니에서는 구름 같은 흙먼지가 물결쳤다. 한번 피어오른 흙먼지는 한참이 지나서야 가라앉았다.

6월이 반쯤 지나갔을 때, 텍사스와 멕시코 만(灣)에서 커다란 구름들이 이동해 왔다. 하늘 높이 무겁게 매달려 있는 비구름들이었다. 밭에서 일하던 사람들은 구름을 올려다보며 냄새를 맡아 보고 바람의 방향을 가늠하기 위해 젖은 손가락을 들어 올렸다. 말들은 구름이 떠 있는 것을 보고 불안해 했다. 비구름은 잠깐 후두두 비를 뿌리고는 다른 곳으로 서둘러 가 버렸다. 구름이 사라진 뒤 하늘은 다시 연한 색으로 변했고, 태양이 이글거렸다. 땅바닥에는 빗방울이 떨어진 자리에 작은 구덩이가 파였고, 비를 맞은 옥수수 이파리에는 깨끗한 얼룩이 남았다. 그것이 전부였다.

비구름의 뒤를 따라 부드러운 바람이 불어와서 비구름을 북쪽으로 쫓아 버렸다. 말라가는 옥수수 이파리에 바람이 부드럽게 부딪혔다. 하루가 지나자 바람이 더 강해졌다. 그러나 바람이 꾸준하게 불어왔을 뿐 돌풍이 일지는 않았다. 길에서 뭉게뭉게 피어오른 흙먼지는 사방으로 퍼져나가 밭 옆의 잡초들 위로 떨어졌고, 일부는 밭까지 살짝 들어오기도 했다. 바람이 점점 강해지면서 빗물에 젖은 옥수수밭의 흙을 들어 올렸다. 뒤섞인 흙먼지 때문에 하늘이 조금씩 어두워지는 가운데 바람은 땅 위를 더듬다가 흙먼지를 들어 올려가지고 가 버렸다. 바람이 더욱더 강해졌다. 빗물에 젖은 흙이 갈라지고, 밭에서 피어오른 흙먼지는 굼뜬 연기처럼 허공 속에서 회색 깃털 모양이 되었다. 바람에 부딪힌 옥수수가 건조하게 쏠리는 듯한 소리를 냈다. 아주 미세한 흙먼지는 땅으로 곧장 가라앉지 않고 점점 어두워지는 하늘로 사라져갔다.

바람이 점점 강해져서 돌멩이를 뒤흔들고, 지푸라기와 오래전 땅에 떨어진 이파리들을 쓸어 갔다. 심지어 작은 흙덩이들까지도. 그래서 바람이 지나간 들판에는 자국이 남았다. 어두워진 하늘과 공기 속에서 태양이 붉게 빛나고, 공기가 따끔따끔 살갗을 찔러 댔다. 밤사이에 바람은 더욱 빠르게 땅 위를 질주하면서 자그마한 옥수수 뿌리 사이사이의 땅을 약삭빠르게 헤집었다. 옥수수는 약해진 이파리로 바람에 맞서 싸웠지만 결국 땅을 비집고 들어온 바람에 뿌리가 땅으로부터 해방되고 옥수수 줄기들은 바람의 방향을 따라 지친 듯 땅 위에 몸을 뉘었다.

동이 텄지만 낮은 오지 않았다. 회색 하늘에 나타난 붉은 태양은 해 질 녘처럼 희미한 빛을 발했다. 시간이 흐를수록 날은 더욱 어두워졌고 쓰러진 옥수수 줄기 위에서 바람이 구슬프게 울어 댔다.

사람들은 집 안에 틀어박혔다. 밖으로 나갈 때는 얼굴에 손수건을 싸매서 코를 가리고, 눈을 보호하기 위해 둥그런 안경을 썼다.

다시 찾아온 밤은 칠흑 같았다. 별빛이 허공을 메운 흙먼지를 뚫지 못한 탓이었다. 창에서 새어 나오는 빛도 집의 울타리를 넘지 못했다. 이제 공기 중에는 흙먼지가 골고루 섞여 있었다. 사람들은 문을 단단히 닫고 문과 창문 주위를 천으로 막았다. 그러나 눈에 보이지도 않을 만큼 미세한 먼지가 안으로 들어와 의자와 탁자 위에, 접시 위에 꽃가루처럼 내려앉았다. 사람들은 어깨에 앉은 먼지를 털어 냈다. 문지방에는 가느다란 먼지의 선들이 생겨났다.

바람은 한밤중에 조용히 이 땅을 떠났다. 흙먼지가 가득 찬 공기는 안개보다 더 확실하게 소리를 죽였다. 사람들은 침대에 누워서 바람이 그치는 소리를 들었다. 세차게 불어오던 바람이 사라졌을 때 사람들은 잠에서 깨었다. 그리고 조용히 누워 정적을 향해 귀를 기울였다. 수탉이 우는 소리가 평소보다 먹먹하게 들렸다. 사람들은 침대에서 불안하게 몸을 뒤척이며 아침이 오기를 기원했다. 그들은 공기 중에 섞여 있는 흙먼지가 사라지려면 오랜 시간이 걸릴 것임을 알고 있었다. 흙먼지는 아침에도 안개처럼 허공에 떠 있었다. 태양은 선혈처럼 붉었다. 하루 종일 흙먼지가 조금씩 하늘에서 떨어져 내렸고, 다음 날에도 계속 떨어져 내렸다. 평평한 담요가 땅을 덮고 있는 것 같았다. 옥수수 위에도, 울타리 기둥 꼭대기에도, 전선 위에도 흙먼지가 쌓였다. 지붕 위에도 흙먼지가 쌓였고, 잡초들과 나무들도 담요를 덮은 것 같았다.

사람들은 집에서 나와 뜨겁고 따끔따끔한 공기의 냄새를 맡고는 코를 막았다. 아이들도 집에서 나왔지만 비가 내린 뒤처럼 뛰어다니지도, 소리를 지르지도 않았다. 남자들은 울타리 옆에 서서 망가져 버린 옥수수밭을 바라보았다. 옥수수는 빠르게 말라 가고 있었고, 엷게 내려앉은 먼지 사이로 초록색이 살짝 보일 뿐이었다. 남자들은 아무 말도 하지 않았다. 몸을 많이 움직이지도 않았다. 여자들이 집에서 나와 남자들 옆에 서서 이번에야말로 남자들이 완전히 주저앉는 것은 아닌지 살펴보았다. 여자들은 몰래 남자들의 얼굴을 살폈다. 다른 것이 남아 있는 한 옥수수는 포기해도 되니까. 근처에 서 있는 아이들은 맨발로 흙에 그림을 그리면서 어른들이 주저앉는 것은 아닌지 안색을 살폈다. 아이들은 어른들의 얼굴을 흘깃흘깃 보다가 발가락으로 흙에 조심스레 선을 그렸다. 말들이 물통으로 다가와서 물속에 코를 들이밀자 표면을 덮고 있던 흙먼지가 씻겨 나갔다. 한참 후, 이를 지켜보던 남자들의 얼굴에서 망연한 표정이 사라지고 강인함과 분노와 저항이 나타났다. 여자들은 이제 남자들이 주저앉지 않으리라는 것, 위험이 지나갔다는 것을 깨달았다. 그들이 물었다. 이제 어떻게 하죠? 남자들이 대답했다. 나도 몰라. 하지만 괜찮았다. 여자들은 알 수 있었다. 이 광경을 지켜보던 아이들도 알 수 있었다. 여자들과 아이들은 남자들이 건강하기만 하다면 그 어떤 불행도 견딜 수 있다는 것을 마음속 깊이 알고 있었다. 여자들은 자기 일을 하러 집으로 들어갔고, 아이들은 놀기 시작했다. 하지만 처음에는 아이들의 태도가 조심스러웠다. 시간이 흐를수록 태양의 붉은빛이 엷어졌다. 태양은 먼지 담요를 쓴 땅 위에서 이글거렸다. 남자들은 자기 집 문간에 앉아 막대기와 작은 돌멩이를 쥔 손을 바삐 움직이고 있었다. 남자들은 가만히 앉아서 이런저런 궁리를 하고 있었다.

2장

커다란 빨간 트럭이 길가의 작은 식당 앞에 서 있었다. 수직으로 뻗은 배기 파이프가 부드럽게 중얼거리는 듯한 소리를 냈고, 거의 눈에 보이지 않을 만큼 엷은 강청색 연기가 파이프 끝에서 안개처럼 어른거렸다. 붉은색으로 반짝이는 트럭은 새것이었고, 트럭 옆구리에는 12인치 크기로 '오클라호마시(市) 운수회사'라는 글귀가 적혀 있었다. 트럭의 이중 타이어도 새것이었다. 커다란 뒷문 문고리에는 놋쇠로 만들어진 맹꽁이자물쇠가 선명하게 매달려 있었다. 방충망이 있는 식당 안의 라디오에서는 조용한 춤곡이 흘러나왔다. 아무도 듣고 있지 않을 때 그러듯이 볼륨이 낮은 소리로. 작은 환풍기가 입구 위의 둥그런 구멍 속에서 조용히 돌아가고, 문과 창문 근처에서는 파리들이 윙윙거리며 방충망에 몸을 부딪쳤다. 등받이가 없는 의자에 앉아 카운터에 팔꿈치를 괸 트럭 운전사는 커피 잔 너머로 야위고 고독해 보이는 웨이트리스를 바라보고 있었다. 그는 떠돌이들 특유의 깔끔하고 한가로운 말투로 그녀에게 말을 걸었다.

"한 석 달 전에 그 친구를 봤어. 수술을 받았대. 뭘 잘라냈다는데 뭔지는 잊어버렸어."

그러자 그녀가 말했다.

"내가 그 사람을 마지막으로 본 게 일주일이 안 된 것 같은데. 그때는 괜찮아 보였어. 술만 안 먹으면 좋은 사람이지."

방충망 문에서 파리들이 가끔 부드럽게 으르렁거렸다. 커피 기계에서 김이 뿜어져 나오자 웨이트리스는 보지도 않고 손을 뒤로 뻗어 기계를 껐다.

밖에서는 고속도로 변(邊)을 따라 걷고 있던 남자가 길을 건너 트럭으로 다가왔다. 그는 천천히 트럭 앞쪽으로 걸어가서 반짝이는 범퍼에 손을 갖다 대고 유리창에 붙은 스티커를 바라보았다. 스티커에는 '아무도 태우지 않음'이라고 적혀 있었다. 그는 다시 길을 따라 걸어 내려가려는 것처럼 보였지만, 식당에서 보이지 않는 쪽의 트럭 발판에 앉아 버렸다. 나이가 서른이 넘지는 않은 것 같았다. 그의 눈은 아주 짙은 갈색이었는데, 흰자도 약간 갈색을 띠었다. 광대뼈는 높고 널찍했으며, 강인하게 보이는 깊은 주름살이 뺨을 베듯이 내려가 입 옆에서 휘어져 있었다. 윗입술은 길었다. 치아가 돌출한 탓에 다물린 입술이 늘어난 것처럼 보였다. 그의 손은 단단했으며, 손가락은 널찍했고, 손톱은 작은 조개껍질처럼 구불구불 홈이 파이고 두꺼웠다. 엄지손가락과 집게손가락 사이, 그리고 손바닥의 두툼한 부분에는 굳은살이 박여서 반짝이는 것처럼 보였다.

남자의 옷은 새것이었다. 그가 몸에 걸친 모든 것은 비록 싸구려였지만 새것이었다. 회색 모자는 챙이 아직도 빳빳하고 단추도 그대로 달려 있을 정도였다. 한동안 물건을 담는 자루나 수건, 손수건 등 다양한 용도로 모자를 사용했을 때처럼 형태를 잃고 불룩해진 모양이 아니었다. 양복은 회색의 거친 싸구려 천으로 만든 것이었지만, 너무 새것이라서 바지에 주름이 잡혀 있었다. 샴브레이 천으로 만든 파란색 셔츠는 빳빳하고 매끈했다. 재킷은 너무 크고, 그의 큰 키에 비해 바지는 너무 짧았다. 재킷의 어깨가 팔까지 내려가 있었지만, 소매는 너무 짧았다. 그리고 재킷 앞섶은 그의 배 앞에서 힘없이 펄럭이고 있었다. 황갈색 구두도 새것이었는데, 바닥에 징이 박혀 있고 뒤축이 닳는 것을 막기 위해 말굽 모양이 덧대진, '군대용 골'이라고 불리는 종류였다. 그가 발판 위에 앉더니 모자를 벗어 얼굴을 훔쳤다. 그리고 모자를 다시 쓴 다음 챙을 잡아당기기 시작했다. 보아하니 나중에는 챙이 망가질 것 같았다. 그는 자기 발을 내려다보며 구두끈을 풀더니 다시 묶지 않았다. 그의 머리 위에서는 디젤엔진의 배기가스가 푸른색으로 퐁퐁 빠르게 뿜어져 나오며 속삭이는 것 같은 소리를 냈다.

식당 안에서는 음악이 멈추고, 스피커에서 어떤 남자의 목소리가 울려 나왔다. 그러나 웨이트리스는 음악이 멈췄다는 사실을 몰랐기 때문에 라디오를 끄지 않았다. 그녀는 손으로 귀 뒤를 더듬어 혹처럼 튀어나온 부분을 찾아냈다. 그녀는 트럭 운전사가 눈치 채지 못하게 카운터 뒤에 있는 거울로 그 혹을 보고 싶었기 때문에 머리를 정리하려고 뒤로 넘기는 척 했다. 트럭 운전사가 말했다.

"쇼니에서 큰 무도회가 있었어. 누가 죽었다나 어쨌다나. 뭐 들은 얘기 있어?"

"아니."

웨이트리스는 이렇게 대답하고 나서 귀 아래의 혹을 사랑스럽다는 듯 손가락으로 만졌다.

밖에서는 트럭 발판에 앉아 있던 남자가 일어서서 트럭의 계기판 너머로 잠시 식당을 바라보았다. 그러고는 다시 발판에 앉더니 옆구리에 있는 주머니에서 담배쌈지와 종이 묶음을 꺼냈다. 그는 천천히 완벽하게 담배를 말고는 그것을 유심히 살펴보면서 겉을 매끈하게 폈다. 그리고 마침내 담배에 불을 붙이고 아직 불이 꺼지지 않은 성냥을 발치의 흙 속으로 밀어 넣었다. 정오가 가까워지면서 태양이 트럭의 그림자를 파고들었다.

식당 안에서는 트럭 운전사가 값을 치르고 거스름돈으로 받은 5센트짜리 동전 두 개를 슬롯머신에 집어넣었다. 기계가 횡횡 돌아갔지만 그는 점수를 기록하지 못했다.

"사람들이 한 푼도 따지 못하게 녀석들이 손을 봐 났어." 그가 웨이트리스에게 말했다.

"가이가 거기서 장땡을 잡은 게 두 시간도 안 됐어. 3달러 80을 가져갔지. 당신은 언제쯤 돌아올 것 같아?"

그는 방충망 문을 열다가 잠시 멈춰 섰다. "일주일에서 열흘. 털사까지 뛰어야 하거든. 그런데 항상 생각만큼 일찍 돌아오질 못한단 말이야."

"그러고 있으면 파리가 들어오잖아. 나가든지 들어오든지 해." 웨이트리스가 심술궂게 말했다.

"잘 있어."

그는 이 말을 남기고는 문을 밀고 밖으로 나가 버렸다. 방충망 문이 그의 등 뒤에서 쾅 소리를 냈다. 그는 햇빛 속에 서서 껌 포장지를 벗겼다. 그는 몸집이 큰 사람이었다. 어깨는 널찍하고 배는 두툼했다. 얼굴은 붉은색이었으며, 항상 날카로운 빛을 쳐다보기 위해 눈을 찡그려야 했기 때문에 푸른 눈이 길고 가늘게 변해 있었다. 그는 군복 바지에 끈을 묶게 되어 있는 긴 부츠를 신고 있었다. 그는 껌을 입술 앞으로 들어 올린 채 방충망 너머를 향해 소리쳤다.

"내가 들으면 기분 나쁠 일은 하나도 하지 마."

웨이트리스는 식당 뒷벽의 거울을 향해 돌아서 있었다. 그녀가 투덜거리듯이 뭐라고 대답했다. 트럭 운전사는 껌을 천천히 베어 먹으면서 한 번 입을 열 때마다 턱과 입술을 크게 벌렸다. 그는 커다란 빨간색 트럭을 향해 걸어가면서 입 안에서 껌을 굴려 혓바닥 밑으로 집어넣었다.

발판에 앉아 있던 사람이 일어나 창문 너머로 운전사를 바라보며 말했다.

"저를 좀 태워 줄 수 있으신가요, 선생님?"

운전사는 재빨리 식당 쪽을 뒤돌아보며 말했다. "창문에 아무도 태우지 않는다고 붙여 놓은 거 못 봤수?"

"봤죠, 보고말고요. 하지만 가끔은 돼먹지 못한 부자들 때문에 스티커를 붙이고 다니더라도 착한 사람이 있게 마련이니까요."

운전사는 천천히 트럭에 올라타면서 남자의 대답을 곰곰이 생각해 보았다. 만약 저 남자의 청을 거절한다면, 그는 착한 사람이 아닐 뿐만 아니라 억지로 붙인 스티커 때문에 길동무를 만들 수 없는 사람이 될 터였다. 하지만 만약 저 남자를 차에 태운다면 그는 자동적으로 착한 사람이 될 뿐만 아니라, 돼먹지 못한 부자들이 함부로 대할 수 없는 사람이 될 터였다. 그는 자신이 함정에 빠졌음을 알고 있었지만, 함정을 빠져나갈 길이 보이지 않았다. 게다가 착한 사람이 되고 싶기도 했다. 그는 다시 식당 쪽을 흘깃 바라보았다.

"우리가 저기 모퉁이를 돌 때까지 발판에 꼭 붙어 계슈." 그가 말했다.

남자는 운전사의 시야를 벗어나 털썩 주저앉으며 문 손잡이에 매달렸다. 엔진이 한동안 웅웅거리다가 기어가 찰칵 소리를 내더니 커다란 트럭이 움직이기 시작했다. 1단, 2단, 3단을 거쳐 높게 횡 하는 소리를 내며 속력을 얻은 트럭이 4단으로 올라섰다. 문에 매달려 있는 남자의 몸 아래에서 고속도로가 현기증이 일 정도로 빠르게 획획 지나갔다. 도로가 처음 꺾이는 지점까지의 거리는 1마일이었다. 그 지점에 이르자 트럭이 속도를 늦췄다. 남자는 자리에서 일어나 살짝 문을 열고 안으로 들어가 앉았다. 운전사는 눈을 가늘게 뜨고 그를 바라보더니 마치 턱으로 생각을 정리하는 사람처럼 껌을 씹어댔다. 그러다가 마침내 생각이 모두 정리되었는지 그의 시선이 남자의 모자에서 시작해 새 옷과 새 신발로 차츰 내려갔다. 남자는 편안한 자세로 좌석에 닿은 등을 꿈틀거리며 모자를 벗어 땀이 흐르는 이마와 턱을 닦았다.

"고마워요. 발이 녹초가 돼서." 그가 말했다.

"신발이 새것이군." 운전사가 말했디. 그의 시선처럼 뭔가 비밀스러운 암시가 들어 있는 목소리였다. "새 신발을 신고 걸으면 안 되지. 날이 더울 때는."

남자는 먼지가 앉은 노란색 신발을 내려다보았다. "다른 신발이 없어서요. 다른 게 없으니 이거라도 신어야지 어쩌겠어요."

운전사는 눈을 가늘게 뜬 채 현명하게도 앞을 향해 시선을 돌리고는 트럭의 속도를 조금 올렸다.

"멀리 가슈?"

"아뇨! 발만 괜찮았다면 걸어갔을 거예요."

운전사는 마치 상대가 눈치 채지 못하게 심문을 하는 것처럼 질문을 던지고 있었다. 질문을 던지면서 그물을 펼쳐 덫을 놓으려고 하는 것 같았다.

그가 물었다. "일자리를 찾고 있수?"

"아뇨, 아버지한테 땅이 좀 있어요. 40에이커. 아버지는 소작인이지만, 우리가 거기서 산 지는 오래됐죠."

운전사는 길을 따라 펼쳐져 있는 옥수수밭을 의미심장한 시선으로 바라보았다. 모로 쓰러진 옥수수 위에 먼지가 쌓여 있었다. 작고 딱딱한 옥수수 알갱이들이 먼지투성이 흙을 뚫고 고개를 내밀고 있었다. 운전사가 마치 혼잣말을 하듯이 말했다.

"땅 40에이커를 부쳐 먹는 소작인이 저 먼지투성이 땅에 그대로 있을까?"

"최근에는 소식을 못 들었어요." 남자가 말했다.

"그건 오래전 일인데." 운전사가 말했다.

벌 한 마리가 차 안으로 들어와 창문 뒤에서 붕붕거렸다. 운전사는 손을 뻗어 창문에서 흘러 나가는 바람 속으로 벌을 조심스럽게 밀어냈다.

"요즘은 소작인들이 그냥 정신없이 사라지고 있수. 트랙터한 대면 열 가구가 쫓겨나. 그놈의 트랙터가 없는 데가 없지. 그게 그냥 소작인들을 몰아내는 거유. 그래, 당신 아버지는 어떻게 버티고 있답디까?"

그는 혀와 턱을 바쁘게 움직이며 그동안 잊어버리고 있던 껌을 씹어 댔다. 입이 열릴 때마다 껌을 뒤집는 혓바닥이 보였다.

"글쎄, 최근에는 소식을 못 들었어요. 내가 편지를 잘 쓰는 편이 아니라서. 우리 아버지도 그렇고." 그리고 남자는 재빨리 말을 덧붙였다. "하지만 우리 둘 다 쓰고 싶으면 쓸 수는 있어요."

"외지에서 일을 하다 오는 건가?"

운전사가 또다시 아무렇지 않은 듯한 말투로 몰래 상대를 심문하는 질문을 던졌다. 그는 창밖으로 보이는 들판과 아지랑이처럼 가물거리는 공기를 바라보다가 껌을 입 한쪽 구석으로 몰아넣고 창밖으로 침을 뱉었다.

"그럼요." 남자가 말했다.

"그럼 그렇지. 당신 손을 보아하니 곡괭이나 도끼를 휘둘렀거나 썰매를 몬 것 같았거든. 당신 손의 그 번쩍거리는 부분 말이유. 난 그런 눈치를 잘 채거든. 눈썰미가 아주 좋아."

남자는 운전사를 빤히 바라보았다. 도로에 닿은 드릭 타이어가 노래를 불렀다.

"다른 것도 알고 싶어요? 내 말해 드리죠. 그렇게 머리 굴릴 필요 없어요."

"화내지 말아요. 꼬치꼬치 캐묻는 건 아니니까."

"뭐든 말해 드릴게요. 난 숨기는 거 없어요."

"화내지 말아요. 그냥 재미로 그러는 거니까. 심심풀이로."

"뭐든 말해 드릴게요. 내 이름은 조드입니다. 톰 조드. 아버지 이름도 톰 조드고."

그가 생각에 잠긴 눈으로 운전사를 바라보았다.

"화내지 말라니까. 뭐 별다른 뜻이 있어서 그런 건 아니었수."

"나도 별다른 뜻이 있어서 이러는 게 아닙니다. 그저 남을 함부로 대하지 않고 잘 지내보려고 하는 것뿐이에요."

조드는 말을 멈추고 밀리 열에 들뜬 땅 위에 불안하게 매달려 있는 굶주린 덤불들과 바짝 마른 들판을 바라보았다. 그리고 옆주머니에서 담배와 종이를 꺼냈다. 그는 바람이 파고들 수 없게 무릎 사이에 종이를 놓고 담배를 말았다.

운전사는 소가 되새김질하듯이 생각에 잠긴 표정으로 규칙적으로 껌을 씹었다. 그는 지금까지 주고받은 이야기들이 모두 사라져 잊히기를 기다렸다. 마침내 분위기가 다시 괜찮아졌다는 생각이 들자 그가 말했다.

"트럭 운전을 안 해 본 사람들은 이게 어떤 일인지 몰라요. 차주들은 우리가 사람을 태우는 걸 싫어하지. 그래서 내가 조금 아까 당신을 태울 때 그랬던 것처럼 모가지가 잘릴 위험을 감수하지 않고서는 누구든 못 본 척하고 그냥 지나가 버린다니까."

"고맙습니다." 조드가 말했다.

"내가 아는 녀석들 중에 트럭을 운전하면서 정신 나간 짓을 하는 놈들이 있어요. 운전을 하면서 시를 짓는 녀석도 있으니 원. 그러면서 시간을 보내는 거유."

그는 조드가 관심을 보이고 있는지 아니면 굉장하다는 표정을 짓고 있는지 보려고 몰래 그를 흘긋거렸다. 조드는 말없이 앞만 바라보고 있었다. 땅이 부풀어 오른 것처럼 부드럽게 요동치는 하얀 도로 앞, 저 먼 곳을. 운전사가 마침내 말을 이었다.

"그 녀석이 쓴 시 하나를 조금 기억하고 있는데. 그놈이 다른 녀석 두어 명하고 코가 비뚤어지도록 술을 마시면서 요란하게 놀았던 일을 쓴 거유. 그 시가 어떻게 되더라? 그 친구가 쓴 말은 예수님이라도 이해하지 못할 거유. 시 내용 중에 이런 게 있었수. '거기서 우리는 깜둥이를 염탐했다. 코끼리의 프로보시스보다 크고 고래의 거시기보다 더 큰 방아쇠를 가지고.' 프로보시스는 코끼리 코를 말하는 거유. 코끼리 코는 꼭 나무 줄기 같지. 녀석이 사전에서 그 단어를 찾아서 나한테 보여 줬

수. 어딜 가든 사전을 갖고 다니는 녀석이니까. 잠시 차를 멈추고 파이하고 커피를 먹는 동안 사전을 찾아보거든."

그는 혼자서만 너무 오래 떠드는 것이 싫어서 말을 멈췄다. 그리고 남자를 몰래 살펴보았다. 조드는 침묵을 지키고 있었다. 운전사는 불안한 표정으로 조드에게 억지로 말을 시키려고 했다.

"당신이 아는 사람 중에도 그렇게 어려운 단어를 쓰는 사람이 있수?"

"목사님이 그러죠." 조드가 말했다.

"어쨌든, 누가 그렇게 어려운 말을 쓰는 걸 보면 아주 머리가 돌아 버릴 것 같아. 물론 목사가 그런 말을 쓰는 건 괜찮지. 어쨌든 목사랑 같이 빈둥거리며 놀러 다니는 인간은 없으니까 말이우. 그런데 그놈은 아주 웃겼어요. 그놈이 어려운 말을 해도 아무도 신경을 안 썼지. 그냥 재미로 그러는 거니까. 허세를 부리는 게 아니라."

운전사가 단언하듯 말했다. 조드는 적어도 그의 이야기를 듣기는 하는 눈치였다. 운전사가 굽은 길에서 트럭의 방향을 거칠게 돌리자 타이어에서 비명 같은 소리가 났다.

"아까도 말했지만, 트럭 운전사들은 정신 나간 짓들을 해요. 그럴 수밖에 없지. 여기 앉아서 바퀴 밑으로 길이 야금야금 들어오는 걸 보고 있으면 미칠 지경이거든. 한번은 어떤 사람이 트럭 운전사들은 항상 뭔가를 먹는다고 얘기하더만. 길가 매점에 가 보면 항상 운전사들이 있다고 말이유."

"운전사들이 거기서 사는 것처럼 보이기는 하죠." 조드가 맞장구를 쳤다.

"거기 들르는 건 사실이지만, 뭘 먹으려고 그러는 건 아니유. 배가 고프지도 않은걸 뭐. 그냥 운전하는 게 죽도록 싫어서 그러는 거유. 구역질이 나게 싫어서. 차를 세울 데라고는 매점밖에 없고, 일단 차를 세우고 나면 뭐라도 사야 카운터에 있는 여자한테 수작을 걸지. 그래서 커피하고 파이를 사는 거유. 조금 쉬어 가려고."

운전사는 천천히 껌을 씹으며 혀로 이리저리 굴렸다.

"힘들겠군요." 조드가 무미건조하게 말했다.

운전사는 혹시 비꼬는 건가 싶어서 재빨리 흘깃 그를 바라보았다.

"뭐, 절대 편한 일은 아니지." 그가 시험해 보듯 말했다. "여덟 시간이나 열 시간, 아니면 열네 시간 동안 여기 앉아 있기만 하면 되니 쉬워 보이겠지만, 이놈의 길이 사람을 먹어 들어오거든. 그러니 뭐라도 해야지. 노래를 부르는 사람도 있고, 휘파람을 부는 사람도 있수. 회사에서는 차에 라디오를 못 달게 해. 술을 가지고 다니는 작자들도 몇 명 있지만, 그런 놈들은 오래 못 버티지." 그는 점잔 빼는 투로 말을 이었다. "난 일이 다 끝날 때까지는 절대 술을 안 마셔요."

"그래요?" 조드가 물었다.

"그렇다마다! 남자란 모름지기 출세를 해야지. 난 통신학교 강의를 들을까 생각 중이유. 기계공학을 공부하려고. 그건 쉬운 일이지. 집에서 쉬운 과목 몇 개만 공부하면 되니까. 지금 생각 중이유. 그걸 마치면 다시는 트럭 운전을 안 할 거유. 대신 다른 녀석들한테 트럭을 운전하라고 명령해야지."

조드는 겉옷 옆주머니에서 위스키를 꺼냈다.

"정말로 한 모금 안 할 거예요?" 그가 놀리듯이 말했다.

"절대로. 난 손도 안 댈 거유. 공부를 할 사람이 항상 술만 마시면 안 되지."

조드는 병을 열고 재빨리 두 모금을 마신 다음 다시 미개를 닫아 주머니에 넣었다. 강렬한 위스키 냄새가 차 안을 가득 채웠다.

"결심이 대단하군요. 왜 그러는 겁니까? 여자라도 있는 거예요?" 조드가 말했다.

"물론 있지. 하지만 난 어쨌든 출세하고 싶수. 아주 오랫동안 정신 훈련도 했고."

위스키 때문에 조드의 긴장이 풀린 것 같았다. 그는 다시 담배를 말아 불을 붙였다.

"난 나아가려야 갈 데도 별로 없어요." 그가 말했다.

운전사는 재빨리 하던 말을 이었다. "난 술 따위 필요 없수. 항상 정신 훈련을 하니까. 이 년 전에 그런 강의를 들었거든."

그는 오른손으로 운전대를 툭툭 쳤다.

"내가 운전을 하다가 길에서 어떤 사람을 스쳐 지나간다고 칩시다. 나는 처음에 그 사람을 보고 나서 그 사람을 지나친 다음에 그 사람에 대해 모든 걸 기억해 내려고 애써요. 무슨 옷을 입고 무슨 모자를 썼는지, 어떻게 걸었는지, 키가 얼마나 되는지, 몸무게가 얼마나 되는지, 흉터가 있었는지. 그 방면에서 내 실력은 아주 좋은 편이유. 머릿속으로 그 사람의 모습을 전체적으로 그려 볼 수 있거든. 가끔은 지문 전문가가 되는 강의를 들어야 되는 게 아닌가, 그런 생각도 든다니까. 사람의 기억력이 얼마나 되는지 당신도 알면 깜짝 놀랄 거유."

조드는 다시 재빨리 술을 마셨다. 그러고는 점점 풀어지고 있는 담배를 마지막으로 한 번 빤 다음 굳은살이 박인 엄지와 검지로 빨갛게 타고 있는 담배 끝을 눌러 불을 껐다. 그는 꽁초를 손가락으로 마구 비비더니 창밖으로 손을 내밀어 산들바람에 맡겨 버렸다. 도로 위에서 커다란 타이어가 높은 소리로 노래를 불렀다. 길을 바라보던 조드의 검고 조용한 눈에 재미있어 하는 표정이 떠올랐다. 운전사는 조드의 말을 기다리면서 불편한 표정으로 그를 흘깃 바라보았다. 마침내 조드의 긴 윗입술이 위로 벌어지면서 소리 없이 웃음을 터뜨렸다. 웃음 때문에 그의 가슴이 들썩거렸다.

"참 한참 만에 눈치를 채는군."

운전사는 조드에게 시선을 돌리지 않은 채로 말했다. "눈치 채다니 뭘? 무슨 뜻이유?"

조드의 입술이 커다란 치아를 덮으며 늘어났다. 그는 입술의 중앙에서부터 양방향으로 한 번씩 개처럼 입술을 핥았다. 그의 목소리가 냉혹해졌다.

"내 말이 무슨 뜻인지 알잖아. 내가 처음 차에 탔을 때 당신이 날 훑어봤지. 내가 다 봤어."

운전사는 똑바로 앞만 바라보았다. 그가 운전대를 세게 움켜쥐는 바람에 손바닥의 불룩한 부분이 더 불룩해지고, 손등이 하얗게 질렸다. 조드가 말을 계속했다.

"내가 어디서 왔는지 알잖아."

운전사는 침묵했다.

"안 그래?" 조드가 고집스럽게 물었다.

"뭐…… 그래요, 그러니까…… 어쩌면 그럴지도 모른다는 얘기죠. 하지만 그건 내 알 바 아닙니다. 난 내 일에만 신경 써요. 그긴 나한테 아무 의미도 없어요." 이제 그의 입에서 정신없이 말이 쏟아져 나오고 있었다. "난 다른 사람들 일에 참견 안 해요."

그러나 그는 갑자기 말을 멈추고는 조용히 조드의 반응을 기다렸다. 운전대를 잡은 그의 손이 여전히 하얗게 질려 있었다. 메뚜기 한 마리가 창문을 통해 펄쩍 뛰어 들어와서 계기판 꼭대기에 내려앉아 섬프를 할 수 있도록 중산 마디가 꺾인 다리로 날개를 문지르기 시작했다. 조드는 손을 뻗어 단단한 두개골처럼 생긴 녀석의 머리를 손가락으로 부숴 버리고는 차창 밖의 바람 속으로 녀석을 실려 보냈다. 조드는 손끝에 묻은 메뚜기의 파편을 털어 내면서 다시 쿡쿡 웃어 댔다.

"날 잘못 봤어. 난 그걸 숨기는 사람이 아냐. 그래, 나 맥알레스터에 있었어. 사 년 동안. 이 옷도 내가 나올 때 거기서 준 거고. 사람들이 그걸 알아차리든 말든 난 신경도 안 써. 내가 아버지한테 가는 건 일자리를 얻기 위해 거짓말을 할 필요가 없기 때문이야."

"글쎄…… 그건 내 알 바 아니라니까요. 난 참견쟁이가 아니에요."

"말은 참 잘한다. 뭐 참견할 게 없나, 눈을 번뜩이고 있으면서. 아까도 채소밭에 들어간 양을 보듯이 나를 훑어봤잖아."

운전사의 안색이 굳어졌다.

"잘못 생각하고 계신 거라니까요……." 운전사가 힘없이 말을 시작했다.

그러나 조드는 그를 비웃었다. "당신은 나한테 착하게 굴었어. 날 차에 태워 줬으니까. 아, 젠장! 그래, 나 감옥에 있었다. 그게 뭐! 내가 왜 감옥에 갔는지 알고 싶지?"

"그건 내 알 바 아니에요."

"이 황소 같은 녀석을 운전하는 것 외에는 전부 당신 알 바가 아니다? 하지만 당신은 운전하는 일에 제일 신경을 안 쓰잖아. 자, 봐. 저 앞에 저 도로 보여?"

"예."

"난 거기서 내릴 거야. 그래, 내가 왜 감옥에 갔는지 알고 싶어서 오줌을 지리고 있다는 거 다 알아. 당신을 실망시키지 않을 테니 걱정 마."

높게 윙윙거리던 엔진 소리가 줄어들고, 타이어의 노랫소리도 낮아졌다. 조드는 술병을 꺼내 재빨리 한 모금을 더 마셨다. 먼지투성이 길이 오른쪽으로 꺾이면서 고속도로와 만나는 지점에서 트럭이 서서히 멈춰 섰다. 조드는 차에서 내려 차창 밖에 섰다. 수직으로 뻗은 배기 파이프에서 눈에 보이지 않을 만큼 엷은 파란색 열기가 꾸무럭거리며 피어올랐다. 조드가 운전사를 향해 몸을 기울이며 재빨리 말했다.

"살인이야. 엄청난 말이지. 내가 사람을 죽였다는 뜻이니까. 원래 칠 년이었는데, 얌전히 굴어서 사 년 만에 나왔어."

운전사가 조드의 얼굴을 기억하기 위해 눈으로 살짝 그를 훑었다.

"난 당신한테 아무것도 안 물어봤어요. 난 내 일에만 신경 쓰니까." 그가 말했다.

"여기서부터 텍솔라까지 매점마다 들러서 얘기해도 돼." 조드가 미소를 지었다. "잘 가. 당신은 착한 사람이야. 하지만 말이지, 교도소에 조금 있다 보면 상대가 뭔가 묻고 싶어 미칠 지경이라는 걸 알 수 있거든. 지금도 당신이 처음 입을 열었을 때 금방 알아차렸어."

그는 트럭 문짝을 손바닥으로 철썩 때리며 말을 이었다.

"태워 줘서 고마워. 잘 가."

그는 몸을 돌려 먼지투성이 도로로 걸어 들어갔다.

운전사는 잠시 그의 뒷모습을 뚫어지게 바라보다가 소리쳤다.

"행운을 빌어요!"

조드가 뒤돌아보지 않은 채 손을 흔들었다. 곧이어 엔진이 다시 부르릉 소리를 내고 기어가 찰칵거리더니 커다란 빨간 트럭이 무거운 몸을 이끌고 그 자리를 떠났다.

3장

콘크리트로 포장된 고속도로 변에는 말라서 끊어진 풀들이 엉켜 있었다. 풀잎 머리에 잔뜩 달라붙은 귀리 꺼끄러기는 개털에 달라붙었고, 강아지풀은 말굽 뒤의 텁수룩한 털과 엉켰으며, 클로버 가시는 양털에 달라붙었다. 사방으로 퍼져 나갈 때를 기다리며 잠들어 있는 씨앗들은 모두 퍼져 나가기 위한 도구들로 무장하고 있었다. 바람을 타고 날 수 있도록 부드러운 창이나 낙하산, 작은 창이나 공 모양을 하고 있는 자그마한 가시들. 이 모든 것들이 동물과 바람, 혹은 남자의 바짓단이나 여자의 치맛자락을 기다리고 있었다. 모두들 수동적으로 가만히 있었지만 움직일 수 있는 도구를 갖추었고, 움직일 수 있는 소질도 있었다.

태양이 풀밭 위에 누워 풀을 데웠다. 풀 밑의 그늘에서는 곤충들이 움직였다. 개미와 그들을 잡으려고 덫을 놓는 개미 귀신, 공중으로 펄쩍 뛰어올라 아주 잠깐 노란 날개를 파닥거리는 메뚜기들, 작은 아르마딜로처럼 생긴 몸에 수없이 달린 부드러운 발로 끊임없이 움직이는 쥐며느리들. 길가의 풀잎 위에서는 땅거북 한 마리가 기어가다가 괜히 옆길로 새더니 둥근 지붕처럼 생긴 높다란 등딱지를 질질 끌었다. 녀석의 단단한 다리와 노란 발톱이 달린 발이 풀잎 사이를 천천히 지나갔다. 걷는다기보다는 등딱지를 밀어 올려 질질 끌고 가는 것 같은 모습이었다. 보리 꺼끄러기가 녀석의 등딱지에서 미끄러져 떨어졌고, 클로버 가시가 녀석의 몸에 떨어졌다가 땅으로 굴러 떨어졌다. 뿔처럼 생긴 녀석의 주둥이가 조금 열려 있었으며, 손톱 같은 눈썹 밑에 있는 사나우면서도 웃기게 생긴 눈은 똑바로 앞을 응시했다. 녀석이 풀이 짓밟힌 흔적을 뒤에 남긴 채 풀밭을 건너자, 고속도로 변에 있는 둑이 산처럼 녀석 앞에 솟아올랐다. 녀석은 고개를 곧추세운 채 잠시 움직임을 멈췄다. 그리고 눈을 깜박이며 위아래를 바라보았다. 마침내 녀석은 둑을 기어오르기 시작했다. 녀석은 발톱이 달린 앞발을 앞으로 뻗었지만 둑에 닿지 않았다. 뒷발이 발길질을 하듯이 움직이며 등딱지를 전진시키자 등딱지가 풀잎과 자갈에 닿아 긁히는 소리를 냈다. 둑이 점점 가팔라지자 녀석의 움직임도 더욱 필사적으로 변했다. 녀석은 뒷다리에 잔뜩 힘을 줘서 등딱지를 밀어 올리며 뿔처럼 생긴 머리를 최대한 쭉 늘였다. 등딱지가 조금씩, 조금씩 둑을 올라가 마침내 앞길을 완전히 가로지르는 턱에 이르렀다. 갓길을 표시하는 그 턱은 4인치

높이의 콘크리트 벽이었다. 녀석의 뒷다리가 마치 독자적으로 움직이는 것처럼 벽을 향해 등딱지를 밀어붙였다. 녀석은 머리를 위로 쳐들어 벽 너머의 매끄럽고 널찍한 시멘트 평원을 바라보았다. 녀석이 이제 벽 꼭대기를 단단히 잡은 앞발에 힘을 주자 등딱지가 천천히 위로 올라와 벽 위에 앞머리를 걸쳤다. 녀석은 잠시 휴식을 취했다. 그때 붉은 개미 한 마리가 등딱지 안의 부드러운 피부 속으로 달려 들어갔고, 녀석은 머리와 다리를 등딱지 속으로 휙 집어넣어 버렸다. 장갑판이 달린 꼬리는 옆으로 고정되었다. 붉은 개미는 거북의 몸과 다리 사이에서 짜부라졌다. 그리고 야생 귀리 줄기가 앞발에 붙어 등딱지 안으로 들어갔다. 거북은 오랫동안 꼼짝하지 않았다. 그러다가 목이 살금살금 밖으로 나오더니 웃기게 생긴 눈을 찌푸린 표정으로 주위를 둘러보았고, 이어 다리와 꼬리가 밖으로 나왔다. 뒷다리가 다시 코끼리 다리처럼 버티기 시작했지만 등딱지가 살짝 기울어지면서 앞발이 평평한 시멘트 평원에 닿을 수 없게 되었다. 그러나 뒷발은 등딱지를 계속 밀어 올렸다. 마침내 녀석이 무게중심을 잡을 수 있게 되었을 때, 몸 앞쪽이 아래로 기울어지면서 앞다리가 도로를 긁었다. 다음 순간 녀석은 도로에 올라서 있었다. 그러나 야생 귀리 줄기는 녀석의 앞다리를 여전히 휘감고 있었다.

이제는 앞으로 나아가기가 쉬웠다. 모든 다리가 제대로 움직이고 있었으므로, 등딱지도 좌우로 흔들거리면서 앞으로 나아갔다. 마흔 살의 여자가 모는 세단 한 대가 다가왔다. 그녀는 거북을 보고 운전대를 급히 오른쪽으로 꺾어 고속도로를 벗어났다. 바퀴에서 비명 같은 소리가 나고 흙먼지가 끓어올랐다. 바퀴 두 개가 잠시 위로 들렸다가 다시 내려앉았다. 자동차는 끽 소리를 내며 다시 도로 위로 올라와 가던 길을 갔다. 그러나 속도는 조금 느려져 있었다. 등딱지 속으로 후다닥 숨었던 거북은 서둘러 나아가기 시작했다. 고속도로가 타는 듯이 뜨거웠기 때문이다.

이번에는 소형 트럭이 다가왔다. 운전사는 거북을 보고 운전대를 꺾었지만 거북을 치고 말았다. 앞바퀴가 등딱지 가장자리와 부딪히는 바람에 거북은 순식간에 뒤집어져 동전처럼 빙글빙글 돌면서 고속도로 밖으로 굴러갔다. 트럭은 다시 오른쪽 차선을 따라 달리기 시작했다. 하늘을 향해 드러누운 거북은 오랫동안 등딱지 속에서 꼼짝하지 않았다. 그러나 마침내 녀석의 다리가 흔들흔들 밖으로 나와 몸을 뒤집기 위해 짚을 만한 것을 찾았다. 거북은 앞발로 석영 조각을 움켜쥐고 조금씩 등딱지를 뒤집어 똑바로 섰다. 야생 귀리 줄기가 녀석의 다리에서 떨어져 나오면서 창끝처럼 생긴 씨앗 세 개가 땅에 박혔다. 거북이 둑을 기어 내려가는 동안 등딱지에 끌려온 흙이 씨앗을 덮었다. 거북은 흙길로 들어서서 움찔거리며 앞으로 나아갔다. 등딱지로 흙길 위에 얕은 고랑을 구불구불 파면서. 녀석의 웃기게 생긴 눈은 앞을 바라보고 있었고, 뿔처럼 생긴 주둥이가 약간 벌어져 있었다. 녀석의 노란색 발톱이 흙먼지 속에서 살짝 미끄러졌다.

4장

트럭이 기어를 올리면서 떠나가는 소리가 들리고 타이어에 두들겨 맞은 땅이 쿵쿵 울리는 것이 느껴지자 조드는 걸음을 멈추고 고개를 돌려 트럭이 사라질 때까지 지켜보았다. 트럭이 시야를 벗어났을 때도 그는 여전히 공기가 파란색으로 희미하게 가물거리는 먼 곳을 지켜보고 있었다. 그는 생각에 잠긴 표정으로 주머니에서 술병을 꺼내 금속 마개를 돌려 열고 조심스럽게 술을 마신 다음, 위스키의 향기가 달아나지 못하도록 병목 안쪽과 자신의 입술 주위를 혀로 핥았다. 그리고 뭔가를 시험하듯이 입을 열었다.

"거기서 우리는 깜둥이를 염탐했다……."

생각나는 말은 이것뿐이었다. 마침내 그는 다시 몸을 돌려 밭들 사이를 직각으로 가로지르고 있는 비포장 샛길을 바라보았다. 태양은 뜨거웠고, 흙먼지를 피워 올리는 바람도 없었다. 길에 파인 고랑에는 흙먼지가 바퀴자국을 따라 쌓여 있었다. 조드가 몇 발짝 걸음을 내딛자 노란색 새 신 앞에서 밀가루 같은 먼지가 풀썩거렸고, 회색 먼지 때문에 노란색이 사라져 버렸다.

그는 몸을 기울여 신발 끈을 푼 다음 양쪽 신발을 차례로 벗었다. 그리고 뜨겁고 건조한 흙먼지 속에서 편안한 기분으로 축축한 발을 꼼지락거렸다. 발가락 사이로 풀썩거리는 먼지가 들어왔고, 건조해진 피부가 조이는 듯한 느낌이 들었다. 그는 상의를 벗어 그것으로 신발을 싼 다음 겨드랑이 밑에 끼웠다. 그러고 나서야 그는 길을 따라 걸어가기 시작했다. 그의 앞에서 피어오른 흙먼지가 그의 뒤에서 땅 위에 낮게 걸린 먼지 구름이 되었다.

길 오른쪽에는 울타리가 세워져 있고, 버드나무 기둥에는 가시철조망 두 가닥이 감겨 있었다. 구부정한 모양의 기둥은 제대로 손질도 되어 있지 않은 상태였다. 적당한 높이에 가지가 갈라진 부분이 나올 때마다 가시철조망이 걸쳐져 있었고, 갈라진 부분이 없을 때는 가시철조망이 녹슨 철사로 기둥에 묶여 있었다. 울타리 너머로는 바람과 더위와 가뭄에 녹초가 된 옥수수밭이 펼쳐졌다. 이파리와 줄기가 만나는 오목한 부분에는 흙먼지가 가득했다.

조드는 먼지구름을 꽁무니에 매단 채 터벅터벅 걸었다. 약간 앞쪽에 등딱지가 높이 둥글게 솟아오른 땅거북 한 마리가 보였다. 녀석은 흙먼지 속에서 천천히 기어가고 있었다. 녀석의 다리가 뻣뻣하게 경련하듯이 움직였다. 조드는 걸음을 멈추고 녀석을 지켜보았다. 그의 그림자가 거북의 몸 위에 드리워지자마자 거북은 머리와 다리를 집어넣고 뭉툭한 꼬리도 옆으로 접어 넣었다. 조드는 녀석을 들어 올려 뒤집었다. 녀석의 등은 흙먼지처럼 갈색이 섞인 회색이었지만, 등딱지 아래쪽은 크림색이 섞인 노란색이었으며 깨끗하고 매끈했다. 조드는 팔에 끼고 있던 짐 꾸러미를 더 높이 밀어 올리고 손가락으로 거북의 매끄러운 배를 쓰다듬다가 눌러 보았다. 녀석의 배는 등보다 부드러웠다. 딱딱한 머리가 밖으로 나와 자신을 누르고 있는 손가락을 보려고 했다. 다리는 정신없이 흔들리고 있었다. 거북은 조드의 손 위에서 오줌을 지리며 허공에서 몸부림쳤지만 아무 소용이 없었다. 조드는 녀석을 다시 똑바로 돌린 다음 신발과 함께 상의로 쌌다. 녀석이 팔 밑에서 몸부림치는 것이 느껴졌다. 그는 고운 흙먼지 속에서 발꿈치를 약간 끌며 아까보다 조금 빠르게 걷기 시작했다.

그의 앞에 뻗어 있는 길가에 먼지로 뒤덮인 앙상한 버드나무 한 그루가 얼룩덜룩한 그림자를 드리우고 있었다. 빈약한 가지가 길 위로 늘어지고, 이파리들이 털갈이하는 닭처럼 누더기가 되어 있는 것이 보였다. 조드는 이제 땀을 흘리고 있었다. 등과 겨드랑이 부분에서는 셔츠의 파란색이 더 짙어졌다. 그는 모자의 차양을 잡아당겨 중간의 딱딱한 테를 완전히 접어 버렸다. 그러자 이제는 전혀 새것같이 보이지 않았다. 그는 저 멀리 버드나무 그늘을 향해 한층 더 열심히 속도를 내어 걷기 시작했다. 버드나무가 있는 곳까지 가면 틀림없이 그늘이 있을 터였다. 태양이 이미 정점을 지났기 때문에 적어도 나무줄기의 짙은 그림자라도 있을 것이다. 이제 그의 목덜미를 후려치고 있는 햇볕 때문에 머릿속이 조금 윙윙거렸다. 나무의 밑동은 보이지 않았다. 나무가 평지보다 오랫동안 물을 붙잡아 두는 저습지에서 자라났기 때문이었다. 조드는 햇볕을 이기려는 듯 걸음을 빨리하며 내리막길을 내려가기 시작했다. 그러나 나무줄기의 그늘 속에 이미 누가 앉아 있는 것을 보고 조심스레 걸음을 늦췄다. 어떤 남자가 나무줄기에 등을 기대고 앉아 있었다. 그는 다리를 꼬고 있었는데, 아무것도 신지 않은 한쪽 발이 거의 머리 높이까지 쭉 올라와 있었다. 그는 「예, 그녀는 내 애인입니다」라는 노래를 엄숙하게 휘파람으로 부느라 조드가 다가오는 소리를 듣지 못한 모양이었다. 쭉 뻗어 있는 발이 박자를 맞춰 위아래로 천천히 까딱거렸다. 춤을 출 수 있는 노래는 아니었다. 그가 휘파람을 멈추고 편안하고 가느다란 테너로 노래를 부르기 시작했다.

예, 그가 나의 구세주입니다.
예 ― 수님이 나의 구세주입니다.
예 ― 수님이 이제 나의 구세주입니다.
솔직히
악마는 아닙니다.
예수님이 이제 나의 구세주입니다.

남자는 조드가 군데군데 구멍이 뚫린 나뭇잎의 그림자 속으로 들어온 다음에야 그의 기척을 알아차렸다. 그가 노래를 멈추고 고개를 돌렸다. 기다란 머리는 마치 뼈에다 가죽을 씌워 놓은 것 같은 모습이었다. 목은 셀러리 줄기처럼 튼튼하고 근육질이었다. 커다란 눈은 밖으로 튀어나와 있었고, 눈동자를 덮느라 한껏 늘어난 눈꺼풀은 생살처럼 붉은색이었다. 갈색으로 빛나는 뺨에는 수염이 전혀 없었고, 도톰한 입술은 우습기도 하고 관능적이기도 했다. 단단한 매부리코 위의 피부는 한껏 당겨져 있어서 콧잔등이 하얗게 보였다. 그의 얼굴에는 땀방울이 전혀 없었다. 당당하게 우뚝 솟은 창백한 이마도 마찬가지였다. 이마는 비정상적으로 보일 만큼 넓었으며, 관자놀이에는 가느다란 파란색 정맥들이 보였다. 얼굴의 절반이 눈 위에 있는 것 같았다. 뒤로 빗어 넘긴 뻣뻣한 흰머리는 손가락으로 대충 빗은 것처럼 엉망이었다. 그가 입고 있는 옷은 파란색 셔츠와 위아래가 붙은 작업복 바지였다. 놋쇠 단추가 달린 데님 상의와 돼지고기 파이처럼 구겨진 얼룩덜룩한 갈색 모자가 땅바닥에 놓여 있었다. 캔버스로 만든 운동화는 먼지 때문에 회색으로 변한 채 그가 벗어 던진 자리에 그대로 있었다.

남자가 조드를 바라보았다. 빛이 그의 갈색 눈 안쪽으로 깊이 들어가 버리는 것 같았다. 빛 때문에 홍채 안쪽 깊숙한 곳에 있는 작은 황금색 반점들이 돋보였다. 잔뜩 긴장하고 있는 목 근육도 두드러져 보였다.

조드는 여전히 얼룩덜룩한 그림자 속에 서 있었다. 그는 모자를 벗어 땀에 젖은 얼굴을 훔친 다음 바닥에 던져 버리고,

둘둘 만 상의도 땅 위에 놓았다.

완전한 그늘 속에 있는 남자가 꼬고 있던 다리를 풀고 발끝으로 땅을 헤집었다.

조드가 말했다. "안녕하십니까? 저 길이 지옥보다 더 덥군요."

남자가 뭔가를 묻는 듯한 시선으로 조드를 빤히 바라보았다.

"자네 젊은 톰 조드가 아닌가? 톰 영감 아들이지?"

"예. 멀리서 왔습니다. 집에 가는 길이에요."

"내가 기억나지 않는 모양이군." 남자가 말했다.

그가 미소를 짓자 도톰한 입술 사이로 커다란 말 같은 이빨이 드러났다.

"그래, 기억 못 하겠지. 내가 자네한테 성령을 주었을 때 자네는 어린 여자애들 머리칼을 잡아당기느라고 항상 바빴으니까 말이야. 땋은 머리를 아예 뿌리째 뽑아 버릴 기세였지. 자네는 기억 못 할지도 모르지만 난 기억한다네. 자네가 그렇게 머리칼을 잡아당기다가 결국 그 여자애랑 같이 예수님을 찾게 됐잖아. 관개수로에서 두 사람이 한꺼번에 세례를 받았지. 고양이 새끼들처럼 서로 싸우고 소리를 질러 대면서 말이야."

조드는 눈을 내리깐 채 남자를 바라보다가 웃음을 터뜨렸다.

"이런, 목사님이시군요. 목사님이세요. 어떤 사람한테 목사님 얘기를 한 지 한 시간도 안 됐는데."

"옛날에는 목사였지." 남자가 진지하게 말했다. "짐 케이시 목사는 불타는 시골뜨기였어. 악을 쓰는 것처럼 예수님의 이름을 외쳐 대면서 영광을 바쳤지. 관개수로에서 세례를 줄 때면 죄를 뉘우치는 죄인들이 머뭇거리면서 수로를 가득 채웠고 말이야. 그놈들 중 절반은 물에 빠지는 걸 좋아했어. 하지만 다 옛날 얘기지."

그가 한숨을 쉬었다.

"지금은 그냥 짐 케이시야. 이제는 그런 부름을 받지 못한다네. 죄스러운 생각도 많이 하고. 하지만 그런 생각들이 조금 현명한 것 같기도 해."

"이런저런 생각을 하다 보면 또 이런저런 생각이 떠오르게 마련이죠. 목사님이 분명히 기억납니다. 예배를 훌륭하게 이끌곤 하셨는데. 언젠가 설교를 하시는 내내 물구나무선 채 손으로 걸어 다니던 게 생각납니다. 머리가 터질 것처럼 소리를 질러 대셨죠. 목사님은 어머니가 제일 좋아하던 분이셨습니다. 할머니는 목사님이 성령으로 가득 찼다고 하셨고요."

조드는 둘둘 만 상의를 뒤져 주머니를 찾아내서는 술병을 꺼냈다. 거북이 다리 하나를 움직였지만 그는 녀석을 단단히 싸 버렸다. 그가 마개를 열고 병을 내밀었다.

"한 모금 하실래요?"

케이시는 병을 받아 들고 뭔가 생각에 잠긴 사람처럼 바라보았다.

"지금은 별로 설교를 하지 않아. 이제는 사람들 속에 성령도 별로 없고. 그보다 더 나쁜 건 나한테도 이제 성령이 없다는 거지. 물론 가끔 성령이 들어오면 내가 예배를 이끌기도 해. 사람들이 음식을 차리면 내가 축복을 해 주기도 하고. 하지만 내 마음은 거기에 없어. 사람들이 내가 해 줄 거라고 생각하니까 해 줄 뿐이야."

조드는 다시 모자로 얼굴을 닦았다.

"술을 안 마실 정도로 경건한 분은 아니죠?"

케이시는 마치 술병을 생전 처음 보는 사람 같았다. 그는 병을 기울여 크게 세 모금을 마셨다.

"좋은 술이군." 그가 말했다.

"그럼요. 공장에서 민든 건데요. 1달리 주고 샀어요." 조드가 말했다.

케이시는 술을 한 모금 더 마시고 나서 조드에게 병을 돌려주었다.

"그렇겠지! 그렇고말고!"

조드는 병을 받아 들었다. 그리고 예의를 지키느라 소매로 병 입구를 닦지 않은 채 그냥 술을 마셨다. 그는 바닥에 엉덩이를 대고 쭈그려 앉아 둘둘 말아 놓은 상의에 병을 기대 똑바로 세워 두었다. 그러고는 손가락으로 바닥을 더듬어서 작은 가지를 하나 찾아냈다. 자기 생각을 땅에 그림으로 그리기 위해서였다. 그는 땅에서 나뭇잎을 쓸어 내고 바닥을 평평하게 골랐다. 그리고 다각형과 작은 원들을 그렸다.

"목사님을 오랫동안 뵙지 못했는데요." 그가 말했다.

"아무도 날 못 봤지. 혼자 떠나서 가만히 앉아 생각을 해 봤거든. 성령이 내 안에 강하게 살아 있기는 한데 예전과 달라. 지금은 내가 확신할 수 있는 일이 별로 없어."

목사는 나무에 기댄 등을 더 곧게 폈다. 뼈가 앙상한 그의 손이 마치 다람쥐처럼 주머니 속으로 파고 들어가 이미 잘근잘근 씹힌 검은색의 씹는담배를 꺼냈다. 그는 지푸라기 조각과 주머니에서 묻은 회색 보푸라기를 조심스럽게 털어내고 담배 한 귀퉁이를 베어 물었다. 그가 담배를 권하자 조드는 싫다는 뜻으로 막대기를 흔들었다. 둘둘 말아 놓은 상의 안에서 거북이 발버둥을 쳤다. 케이시가 꿈틀거리는 옷을 바라보며 말했다.

"그 안에 들어 있는 게 뭔가? 닭? 녀석이 질식하겠네."

조드는 옷을 더 단단하게 말았다.

"늙은 거북입니다. 길에서 주웠죠. 낡은 불도저 같은 녀석이에요. 제 동생한테 줄까 해서 가져왔습니다. 애들은 거북을 좋아하니까요."

목사가 천천히 고개를 끄덕였다.

"애들은 전부 한때 거북을 기르지. 하지만 아무도 거북을 붙잡아 두지 못해. 녀석들이 발버둥을 치고 또 치다가 어느 날 마침내 어딘가로 도망쳐 버리거든. 나하고 비슷하지. 난 그냥 펼쳐져 있는 복음을 덥석 잡는 사람이 아냐. 그걸 쑤셔도 보고 연구도 해 보느라 결국 산산조각을 내 놓지. 나한테 성령이 있는데도 때로는 설교할 게 하나도 없어. 나는 사람들을 이끌어야 한다는 부름을 받았지만, 사람들을 이끌고 갈 데가 없어."

"계속 끌고 돌아다니면 되잖습니까. 관개수로에 사람들을 던져 넣고 목사님과 같은 생각을 하지 않으면 지옥에 떨어질 거라고 하세요. 도대체 뭣 때문에 사람들을 이끌고 어딘가로 가야 한다고 생각하세요? 그냥 끌고 다니세요."

똑바르게 뻗은 나무줄기의 그림자가 더 길어져 있었다. 조드는 반가운 듯이 그 그림자 안으로 들어가 엉덩이를 바닥에 대고 쭈그려 앉았다. 그리고 새로 땅바닥을 고른 다음 막대기로 자신의 생각을 나타내는 그림을 그렸다. 털이 푹신한 노란색 양치기 개가 머리를 늘어뜨리고 혀를 쭉 뺀 채 침을 질질 흘리면서 길을 따라 뛰어왔다. 녀석의 꼬리는 둘둘 말린 채 힘없이 늘어져 있었고, 헐떡이는 소리가 요란했다. 조드가 녀석에게 휘파람을 불었지만, 녀석은 머리를 살짝 더 숙이고 어딘가 분명한 목적지를 향해 빠르게 뛰어가 버렸다.

"어딘가 갈 데가 있는 모양이군요." 조드가 약간 화를 내며 말했다. "집으로 가는 건지도 모르죠."

목사는 아까 얘기하던 주제에서 벗어나려 하지 않았다. "어딘가 갈 데가 있다……. 그래 맞아, 녀석은 어딘가로 가는 중이야. 나는 내가 어디로 가고 있는지 모르겠는데. 이거 아나? 난 옛날에 사람들이 지쳐 쓰러져 정신을 잃을 때까지 펄쩍펄쩍 뛰면서 하느님께 영광을 돌리는 말들을 소리치게 만들곤 했다네. 사람들이 쓰러진 다음에 정신을 차리게 하려고 세례를 준 적도 있지. 그다음에 내가 뭘 했는지 아나? 여자들 중한 명을 풀밭으로 데리고 가서 같이 잤다네. 매번 그랬지. 그러고 나면 나 자신이 싫어져서 기도를 하고 또 했지만 아무 소용이 없었어. 다음번에 또 사람들과 내가 성령으로 가득 차면 난 같은 짓을 다시 했으니까. 그래서 난 가망이 없는 인간이다, 더러운 위선자다, 그런 생각을 했지. 하지만 난 원래부터 그런 인간이 될 생각은 아니었어."

조드는 미소 지으며 긴 이를 벌려 혀로 입술을 핥았다.

"여자들을 넘어뜨리는 데는 뜨거운 모임만 한 게 없지요. 저도 그런 적이 있습니다."

케이시가 열띤 표정으로 앞을 향해 몸을 숙였다. "그런데 말이야, 상황을 알아차리고 나자 다른 생각이 들기 시작했어."

그는 뼈가 앙상하고 마디가 크게 불거진 손을 위아래로 흔들어 마치 뭔가를 가볍게 툭툭 치는 것 같은 몸짓을 하며 말을 이었다.

"이런 생각이 든 거야. 나는 은총을 설교하고 있고, 저 사람들은 은총을 아주 열심히 받아들여서 펄쩍펄쩍 뛰며 소리를 질러 대고 있다. 그런데 사람들 말로는 여자와 자는 것이 악마의 소행이라고 한다. 하지만 은총을 많이 받은 여자일수록 풀밭으로 빨리 나가고 싶어 안달이었어. 나는 여자가 성령으로 가득 차서 코와 귀로 성령을 뿜어내고 있을 때 그 악마라는 새끼가, 아 미안하네, 악마가 어떻게 들어올 수 있는지 생각하기 시작했지. 그런 순간에는 악마가 불지옥에 떨어진 눈덩이처럼 버티질 못할 것 같지 않나? 그런데 악마가 거기 있었단 말일세."

그의 눈이 흥분으로 빛나고 있었다. 그는 잠시 뺨을 꿈틀거리다가 흙먼지 속으로 침을 뱉었다. 침 덩어리가 바닥을 구르자 흙먼지가 거기에 달라붙어 마침내 둥글고 건조한 작은 콩알처럼 변했다. 목사는 한 손을 펼치고 마치 책을 읽는 것처럼 손바닥을 들여다보았다.

"그리고 나는," 그가 부드럽게 말을 이었다. "나는 모든 사람들의 영혼을 내 손에 쥐고 있었네. 그게 내 책임이었고, 그 책임감을 나도 느끼고 있었지. 그런데도 매번 나는 여자랑 잤단 말이야."

그가 조드를 바라보았다. 무력한 표정이었다. 그의 얼굴은 도와달라고 외치고 있었다.

조드는 땅바닥에 조심스레 여자의 몸통을 그렸다. 여자의 가슴, 엉덩이, 골반도.

"저는 목사 일을 해 본 적이 없습니다. 뭔가 잡을 수 있겠다 싶으면 그걸 그냥 내버려 두지도 않았죠. 그리고 그걸 얻고 나면 기쁘다는 생각 외에 아무 생각도 안 했습니다."

"하지만 자네는 목사가 아니었잖나. 여자는 자네한테 그냥 여자였어. 자네한테는 여자가 아무것도 아니었다고. 하지만 내게 여자는 신성한 그릇이었네. 난 그 여자들의 영혼을 구원하고 있었어. 온갖 책임을 짊어진 내가 그들을 성령으로 인해 거품을 물게 해 놓고, 풀밭으로 데리고 나간 거야."

"어쩌면 제가 목사 노릇을 해 봤어야 하는 건지도 모르겠네요." 조드가 말했다.

그는 담배와 종이를 꺼내 돌돌 만 다음 불을 붙였다. 그리고 눈을 가늘게 뜨고 연기 사이로 목사를 바라보았다.

"오랫동안 여자 없이 지냈습니다. 이제 그 기간을 보상받아야지요."

케이시는 하던 얘기를 계속했다. "너무 걱정이 돼서 나중에는 도저히 잠을 잘 수가 없었네. 설교를 하러 가면서 나는 이렇게 말하곤 했지. '오, 하느님, 이번에는 정말로 그런 짓을 하지 않을 거야.' 그런데 그 말을 하는 순간 벌써 내가 그 짓을 할 거라는 걸 나는 알고 있었어."

"결혼을 하세요. 어떤 목사님이 아내와 함께 저희 집에 머무른 적이 있습니다. 여호와의증인이었죠. 우리 집 2층에 살면서 마당에서 모임을 갖곤 했습니다. 저하고 다른 애들은 그 목사님의 얘기를 열심히 들었죠. 그런데 매일 밤 모임이 끝나고 나면 목사님과 사모님이 참 시끄럽게도 그 짓을 해 댔습니다."

"그런 얘기를 들으니 반갑군. 난 나만 그런 줄 알았는데. 결국 나는 너무 고통스러워서 일을 그만두고 혼자 떠나 버렸네. 그리고 한참 동안 생각을 해 봤어."

그는 다리를 반으로 접어 먼지투성이인 건조한 발가락 사이를 긁었다.

"나는 속으로 이렇게 혼잣말을 했네. '뭐가 그렇게 괴로운 거야? 그 짓이야?' 그러고는 또 이렇게 말했지. '아냐, 죄 때문이야.' 그리고 또 이런 말도 했어. '사람이 죄로부터 절대 안전한 순간에, 온몸이 예수님으로 가득 차 있을 때, 그럴 때 왜 바지 단추를 만지작거리게 되는 걸까?'"

그는 손가락 두 개를 리듬에 맞춰 손바닥 위에 놓았다. 마치 자기가 말하는 단어들을 부드럽게 나란히 늘어놓는 것 같았다.

"그리고 이런 말도 했지. '어쩌면 그건 죄가 아닌지도 몰라. 사람은 원래 그런 건지도 몰라. 우리가 지옥을 걷어내는 것이 어쩌면 아무 소용없는 일인지도 몰라.' 그리고 3피트 길이의 거친 가시철망으로 자기 몸을 때렸던 수녀들을 생각해 봤네. 그들이 스스로에게 상처를 입히는 게 좋아서 그렇게 했을지도 모른다, 나도 나 자신에게 상처를 입히는 게 좋아서 그렇게 했을지도 모른다, 뭐 그런 생각이 들더군. 이걸 생각해 냈을 때 나는 어떤 나무 밑에 누워 있었는데 곧 잠이 들었네. 그동안 날이 저물어서 깨어나 보니 사방이 캄캄하더군. 근처에서 코요테 한 마리가 꽥꽥거렸네. 난 나도 모르게 큰 소리로 말을 하고 있었어. '에라 모르겠다! 죄는 없어. 미더도 없고. 그냥 사람들이 하는 이런저런 일들이 있을 뿐이야. 그건 전부 같은 거야. 사람들이 하는 일 중에 어떤 건 좋고 어떤 건 나쁘지만, 사람이 말할 수 있는 건 이것뿐이야.'"

그는 말을 멈추고 자기가 말을 늘어놓은 손바닥에서 시선을 들었다.

조드는 그를 바라보며 싱글거리고 있었다. 조드의 눈도 재미있다는 듯 날카롭게 빛났다.

"아주 철저하게 생각해 보셨군요. 문제를 해결한 거예요."

케이시가 다시 입을 열었다. 고통스럽고 혼란스러운 목소리였다.

"난 이렇게 혼잣말을 했네. '이 부름은 무엇인가? 이 성령은?' 그리고 또 이렇게 말했지. '그건 사랑이야. 난 사람들을 너무 사랑해서 가끔 터져 버릴 것만 같아.' 그리고 또 말했네. '예수님을 사랑하지 않나?' 나는 생각하고 또 생각한 끝에 결국 이렇게 말했다네. '아니, 난 예수라는 사람을 몰라. 여러 가지 얘기들을 알고 있지만, 난 오로지 사람들을 사랑할 뿐이야. 때로는 몸이 터져 버릴 것처럼 그들을 사랑해서 행복하게 해주고 싶은 마음에 그 사람들을 행복하게 해줄 것 같은 말로 설교를 했어.' 그러고는…… 아이고 내가 말이 너무 많았구먼. 내가 천박한 말을 써서 자네가 이상하게 생각할지도 모르겠네. 뭐, 이제는 그런 말들이 천박하게 생각되지 않아. 그냥 사람들이 하는 말일 뿐이지. 사람들이 천박한 생각으로 그런 말을 하는 것도 아니고. 어쨌든 내가 생각한 걸 하나만 더 말해 주지. 목사가 하는 말 중에서 이만큼 신앙과 동떨어진 말도 없을 거야. 그런 생각을 하고, 그런 걸 믿고 있으니 나는 이제 목사가 될 수 없네."

"그게 뭔데요?" 조드가 물었다.

케이시는 수줍은 표정으로 그를 바라보았다.

"혹시 좀 안 좋게 들리더라도 화는 내지 말게, 알았지?"

"저는 코가 깨지지 않는 한 화를 내지 않습니다. 그래 목사님이 생각해 낸 게 뭐죠?"

"난 성령과 예수님의 길에 대해 생각해 봤네. 이런 생각이 들었지. '우리가 왜 그걸 하느님이나 예수님에게 걸어야 하나? 어쩌면, 어쩌면 우리가 사랑하는 건 모든 남자와 모든 여자인지도 몰라. 어쩌면 그게 바로 성령인지도 몰라. 바로 인간의 정신. 사람들이 아무리 시끄럽게 떠들어대도 말이지. 어쩌면 모든 사람이 하나의 커다란 영혼을 갖고 있어서 모두가 그 영혼의 일부인지도 몰라.' 그렇게 가만히 앉아서 생각을 하다 보니 갑자기 알겠더란 말이야. 그게 너무 분명해서 이게 틀림없이 진실이라는 생각이 들었어. 지금도 마찬가지야."

조드가 땅바닥으로 시선을 떨어뜨렸다. 마치 너무나 정직한 목사의 눈을 마주 보지 못하겠다는 듯이.

"그런 생각을 갖고는 교회에 자리를 잡을 수가 없어요. 사람들이 그런 생각을 가진 목사님을 마을에서 쫓아낼 겁니다. 펄쩍펄쩍 뛰고 소리를 지르면서. 원래 사람들이 다 그렇죠. 사람들이 스스로 자기가 아주 멋진 사람이라고 생각하게 되는 겁니다. 우리 할머니가 방언을 시작하면 막을 수가 없었죠. 그럴 때는 할머니가 더 큰 남자도 주먹으로 날려 버릴 수 있었어요."

케이시는 생각에 잠긴 표정으로 그를 바라보았다.

"물어보고 싶은 게 있네. 계속 나를 괴롭히던 문제인데."

"말씀하세요. 가끔은 저도 말을 하니까요."

목사가 느리게 말했다. "그게, 자네는 내가 제일 영광을 누리고 있을 때 세례를 준 사람일세. 그날은 내 입에서 예수님의 말씀이 마구 쏟아져 나왔지. 자네는 기억하지 못할 거야. 그 여자애의 땋은 머리채를 잡아당기느라고 바빴으니까."

"기억합니다. 그 애 이름이 수지 리틀이었죠. 일 년 후에는 그 애가 제 손가락을 때렸습니다."

"음, 그 세례를 통해서 뭔가 혜택을 본 게 있나? 더 훌륭한 삶을 살게 됐어?"

조드는 생각해 보았다.

"아뇨, 아무것도 못 느낀 것 같은데요."

"음, 그럼 그 세례 때문에 더 나빠진 게 있나? 잘 생각해 봐."

조드는 술병을 집어 들어 꿀꺽꿀꺽 마셨다.

"아무 변화도 없었습니다. 좋은 일이든 나쁜 일이든. 그냥 세례가 재미있었을 뿐이에요."

그가 술병을 목사에게 건넸다.

목사는 한숨을 내쉬며 술을 마신 다음, 위스키가 많이 줄어든 것을 보고 다시 아주 조금 술을 마셨다.

"다행이군. 내가 그렇게 난리를 치고 돌아다니면서 혹시 누굴 상하게 한 건 아닌지 걱정했거든."

조드는 자신의 상의가 있는 쪽을 바라보았다. 거북이 옷 속에서 빠져나와 처음 조드와 만났을 때 가고 있던 방향으로 서둘러 움직이는 것이 보였다. 조드는 녀석을 잠시 바라보다가 천천히 일어나서 녀석을 집어 들어 다시 옷으로 쌌다.

"애들한테 줄 선물이 없어요. 이 거북밖에." 그가 말했다.

"재미있어. 자네가 나타났을 때 나는 자네 아버지 톰 조드를 생각하고 있었다네. 톰을 한번 찾아가 볼까 하고 말이야. 옛날에는 톰이 신을 믿지 않는 사람이라고 생각했지. 톰은 어떻게 지내고 있나?"

"저도 모릅니다. 사 년 동안 집에 온 적이 없으니까요."

"톰이 자네한테 편지도 안 썼어?"

조드는 당황한 기색이었다. "글쎄요, 아버지가 원래 글씨를 잘 쓰는 편이 아니라서. 아예 글을 안 쓰시는 편이죠. 아버지는 누구 못지않게 멋지게 서명을 하고 나서 연필을 핥곤 하셨어요. 하지만 편지를 쓰신 적은 한 번도 없습니다. 입으로 할 수 없는 말이라면 연필로 쓸 필요도 없다고 항상 말씀하시죠."

"그동안 여행을 다녔나?" 케이시가 물었다.

조드는 의심스럽다는 듯이 그를 바라보았다.

"제 얘기 못 들으셨어요? 모든 신문에 제 얘기가 났는데."

"아니, 한 번도 못 들었어. 무슨 일인데?"

그가 한쪽 다리를 다른 쪽 다리 위로 휙 올리며 나무에 기댄 몸을 조금 더 아래로 미끄러뜨렸다. 오후가 빠르게 지나가고 있었고, 태양의 색깔이 점점 더 선명해졌다.

조드가 유쾌하게 말했다. "지금 그냥 목사님께 말해 버리는 게 낫겠네요. 하지만 만약 목사님이 지금도 목회를 하고 계셨다면 말하지 않았을 겁니다. 목사님이 저에 대한 기도를 할까 봐."

그는 마지막 남은 위스키를 다 마시고 병을 던져 버렸다. 납작한 갈색 위스키 병이 흙먼지 위를 가볍게 미끄러졌다.

"저는 맥알레스터 교도소에 사 년 동안 있었습니다."

케이시가 그를 향해 급히 몸을 돌렸다. 눈썹이 아래로 내려가 있어서 그러지 않아도 넓은 이마가 훨씬 더 넓어 보였다.

"그런 얘긴 하고 싶지 않겠지? 난 자네한테 아무것도 묻지 않을 거야. 만약 자네가 나쁜 짓을 했다면……."

"저는 또 그런 상황이 되면 같은 짓을 할 겁니다. 싸우다가 사람을 죽였어요. 춤을 추러 갔다가 다들 술에 취했는데, 그놈이 저한테 칼을 찔러 넣기에 저는 거기 있던 삽으로 그놈을 죽였습니다. 그걸로 똑바로 내리쳐서 으깨 버렸죠."

케이시의 눈썹이 다시 제자리로 돌아갔다.

"그럼 그 일이 전혀 부끄럽지 않단 말인가?"

"예. 부끄럽지 않아요. 그놈이 저를 먼저 칼로 찌른 게 인정돼서 칠 년을 선고받았습니다. 그리고 사 년 만에 지금 막 나왔죠. 가석방으로."

"그럼 사 년 동안 식구들 소식을 전혀 못 들은 거야?"

"아, 들었어요. 어머니가 이 년 전에 카드를 보냈더군요. 지난 크리스마스에는 할머니가 카드를 보냈고요. 나 참, 감옥에 같이 있던 녀석들이 얼마나 웃어 댔는지. 나무 그림에다가 눈처럼 보이는 반짝이를 붙여 놨더라고요. 시도 하나 적혀 있었습니다.

메리 크리스마스, 예쁜 아이야
순하고 상냥한 예수님
크리스마스트리 밑에
내가 네게 주는 선물이 있단다.

아마 할머니는 그 시를 읽어 보지도 않았을 겁니다. 판매원이 내민 것 중에 제일 반짝이는 걸 골랐겠죠. 저와 같은 감방에 있던 녀석들은 죽을 것처럼 웃어 댔습니다. 그 뒤로는 나를 순한 예수님이라고 부르더군요. 할머니가 웃기는 장난을 치려고 그런 건 아닙니다. 그냥 카드가 예쁘다는 생각에 시를 읽어 볼 생각을 안 한 것뿐이죠. 제가 떠나던 해에 안경을 잃어버리셨거든요. 아마 그 뒤로 안경을 못 찾았을 겁니다."

"맥알레스터에서 대우는 어땠나?"

"아, 괜찮았습니다. 규칙적으로 식사를 할 수 있고, 깨끗한 옷도 나오고, 목욕탕도 있어요. 어떤 면에서는 상당히 괜찮습니다. 여자가 없는 게 힘들죠." 조드는 갑자기 웃음을 터뜨렸다. "가석방으로 나간 친구가 있는데, 약 한 달 뒤에 가석방 조건을 어겨서 되돌아왔습니다. 왜 그랬냐고 누가 물었더니 그놈이 이러더군요. '아, 젠장, 우리 아버지 집에는 문명의 이기가 하나도 없더라고. 전기도 안 들어오고, 샤워 시설도 없어. 책도 없고, 음식도 엉망이었어.' 그래서 문명의 이기도 조금 갖춰져 있고 식사도 규칙적으로 할 수 있는 곳으로 돌아왔다는 겁니다. 그놈 말이, 밖에서는 다음에 뭘 할지 생각해야 하기 때문에 고독했다고 하더군요. 그래서 자동차를 한 대 훔쳐서 감옥으로 돌아왔답니다."

조드는 담배를 꺼내 입김을 불어가며 갈색 종이 뭉치에서 종이를 한 장 떼어낸 다음 담배를 말았다.

"그놈 말이 옳습니다. 어젯밤에 저도 어디서 잠을 잘까 생각하다가 겁이 났습니다. 교도소 침대가 생각났죠. 감방에 같이 있던 녀석이 뭘 하고 있는지 궁금하기도 하고. 저와 몇 명이 모여서 밴드를 만들었거든요. 실력이 좋았습니다. 라디오에 출연해도 되겠다고 말한 녀석도 있었다니까요. 그런데 오늘은 아침에 도대체 몇 시에 일어나야 할지 알 수가 없었어요. 그래서 벨이 울리기를 기다리며 그냥 누워 있었죠."

케이시가 쿡쿡 웃었다. "익숙해지면 제재소에서 나는 시끄러운 소리도 그리워지는 법이니까."

흙먼지 속에서 노랗게 변해 가는 오후의 햇빛이 땅을 황금색으로 물들였다. 옥수수 줄기가 황금색으로 보였다. 제비 떼가 어딘가의 웅덩이를 향해 급강하했다. 조드의 상의 속에 들어 있는 거북은 또다시 도망치려고 몸부림치기 시작했다. 조드는 모자 차양의 주름을 잡았다. 이제 모자 차양은 까마귀

부리처럼 앞으로 길게 튀어나온 모양으로 곡선을 그리고 있었다.

그가 말했다. "이제 가 봐야겠습니다. 햇빛을 싫어하지만 이젠 그리 심한 것 같지 않으니."

케이시가 자세를 바로잡았다. "나도 자네 아버지 톰을 만난 지 한참 됐네. 어쨌든 톰한테 들를 생각이었어. 나는 자네 식구들한테 오랫동안 예수님을 만나게 해줬는데, 음식을 조금 얻어먹은 것 말고는 대가를 요구한 적이 없네."

"그럼 같이 가시죠. 목사님을 보면 아버지도 반가워하실 겁니다. 목회자가 되기에는 목사님 먹성이 너무 좋다고 항상 말씀하셨는데."

그는 구두와 거북이 들어 있는 상의를 집어 들어 더 단단하게 말았다.

케이시는 따로 흩어진 운동화를 모아 그 안에 맨발을 집어넣었다.

"난 자네만큼 용감하지 않아. 흙 속에 철사나 유리가 있을까 봐 항상 무섭거든. 난 발가락을 베이는 게 제일 싫어."

두 사람은 그늘이 끝나는 곳에서 잠시 망설이다가 해변으로 헤엄치는 사람들처럼 서둘러 노란 햇빛 속으로 뛰어들었다. 그리고 빠르게 몇 걸음을 걷다가 뭔가 골똘히 생각하는 사람들처럼 천천히 부드럽게 걷기 시작했다. 이제 길가의 옥수수 줄기들이 회색 그림자를 던졌고, 허공에서는 뜨겁게 달아오른 흙먼지 냄새가 났다. 옥수수밭이 끝나자 짙푸른 목화밭이 이어졌다. 엷은 흙먼지 속에서 검푸른 이파리들이 보였다. 목화의 꼬투리들이 이제 막 생겨나고 있었다. 얼룩무늬가 있는 목화였다. 물이 고여 있던 아래쪽은 줄기가 굵었고, 위쪽은 헐벗은 모습이었다. 햇볕에 맞서 목화가 안간힘을 쓰고 있었다. 멀리 지평선이 보이는 쪽은 눈에 잘 보이지 않을 만큼 엷은 황갈색을 띠고 있었다. 두 사람 앞으로 흙길이 구불구불 뻗어 있었고, 개울가의 버드나무들은 서쪽을 가로지르며 줄지어 늘어서 있었다. 북서쪽의 휴경지에 잡목들이 드문드문 자라고 있는 것이 보였다. 그러나 허공에서는 햇볕에 탄 먼지 냄새가 났다. 공기가 건조했기 때문에 콧물이 완전히 말라붙어 버렸다. 눈동자가 마르는 것을 막으려고 눈에는 눈물이 고였다.

케이시가 말했다. "먼지바람이 불기 전에는 옥수수가 얼마나 잘 자라고 있었는지 알겠지? 그게 결정타였네."

"매년, 매년 수확량이 많을 거라고 기대했는데 실제로 그랬던 적은 한 번도 없었던 게 기억납니다. 할아버지는 쟁기질을 다섯 번 할 때까지는, 그러니까 아직 잡초가 남아 있을 때까지는 농사가 잘됐다고 말씀하셨죠."

길이 살짝 내리막길로 변했다가 다시 언덕을 따라 오르막길이 되었다.

케이시가 말했다. "여기서 자네 아버지 집까지 멀어야 1마일일 거야. 저기 세 번째 언덕 너머 아닌가?"

"그럼요. 누가 훔쳐 가지만 않았다면. 아버지가 훔쳤던 것처럼."

"자네 아버지가 집을 훔쳤어?"

"그럼요. 원래 여기서 동쪽으로 1마일 반쯤 떨어진 데 있던 집을 끌고 왔어요. 그 집에 살던 가족이 이사를 가 버렸거든요. 할아버지하고 아버지하고 노아 형은 그 집을 다 가져오고 싶어 했지만 집이 그렇게 쉽게 움직이나요? 결국 집의 일부밖에 차지할 수 없었죠. 그래서 집 한쪽이 그렇게 웃기게 보이는 겁니다. 할아버지와 아버지는 집을 반으로 자르고는 말 열두 마리와 노새 두 마리를 동원해서 끌고 왔어요. 원래는 나머지 절반도 끌어다가 다시 합칠 생각이었죠. 그런데 우리 식구들이 가지러 가기 전에 윙크 맨리가 자기 아들들을 데리고 와서 절반만 남은 집을 훔쳐 가 버렸습니다. 아버지와 할아버지는 굉장히 속상해 했지만, 얼마 후 윙크와 같이 술을 마시면서 그냥 웃어넘겨 버렸습니다. 윙크는 자기 집이 종마라면서 우리 집하고 짝을 지어 주면 새끼 집들이 태어날지도 모른다고 했죠. 윙크는 술에 취했을 때는 아주 좋은 사람이에요. 그 일이 있은 후 할아버지와 아버지는 윙크와 친구가 되었습니다. 기회가 생길 때마다 같이 술을 마셨죠."

"톰은 정말 좋은 사람이지." 케이시가 맞장구를 쳤다.

두 사람은 흙먼지를 피워 올리며 터벅터벅 내리막길을 내려가다가 다시 오르막길이 시작되자 속도를 늦췄다. 케이시는 소매로 이마를 훔치고는 꼭대기가 납작한 모자를 다시 썼다.

"그래, 톰은 정말 좋은 사람이야. 하느님을 안 믿는 사람치고 정말 좋은 사람이야. 가끔 그 친구한테 성령이 조금 들어가면 그 친구도 예배에 나오곤 했네. 10피트인지 12피트인지를 뛰어오르더군. 자네 아버지가 성령을 받았을 때는 빨리 피해야 하네. 안 그러면 그 발에 짓밟히고 말 거야. 마구간에 간힌 종마처럼 펄쩍펄쩍 잘도 뛰니까."

두 사람은 오르막길 꼭대기에 이르렀다. 길은 거기서 다시 내리막길로 변했는데, 오랫동안 물살에 깎인 모습 그대로 보기 싫게 울퉁불퉁 이어지고 있었다. 그리고 길 양편에서는 길을 깎아내는 새로운 상처들이 생겨나고 있었다. 조드는 맨발로 교차로에 놓인 돌멩이들을 조심스레 피했다.

"목사님이 아버지 얘기를 하시니까 말인데, 아마 목사님은 저희 큰아버지가 포크네 동네에서 세례받는 모습을 못 보셨을 겁니다. 아이고, 큰아버지는 정말 펄쩍펄쩍 뛰어다녔죠. 피아노만큼이나 커다란 덤불을 훌쩍 뛰어넘었으니까요. 보름날 밤 늑대들처럼 소리를 질러 대면서 훌쩍 뛰어넘어 갔다가 다시 뛰어넘어 오곤 했습니다. 아버지는 원래 예수님 때문에 펄쩍펄쩍 뛰어다니는 동네 사람들 중에는 당신이 최고라고 생각하시던 분입니다. 그래서 큰아버지가 뛰어넘었던 덤불보다 두 배나 큰 덤불을 골랐죠. 그러고는 깨진 병 조각 위에 뉘어 놓은 암퇘지처럼 꽥 소리를 지르고는 그 덤불을 향해 달려갔습니다. 뭐, 아버지가 덤불을 뛰어넘기는 했는데 그만 오른쪽 다리가 부러지고 말았죠. 그래서 아버지가 성령을 잃어버린 겁니다. 목사님은 성령을 다시 붙들어 오려고 기도를 하고 싶어 했지만 아버지는 싫다고 했어요. 의사한테 진찰을 받아야 한다는 생각으로 머리가 가득 차 있었거든요. 뭐, 마을에 의사는 없었지만 이 마을 저 마을을 떠돌아다니는 치과 의사는 있었습니다. 그 사람이 아버지 다리를 고쳐 줬죠. 목사님도 어쨌거나 아버지 다리를 위해서 기도를 해 줬고요."

두 사람은 물살에 깎인 길의 반대편에서 완만한 오르막길을 터벅터벅 걸어 올라갔다. 이제 해가 지고 있었으므로 햇볕이 아까처럼 뜨겁지는 않았다. 공기는 아직 뜨거웠지만 쨍쨍 내리쪼이던 햇살은 약해져 있었다. 구부정한 기둥에 묶인 가시철조망이 길 가장자리를 따라 계속 이어졌다. 오른쪽으로는 그 줄이 울타리처럼 목화밭을 가로질러 매여 있었고, 흙먼지를 뒤집어쓴 초록색 목화밭은 좌우에 똑같은 모습으로 펼쳐져 있었다. 검푸른 이파리들이 바짝 말라서 먼지를 뒤집어쓴 모습으로.

조드는 울타리를 가리키며 입을 열었다. "저것이 저희 경계선입니다. 저기서는 사실 울타리가 필요하지 않았어요. 하지만 아버지는 우리한테 가시철조망이 있으니까 그걸 저기다 매어 두고 싶어 하셨죠. 뭔가가 분명해지는 것 같은 느낌이 든다면서요. 어느 날 밤 큰아버지가 둘둘 감은 가시철조망 여섯 뭉치를 짐마차에 싣고 오지 않았다면 울타리도 만들지 않았을 겁니다. 큰아버지는 아버지에게 가시철조망을 주고 대신 돼지 새끼를 가져갔습니다. 큰아버지가 그 가시철조망을 어디서 가져왔는지는 모르겠어요."

두 사람은 오르막길 앞에서 걸음을 늦췄다. 부드러운 흙먼지 속으로 발이 푹푹 빠지면서 발바닥에 닿는 땅바닥이 느껴졌다. 조드는 속으로 기억을 더듬고 있었다. 마치 속으로 혼자 웃고 있는 것 같았다.

"큰아버지는 정말 종잡을 수 없는 사람이었습니다. 그 돼지 새끼를 어떻게 했는지만 봐도 알죠."

그는 쿡쿡 웃으며 계속 걸음을 옮겼다.

짐 케이시는 조바심을 치며 기다렸지만 조드의 이야기는 이어지지 않았다. 케이시는 한참을 기다리다가 마침내 입을 열었다.

"그래, 그 돼지 새끼를 어떻게 했는데?" 그가 약간 짜증스러운 목소리로 조드를 다그쳤다.

"네? 아! 뭐, 그 자리에서 바로 돼지를 죽인 다음에 어머니더러 화덕에 불을 피우라고 했습니다. 그리고 고기를 잘라서 냄비에 올리고, 갈비하고 다리는 오븐에 넣었죠. 큰아버지는 갈비가 다 익을 때까지 기다리면서 고기를 먹었고, 그다음에는 다리가 다 익을 때까지 갈비를 먹었습니다. 그리고 또 다리를 먹으려고 달려들었죠. 다리에서 고기를 큼직하게 잘라내서는 입속으로 던져 넣었습니다. 저와 동생들이 그 옆에서 침을 줄줄 흘리고 있었더니 큰아버지가 고기를 좀 주더군요. 하지만 아버지한테는 한 점도 안 줬습니다. 나중에는 고기를 너무 많이 먹어서 한바탕 토한 다음에 잠이 들었죠. 큰아버지가 자는 동안에 아버지하고 우리들이 다리를 먹어 치웠습니다. 그런데 큰아버지는 아침에 일어나서는 아직 남아 있던 다리 한 짝을 오븐에 넣지 뭡니까? 아버지가 '형님, 그 돼지를 전부 먹어 치울 작정이에요?' 하고 물었더니, 큰아버지가 '그럴 생각이다. 하지만 내가 아무리 돼지고기에 굶주렸다 해도 다 먹어 치우기 전에 고기가 상할까 봐 걱정이야. 아무래도 네가 고기를 한 접시 먹고 대신 가시철조망을 두 덩이쯤 돌려주는 게 나을 것 같은데.' 이랬습니다. 아버지는 절대 바보가 아니죠.

그래서 그냥 큰아버지가 실컷 먹게 내버려 뒀습니다. 큰아버지는 결국 돼지고기를 절반밖에 못 먹고 가 버렸죠. 아버지가 고기를 소금에 절이지 그러느냐고 말해 봤지만, 큰아버지는 그럴 사람이 아니었습니다. 돼지를 먹고 싶다면 한 마리를 통째로 앞에 갖다 놓아야 하고, 일단 실컷 먹은 다음에는 눈앞에 돼지가 있는 걸 싫어하는 사람이니까요. 그래서 큰아버지가 가버린 다음에 아버지가 남은 고기를 소금에 절였습니다."

"내가 아직 성령으로 설교를 하고 있었다면, 그걸 주제로 자네한테 설교를 했겠군. 하지만 지금은 내가 설교를 하지 않으니까. 큰아버지가 뭣 때문에 그런 짓을 한 것 같은가?"

"모르죠. 그냥 돼지고기가 먹고 싶어서 그랬을 겁니다. 생각만 해도 저까지 배가 고파지네요. 사 년 동안 구운 돼지고기를 네 조각밖에 못 먹었거든요. 크리스마스 때마다 한 조각씩."

케이시가 조심스럽게 의견을 내놓았다. "어쩌면 자네 아버지가 성경에 나오는 탕자 이야기처럼 살진 송아지를 한 마리 잡을지도 모르지."

조드는 말도 안 된다는 듯이 웃음을 터뜨렸다. "저희 아버지가 어떤 사람인지 모르시는군요. 아버지는 닭을 죽이면서 닭보다 더 비명을 지를 사람입니다. 도대체 깨닫지를 못해요. 아버지는 항상 크리스마스를 위해 돼지를 남겨 두는데, 녀석이 9월쯤에 위(胃) 확대증인지 뭔지로 죽어 버려서 우리는 결국 고기를 못 먹게 됩니다. 큰아버지는 돼지고기를 먹고 싶으면 그냥 먹어 버려요. 그래서 그때 그 고기를 먹은 겁니다."

두 사람이 둥그런 곡선을 그리고 있는 언덕 꼭대기를 넘어

서자 발아래로 조드의 집이 보였다. 조드가 걸음을 멈췄다.

"옛날 모습이 아닌데요. 저 집을 좀 보세요. 무슨 일이 있었던 것 같아요. 집에 아무도 없잖아요."

두 사람은 그 자리에 서서 옹기종기 모여 있는 건물들을 뚫어지게 바라보았다.

5장

　지주들이 왔다. 아니 지주의 대리인이 올 때가 더 많았다. 그들은 지붕이 달린 자동차를 타고 와서 손가락으로 바싹 마른 흙을 만져 보았다. 때로는 땅에 송곳을 박아 토질을 검사하기도 했다. 자동차들이 들판을 달릴 때면 소작인들은 햇볕이 쨍쨍 내리쬐는 앞마당에서 불안하게 그들을 지켜보았다. 마침내 지주의 대리인들이 앞마당으로 차를 몰고 들어와서 차 안에 앉은 채 창문 너머로 뭐라고 이야기를 했다. 소작인 남자들은 한동안 차 옆에 서 있다가 바닥에 주저앉더니 나뭇가지로 땅바닥에 낙서를 하기 시작했다.

　열어 놓은 문 안쪽에서는 여자들이 서서 밖을 내다보고, 그 뒤에는 아이들이 있었다. 머리가 옥수수처럼 뾰족하게 생긴 아이들은 눈을 휘둥그레 뜬 채 아무것도 신지 않은 양발을 서로 포개고 발가락을 꼼지락거렸다. 여자들과 아이들은 남자들이 지주의 대리인과 이야기하는 모습을 지켜보았다. 말없이.

지주의 대리인들 중 몇 명은 상냥했다. 자기들이 하고 있는 일을 싫어했기 때문에. 또 몇 명은 잔인하게 굴어야 한다는 사실이 싫어서 화가 나 있었다. 그리고 또 몇 명은 차갑게 굴지 않으면 지주가 될 수 없다는 사실을 오래전에 알아차렸기 때문에 차갑게 굴었다. 그들은 모두 자신들의 힘으로 어찌할 수 없는 상황에 붙들려 있었다. 그들 중 일부는 자신이 숫자 놀음에 놀아나고 있다는 것을 싫어했고, 일부는 두려워했으며, 일부는 숫자 놀음을 숭배했다. 숫자를 생각하다 보면 다른 생각을 하지 않을 수 있었기 때문이다. 지주가 은행이나 금융회사인 경우, 지주의 대리인은 그 은행이나 금융회사가 그 땅을 필요로 한다, 원한다, 반드시 가져야 한다고 말하곤 했다. 마치 은행이나 회사가 생각과 감정이 있는 괴물이고 자신은 그 괴물에게 먹혀 버린 것처럼. 대리인들은 은행이나 회사에 대해 책임을 지려 하지 않았다. 그들은 부하이고 노예이므로. 모든 것을 움직이는 주인은 바로 은행이었다. 지주의 대리인들 중 일부는 자신이 그토록 냉혹하고 강력한 주인의 노예라는 것을 조금 자랑스러워했다. 지주의 대리인들은 자동차 안에 앉아서 말했다. 땅이 나쁘다는 건 알고 있겠죠. 오랫동안 저 땅을 헤집어 봤으니까.

쪼그리고 앉은 소작인 남자들은 고개를 끄덕이면서도 어리둥절한 표정으로 땅바닥에 낙서를 해 댔다. 예, 알고말고요. 흙먼지만 날리지 않으면 좋을 텐데. 맨 위의 흙이 날아가 버리지만 않는다면 아마 땅이 그렇게 나쁘지 않을 텐데.

지주의 대리인들은 계속 자기들이 하고 싶은 얘기로 대화를 이끌었다. 땅이 점점 더 나빠지고 있다는 것도 알고 있겠죠. 목화 농사가 땅에 어떤 영향을 미치는지도 알 겁니다. 목화가 땅에서 피를 다 빨아먹어 버리잖아요.

소작인 남자들은 고개를 끄덕거렸다. 알고말고요. 작물을 번갈아 심을 수만 있다면 땅에 다시 피를 넣어 줄 수 있을지도 몰라요.

글쎄, 너무 늦었어요. 지주의 대리인들은 자기들보다 더 강력한 괴물의 생각과 행동을 설명했다. 끼니를 해결하고 세금을 치를 수만 있다면 땅을 가지고 있어도 되겠죠. 그렇고말고요.

그럼요, 그렇고말고요. 갑자기 흉년이 들어서 은행에서 돈을 빌리게 되지만 않는다면요.

그런데 말이죠, 은행이나 회사는 그럴 수가 없어요. 그놈들은 공기를 호흡하지도 않고 고기를 먹지도 않거든요. 그놈들은 이윤이 있어야 숨을 쉰단 말입니다. 밥 대신 이자를 먹고 살아요. 공기가 없거나 고기가 없을 때 당신들이 죽는 것처럼, 그놈들도 이윤을 얻지 못하면 죽어요. 슬픈 일이지만 그런 걸 어떡하겠습니까. 세상이 그런 걸.

소작인 남자들은 그 말을 이해해 보려고 눈을 들어 지주의 대리인들을 바라보았다. 그냥 이대로 있으면 안 될까요? 내년에는 풍년이 들지도 모르는데. 내년에 목화 농사가 어떻게 될지 아무도 모르는 거잖아요. 게다가 여기저기서 전쟁이 벌어지고 있으니 목화 값이 얼마가 될지 몰라요. 목화로 폭탄을 만들지 않나요? 군복도? 전쟁이 많이 일어나면 목화 값이 천정부지로 치솟을 텐데. 어쩌면 내년에는 그렇게 될지도 몰라요. 그들은 그렇지 않느냐는 듯이 지주의 대리인들을 올려다보았다.

그걸 믿을 수가 있나요. 은행, 그 괴물은 항상 이윤을 내야 해요. 기다려 줄 수가 없다고요. 그러면 죽어 버릴 테니까. 세금도 자꾸 나오는데. 그 괴물은 계속 자라지 못하면 죽어 버려요. 계속 같은 크기로 있을 수 없단 말입니다.

소작인 남자들은 손가락으로 차창을 부드럽게 두드리며 불안한 마음에 땅에 낙서를 하고 있던 막대기를 쥔 손에 힘을 주었다. 햇볕이 쨍쨍 내리쬐는 문간에서는 여자들이 한숨을 쉬며 포개고 있던 양발의 위치를 바꿨다. 그리고 다시 발가락을 꼼지락거렸다. 개들이 코를 킁킁대며 자동차 옆으로 와서 타이어 네 개에 차례로 오줌을 쌌다. 닭들은 햇볕을 받은 흙바닥에 누워 흙먼지로 속까지 씻어 내려고 깃털을 부풀렸다. 자그마한 돼지우리에서는 돼지들이 진흙과 뒤섞인 먹이 찌꺼기를 앞에 두고 무슨 일이냐는 듯 꿀꿀거렸다.

소작인 남자들은 다시 시선을 떨어뜨렸다. 우리더러 어쩌라는 거죠? 소작료를 더 낼 수는 없어요. 지금도 굶다시피 하니까. 아이들은 항상 배를 곯고 있어요. 입을 옷도 없습니다. 찢어진 누더기뿐이에요. 이웃들도 우리랑 같은 형편이니까 망정이지, 그렇지 않았다면 부끄러워서 모임에도 못 나갈 겁니다.

마침내 지주의 대리인들이 요점을 꺼냈다. 소작 제도는 이제 소용이 없습니다. 트랙터만 있으면 한 사람이 열두 가구나 열네 가구 몫을 해낼 수가 있으니. 그 사람한테 월급을 주고 추수한 걸 이쪽이 다 갖는 편이 낫죠. 그렇게 해야 합니다. 우리도 좋아서 하는 일은 아니지만, 괴물이 지금 아프거든요. 괴물한테 뭔가 일이 생긴 모양이에요.

하지만 그러다가 목화 농사 때문에 땅이 망가질 거예요.

우리도 알아요. 땅이 죽어 버리기 전에 빨리 목화를 거둬들여야죠. 그리고 땅을 팔아치울 겁니다. 동부에는 땅을 갖고 싶어 하는 사람들이 많으니까.

소작인 남자들은 깜짝 놀란 얼굴로 시선을 들었다. 그럼 우리는요? 어떻게 먹고살라고요?

당신들은 여기를 떠나야 합니다. 쟁기가 이 앞마당도 훑고 지나가게 될 테니까.

소작인 남자들이 성난 얼굴로 자리에서 일어섰다. 우리 할아버지가 이 땅을 개척했습니다. 인디언들을 죽이고 내쫓았다고요. 우리 아버지는 여기서 태어나 잡초도 뽑고 뱀도 죽였습니다. 그러다가 흉년이 와서 돈을 조금 빌렸죠. 우리도 여기서 태어났어요. 저기 저 안에서. 우리 애들도 여기서 태어났어요. 아버지는 돈을 빌릴 수밖에 없었죠. 그렇게 해서 은행이 이 땅의 주인이 되었지만, 우리는 여기 남아서 우리가 키운 곡식 중 일부만 가져갔습니다.

우리도 알아요. 다 알아. 이건 우리가 아니라, 은행이 시킨 겁니다. 은행은 사람하고 달라요. 땅을 5만 에이커나 가진 지주도 평범한 사람들하고는 다르죠. 괴물이 되는 겁니다.

그렇겠지. 소작인 남자들이 소리쳤다. 하지만 이건 우리 땅입니다. 우리가 측량하고, 우리가 개간했어요. 우리는 여기서 태어나 이 땅 때문에 목숨을 잃기도 했고, 또 여기서 죽었어요. 땅이 나빠졌다 해도 여전히 우리 겁니다. 우리가 여기서 태어나 여기서 일하고 여기서 죽으니까 우리 땅이에요. 땅의 주인이라는 건 그런 겁니다. 숫자가 적힌 서류로 주인이 되는 게 아니란 말입니다.

미안합니다. 우리가 그러는 게 아니잖아요. 괴물이 시킨 겁니다. 은행은 사람하고 달라요.

그렇지만 은행도 사람들이 모여서 만든 거잖아요.

아니, 틀렸어요. 틀렸어. 은행은 사람하고 달라요. 사실 은행에서 일하는 사람들도 모두 은행이 하는 일을 싫어하지만 은행은 상관 안 합니다. 은행은 사람보다 더 강해요. 괴물이라고요. 사람이 은행을 만들었지만, 은행을 통제하지는 못합니다.

소작인 남자들이 소리쳤다. 할아버지는 이 땅 때문에 인디언을 죽이고, 아버지는 이 땅을 위해 뱀을 죽였어. 어쩌면 우리가 은행을 죽여 버릴지도 몰라. 은행은 인디언이나 뱀보다 나빠. 어쩌면 우리가 땅을 지키려고 싸움에 나설지도 몰라. 아버지와 할아버지가 그랬던 것처럼.

이번에는 지주의 대리인들이 화를 냈다. 여기서 떠나야 합니다.

하지만 이건 우리 땅이야. 소작인 남자들이 소리쳤다. 우리는……

아뇨, 은행, 그 괴물이 이 땅의 주인입니다. 당신들은 떠나야 해요.

총을 가져와야겠어. 인디언들이 왔을 때 할아버지가 그랬던 것처럼. 그러면 어쩔 거야?

글쎄요, 처음에는 보안관을 보내고, 그다음에는 군대를 보내겠죠. 여기 머무르겠다는 건 도둑질이나 마찬가지예요. 여기 남으려고 사람을 죽인다면 살인자가 되는 겁니다. 괴물은 사람이 아니지만, 사람들을 시켜서 자기가 원하는 일을 할 수 있어요.

여기서 떠난다면 우리가 어디로 가겠어? 어떻게 떠나? 돈도 없는데.

미안합니다. 지주의 대리인들이 말했다. 은행, 5만 에이커의 땅을 가진 은행은 거기에 대해서는 책임을 질 수 없습니다. 당신들은 지금 자기 것이 아닌 땅을 차지하고 있어요. 다른 주(州)로 가면 가을에 목화를 딸 수 있을지도 모릅니다. 정부의 구호 대상자가 될 수 있을지도 모르고. 서부의 캘리포니아로 한번 가 보지 그래요? 거기에는 일자리도 있고, 추운 겨울도 없습니다. 게다가 손만 뻗으면 오렌지를 딸 수 있어요. 항상 어딘가의 밭에서 일할 수도 있고. 그리로 가 보지 그래요? 지주의 대리인들은 차를 출발시켜 그 자리를 떠나 버렸다.

소작인 남자들은 다시 쪼그리고 앉아 막대기로 흙바닥에 낙서를 하며 생각에 잠겼다. 햇볕에 탄 얼굴은 검은색이었고, 햇볕에 치인 눈동자는 연한 색이었다. 문간에 서 있던 여자들이 조심스레 남자들에게 다가왔다. 아이들도 여자들 뒤에서 조심스레 살금살금 다가왔다. 언제라도 도망칠 준비를 하고서. 좀 나이가 많은 사내아이들은 아버지들 옆에 쪼그리고 앉왔다. 그러면 어른이 된 것 같으니까. 시간이 흐른 후 여자들이 물었다. 그 사람이 뭐래요?

남자들은 잠시 시선을 들었다. 고뇌의 흔적이 눈에 남아 있었다. 여길 떠나래. 트랙터와 관리인을 두겠다고. 공장처럼.

어디로 가죠? 여자들이 물었다.

몰라. 모르겠어.

여자들은 아이들을 앞세워 재빨리 조용하게 다시 집 안으로 들어갔다. 그들은 남자들이 속이 상해서 사랑하는 가족에게까지 화를 낼지도 모른다는 것을 알고 있었다. 그들은 흙바닥에서 생각에 잠겨 있는 남자들을 방해하고 싶지 않았다.

시간이 조금 흐르면 남자가 주위를 둘러볼지도 몰랐다. 강철 수둥이에 꽃이 새겨져 있고 거위 목처럼 생긴 손잡이가 있는, 십 년 전에 설치한 펌프를. 수많은 닭들을 죽인 커다란 도마를. 헛간에 누워 있는 곡괭이를. 서까래에 걸려 있는 독특한 곡식 저장통을.

집 안에서는 아이들이 여자들 주위에 모여 있었다. 우린 어떻게 되는 거야, 엄마? 어디로 가?

여자들이 말했다. 몰라, 아직은. 밖에 나가서 놀아라. 하지만 아버지 옆에는 가지 마. 가까이 갔다가 아버지한테 맞을지도 모르니까. 그리고 여자들은 하던 일을 계속했다. 그러나 그들은 흙바닥에 쪼그리고 앉아서 곤혹스러운 얼굴로 생각에 잠긴 남자들에게서 한시도 시선을 떼지 않았다.

트랙터가 도로를 넘어 밭으로 들어왔다. 벌레처럼 움직이지만, 벌레치고는 믿을 수 없을 만큼 힘이 센 거대한 생물이었다. 트랙터는 땅 위를 기어 다니며 이랑을 만들고 흙을 뒤집었다. 디젤 트랙터는 가만히 있을 때는 그냥 작게 덜덜거렸지만, 움직일 때는 천둥 같은 소리를 내다가 차츰 단조롭게 우르릉거리는 소리로 잦아들었다. 들창코의 괴물들이 흙먼지를 일으킨 다음 그 속에 주둥이를 들이밀었다. 그들은 울타리와 앞마당을 지나고 도랑을 지나 마을을 곧장 가로질렀다. 땅 위를 그냥 달리는 것이 아니라, 스스로 길을 만들어 가며 달렸다. 그들은 산도, 협곡도, 수로도, 울타리도, 집도 모두 무시했다.

운전석의 쇠의자에 앉은 남자는 사람처럼 보이지 않았다. 장갑과 보안경을 끼고, 코와 입에 고무로 된 방진 마스크를 쓴 그 남자는 괴물의 일부였으며, 로봇이었다. 실린더의 천둥 같은 소리가 온 마을에 울려 퍼지면서 공기와 흙 속에 스며들었다. 그래서 흙과 공기도 같은 리듬으로 진동했다. 운전석의 남자는 트랙터를 통제할 수 없었다. 트랙터는 십여 개의 농장을 꿰뚫으며 마을을 똑바로 가로질렀다가 다시 똑바로 돌아왔다. 운전석에서 녀석의 방향을 바꿀 수 있었지만, 운전사는 손을 움직이지 못했다. 트랙터를 만든 괴물, 트랙터를 이리로 보낸 그 괴물이 운전사의 손과 머리와 근육 속에 들어와 있었기 때문에. 그에게 보안경을 씌우고 입에 마개를 씌웠기 때문에. 그의 마음을 가리고, 그의 입을 막고, 그의 인식을 무디게 만들고, 항의의 목소리를 막아 버렸기 때문에. 그는 있는 그대로의 땅을 보지 못하고, 땅의 냄새를 맡지 못했다. 발로 흙덩어리를 밟아 보거나 땅의 온기와 힘을 느끼지도 못했다. 그는 쇠로 만든 의자에 앉아서 쇠로 만든 페달을 밟았다. 그는 자신의 연장인 기계에 응원을 보내거나, 기계를 때리거나, 욕을 퍼붓거나, 격려하지 못했다. 그래서 자신에게 응원을 보내거나, 자신을 채찍질하거나, 욕을 퍼붓거나, 격려하지도 못했다. 그는 땅을 알지도 못하고, 믿지도 못하고, 간절히 원하지도 않았다. 땅에 떨어진 씨앗이 싹을 틔우지 못한다 해도 그에게는 아무 의미가 없었다. 쑥쑥 자라나던 어린 줄기가 가뭄에 시들어 버리거나 홍수 때문에 물에 잠겨도 운전사는 트랙터와 마찬가지로 아무런 느낌이 없었다.

은행이 땅을 사랑하지 않듯, 그도 땅을 사랑하지 않았다. 그가 트랙터에 찬사를 보낼 수는 있었다. 기계의 외양과 불뚝불뚝 솟아나는 힘과 폭발하는 실린더의 힘에 감탄할 수는 있었다. 그러나 이 트랙터는 그의 것이 아니었다. 트랙터 뒤에서는 반짝이는 원반들이 빙글빙글 돌아가면서 땅을 잘라 내고 있었다. 그것은 쟁기질이 아니라 수술이었다. 그 원반들이 잘라 낸 흙더미를 오른쪽으로 밀어내면 또 다른 원반들이 흙더미를 잘라 왼쪽으로 밀어냈다. 땅을 잘라 내는 원반의 칼날들은 흙에 씻겨서 반짝반짝 광택이 났다. 원반들 뒤에서는 써레가 쇠이빨로 흙을 빗질해 작은 흙덩이를 부숴 땅을 평평하게 골랐다. 써레 뒤에서는 파종기(주물 공장에서 발기한 음경처럼 다듬어진 열두 개의 쇠몽둥이)가 기어의 움직임에 따라 오르가슴을 느끼며 기계적으로 땅을 강간했다. 열정과 흥분이 없는 강간이었다. 운전사는 쇠로 만든 의자에 앉아 자기가 만든 것도 아닌 똑바른 선들을 자랑스러워 했다. 자기 것도 아니고 애정도 없는 트랙터를 자랑스러워 했다. 자신이 통제하지도 못하는 힘을 자랑스러워했다. 곡식이 다 자라서 추수를 할 때도 손가락으로 뜨거운 흙덩어리를 부수며 체를 치듯 손가락 사이로 흙을 흘려보내는 사람은 아무도 없었다. 씨앗을 직접 손으로 만지거나 작물이 쑥쑥 자라기를 염원하는 사람도 없었다. 사람들은 자기가 기르지도 않은 곡식으로 만들어진 빵을 먹으며 아무런 교감도 느끼지 못했다. 땅은 쇠뭉치 밑에서 열매를 맺고, 쇠뭉치 밑에서 점점 죽어 갔다. 땅을 사랑하는 사람도 증오하는 사람도 없고, 땅을 위한 기도도 저주도 없었기 때문에.

정오가 되면 트랙터 운전사는 가끔 소작인의 집 근처에 차를 세우고 도시락을 열었다. 밀랍을 먹인 종이로 싼 샌드위치였다. 하얀 빵, 피클, 치즈, 스팸, 엔진 부품처럼 상표가 찍힌 파이 한 조각. 그는 아무런 맛도 느끼지 못한 채 도시락을 먹었다. 아직 떠나지 않은 소작인들이 와서 보안경과 방진 마스크를 벗은 그의 얼굴을 신기한 듯 바라보았다. 그의 눈, 코, 입 주위에 커다란 하얀 원이 생겨 있었다. 트랙터는 계속 덜덜거리며 배기가스를 내뿜었다. 연료가 아주 싸기 때문에 시동을 껐다가 다시 걸기 위해 디젤 엔진을 가열하는 것보다 계속 엔진을 켜 두는 편이 더 효율적이었다. 호기심 많은 아이들이 가까이 몰려들었다. 누더기를 걸친 그 아이들은 구경을 하면서 기름에 튀긴 빵을 먹었다. 그들은 샌드위치의 포장지를 벗기는 운전사의 모습을 굶주린 시선으로 바라보았다. 굶주림 때문에 감각이 날카로워진 아이들의 코가 피클, 치즈, 스팸의 냄새를 맡았다. 그들은 운전사에게 말을 걸지 않았다. 음식을 입으로 가져가는 운전사의 손을 바라볼 뿐이었다. 그들은 그가 음식을 씹는 모습을 지켜보지 않았다. 아이들의 눈은 샌드위치를 들고 있는 운전사의 손으로 옮아갔다. 얼마 후 마을을 떠날 수 없었던 소자인이 밖으로 나와 트랙터 옆의 그늘에 쭈그리고 앉았다.

"이런, 조 데이비스의 아들이잖아!"

"맞아요." 운전사가 말했다.

"뭣 때문에 이런 일을 하는 건가? 고향 사람들하고 맞서 가면서."

"하루에 3달러를 받거든요. 끼니를 해결하려고 비굴한 짓까지 했는데도 굶어야 하는 생활에는 이제 신물이 나요. 처자식도 있으니, 식구들이 먹고살아야 하잖아요. 하루에 3달러예요. 게다가 매일 그 돈을 받을 수 있고."

"맞는 말이야. 하지만 자네가 하루에 3달러를 벌기 때문에 열다섯이나 스무 집 식구들이 쫄쫄 굶고 있어. 자네가 하루에 3달러를 벌기 때문에 거의 100명이나 되는 사람들이 외지로 나가서 길거리를 헤매고 있다고. 안 그래?"

"그런 것까지 생각할 수는 없어요. 내 아이들부터 생각해야지. 하루에 3달러씩 매일 돈을 받는다고요. 시대가 변하고 있어요, 아저씨. 모르겠어요? 땅이 2000, 5000, 1만 에이커나 되고 트랙터까지 가진 사람이 아니면 땅으로는 먹고살 수 없게 되었다고요. 농지는 이제 우리처럼 하찮은 사람들의 것이 아니에요. 우리가 포드 자동차를 만들 수도 없고, 전화 회사도 아니라고 해서 불평할 수는 없잖아요. 지금은 농사도 마찬가지예요. 어쩔 수 없어요. 어디서든 하루에 3달러를 벌 수 있는 길을 찾아보세요. 그 방법뿐이에요."

소작인은 생각에 잠긴 듯 입을 열었다. "참, 웃기는 일이구면. 사람이 땅뙈기라도 조금 갖고 있으면, 그 땅이 바로 그 사람이고, 그 사람의 일부고, 그 사람을 닮아 가는 법인데. 사람이 자기 땅을 걸으면서 땅을 관리하고, 흉작이 들면 슬퍼하고, 비가 내리면 기뻐하고, 그러면 그 땅이 바로 그 사람이 되는데. 그 땅을 갖고 있다는 이유로 사람이 더 커지는 법인데. 농사가 잘 안 되더라도 땅이 있어서 사람이 크게 느껴지는 법인데. 원래 그런 건데." 소작인은 계속 생각에 잠긴 얼굴로 말을 이었다. "하지만 사람이 땅을 갖고 있으면서도 그 땅을 직접 보지 않거나, 시간이 없어서 땅을 손으로 만져 보지 못하거나, 땅 위를 걸어 볼 수 없다면, 그래도 그 땅은 그 사람을 닮아가지. 그래서 그 사람은 자기가 원하는 일을 할 수 없고, 자기가 생각하고 싶은 걸 생각할 수 없어. 땅이 그 사람이니까. 그 사람보다 더 강하니까. 그 사람은 커지는 게 아니라 오히려 작아져. 그냥 재산이 많을 뿐이지. 그 사람은 땅의 하인일 뿐이야. 그것도 원래 다 그런 법이라고."

운전사는 상표가 붙은 파이를 우적우적 씹어 먹으며 파이 껍질을 버렸다.

"시대가 변했다니까요. 그런 생각을 하고 있으면 아이들한테 줄 밥이 생기겠어요? 하루에 3달러를 벌어서 아이들을 먹여야죠. 다른 사람 애들 말고 아저씨네 애들만 걱정하세요. 아저씨가 그런 얘기를 하고 다닌다고 소문이 나면 절대 하루에 3달러를 벌 수 없을 거예요. 아저씨가 하루에 3달러를 벌 생각 말고 다른 생각을 조금이라도 하고 있으면, 높은 양반들이 아저씨한테 3달러짜리 일자리를 안 줄 거라고요."

"자네가 버는 3달러 때문에 거의 백 명이나 되는 사람들이 거리로 나앉았다니까. 우리가 어디로 가겠어?"

"그 말을 들으니 생각나는데, 아저씨도 빨리 떠나시는 게 좋을 거예요. 저녁 먹고 나서 제가 아저씨네 앞마당으로 트랙터를 몰 거니까."

"자네가 오늘 아침에 우물을 메워 버렸잖아."

"그래요. 직선으로 움직여야 하니까. 어쨌든 저녁 먹고 나서 아저씨네 앞마당으로 갈 거예요. 그리고 아저씨가 우리 아버지랑 아는 사이니까 얘기해 드릴게요. 어디든 아직 사람들이 살고 있는 곳에서 내가 사고를 일으키면, 그러니까 내가 집에 너무 가까이 다가가서 집이 조금 무너지기라도 하면, 난 아마 2달러쯤 더 받게 될지도 몰라요. 그런데 우리 집 막내 녀석은 아직 구두를 신어본 적이 없거든요."

"그 집은 내가 내 손으로 지은 거야. 헌 못을 두들겨 펴서 지붕 널빤지를 붙였다고. 서까래는 짐을 쌀 때 쓰는 철사로 도리에 동여맸지. 그 집은 내 거야. 내가 지었어. 자네가 그 집을 들이받으면, 내가 창문에서 자네를 쏠 거야. 그냥 가까이 다가오기만 해도 내가 자네를 토끼처럼 쏴 버릴 거야."

"제가 그러고 싶어 그러는 게 아니에요. 저도 어쩔 수 없다고요. 그렇게 안 하면 목이 잘리니까. 아저씨, 아저씨가 절 죽이면 어떻게 되는지 알아요? 그 사람들이 아저씨를 교수대로 보낼걸요. 게다가 아저씨가 교수대에 매달리기 훨씬 전에 벌써 나 말고 다른 놈이 트랙터를 몰고 올 거예요. 그놈이 아저씨 집을 무너뜨리겠죠. 절 죽여 봤자 소용없어요."

"그래? 자네한테 명령을 내린 놈이 누구야? 그놈을 잡아야겠어. 그놈을 죽여야겠어."

"아저씨는 잘못 생각하고 있어요. 그 사람도 은행에서 지시를 받은 거예요. 은행이 그 사람한테 사람들을 쫓아내지 못하면 그 사람이 쫓겨날 거라고 말했단 말이에요."

"그럼 은행 총재가 있을 거 아냐. 이사회도 있을 거고. 총에다 총알을 가득 채워서 은행으로 가야겠다."

"누가 그러는데 은행은 동부에서 지시를 받고 있대요. '땅에서 이윤을 내지 못하면 은행을 폐쇄해 버리겠다.' 이랬대요."

"그럼 어디가 끝이야? 누굴 쏴야 되는 거냐고? 난 굶어 죽기 전에 날 굶기는 놈을 죽일 거야."

"저도 몰라요. 어쩌면 아저씨가 죽일 사람이 아무도 없는지도 모르죠. 어쩌면 사람이 문제가 아닌지도 몰라요. 아저씨 얘기처럼, 어쩌면 땅이 이런 짓을 하고 있는 건지도 몰라요. 어쨌든 전 제가 무슨 명령을 받았는지 아저씨한테 미리 얘기해 드렸어요."

"방법을 찾아야 해. 우리 모두. 이 일을 막을 수 있는 방법이 있을 거야. 이건 벼락이나 지진하고 달라. 이건 인간이 저지른 짓이라고. 그렇다면 틀림없이 우리가 막을 수 있을 거야."

소작인은 자기 집 문간에 앉아 있었고, 운전사는 천둥 같은 소리를 내며 트랙터를 몰았다. 바퀴가 땅을 파고, 써레가 땅을 빗질하고, 음경처럼 생긴 파종기가 땅속으로 미끄러지듯 들어갔다. 트랙터가 앞마당을 가로지르며 땅을 잘라내자 사람들의 발길에 단단하게 다져졌던 땅이 씨앗이 뿌려진 밭으로 변했다. 트랙터가 다시 땅을 잘랐다. 파헤쳐지지 않은 땅은 이제 10피트밖에 남지 않았다. 트랙터가 다시 다가왔다. 쇠로 만든 흙받기가 집 한 귀퉁이로 파고들어 벽을 허물고 작은 집을 송두리째 뽑아 버렸다. 집이 옆으로 쓰러지며 벌레처럼 짓밟혔다. 운전사는 보안경을 쓰고, 고무로 만든 방진 마스크로 코와 입을 가리고 있었다. 트랙터가 계속 일직선으로 나아가며 천둥 같은 소리로 공기와 땅을 진동시켰다. 소작인 남자는 소총을 손에 들고 트랙터의 꽁무니를 물끄러미 바라보았다. 그의 옆에는 아내가, 뒤에는 조용해진 아이들이 있었다. 모두들 트랙터의 꽁무니를 물끄러미 바라보았다.

6장

케이시 목사와 톰은 언덕 위에 서서 조드 일가의 집을 내려다보았다. 페인트를 칠하지 않은 자그마한 집의 한쪽이 짓이겨져 있었고, 집의 뿌리가 뽑히는 바람에 건물이 한쪽으로 기울어져서 정면의 창문들이 장님처럼 지평선보다 한참 높은 곳의 하늘을 바라보고 있었다. 울타리는 없어져 버렸고, 앞마당에서부터 벽이 있는 곳까지 목화가 자라고 있었다. 헛간 주위도 마찬가지였다. 별채도 모로 누워 있었고, 목화밭이 그 근처까지 이어져 있었다. 아이들의 맨발과 쿵쿵거리는 말발굽과 널쩍한 마차 바퀴 때문에 단단하게 다져졌던 앞마당이 지금은 농지가 되어 먼지를 뒤집어쓴 검푸른 목화가 자라고 있었다. 톰은 말라붙은 말구유 옆에서 제멋대로 자라고 있는 버드나무와 펌프가 박혀 있던 콘크리트 토대를 오랫동안 뚫어지게 바라보았다.

마침내 그가 말했다. "세상에! 이리로 지옥이 터져 나왔나. 사는 사람이 아무도 없잖아."

마침내 그가 재빨리 언덕을 내려가기 시작했다. 케이시도 그의 뒤를 따랐다. 그는 헛간을 들여다보았지만, 인기척은 없고 바닥에 짚이 조금 흩어져 있을 뿐이었다. 그는 한쪽 구석의 노새 우리도 살펴보았다. 바닥에서 뭔가가 잽싸게 움직이더니 생쥐 일가가 지푸라기 밑으로 사라져 버렸다. 조드는 연장들을 넣어 두던 헛간 입구에서 걸음을 멈췄다. 연장이 하나도 없었다. 부러진 쟁기 날, 구석에 헝클어져 있는 철사, 갈퀴에서 떨어져 나온 쇠고리, 쥐가 갉아먹은 노새 목줄, 먼지와 기름이 더덕더덕 붙어 있는 납작한 1갤런들이 기름통, 찢어진 채 못에 걸려 있는 작업복 한 벌 등이 있을 뿐이었다.

"남은 게 하나도 없어요. 집에 좋은 연장들이 있었는데. 남은 게 하나도 없어요."

"내가 아직 목사였다면, 주님의 팔이 여길 쳤다고 했을 거야. 하지만 지금은 뭐가 어떻게 된 건지 모르겠네. 여길 떠나 있었으니까. 아무 소식도 못 들었는데."

두 사람은 콘크리트로 만든 우물 뚜껑이 있는 쪽으로 걸음을 옮겼다. 우물까지 가려면 목화가 심어져 있는 곳을 통과해야 했다. 목화에는 목화송이가 생겨나고 있었고, 땅은 갈아져 있었다.

"우린 여기다 뭘 심은 적이 없어요. 여긴 항상 비워 놓았는데. 이제는 목화밭을 짓밟지 않고서는 말을 끌고 들어올 수도 없게 됐어요." 조드가 말했다.

두 사람은 바짝 마른 우물 앞에서 걸음을 멈췄다. 원래 우물 밑에서 자라게 마련인 잡초들이 자취를 감추고 우물의 두껍고 낡은 판자가 바짝 말라서 쩍 갈라져 있었다. 우물 뚜껑 위에는 펌프를 고정시킬 때 썼던 나사못들이 삐죽 솟아 있었는데, 나선형 홈은 녹이 슬었고 고정 나사는 보이지 않았다. 조드는 우물을 들여다보며 침을 뱉고 소리가 나는지 귀를 기울였다. 흙덩어리도 한 줌 떨어뜨려 보았다.

"좋은 우물이었는데. 물소리가 안 나요."

그는 집에 가 보는 것이 내키지 않는 기색이었다. 계속 우물 속으로 흙덩어리를 떨어뜨리기만 했다.

"다 죽어 버린 게 아닐까요. 그랬다면 누구든 나한테 얘기를 해 줬을 텐데. 내가 어떻게든 그 소식을 들었을 텐데."

"집 안에 편지 같은 걸 남겨 놨는지도 모르지. 식구들이 자네가 온다는 걸 알고 있었을까?"

"모르겠어요. 아마 몰랐을 거예요. 저도 일주일 전까지는 몰랐으니까." 조드가 말했다.

"집 안을 살펴보세. 완전히 쓰러져 버렸구먼. 뭔진 몰라도 된통 들이받은 모양이야."

두 사람은 쓰러져 가는 집 쪽으로 천천히 걸어갔다. 집 앞 베란다의 지붕을 떠받치던 기둥 두 개가 밖으로 밀려 나와서 지붕이 한쪽으로 기울어져 있었다. 게다가 집의 한쪽 귀퉁이는 뭔가에 짓밟힌 듯한 형상이었다. 미로처럼 얽혀 있는 부서진 나뭇조각들 사이로 구석방이 보였다. 현관문은 안쪽으로 열려 있었고, 현관문 앞쪽에 달려 있던 나지막한 창살문은 가죽 경첩에 매달려 밖으로 열려 있었다.

조드는 가로세로 12인치짜리 나무로 만들어진 계단에서 걸음을 멈췄다.

"현관 층계가 여기 있었는데, 없어져 버렸어요. 어머니가 돌아가신 건가." 그는 현관문에 달려 있는 나지막한 창살문을 가리켰다. "만약 어머니가 어디에든 살아 계신다면 저 문을 잘 닫아서 고리를 걸어 놓으셨을 거예요. 항상 그러시니까. 문단속에 신경을 쓰시거든요." 그의 시선이 따뜻했다. "돼지가 제이콥스네 집에 들어가서 아기를 먹어 치운 다음부터는 항상 그러셨어요. 밀리 제이콥스는 그때 헛간에 있었는데, 집에 돌아와 보니 돼지가 아기를 먹고 있더래요. 밀리는 그때 임신 중이었는데 그걸 보고 그만 정신이 나가 버렸죠. 그 후로 도통 회복이 되질 않았어요. 쭉 제정신이 아니었죠. 하지만 어머니는 그 사건을 단단히 가슴에 새기고, 당신이 집 안에 있을 때가 아니면 저 돼지 문을 절대 열어 놓지 않으셨어요. 문단속을 깜빡하는 법도 없었죠. 그러니까 식구들이 어디로 가 버렸거나 죽은 거예요."

그는 부서진 베란다로 올라가서 부엌을 들여다보았다. 창문은 깨지고, 바닥에는 돌멩이들이 흩어져 있고, 바닥과 벽은 문에서부터 가파르게 기울어지고, 선반에는 고운 먼지가 쌓여 있었다. 조드가 깨진 유리와 돌멩이들을 가리키며 말했다.

"애들이 한 짓이에요. 창문을 깨뜨릴 수만 있다면 아무리 먼 거리라도 마다하지 않는 게 애들이니까. 저도 그런 적이 있어요. 애들은 빈집을 금방 알아차리죠. 사람들이 이사를 가고 나면 애들이 제일 먼저 하는 짓이 이거예요."

부엌에는 집기가 하나도 없었다. 풍로가 없어져서 벽에 뚫린 둥그런 연통 구멍에서 빛이 새어 들어오고 있었다. 싱크대 선반에는 낡은 병따개와 나무 손잡이가 사라져 버린 부서진 포크가 놓여 있었다. 조드가 조심스레 안으로 들어가자 마룻바닥이 그의 몸무게 때문에 신음 소리를 냈다. 오래된《필라델피아 레저》신문 한 장이 벽 앞의 바닥에 놓여 있었다. 종이가 누렇게 변해서 둥그렇게 말려 올라가고 있는 중이었다. 조드는 침실을 들여다보았다. 침대도, 의자도, 아무것도 없었다. 벽에는 '빨간 날개'라는 제목이 붙어 있는 인디언 소녀의 컬러 사진이 붙어 있었다. 침대 널 하나가 벽에 비스듬히 세워져 있었고, 한쪽 구석에는 단추가 달린 여자 신발 한 짝이 있었다. 발끝 부분이 둥글게 말려 올라가고 발등은 찢어져 있었다. 조드가 신발을 집어 들고 살펴보았다.

"이 신발 기억나요. 어머니 거예요. 완전히 낡아버렸네. 어머니가 이 신발을 좋아하셨는데. 몇 년 동안이나 이 신발을 신으셨어요. 아무래도 식구들이 여길 떠나면서 물건들을 죄다 가져간 모양이에요."

해가 점점 낮아져서 이제 기울어진 창문 끝으로 햇빛이 들어오고 있었다. 깨진 유리 조각에 햇빛이 부딪혀 반짝거렸다. 조드가 마침내 몸을 돌려 밖으로 나가서 베란다를 가로질렀다. 그리고 베란다 끝에 앉아 12인치짜리 계단에 맨발을 올려놓았다. 저녁 햇살이 밭을 비추고, 목화가 땅 위에 긴 그림자를 드리웠다. 털갈이하는 짐승처럼 생긴 버드나무도 긴 그림자를 드리웠다.

케이시가 조드 옆에 앉았다.

"식구들이 편지도 안 썼어?"

"네. 아까도 말했지만, 글 같은 걸 쓰는 사람들이 아니라서요. 아버지는 글을 쓸 줄 알면서도 뭘 쓰려고 하질 않았어요. 글 쓰는 걸 좋아하지 않았죠. 글을 쓰려고 하면 진저리가 난대요. 통신판매 주문서는 누구보다 잘 쓰면서 편지는 절대 안 썼어요."

두 사람은 나란히 앉아 먼 곳을 바라보았다. 조드가 둘둘 만 겉옷을 옆에 내려놓았다. 그리고 이제 자유로워진 손으로 담배를 말아 불을 붙였다. 그는 깊이 연기를 들이마신 다음 코로 내뿜었다.

"뭔가가 잘못됐어요. 뭐라고 꼭 집어서 말할 수는 없지만. 뭐가 잘못돼도 단단히 잘못됐어요. 집은 쓰러져 있고, 식구들도 사라져 버렸잖아요."

"저기 도랑이 있는 데서 내가 세례를 줬는데. 자넨 못되게 굴지는 않았지만 다루기가 아주 힘들었어. 여자애 머리채에 불독처럼 매달렸으니까. 우리가 자네랑 그 여자애한테 모두 성령의 이름으로 세례를 줄 때도 자네는 여전히 머리채를 붙들고 있었어. 톰 영감이 이러더군. '저 애를 물속에 집어넣어요.' 그래서 내가 자네 머리를 물속에 처박았더니 거품이 올라올 때가 돼서야 머리채를 놓더구먼. 자넨 못되게 굴지는 않았지만, 다루기가 아주 힘든 애였어. 가끔은 그런 애들이 자라서 커다란 성령을 받기도 하지."

여윈 회색 고양이 한 마리가 헛간에서 살금살금 걸어 나와 목화 줄기들 사이를 지나 베란다 끝까지 다가왔다. 그리고 소리 없이 베란다 위로 뛰어오르더니 배를 낮게 깔고 두 사람을 향해 기어 왔다. 녀석은 두 사람 뒤쪽에서 두 사람 사이 중간쯤 되는 지점에 앉더니 꼬리를 바닥에 쭉 펴고는 꼬리 끝으로 바닥을 찰싹 때렸다. 녀석은 그렇게 앉아서 두 사람과 똑같이 먼 곳을 바라보았다.

조드가 주위를 둘러보다가 녀석을 발견했다.

"세상에! 이게 누구야. 다 떠나 버린 건 아니네."

그가 손을 내밀었지만, 고양이는 그의 손이 닿지 않는 곳으로 펄쩍 물러나 다시 앉더니 한쪽 발을 들어 발바닥을 핥았다. 조드는 어리둥절한 표정으로 녀석을 바라보았다.

"문제가 뭔지 알아냈어요." 그가 소리쳤다. "저 녀석 덕분에 문제가 뭔지 알아냈다고요."

"내가 보기엔 여기 잘못된 게 한두 가지가 아닌데."

"아뇨, 우리 집만 이렇게 된 게 아니에요. 저 녀석이 왜 이웃 집 어딘가로 들어가지 않았을까요? 랜스네라도 들어갈 수 있었을 텐데. 여기 와서 목재를 뜯어 간 사람이 아무도 없는 건 왜죠? 서너 달 동안 여기 사람이 하나도 없었기 때문이에요. 그래서 아무도 목재를 훔쳐 가지 않은 거라고요. 헛간 바닥의 판자도 쓸 만하고, 집에도 좋은 판자들이 많아요. 창틀도 있고. 그런데 그걸 가져간 사람이 아무도 없다니, 말이 안 돼요. 그게 이상했어요. 게다가 저 녀석이 내 손을 피했어요."

"그래, 그게 어쨌다는 건가?"

케이시는 손을 뻗어 운동화를 벗더니 계단 위에서 긴 발가락을 꼼지락거렸다.

"모르겠어요. 아무래도 이웃 사람들이 다 없어진 것 같아요. 이웃이 있었다면, 좋은 판자들이 전부 이렇게 남아 있었겠어요. 그래요! 어느 해 크리스마스에 앨버트 랜스가 애들이랑 개까지 식구들을 전부 데리고 오클라호마시티로 간 적이 있어요. 사촌 집에 간다면서. 그런데 이 동네 사람들은 앨버트가 인사 한마디 없이 이사를 가 버린 줄 알았어요. 누구한테 빚을 졌거나, 어떤 여자 꾀임에 넘어갔나 보다 했죠. 앨버트는 일주일 후에 돌아왔는데, 집에 남은 게 하나도 없었어요. 풍로도 없고, 침대도 없고, 창틀도 없고. 누가 남쪽 벽에서 8피트짜리 판자를 뜯어 가는 바람에 집 안이 들여다보일 정도였다니까요. 앨버트가 차를 몰고 막 집에 도착했을 때도 멀리 그레이브스가 문짝하고 우물 펌프를 뜯어 가려던 참이었어요. 앨버트가 이웃집을 돌아다니면서 물건을 되찾는 데 이 주일이나 걸렸어요."

케이시는 기분 좋은 표정으로 발가락을 긁었다.

"물건을 안 주겠다고 싸운 사람은 없었나? 다들 그냥 물건을 돌려줬다고?"

"그럼요. 훔칠 생각이 아니었으니까. 앨버트가 그 물건들을 버리고 간 줄 알고 가져간 것뿐이에요. 앨버트는 물건을 다 되찾았어요. 쿠션만 빼고. 인디언 그림이 그려진 벨벳으로 만든 거였는데, 앨버트는 할아버지가 그 쿠션을 가져갔다고 우

6장   87

겠죠. 할아버지는 인디언 피가 섞였으니까 그 그림을 갖고 싶었을 거라고. 뭐, 할아버지가 그 쿠션을 가져온 건 맞는데, 그림에는 아무 관심이 없었어요. 그냥 그 쿠션이 좋아서 가져온 거지. 할아버지는 쿠션을 들고 다니면서 어디서든 자리에 앉을 때마다 그 쿠션을 깔고 앉았어요. 절대 앨버트한테 돌려줄 생각이 없었죠. '앨버트가 이 쿠션을 그렇게 갖고 싶다면 직접 와서 가져가라고 해. 하지만 총을 들고 오는 게 좋을걸. 만약 그 녀석이 내 쿠션에 손을 대면 내가 그놈의 더러운 머리를 날려 버릴 테니까.' 이러시더라고요. 결국은 앨버트도 포기하고 그 쿠션을 할아버지한테 선물로 줘 버렸죠. 하지만 할아버지는 거기서 아이디어를 얻었는지 닭털을 모으기 시작했어요. 닭털로 침대를 만들겠다면서요. 하지만 실제로 만들지는 못했어요. 어느 날인가 마루 밑에 스컹크가 기어들어 왔다면서 아버지는 화가 나서 녀석을 막대기로 때리고, 어머니는 할아버지가 모아 놓은 닭털을 전부 태워 버렸거든요. 냄새 때문에 살 수가 없을 지경이었으니까." 조드는 웃음을 터뜨렸다. "할아버지는 끈질긴 노인네였어요. 그 쿠션에 앉아서 말했죠, '앨버트더러 와서 가져가라고 해. 내 그 건방진 놈을 붙들고 속바지처럼 비틀어 버릴 테니까.'"

고양이가 두 사람 사이로 다시 기어 와서는 꼬리를 바닥에 쭉 펴고 수염을 가끔씩 씰룩거렸다. 해가 지평선 쪽으로 낮게 기울어져서 먼지투성이 공기가 빨간색과 황금색을 띠었다. 고양이가 궁금하다는 듯 회색 발을 뻗어 조드의 겉옷을 건드렸다. 조드는 주위를 둘러보았다.

"이런, 거북을 잊어버리고 있었네요. 이렇게 내내 싸 둘 생각은 아니었는데."

그는 거북을 싸 두었던 옷을 펼쳐 녀석을 마루 밑으로 밀어 넣었다. 하지만 녀석은 이내 밖으로 나와서 처음에 그랬던 것처럼 남서쪽을 향해 움직이기 시작했다. 고양이가 녀석에게 달려들어 잔뜩 긴장한 머리를 치고 한창 움직이던 발을 할퀴었다. 거북은 우스꽝스럽게 생긴 노인네 같은 머리를 안으로 집어넣었다. 두꺼운 꼬리도 등딱지 속으로 획 들어갔다. 고양이는 거북이 머리를 다시 내놓기를 기다리다가 싫증이 났는지 그냥 가 버렸다. 거북은 다시 남서쪽으로 움직이기 시작했다.

톰 조드와 목사는 멀어져 가는 거북을 지켜보았다. 녀석은 꼬리를 흔들며 둥그렇게 높이 솟아오른 무거운 등딱지를 끌고 남서쪽으로 움직였다. 고양이가 한동안 녀석의 뒤를 밟았지만, 10여 야드쯤 가다가 잔뜩 시위를 당긴 활처럼 몸을 둥글게 구부리더니 하품을 했다. 그리고 베란다에 앉아 있는 사람들을 향해 살금살금 되돌아왔다.

"저 녀석이 어디로 가는 것 같아요?" 조드가 말했다. "평생동안 거북을 봤는데, 녀석들은 항상 어디론가 가고 있더라고요. 항상 어딘가로 가고 싶어 하는 것 같아요."

회색 고양이는 다시 두 사람 뒤에서 두 사람 사이에 자리를 잡고 앉았다. 그리고 천천히 눈을 깜박거렸다. 벼룩 때문인지 어깨가 앞쪽으로 움찔하더니 천천히 원래 모습으로 돌아갔다. 녀석은 발을 들어 올려 찬찬히 살펴보면서 뭔가를 실험하려는 듯 발톱을 꺼냈다가 다시 집어넣었다. 그리고 분홍색 혀로 발바닥을 핥았다. 붉은 태양이 지평선과 맞닿아 해파리처럼 퍼져 나갔다. 그 위의 하늘이 아까보다 더 밝고 생생하게 보였다. 조드는 겉옷으로 싸 두었던 노란색 새 신발을 꺼내 손으로 발의 먼지를 털어 낸 다음 신었다.

목사가 밭 건너편을 바라보며 말했다. "누가 오고 있어. 봐! 저기 아래쪽, 목화밭을 곧장 가로지르고 있어."

조드는 케이시가 가리키는 곳을 바라보았다.

"걸어오고 있네요. 저 사람이 먼지를 일으켜서 모습이 보이지 않아요. 도대체 누굴까요?"

두 사람은 저녁 햇살 속에서 점점 가까워 오는 그 사람을 지켜보았다. 석양 때문에 그 사람이 일으킨 먼지가 붉게 보였다.

"남자예요." 조드가 말했다.

그 남자가 점점 가까워졌다. 그가 헛간 옆을 지날 때 조드가 말했다.

"이런, 내가 아는 사람이잖아. 목사님도 아는 사람이에요. 멀리 그레이브스라고요." 그러고 나서 소리쳤다. "어이, 멀리! 잘 지냈어?"

그 남자가 깜짝 놀란 듯 자리에 멈춰 섰다가 재빨리 다가오기 시작했다. 여윈 몸매에 키가 작은 편이었다. 그는 움찔거리는 것 같은 동작으로 재빨리 움직였다. 그의 손에는 마대 자루가 들려 있었다. 청바지는 무릎과 엉덩이 부분이 하얗게 바래 있었고, 낡은 검은색 양복저고리에는 때와 얼룩이 묻어 있었으며, 어깨 뒤쪽의 솔기가 뜯어져 소매가 너덜거렸고, 팔꿈치 부분도 닳아서 여기저기 구멍이 뚫려 있었다. 검은 모자도 양복저고리만큼 더러웠다. 그가 걸음을 내디딜 때마다 반쯤 뜯어진 모자 테두리가 위아래로 펄럭거렸다. 멀리의 얼굴은 주름 하나 없이 매끈했지만, 못된 아이처럼 반항적인 느낌이 났다. 작은 입술은 꾹 다물어져 있었고, 작은 눈은 찡그린 것 같기도 하고 화가 난 것 같기도 했다.

"멀리 기억하시죠?" 조드가 목사에게 부드럽게 말했다.

"거기 누구야?"

두 사람에게 다가오던 남자가 외쳤다. 조드는 대답하지 않았다. 멀리는 아주 가까이 다가온 후에야 얼굴을 알아보았다.

"아이고, 세상에. 톰 조드잖아. 언제 나왔어, 토미?"

"이틀 전에. 차를 얻어 타고 오느라고 시간이 좀 걸렸어. 그런데 여기 꼴을 좀 봐. 우리 식구들은 어디 있는 거야, 멀리? 집은 왜 이렇게 부서지고, 앞마당에는 왜 목화를 심은 거야?"

"아이고, 내가 온 게 천만다행이네. 톰 영감님이 그렇게 걱정하시더니만. 너희 식구들이 떠날 준비를 하고 있을 때 나는 저기 부엌에 앉아 있었어. 영감님한테 난 절대 안 떠날 거라고 말했지. 그랬더니 영감님이 '토미가 걱정이야. 녀석이 집에 왔는데 여기에 아무도 없으면 무슨 생각을 하겠어?' 하시는 거야. 그래서 내가 '편지를 쓰지 그러세요?' 그랬지. 영감님은 '쓸지도 몰라. 생각은 해 볼 텐데, 만약 내가 편지를 보내지 않는다면 네가 토미가 오는지 잘 좀 살펴봐라. 그때까지 네가 여기 있을 거라면.' 이리시디군. 그래서 내가 '전 여기 있을 기예요. 지옥이 얼어붙을 때까지 여기 있을 거라고요. 아무도 이 땅에서 그레이브스라는 이름을 가진 사람을 몰아낼 수 없어요.' 그랬지. 실제로 사람들이 날 쫓아내지도 않았고."

조드는 애가 타는 모양이었다.

"우리 식구들은 어디 있어? 자네가 그놈들하고 맞선 얘기는 나중에 하고, 식구들이 어디 있는지나 말해."

"그게, 은행이 트랙터로 이 집을 밀어 버리려고 왔을 때 너희 식구들은 버틸 작정이었어. 네 할아버지가 소총을 들고 여기 서서 트랙터 헤드라이트를 날려 버렸으니까. 그런데도 트랙터가 계속 밀고 오더라고. 네 할아버지는 트랙터 운전사를 죽일 생각은 없었지. 윌리 필리가 운전사였어. 녀석도 네 할아버지 생각을 알고 있었기 때문에 그냥 밀고 들어와서 집을 들이받았어. 개가 쥐를 물고 흔들듯이 집을 뒤흔들어 버린 거야. 그때 톰 영감님한테서 뭔가가 빠져나가 버린 모양이야. 정신을 뺏겨 버렸다고나 할까. 그 이후로는 영감님이 예전 같지 않아."

"우리 식구들 어디 있어?" 조드가 화를 내며 말했다.

"지금 말하려고 하잖아. 너희 큰아버지가 짐마차로 세 번쯤 짐을 실어 날랐어. 풍로도 가져가고, 펌프도 가져가고, 침대도 가져갔지. 애들이랑 너희 할아버지 할머니가 침대 머리판에 기대고 앉아서 떠나던 모습을 너도 봤어야 하는데. 너희 노아 형은 거기 앉아서 담배를 피우고 있더라. 거드름을 피우면서 짐마차 옆으로 침을 뱉던데."

조드가 뭔가 말을 하려고 입을 열었지만 멀리가 재빨리 말했다.

"너희 식구들 전부 다 큰아버지네에 있어."

"그래? 전부 다 큰아버지네에 있다고? 그래, 거기서 뭘 하는

데? 잠시만이라도 좋으니까 그 얘기만 해, 멀리. 그 얘기만. 조금 있으면 너 하고 싶은 대로 하게 해줄 테니까. 우리 식구들이 거기서 뭘 하고 있지?"

"뭐, 목화를 따고 있지. 애들이랑 할아버지까지 전부. 다 같이 돈을 모아서 서부로 가려고. 자동차를 사서 살기가 좀 편하다는 서부로 갈 거야. 여긴 아무것도 없어. 1에이커에서 목화를 따봤자 50센트야. 그런데도 다들 그 일을 하려고 굽실거리고 있어."

"그럼 우리 식구들이 아직 안 떠난 거야?"

"응. 내가 알기로는 그래. 마지막으로 소식을 들은 게 나흘 전인데, 너희 노아 형이 산토끼를 잡으러 나왔더라고. 한 이 주일 후에 떠날 예정이라던데. 너희 큰아버지한테도 떠나라는 통고가 왔거든. 큰아버지네 집까지는 8마일만 가면 돼. 너희 식구들이 겨울에 굴속에 들어가 있는 뒤쥐들처럼 큰아버지네 집에서 복닥거리고 있으니까."

"알았어. 이제 너 하고 싶은 대로 해봐. 어떻게 변한 게 하나도 없냐, 멀리. 할 얘기는 따로 있는데 엉뚱한 얘기만 하고 있으니."

멀리는 무슨 소리를 하느냐는 듯이 말을 받았다. "너도 하나도 안 변했어. 옛날에도 잘난 척이더니 지금도 잘난 척이야. 설마 나더러 어떻게 살아야 한다는 둥, 그런 얘기까지 할 건 아니지?"

조드는 히죽 웃었다. "그래, 안 할 거야. 네가 깨진 유리 더미에 머리를 박고 싶어 한대도 누가 널 말리겠냐. 여기 목사님

알지, 멀리? 케이시 목사님이야."

"그럼, 당연히 알지. 기억이 생생한데."

케이시는 자리에서 일어나 멀리와 악수를 나눴다.

"다시 뵈어서 반가워요. 무지 오랫동안 여길 떠나 계셨죠?" 멀리가 말했다.

"해결해야 할 의문들이 있어서 여길 떠나 있었지. 그런데 여긴 어떻게 된 건가? 마을 사람들이 왜 쫓겨난 거야?" 케이시가 말했다.

멀리는 입을 꾹 다물어 버렸다. 하도 꾹 다물어서 윗입술 한가운데가 앵무새 부리처럼 아랫입술 위로 삐죽 내려올 정도였다. 그가 인상을 쓰며 말했다.

"개자식들. 더러운 개자식들. 내 분명히 말하지만, 난 여기 남을 거예요. 놈들은 날 쫓아내지 못해요. 놈들이 날 쫓아내더라도 난 다시 돌아올 거야. 만약 놈들이 날 조용히 땅속에 묻어 버릴 생각을 한다면, 난 그 개자식들 두세 놈을 같이 데리고 갈 거예요." 그는 겉옷 옆주머니에 들어 있는 묵직한 것을 가볍게 두드렸다. "난 여길 안 떠나요. 우리 아버지가 이리로 오신 게 오십 년 전이에요. 난 여길 안 떠나요."

"뭣 때문에 마을 사람들을 쫓아내는 건데?" 조드가 물었다.

"아, 놈들 얘기야 근사하지. 그동안 우리가 어떤 세월을 보냈는지 알아? 먼지바람이 불어와서 모든 걸 죄다 망쳐 버리는 바람에 농사가 형편없었지. 개미 똥구멍을 막을 만큼도 안 됐으니까. 그래서 다들 식품섬에 외상을 시고 있었어. 너도 알잖아. 그런데 지주들은 소작인을 둘 여유가 없다면서 소작료가 자기들 이윤이니까 그걸 잃어버릴 수는 없다는 거야. 그러면서 땅을 하나로 합쳐야 간신히 수지가 맞는다고 하더라고. 그래서 놈들이 트랙터를 갖고 와서 소작인들을 전부 쫓아낸 거야. 나만 빼고 전부. 난 절대 안 떠날 거야. 토미, 내가 어떤 사람인지 알지? 태어날 때부터 날 봤으니까."

"맞아, 태어날 때부터 봤어."

"그럼 내가 바보가 아니라는 것도 알 거야. 이 땅이 별로 쓸모가 없다는 건 나도 알아. 처음부터 목장으로나 쓸 수 있는 땅이었지. 이 땅을 개간하지 말았어야 해. 그런데 여기다 목화를 심는 바람에 땅이 거의 죽어 버렸다고. 놈들이 나더러 떠나라는 소리만 안 했어도, 난 지금쯤 캘리포니아에서 마음껏 포도를 따 먹으며 오렌지를 따고 있을 텐데. 그런데 그 개자식들이 나더러 떠나라고 했으니, 젠장, 그런 소리를 듣고 떠날 수는 없어!"

"맞아. 아버지가 왜 그리 쉽게 떠났는지 이상해. 할아버지가 아무도 죽이지 않았다는 것도 이상하고. 지금까지 할아버지한테 이래라저래라 한 사람이 아무도 없었는데. 어머니도 남이 시키는 대로 하는 분이 아니고. 한번은 양철 장수가 어머니랑 말싸움을 벌였다가 어머니한테 살아 있는 닭으로 죽도록 얻어맞는 걸 본 적도 있어. 어머니는 한 손에는 닭을, 다른 손에는 도끼를 들고서 막 닭 머리를 자르려던 참이었거든. 원래 어머니는 도끼로 양철 장수를 두들겨 팰 작정이었는데, 도끼가 어느 손에 들려 있었는지 잊어버리는 바람에 닭을 들고 그 사람을 쫓아간 거야. 나중에 보니까 그 닭은 먹을 수도 없는 꼴이 돼 버렸더라고. 어머니 손에 남은 건 다리 두 짝밖에 없었으니까. 할아버지는 너무 웃다가 엉덩이 관절이 빠져 버렸고. 그런데 우리 식구들이 왜 그리 쉽게 떠난 거지?"

"글쎄, 마을 사람들한테 얘기를 하러 나온 녀석이 달콤한 말을 늘어놓았거든. '여길 떠나셔야 합니다. 저도 이러고 싶어 이러는 게 아니에요.' 그래서 내가 이랬지. '그럼 누가 우리더러 떠나라는 거야? 내가 가서 그놈 대가리를 쥐어박아 버리겠어.' '쇼니 토지가축회사입니다. 저는 명령대로 할 뿐이에요.' '쇼니 토지가축회사라는 게 누구야?' '그건 사람이 아닙니다. 회사예요.' 정말 미치겠더만. 혼내 줄 놈이 없잖아. 마을 사람들은 분풀이할 대상을 찾다가 지쳐 버렸지만, 난 아냐. 난 모든 게 다 화가 나. 난 안 떠날 거야."

커다란 빨간 물방울 같은 태양이 지평선 위에서 머뭇거리다가 지평선 너머로 떨어져 사라져 버렸다. 태양이 사라진 곳에서는 하늘이 눈부시게 빛나고, 피투성이 걸레처럼 생긴 찢어진 구름이 그 자리에 매달려 있었다. 그러다가 동쪽 지평선에서부터 어스름이 슬금슬금 밀려들었다. 그리고 땅 위에도 동쪽에서부터 어둠이 조금씩 깔리기 시작했다. 어스름 속에서 저녁 별이 반짝였다. 회색 고양이는 열려 있는 헛간을 향해 살금살금 걸어가서 그림자처럼 안으로 사라져 버렸다.

조드가 말했다. "오늘 밤에는 8마일이나 떨어진 큰아버지네 집까지 걸을 수 없어. 내 발이 완전히 녹초가 됐거든. 너희 집으로 가면 안 될까, 멀리? 겨우 1마일밖에 안 되잖아."

"우리 집에 가 봤자 소용없을 거야." 멀리는 난처한 기색이었다. "마누라하고 애들하고 처남이 전부 캘리포니아로 가 버렸거든. 먹을 것이 다 떨어져서. 우리 식구들은 나만큼 화가 나지 않았기 때문에 떠나 버렸어. 여긴 먹을 게 전혀 없었으니까."

목사가 불편한 듯 몸을 옴죽거리며 말했다. "자네도 떠났어야 해. 가족들하고 헤어지면 안 된다고."

"어쩔 수 없었어요. 왠지 떠날 수가 없어서." 멀리 그레이브스가 말했다.

"아이고, 배고파 죽겠다." 조드가 말했다. "사 년 동안 딱딱 시간 맞춰서 밥을 먹다 보니 내 배가 죽겠다고 난리야. 넌 뭘 먹을 거야, 멀리? 그동안 식사는 어떻게 해결했어?"

멀리가 창피한 기색으로 대답했다. "한동안 개구리하고 다람쥐를 먹었어. 가끔 프레리도그도 먹고. 어쩔 수 없었어. 하지만 지금은 말라붙은 개울가 덤불에서 짐승들이 다니는 길목에 덫을 만들어 놨어. 토끼도 잡고, 가끔은 뇌조도 잡아. 스컹크도 덫에 걸리고. 너구리도 걸리고."

그는 손을 뻗어 자루를 집어 들더니 현관 베란다에 그 안의 것들을 쏟았다. 솜꼬리토끼 두 마리와 산토끼 한 마리가 바다으로 떨어졌다. 연하고 털이 북실북실한 녀석들의 몸이 축 늘어져 있었다.

"세상에…… 금방 잡은 고기를 먹어 본 지 사 년도 더 됐어." 조드가 말했다.

케이시가 솜꼬리토끼 한 마리를 집어 들었다. "우리한테도 나눠 줄 건가, 멀리 그레이브스?"

멀리는 난처한 듯 몸을 꼼지락거렸다. "어쩔 수 없잖아요."

그는 자기 말투가 무뚝뚝하다는 것을 알았는지 잠시 말을 멈췄다.

"제 말은 그런 뜻이 아니에요. 제 말은," 그는 더듬거리며 말을 이었다. "제 말은, 어떤 사람이 먹을 걸 갖고 있고 그 앞에 배고픈 사람이 있다면, 먹을 걸 가진 사람에게 다른 선택의 여지가 없다는 뜻이었어요. 그러니까 제가 이 토끼들을 집어 들고 어디 다른 데로 가서 먹는다고 생각해 보세요. 예?"

"그렇군." 케이시가 말했다. "무슨 소린지 알겠네. 멀리가 뭘 깨달은 것 같네, 톰. 뭔가를 알아낸 것 같은데, 이 친구한테는 버거워. 나한테도 버겁고."

톰은 양손을 마주 비비며 말했다. "누구 칼 가진 사람 없어요? 이 불쌍한 짐승들을 해치우자고요. 빨리."

멀리는 바지 주머니에서 뿔 손잡이가 달린 커다란 주머니 칼을 꺼냈다. 톰 조드는 그에게서 칼을 받아 날을 꺼내서 냄새를 맡아 보았다. 그리고 땅속에 칼날을 여러 번 박았다가 다시 냄새를 맡더니 바지에 칼날을 닦고 엄지손가락으로 칼날을 만져 보았다.

멀리는 뒷주머니에서 물병을 꺼내 베란다에 놓았다.

"물을 아껴야 돼. 이것밖에 없으니까. 우물을 메워 버렸거든."

톰은 손으로 토끼를 잡았다. "누가 헛간에 가서 철사 좀 갖다줘. 집에서 떨어져 나온 이 판자로 불을 피울 거야." 그는 죽은 토끼를 바라보며 말을 이었다. "토끼만큼 요리하기 쉬운 게 없지."

그는 토끼의 등가죽을 들어 올려 칼집을 내고 그 구멍 속으로 손가락을 집어넣어 가죽을 찢었다. 가죽이 스타킹처럼 벗겨졌다. 톰은 몸통 가죽을 목까지 벗기고, 다리 가죽은 발이 있는 데까지 벗겨 냈다. 그리고 다시 칼을 들어 머리와 발을 잘랐다. 그는 가죽을 내려놓고 토끼의 갈비뼈를 따라 칼집을 낸 다음 녀석의 몸을 흔들어 가죽 위로 내장을 쏟아 냈다. 그리고 가죽과 내장 더미를 목화밭으로 던져 버렸다. 이제 토끼의 몸에는 깨끗하게 근육만 남아 있었다. 조드는 다리를 잘라 내고, 살집이 많은 등 부분을 두 조각으로 잘랐다. 그가 두 번째 토끼를 집어 들려고 할 때 케이시가 헝클어진 철사 더미를 들고 왔다.

"이제 불을 피우고 말뚝을 몇 개 세우세요." 조드가 말했다. "아이고, 요놈들을 당장 먹고 싶어 미치겠네!"

그는 나머지 토끼들도 깨끗이 다듬어 토막을 친 다음 철사에 매달았다. 멀리와 케이시는 폐허가 된 집 귀퉁이에서 조각난 판자들을 가져다가 불을 피우고, 철사를 매달기 위해 양편에 말뚝을 박았다.

멀리가 조드에게 다가왔다. "저 산토끼한테 부스럼이 있는지 잘 봐. 난 부스럼 난 산토끼는 먹기 싫어." 그는 호주머니에서 작은 헝겊 주머니를 꺼내 베란다에 놓았다.

조드가 말했다. "산토끼는 무지무지 깨끗해. 아 참, 너 소금 갖고 있냐? 혹시 호주머니 속에 접시랑 천막은 안 들었어?" 그는 손에 소금을 쏟아 철사에 매달린 토끼 고기 위에 뿌렸다.

불길이 솟아올라 집에 그림자를 드리웠다. 마른 나무가 탁

탁 소리를 냈다. 이제 하늘이 거의 다 어두워져서 별들이 선명하게 보였다. 회색 고양이가 헛간에서 나와 야옹거리며 불을 향해 뛰어왔지만, 불 근처에서 방향을 돌려 땅 위에 쌓인 토끼 내장 쪽으로 곧장 달려들었다. 녀석은 내장을 씹어 삼켰다. 녀석의 입에 내장이 매달려 있었다.

케이시는 불 옆의 바닥에 앉아 조각난 판자를 불에 집어넣으며 불붙은 긴 판자들을 불 속으로 밀어 넣고 있었다. 박쥐들이 번쩍 빛을 내며 불빛 속으로 들어갔다가 다시 나왔다. 고양이는 뒤쪽에 쭈그리고 앉아 입술을 핥고, 얼굴과 수염을 닦았다.

조드는 고기를 매단 철사를 두 손으로 들고 불 쪽으로 걸어갔다.

"자, 한쪽 끝을 잡아, 멀리. 그리고 철사 끝을 기둥에 감아. 잘했어! 줄을 단단하게 매자고. 불이 다 탈 때까지 기다려야 하는데, 미치겠네."

그는 철사를 팽팽하게 잡아당긴 다음 막대기를 하나 찾아내서 철사를 따라 고기 조각들을 불 위로 밀었다. 불길이 고기를 핥으며 너울거리자 고기 표면이 단단해지면서 윤기가 돌았다. 조드는 불 옆에 앉아 막대기로 고기 조각들을 계속 움직여 고기가 철사에 눌어붙지 않게 했다.

"이건 완전히 파티네. 멀리가 소금, 물, 토끼를 갖고 있었으니. 녀석 주머니에 옥수수 죽도 들어 있으면 좋았을걸. 내가 바라는 건 그것뿐인데."

멀리가 불 너머로 말했다. "내가 이렇게 사는 걸 보고 미쳤다고 생각하지?"

"미치다니." 조드가 말했다. "네가 미친 거라면, 다른 사람들도 다 그렇게 미쳤으면 좋겠다."

멀리가 말을 이었다. "그런데 참 우스워. 여길 떠나라는 말을 들었을 때 뭔가가 변했거든. 처음에는 가서 사람들을 다 죽이고 싶었어. 그런데 우리 식구들이 전부 서부로 떠나 버린 다음에는 그냥 정처 없이 이 근방을 돌아다니기 시작했지. 그냥 걸어 다니는 거야. 절대 멀리는 안 가. 아무 데서나 자고. 오늘 밤에는 여기서 잘 생각이었거든. 그래서 이리로 온 거야. 난 속으로 '사람들이 돌아왔을 때 아무 이상이 없도록 내가 여길 돌보고 있다.'고 말하곤 하지. 하지만 사실은 그렇지 않다는 걸 나도 알아. 돌볼 게 아무것도 없으니까. 사람들은 결코 돌아오지 않을 테니까. 난 그냥 묘지를 떠도는 유령처럼 여길 돌아다니고 있는 거야."

케이시가 말했다. "어디 한군데에 익숙해지면 떠나기가 어렵지. 한 가지 생각에 익숙해져도 떠나기가 힘들어. 난 이제 목사가 아닌데도 항상 나도 모르게 기도를 하고 있다네. 내가 뭘 하고 있는지 생각도 해보기 전에."

조드는 철사에 매달린 고기 조각들을 뒤집었다. 이제 고기에서 국물이 떨어지고 있었다. 국물이 한 방울씩 불 속으로 떨어질 때마다 불길이 치솟아 올랐다. 매끄럽던 고기 표면이 쭈글쭈글해지면서 연한 갈색으로 변했다.

조드가 말했다. "냄새 좀 맡아 봐. 코를 대고 이 냄새 좀 맡아 보라고!"

멀리는 말을 계속했다. "묘지를 떠도는 유령 같아. 나는 옛날에 이런저런 일들이 있었던 곳들을 돌아다니고 있어. 40에이커짜리 우리 밭 옆에 있는 거기도 그런 곳이야. 거기 도랑에 덤불이 있었지. 내가 여자랑 처음으로 잔 데가 거기야. 열네살 때였는데, 수사슴처럼 발을 구르고 움찔거리면서 씨근거렸지. 숫염소처럼 사나웠다고. 그래서 다시 그 덤불에 가서 누웠더니 그때 일이 눈에 선한 거야. 헛간에서 조금 내려간 데는 아버지가 황소에 받혀서 돌아가신 자리야. 지금도 아버지 피가 그 땅에 배어 있다고. 틀림없어. 아무도 거길 청소한 적이 없으니까. 나는 아버지의 피가 배어 있는 그 땅에 손을 대 봤어." 그가 꺼림칙한 기색으로 잠시 말을 멈췄다. "내가 미쳤다고 생각하지?"

조드는 고기를 뒤집었다. 그의 시선은 내면을 향해 있었다. 케이시는 양발을 모은 채 불꽃을 뚫어지게 바라보고 있었다. 세 사람에게서 뒤쪽으로 15피트 떨어진 곳에는 배를 채운 고양이가 앉아 있었다. 긴 회색 꼬리로 앞발을 멋지게 감싼 자세로. 커다란 올빼미가 머리 위로 지나가면서 날카롭게 소리를 질렀다. 녀석의 하얀 배와 활짝 펼친 날개가 불빛에 드러났다.

케이시가 말했다. "아냐. 자넨 외로운 거야. 미치지 않았어."

긴장된 표정을 띠고 있던 멀리의 작은 얼굴이 굳어졌다. "아직도 피가 배어 있는 그 자리에 내 손을 댔어요. 그랬더니 가슴에 구멍이 뚫린 아버지 모습이 보였다고요. 아버지가 나한테 기대서 몸을 부들부들 떨던 그 느낌도 그대로 느껴졌고요. 아버지가 뒤로 편히 몸을 기대면서 손발을 쭉 뻗는 모습도 보였어요. 부상 때문에 아버지의 눈이 얼마나 흐리던지. 그런데 아버지가 갑자기 잠잠해지면서 눈이 맑아졌어요. 위를 쳐다본 채로. 아직 어린아이였던 나는 거기 앉아서 울지도 않고, 아무것도 안 했어요. 그냥 앉아 있기만 했어요."

그는 거칠게 고개를 흔들었다. 조드는 고기 조각을 뒤집고 또 뒤집었다.

"그다음에는 조가 태어난 방으로 갔어요. 침대는 없었지만, 바로 그 방이었어요. 모든 게 다 그대로였죠. 모든 게 옛날 그 자리에 그대로 있었다고요. 바로 거기서 조가 태어났어요. 조는 한 번 커다랗게 헉 하는 소리를 내더니 1마일 밖에서도 들릴 만큼 커다랗게 꽥꽥 소리를 내질렀어요. 조의 할머니가 거기 서 있다가, '아이고, 우렁차기도 하지. 우렁차기도 하지.' 이 말을 자꾸 했어요. 할머니는 너무 좋아서 그날 밤에 찻잔을 세 개나 깨뜨렸죠."

조드가 헛기침을 했다. "이제 고기를 먹어도 될 것 같은데."

"완전히 갈색으로 익을 때까지 놔둬. 거의 까맣게 될 때까지." 멀리가 짜증을 내며 말했다. "난 얘기를 하고 싶어. 아무하고도 얘길 못 했으니까. 만약 내가 미쳤다면, 미친 거야. 그뿐이라고. 밤에 이웃집을 찾아가는 묘지의 유령하고 같아. 피터 씨 집에도 가고, 제이콥 씨 집에도 가고, 랜스 씨 집에도 가고, 조드 씨 집에도 가고. 그런데 집들이 전부 어두워. 쥐가 들끓는 상자처럼 서 있을 뿐이야. 옛날에는 사람들이 거기서 파티도 하고 춤도 췄는데. 예배도 드리고 큰 소리로 하느님을 찬양하기도 했는데. 집에서 결혼식을 올리는 사람도 있었고. 그런 생각이 들면 도시로 나가서 사람들을 죽이고 싶어져. 그놈들이 트랙터로 사람들을 쫓아내면서 우리한테서 뭘 빼앗아 갔는지 봐. 그놈들이 자기들 '이윤'을 지키려고 우리한테서 뭘 빼앗아 갔는지 보라고. 그놈들은 땅바닥에서 죽어 간 우리 아버지, 꽥꽥 소리를 질러가며 첫울음을 터뜨린 조, 밤에 덤불 속에서 숫염소처럼 날뛴 나를 빼앗아 가 버렸어. 그러고서 그놈들이 손에 넣은 게 뭐야? 여기 땅이 나쁘다는 건 하느님도 아셔. 몇 년 전부터 아무도 수확을 하지 못했다고. 그런데 그 개자식들이 책상에 앉아서 자기들 이윤을 지키겠다고 마을 사람들을 두 동강 내 버렸어. 사람들을 둘로 갈라 버렸단 말이야. 우리가 사는 곳은 바로 우리 자신과 마찬가지야. 자동차에 바리바리 짐을 싣고 외롭게 거리를 떠도는 사람들은 완전하지 않아. 더 이상 살아 있는 게 아니란 말이야. 그 개자식들이 마을 사람들을 죽였어."

그는 여기서 말을 멈췄다. 그러나 그의 얇은 입술은 여전히 움직였고 그의 가슴은 여전히 들썩였다. 그는 자리에 앉은 채 불빛을 받은 자신의 손을 내려다보았다.

"난…… 난 오랫동안 아무하고도 얘길 못 했어." 그가 부드러운 목소리로 사과했다. "묘지의 유령처럼 그냥 돌아다니기만 했지."

케이시가 긴 널빤지들을 불 속으로 밀어 넣자 불꽃이 판자를 핥으며 다시 고기 조각들을 향해 솟아올랐다. 차가운 밤공기에 나무가 수축하면서 집에서 커다랗게 삐걱거리는 소리가 났다. 케이시가 조용히 입을 열었다.

"거리로 나선 마을 사람들을 만나 봐야겠네. 그 사람들을 만나 봐야 할 것 같다는 생각이 들어. 도움이 필요할 거야. 그 어떤 설교에서도 얻을 수 없는 도움이. 제대로 살지도 못하는데 천국의 희망이 무슨 소용이겠나? 우리 영혼이 슬픔에 잠겨 기가 꺾였는데 성령이 다 뭐야? 도움이 필요할 거야. 그 사람들은 주기 전에 먼저 제대로 살아 봐야 해."

조드가 신경질적으로 외쳤다. "젠장, 이제 고기 좀 먹자고요. 쥐새끼를 잡아서 요리해 놓은 것보다 더 작게 줄어들어 버리기 전에. 좀 봐요. 냄새를 좀 맡아 봐요."

그는 벌떡 일어서서 철사에 매달린 고기 조각들을 불 속에서 밀어냈다. 그리고 멀리의 칼을 가져다가 톱질하듯 고기를 썰어 철사에서 빼냈다.

"자 드세요, 목사님." 그가 말했다.

"난 목사가 아니라고 했잖아."

"뭐 그럼, 그냥 드세요."

그는 고기를 한 조각 더 잘라 냈다.

"자, 멀리. 너무 흥분해서 먹을 수도 없는 지경이 아니라면 받아. 이건 산토끼야. 불독 암컷보다 더 센 놈이라고."

그는 자리를 잡고 앉아 긴 이로 고기 한 점을 크게 물어뜯어 씹었다. "아이고! 이 바삭바삭한 소리 좀 봐!" 그는 게걸스럽게 고기를 한 점 더 물어뜯었다.

멀리는 여전히 고기 조각을 바라보며 앉아 있었다. "어쩌면 그런 얘기를 하지 말았어야 했는지도 몰라. 그런 얘기는 그냥 머릿속에만 담아 뒀어야 하는 건지도 몰라."

케이시가 토끼 고기를 입 안에 한가득 문 채 그를 바라보았다. 그가 고기를 씹어 삼키자 목 근육이 경련하듯 움직였다.

그가 말했다. "아냐, 그런 얘기는 해 버려야 해. 가끔은 자기가 슬프다는 얘기를 하면서 슬픔이 그대로 빠져나가 버리기도 하거든. 사람을 죽이고 싶다가도 얘기를 하면서 속이 후련해지면 사람을 죽이지 않게 되는 경우도 있고. 얘기하길 잘한 거야. 될 수 있으면 사람을 죽이지 말아야지."

그는 토끼 고기를 한 점 더 베어 물었다. 조드는 뼈를 불 속에 던져 버리고 벌떡 일어나 철사에서 고기를 더 잘라 냈다. 이제는 멀리도 천천히 고기를 먹고 있었다. 그의 작은 눈이 불안한 듯 조드와 케이시를 번갈아 바라보았다. 조드는 짐승처럼 인상을 찡그리며 고기를 먹고 있었다. 그의 입 주위에 고리처럼 둥글게 기름이 묻었다.

멀리는 오랫동안 그를 바라보았다. 거의 수줍어하는 것 같은 표정이었다. 그가 고기를 들고 있던 손을 아래로 내리며 말했다.

"토미."

"응?"

조드는 고기를 계속 뜯어 먹으면서 고개를 들고 입에 고기를 한가득 문 채 대답했다.

"토미, 내가 사람을 죽이니 어쩌니 해서 화난 건 아니지? 기분 나쁜 거 아니지, 톰?"

"응. 기분 안 나빠. 우연히 그렇게 된 거니까."

"그게 네 잘못이 아니라는 걸 다들 알고 있었어. 턴불 영감님은 네가 나오면 죽여 버리겠다고 했지. 자기 아들을 죽인 놈을 가만둘 수 없다면서. 하지만 마을 사람들이 전부 영감님을 말렸어."

조드가 조용히 말했다. "그때 우린 취했어. 춤을 추다가 술에 취했지. 어쩌다 일이 그렇게 됐는지는 나도 몰라. 그냥 칼이 내 몸속으로 들어오는 게 느껴지면서 정신이 번쩍 들더라고. 맨 처음 눈에 들어온 건 허브가 또 나한테 칼을 휘두르는 모습이었어. 그때 학교 건물 벽에 삽이 하나 세워져 있기에 내가 그걸 들고 녀석의 머리를 후려쳤지. 허브한테 나쁜 감정 같은 건 없었어. 좋은 녀석이었으니까. 어렸을 때 내 여동생 로저샨 꽁무니를 쫓아다녔는데. 난 허브를 좋아했어."

"그래, 마을 사람들도 전부 그 녀석 아버지한테 그런 얘기를 해서 영감님 화를 가라앉혔어. 누가 그러는데, 턴불 영감님 어머니 쪽으로 해트필드[1] 피가 섞여 있대. 그래서 그 피에 걸맞게 살아야 한다는 거지. 그게 사실인지 아닌지 난 잘 모르겠어. 영감님 가족들은 육 개월 전에 캘리포니아로 떠났어."

조드는 철사에서 마지막 고기 조각들을 잘라 내 두 사람에게 나눠 주었다. 그리고 자리를 잡고 앉아서 아까보다 천천히 차분하게 고기를 씹어 먹고는 소매로 입가의 기름을 닦았다. 그러고 나서 그는 눈을 반쯤 감고 꺼져 가는 불꽃을 바라보며 생각에 잠겼다.

---

1) 버지니아주 서부의 가문. 켄터키주의 맥코이 가문과 십 년 동안 원수로 지내며 서로 살상을 되풀이했다.

그가 말했다. "다들 서부로 가는군. 난 가석방 중이라 주 경계선을 넘을 수 없어."

"가석방?" 멀리가 물었다. "들어 본 적은 있는데. 가석방이 뭐지?"

"음, 내가 일찍 나온 걸 말하는 거야. 형량보다 삼 년 일찍 나왔거든. 내가 반드시 지켜야 할 일들이 있는데, 그걸 지키지 못하면 다시 감옥에 가야 돼. 내가 어떻게 살고 있는지 자주 보고도 해야 하고."

"맥알레스터에서 대우는 어땠어? 우리 마누라 사촌이 맥알레스터에 있었는데, 아주 지옥 같다고 하던데."

"그렇게 나쁘지 않았어. 다른 데랑 같아. 말썽을 일으킨 사람한테나 지옥이지. 간수한테 미움만 안 사면 잘 지낼 수 있어. 간수 눈 밖에 나면 정말 괴롭지. 난 잘 지냈어. 다른 사람들처럼 그냥 내 일에만 신경 썼거든. 글도 배웠지. 이젠 아주 잘 쓴다고. 글뿐만이 아니라 새 같은 걸 잘 그리는 법도 배웠어. 내가 단번에 새 한 마리를 그려 내는 걸 보면 우리 아버지가 벌컥 화를 내실걸. 내가 그러는 걸 보면 아버지가 화를 내실 거야. 그런 걸 좋아하지 않으시니까. 심지어 '글쓰기'라는 단어조차 싫어하시거든. 아마 겁이 나는 모양이야. 누군가가 글을 쓰는 걸 볼 때마다 그 사람이 아버지한테서 뭔가를 빼앗아갔으니까."

"감옥에서 두들겨 맞지는 않았어?"

"아니. 난 그냥 내 일만 했다니까. 물론 사 년 동안 날마다 같은 일만 하다 보면 실력도 늘지만, 싫증도 나지. 뭔가 부끄러운 일을 저지르면, 그걸 한번 생각해 봐. 하지만, 젠장, 만약 지금 허브 턴불이 나한테 칼을 휘두르는 모습이 보인다면 난 또 다시 삽으로 녀석을 박살 낼 거야."

"누구라도 그럴 거야." 멀리가 말했다.

목사는 불꽃을 물끄러미 바라보고 있었다. 그의 넓은 이마가 점점 짙어지는 어둠 속에서 하얗게 보였다. 작은 불꽃들이 번쩍이며 그의 목에 드러난 힘줄을 비추었다. 무릎 근처에서 깍지를 끼고 있는 그의 손은 바삐 움직이며 손가락 관절을 잡아당기고 있었다.

조드는 마지막 뼛조각을 불 속에 던져 넣고 손가락을 핥은 다음 바지에 손을 닦았다. 그리고 자리에서 일어나 현관 베란다에서 물병을 가져왔다. 그는 물을 조금 마시고 병을 옆 사람에게 건네준 다음 다시 바닥에 앉았다. 그는 하던 이야기를 계속했다.

"내가 제일 골치 아팠던 건, 그 일을 도무지 이해할 수 없었다는 거야. 소가 번개에 맞아 죽거나 홍수가 났을 때는 굳이 이해하려고 하지 않지. 원래 그런 거니까. 하지만 사람들이 날 데려다가 사 년 동안 가둬 둔다면, 거기에 뭔가 의미가 있어야 하잖아. 사람은 원래 생각을 해서 사물을 이해하게 돼 있어. 그럼, 사람들이 날 데려다가 가두고 사 년 동안 밥을 먹여 줬다면 내가 다시는 그런 짓을 안 할 사람으로 변하거나, 아니면 그 벌이 무서워서 다시는 그런 짓을 안 하게 되어야 하잖아."

그는 잠시 말을 멈췄다가 다시 입을 열었다.

"하지만 허브든 누구든 나한테 달려들면 나는 또 그럴 거란 말이야. 생각도 하기 전에 일부터 저지르고 말 거라고. 특히 취했을 때는 더. 그러니 도무지 이해할 수가 없어서 골치가 아파."

"너만 잘못이 있는 건 아니기 때문에 너한테 가벼운 형을 준 거라고 판사가 그랬어." 멀리가 말했다.

"맥알레스터에 종신형을 받은 놈이 하나 있었어. 그놈이 항상 공부를 하는 거야. 교도소장 비서가 돼서 편지도 대신 써 주고. 뭐, 워낙 똑똑한 놈이라서 법전 같은 걸 읽는 놈이었으니까. 그놈이 하도 책을 많이 읽기에 한번은 내가 그놈하고 얘기를 해 봤어. 그놈 말이 책을 읽어 봤자 아무 소용이 없대. 지금하고 옛날의 교도소에 대한 자료를 몽땅 읽었는데, 그걸 읽기 전보다 지금이 더 이해가 안 된다는 거야. 교도소가 마치 지옥으로 갔다가 다시 돌아오기를 반복하는 것 같은데, 아무도 그걸 멈추지 못하는 것 같대. 교도소를 변화시킬 만큼 분별 있는 인간도 없고. 나더러 교도소에 대한 책을 읽어 봤자 머리만 더 복잡해지고, 정부에서 일하는 사람들을 존경할 수 없게 되니까 절대 읽지 말래."

멀리가 말했다. "지금은 나도 그 사람들을 존경하지 않아. 정부라는 게 이윤을 지키겠다면서 우리한테 기대기만 할 뿐이니. 내가 도저히 이해 못 할 놈이 하나 있는데, 바로 윌리 필리야. 그놈은 트랙터를 몰다가 고향 사람들이 부쳐 먹던 땅에서 허수아비 두목 노릇을 할 거야. 그게 이상해. 다른 데 출신이라서 잘 모르는 사람이 그런다면 이해하겠지만, 윌리는 여기 사람이잖아. 하도 이상해서 내가 그놈한테 가서 물었더니 그놈이 벌컥 화를 내더라고. '애가 둘이야. 마누라와 장모도 먹여 살려야 되고. 우리 식구들도 먹고살아야지.' 이러면서 얼마나 화를 내던지. 그러면서 이러더라고. '내가 제일 먼저 생각해야 하는 건 우리 식구들이야. 다른 사람들이 어떻게 되든 그건 그 사람들이 알아서 할 일이지.' 아무래도 자기가 하는 짓이 부끄러워서 화를 냈던 것 같아."

짐 케이시는 꺼져가는 불꽃을 계속 바라보고 있었다. 그의 눈이 점점 더 크게 떠지고, 목 근육이 더욱 꼿꼿해졌다. 갑자기 그가 소리쳤다. "알았다! 인간이 조금이라도 영혼을 가진 적이 있다면, 내 생각이 맞아! 갑자기 깨달았어!" 그는 벌떡 일어나서 머리를 마구 흔들며 서성거렸다. "옛날에 천막을 세우고 밤마다 500명이나 되는 신도를 끌어 모은 적이 있었어. 자네들 두 사람이 날 처음 만나기 전의 일이야." 그는 말을 멈추고 두 사람을 향해 몸을 돌렸다. "내가 여기서 목회를 할 때 헛간에서 예배를 드리든 야외에서 예배를 드리든 항상 헌금을 받지 않았다는 거 눈치챈 적 있나?"

"그럼요, 목사님은 헌금을 받으신 적이 없죠." 멀리가 말했다. "여기 사람들은 목사님한테 돈을 안 주는 것에 익숙해져 있어서 다른 목사가 와서 헌금을 내라며 모자를 돌렸을 때 조금 화를 냈는걸요. 당연히 알죠."

"대신 나는 음식을 받았네." 케이시가 말했다. "내 바지가 낡았을 때는 바지를 받기도 했고, 신발이 해져서 발가락이 나올 정도가 되면 신발을 받기도 했지. 하지만 천막에서 목회를 할 때는 달랐어. 어떤 날은 10달러나 20달러를 받기도 했으니까. 그런데 그게 즐겁지가 않아서 헌금을 포기했더니 한동안 행복한 기분을 맛볼 수 있었네. 아무래도 지금 내가 뭔가를 깨달은 것 같아. 그걸 말로 표현할 수 있을지는 잘 모르겠지만, 아마 말로 하려고 애쓰지 않을 것 같네. 하지만 어쩌면 어딘가에 목회를 할 수 있는 곳이 있을지도 몰라. 어쩌면 내가 다시 설교를 할 수 있을지도 몰라. 외롭게 거리를 떠도는 사람들. 땅이 없는 사람들. 돌아갈 집이 없는 사람들. 그 사람들한테도 뭔가 집 같은 게 있어야 하네. 어쩌면······."

그는 불을 내려다보며 서 있었다. 수많은 목 근육이 도드라져 보이고, 불빛이 그의 눈 속으로 깊이 들어가서 빨갛게 불을 붙였다. 그는 자리에 서서 불꽃을 바라보았다. 마치 뭔가를 귀기울여 들을 때처럼 긴장된 표정이었다. 이런저런 생각들을 골라내거나 집어던지곤 하던 그의 손은 조용히 침묵을 지키다가 이내 그의 주머니 속으로 기어 들어갔다. 박쥐들이 펄럭거리며 희미한 불빛 속을 들락날락했다. 들판 건너편에서 쑥독새의 부드럽고 촉촉한 울음소리가 들려왔다.

톰은 조용히 주머니에 손을 넣어 담배를 꺼냈다. 그리고 천천히 담배를 말면서 타다 남은 불을 바라보았다. 그는 목사의 말을 완전히 무시해 버렸다. 마치 자세히 생각해 봐서는 안 되는 사적인 일이라고 생각하는 것 같았다.

그가 말했다. "매일 밤 침대에 누워서 제가 집으로 돌아왔을 때 집이 어떤 모습일지 생각해 봤습니다. 그때쯤이면 어쩌면 할아버지나 할머니가 돌아가셨을지도 모른다, 어쩌면 새로 태어난 아이들이 있을지도 모른다, 아버지가 예전처럼 힘을 쓰지 못할지도 모른다, 어머니가 조금 뒷전으로 물러나고 로저샨한테 일을 맡기셨을지도 모른다, 이런 생각들이었죠. 집이 예전 같지 않으리라는 건 알고 있었습니다. 뭐, 오늘 밤에는 여기서 자야 할 것 같군요. 날이 밝으면 큰아버지네로 가죠. 어쨌든 저는 그렇게 할 겁니다. 같이 가실 겁니까, 케이시?"

목사는 여전히 불꽃을 바라보며 서 있었다. 그가 천천히 말했다.

"응, 같이 가겠네. 그리고 자네 식구들이 떠날 때도 같이 갈 거야."

조드가 말했다. "다들 좋아할 겁니다. 어머니는 항상 목사님을 좋아하셨죠. 목사님은 믿을 만한 분이라면서. 로저샨은 그때 아직 어렸는데." 그는 멀리에게 시선을 돌렸다. "멀리, 우리랑 같이 갈래?"

멀리는 조드와 케이시가 걸어온 길 쪽을 바라보고 있었다.

"같이 갈 거야, 멀리?" 조드가 다시 물었다.

"응? 아니. 난 아무 데도 안 가. 절대 안 떠날 거야. 저기 불빛이 휙휙 오르락내리락하는 거 보여? 아마 여기 목화밭을 맡은 관리인일 거야. 누가 여기 불빛을 본 모양이야."

톰은 그쪽을 바라보았다. 불빛이 언덕을 넘어 점점 가까워지고 있었다.

그가 말했다. "우린 아무 짓도 안 했어. 그러니까 그냥 앉아 있으면 돼. 우린 아무 짓도 안 했으니까."

멀리가 키득거렸다. "아냐! 여기 있는 것만으로도 죄가 돼. 불법 침입이라고. 여기 있으면 안 돼. 저놈들이 두 달 전부터 나를 잡으려고 난리거든. 잘 봐. 만약 저놈들이 차를 타고 오는 거라면, 우린 목화밭으로 들어가서 숨으면 돼. 멀리 갈 필요 없어. 놈들이 우리를 찾으려면 찾으라지! 목화 줄기 사이를 일일이 들여다봐야 할걸. 우린 고개만 숙이고 있으면 돼."

조드가 따지듯 대들었다. "너 왜 그래, 멀리? 옛날에는 그렇게 도망쳐서 숨는 인간이 아니었잖아. 진짜 심술궂은 녀석이었는데."

멀리는 점점 가까워지는 불빛을 바라보았다.

"맞아! 난 늑대처럼 심술궂었지. 하지만 지금은 족제비처럼 교활해. 네가 뭘 사냥할 때는 네가 사냥꾼이고 강한 쪽이지. 아무도 사냥꾼을 이길 수 없어. 하지만 사냥감이 되면 얘기가 달라져. 뭔가가 달라진다고. 이젠 강하지 않단 말이야. 사납게 굴 수는 있겠지만 강하지는 않아. 난 오랫동안 사냥감 신세였어. 이젠 사냥꾼이 아니야. 어둠 속에서 누군가를 쏠 수는 있겠지만 울타리 말뚝으로 사람을 후려치는 건 이제 못 해. 너나 나를 속여 봤자 아무 소용이 없지. 사실이 그러니까."

조드가 말했다. "그럼 너나 가서 숨어. 나하고 케이시는 여기서 저놈들한테 할 말이 있으니까."

불빛이 아까보다 더 가까워져 있었다. 빛이 하늘로 튀어 올랐다가 사라지더니 다시 위로 튀어 올랐다. 세 사람 모두 그 광경을 지켜보았다.

멀리가 말했다. "사냥감한테는 한 가지 문제가 더 있어. 위험에 대해 생각하게 되는 것. 사냥꾼은 위험에 대해 생각하지 않지. 마치 하나도 무섭지 않은 것처럼. 네가 아까 그랬지? 조

114

금이라도 문제를 일으키면 맥알레스터로 다시 끌려가서 형기를 마쳐야 한다고."

조드가 말했다. "그래. 그렇게 들었어. 하지만 여기 땅바닥에 앉아서 쉬거나 잠을 자는 건 문제 될 게 없잖아. 그건 나쁜 짓이 아냐. 술에 취하거나 난동을 부리는 것하고는 다르다고."

멀리가 소리 내어 웃음을 터뜨렸다. "두고 보면 알 거야. 그냥 여기 앉아 있으면 자동차가 와. 어쩌면 윌리 필리가 차 안에 있을지도 모르지. 그런데 윌리는 지금 보안관보거든. 윌리가 이러겠지. '남의 땅에 불법 침입해서 뭘 하는 거야?' 넌 옛날부터 윌리가 별 볼일 없는 놈이라는 걸 아니까 이렇게 말할 거야. '네가 무슨 상관인데?' 그럼 윌리는 화를 낼 거야. '당장 안 나가면 잡아넣는다.' 하지만 넌 절대 윌리한테 밀려날 생각이 없지. 녀석은 속으로는 겁을 내면서 겉으로만 화를 내는 거니까. 녀석은 한번 허세를 부린 이상 물러날 수가 없고, 너도 지기 싫어서 끝까지 고집을 부리겠지. 아 젠장, 목화밭에 숨어서 우릴 찾을 테면 찾으라고 저놈들을 내버려 두는 편이 훨씬 편해. 재미도 더 있고. 저놈들은 화를 내면서도 결국 아무 짓도 못 할 테니까. 그리고 넌 밭에 앉아서 녀석들을 비웃을 수 있으니까. 하지만 네가 윌리나 그놈 상관하고 얘기를 하다가 싸움이라도 벌이는 날에는 놈들이 널 끌고 가서 맥알레스터에 삼 년 동안 처박아 놓을 거야."

조드가 말했다. "맞는 말이야. 전부 옳아. 하지만 난 밀려나기 싫어! 차라리 윌리 놈한테 한 방 먹이는 게 낫지."

멀리가 말했다. "윌리는 총을 갖고 있어. 보안관보니까 필요

하면 총을 사용할 거야. 그러면 녀석이 널 죽이거나 네가 녀석
총을 빼앗아서 녀석을 죽이거나 둘 중 하나겠지. 정신 차려,
토미. 목화밭에 누워 있으면, 네가 녀석들을 놀리고 있다는 걸
쉽게 느끼게 될 거야. 네가 어떻게 생각하느냐가 제일 중요하
니까."

강한 불빛이 비스듬히 하늘을 향하고 있었다. 규칙적인 엔
진 소리도 들려왔다.

"빨리 가자, 토미. 멀리 갈 필요도 없어. 이랑을 열네 개나
열다섯 개만 넘어가면 돼. 그리고 녀석들이 뭘 하는지 지켜보
는 거야."

톰은 자리에서 일어섰다. "젠장, 네 말이 맞잖아! 아무리 봐
도 내가 이길 수가 없어."

"그럼 빨리 가자. 이쪽이야." 멀리가 집 주위를 돌아 목화밭
속으로 50야드쯤 들어갔다. "여기가 좋겠어." 그가 말했다. "이
제 엎드려. 저놈들이 불빛을 비추기 시작하면 그냥 머리만 숙
이면 돼. 재미있어."

세 사람은 몸을 쭉 펴고 엎드려서 팔꿈치로 몸을 지탱했다.
멀리가 벌떡 일어나서 집 쪽으로 달려가더니 곧 돌아와서 겉
옷과 신발 뭉치를 바닥에 던졌다.

그가 말했다. "놈들이 빈손으로 돌아가기 싫어서 이걸 가져
갈지도 몰라."

이제 불빛이 언덕 위에서 집을 겨냥하고 있었다.

조드가 물었다. "놈들이 손전등을 들고 이리로 와서 우릴
찾으려고 둘러보지 않을까? 막대기 같은 거라도 있으면 좋겠

는데."

멀리가 키득거렸다. "아니, 그렇게는 안 할 거야. 내가 교활한 족제비라고 했잖아. 전에 윌리가 그랬다가 나한테 울타리 말뚝으로 뒤통수를 얻어맞았거든. 녀석 아주 쭉 뻗어 버렸지. 나중에 다섯 놈이 자기한테 달려들었다고 하더래."

자동차가 집 앞에 다다르자 탐조등이 켜졌다.

"고개 숙여." 멀리가 말했다.

차가운 하얀색 불빛이 세 사람의 머리 위를 훑고 지나가며 밭을 종횡으로 가로질렀다. 세 사람은 아무런 움직임도 감지할 수 없었지만, 차 문이 쾅 닫히는 소리에 이어 사람들의 목소리가 들려왔다.

"자기네가 불빛에 드러날까 봐 겁내는 거야." 멀리가 속삭였다. "한 번인가 두 번인가 내가 헤드라이트를 총으로 쏴 버렸거든. 그래서 윌리가 조심하게 된 거야. 오늘 밤에는 누굴 데려온 모양이네."

나무 위를 걷는 발소리가 들리더니 집 안에서 손전등 불빛이 빛났다.

멀리가 속삭였다. "내가 저놈들을 쏴 버릴까? 총알이 어디서 날아왔는지 모를 테니까. 놈들한테 생각할 거리를 조금 주자고."

"그래, 쏴버려." 조드가 말했다.

"그러지 말게." 케이시가 속삭였다. "그래 봤자 아무 소용없을 거야. 공연한 짓이지. 뭔가 의미 있는 일을 생각해 내야 해."

집 근처에서 뭔가를 긁는 소리가 들려왔다.

"불을 끄고 있어." 멀리가 속삭였다. "발로 흙을 차서 끼얹고 있는 거야."

자동차 문이 쾅 닫히고, 헤드라이트가 휙 방향을 돌려 다시 도로를 향했다.

"고개 숙여!" 멀리가 말했다.

세 사람이 고개를 숙이자, 탐조등이 세 사람의 머리 위를 지나 목화밭을 이리저리 훑었다. 그러고는 자동차에 시동을 거는 소리가 들리더니, 자동차가 도로로 빠져나가 언덕을 넘어 사라져 버렸다.

멀리가 일어나 앉았다. "윌리는 항상 저렇게 마지막에 불빛을 비추거든. 하도 자주 그러니까 이젠 내가 시간을 맞출 수 있게 됐어. 그런데 녀석은 아직도 그게 멋있다고 생각하는 모양이야."

케이시가 말했다. "어쩌면 저놈들이 집에 사람을 몇 명 남겨 두고 가지 않았을까? 그럼 우리가 집으로 돌아갔다가 잡힐 텐데."

"그럴지도 모르죠. 두 분은 여기서 기다리세요. 전 놈들 수법을 잘 아니까."

멀리는 조용히 걸음을 옮겼다. 흙덩어리가 부스러지는 소리만 살짝 들려올 뿐이었다. 두 사람은 멀리의 발소리를 들으려고 애써 보았지만, 그는 이미 멀리 사라진 후였다. 잠시 후 그가 집 쪽에서 소리쳤다.

"여긴 아무도 없어요. 이쪽으로 오세요."

케이시와 조드는 힘겹게 자리에서 일어나 검은 덩어리처럼 보이는 집 쪽으로 걸어갔다. 멀리는 아까 불을 피웠던 자리 근처에 있었다. 불이 있던 곳에는 연기를 피워 올리는 흙더미뿐이었다.

"여기 아무도 없을 줄 알았어요." 멀리가 자랑스레 말했다. "내가 윌리를 때려눕히고, 한두 번 헤드라이트를 쏴 준 뒤로 놈들이 조심스러워졌거든요. 녀석들은 누가 그런 짓을 저질렀는지 확실히 몰라요. 난 절대로 그놈들한테 잡히지 않을 거예요. 그래서 집 근처에서는 잠을 자지 않죠. 어디서 자면 되는지 보여 줄 테니까 따라올래요? 아무도 찾을 수 없는 데가 있어요."

조드가 말했다. "앞장서. 따라갈게. 우리 아버지 집에서 숨어야 하는 신세가 될 줄은 몰랐네."

멀리는 밭을 가로지르기 시작했다. 조드와 케이시가 뒤를 따랐다. 두 사람은 목화 줄기를 발로 차며 걸었다.

"거기 숨으면 많은 걸 피할 수 있어." 멀리가 말했다.

세 사람은 한 줄로 늘어서서 밭을 가로질렀다. 수로(水路)가 나오자 쉽사리 그 바닥으로 내려설 수 있었다.

조드가 소리쳤다. "세상에, 어딘지 알겠다. 둑에 있는 굴로 가는 거야?"

"맞아. 어떻게 알았어?"

"내가 그 굴을 팠으니까." 조드가 소리쳤다. "나랑 노아 형이 판 굴이라고. 말로는 금을 찾는다고 했지만, 사실은 그냥 굴을 판 거였어. 애들은 원래 그러잖아."

이제 수로의 벽이 세 사람의 머리 위까지 올라와 있었다.

조드가 말했다. "금방 나올 텐데. 내 기억으로는 여기서 아주 가까웠던 것 같은데."

멀리가 말했다. "내가 덤불로 덮어 놨어. 아무도 그 굴을 못 찾게."

수로 바닥이 평평해지더니 발에 모래가 밟히기 시작했다.

조드는 깨끗한 모래 위에 주저앉았다. "난 굴에서 안 자. 여기서 잘 거야." 그는 겉옷을 말아 베개를 만들었다.

멀리가 굴을 덮고 있던 덤불을 들어내고 굴 속으로 기어들어갔다.

그가 소리쳤다. "난 이 안이 좋아. 아무도 날 덮치지 못할 것 같거든."

짐 케이시는 조드와 나란히 모래 위에 앉았다.

조드가 말했다. "좀 주무세요. 날이 밝자마자 큰아버지네로 출발할 거니까."

케이시가 말했다. "안 잘 거야. 생각할 게 너무 많아."

그는 다리를 세워 양팔로 끌어안았다. 그리고 고개를 젖혀 선명한 별빛을 바라보았다. 조드는 하품을 하며 한 손으로 머리를 받쳤다. 두 사람은 아무 말도 하지 않았다. 이윽고 땅속에 난 구멍들과 짐승의 굴, 덤불 등에서 짐승들이 잽싸게 움직이는 소리가 다시 들리기 시작했다. 뒤쥐들이 움직이고, 토끼들은 초록색 잎을 찾아 기어 다니고, 생쥐들은 흙무더기를 재빨리 넘어가고, 날개 달린 사냥꾼들은 머리 위에서 소리 없이 움직였다.

7장

시내에, 변두리에, 들판에, 빈터에 화려한 광고판을 매단 중고차 전시장 겸 폐차장들이 있다. '중고차 팝니다, 좋은 중고차 있어요.' '저렴한 수송비, 트레일러 세 대.' '27년식 포드, 깨끗함.' '검사필. 보증서 있음.' '라디오 무료 장착.' '자동차를 사시면 휘발유 100갤런을 무료로 드립니다.' '들어와서 살펴보세요.' '중고차 팝니다.' '모든 경비 무료.'

책상과 의자를 놓고 그 위에 도로 지도를 놓아둘 수 있을 만한 넓이의 건물 한 채와 주차장만 있으면 된다. 한 귀퉁이가 접힌 계약서 묶음이 클립에 끼워져 있고, 아직 사용하지 않은 계약서들이 깨끗하게 정리되어 있다. 펜은 언제든지 쓸 수 있도록 항상 가득 채워 둔다. 펜이 없어서 장사를 못 한 적이 있으니까.

저쪽의 저 자식들은 물건을 사러 온 게 아냐. 가게마다 들러 보는 꼴을 보니 구경꾼이구먼. 구경하느라 시간은 다 보내고, 자동차는 살 생각도 없는 놈들. 그런 놈들은 시간만 뺏어 갈 뿐이지. 그놈들에게 시간을 내줄 필요는 없어. 저쪽에 있는 두 사람, 아니 애들하고 같이 있는 사람들 말이야. 저 사람들이 차에 타게 만들어. 처음에 200달러를 부르고 점점 깎아 주는 거야. 125달러는 받아 낼 수 있겠어. 차에 타게 만들어. 털털이 자동차에 태워 데리고 나가라고. 아주 넋을 잃게 만들어! 저 사람들이 우리 시간을 뺏었으니까.

가게 주인들은 소매를 걷어붙였고, 깔끔한 옷차림을 한 점원들은 상대의 약점을 찾느라 작은 눈을 열심히 굴린다.

저 여자 표정을 잘 봐. 저 여자가 저 물건을 마음에 들어 하면, 저 영감한테서 돈을 짜낼 수 있어. 저 캐딜락부터 시작해. 그리고 26년식 뷰익까지 낮추는 거야. 만약 처음부터 뷰익 얘기 꺼내면 저 사람들은 포드를 사려고 할걸. 소매를 걷어붙이고 일해. 이런 시절이 언제까지나 계속되는 건 아니니까. 내가 25년식 닷지 자동차의 타이어에 바람을 넣는 동안 넌 저 사람들한테 내숭을 보여 줘. 준비가 다 되면 내가 찬송가로 신호를 보낼 테니.

결국 타고 다닐 물건을 원하시는 거죠? 허튼소리는 하지 않겠습니다. 시트가 못쓰게 된 건 사실이죠. 하지만 좌석 쿠션이 운전대를 돌리는 건 아니지 않습니까?

자동차들이 줄지어 서 있다. 코를 앞으로 향한 채. 녹슨 코를. 타이어는 바람이 빠져서 납작하게 내려앉았다. 그런 자동차들이 빽빽하게 늘어서 있다.

저걸 한번 타 보시겠습니까? 그럼요, 문제없습니다. 제가 차를 빼 오겠습니다.

저 사람들이 의무감을 느끼게 해. 자네 시간을 빼앗게 만들란 말이야. 자기들이 자네 시간을 빼앗고 있다는 걸 항상 기억하게 만들어. 사람들은 대부분 착해. 남을 성가시게 구는 걸 꺼리지. 저 사람들이 성가시게 굴게 만들어. 그러고는 자동차에 넋을 잃게 만드는 거야.

자동차들이 줄지어 서 있다. 오만하고 건방진 모델 T 자동차들. 운전대는 삐걱거리고, 벨트는 닳아빠졌다. 뷰익, 내쉬, 데소토도 있다.

예, 선생님. 22년식 닷지입니다. 닷지에서 나온 최고의 자동차죠. 절대로 닳지 않아요. 압력도 낮습니다. 압력이 높은 놈들이 처음 한동안은 잘 나가지만, 금속이 그걸 오래 버틸 수가 없어요. 플리머스, 로크니, 스타도 있습니다.

세상에, 어디서 저 볼품없는 애퍼슨을 가져온 거야? 찰머스하고 챈들러도. 저거 생산이 중단된 게 언젠데. 우린 자동차를 파는 게 아냐. 굴러가는 폐물을 파는 거지. 젠장, 나한테 필요한 건 털털이 구식 자동차야. 25달러나 30달러 이상 돈을 주고 물건을 사들일 필요가 없어. 그런 물건을 50달러나 75달러에 파는 거야. 수입이 쏠쏠하지. 젠장, 새 차로는 돈을 못 벌어. 털털이 구식 자동차를 찾으라고. 물건 대기가 바쁠 정도로 팔아 줄 테니까. 250달러가 넘는 건 절대 안 돼. 짐, 저기 인도에 서 있는 노인네를 잡아. 아무것도 모르는 얼간이거든. 저

애퍼슨을 보여 줘 봐. 잠깐, 그 애퍼슨 어디 있지? 팔렸어? 구식 자동차 못 구하면 팔 물건이 없겠네.

빨갛고 하얀 깃발, 하얗고 파란 깃발. 인도의 턱을 따라 깃발들이 늘어서 있다. '중고차 팝니다.' '좋은 중고차 있어요.'

오늘의 특매품은 진열대 위에 올려놔. 절대 팔면 안 돼. 하지만 그걸 보고 사람들이 가게로 들어오겠지. 만약 우리가 저 특매품을 정말로 저 가격에 팔면 남는 게 한 푼도 없어. 사람들한테 저 물건이 방금 팔렸다고 해. 차가 팔리면 배달하기 전에 배터리를 떼어 내고 저 고장 난 배터리를 달아 둬. 젠장, 75센트로 뭘 바라는 거야? 소매를 걷어붙이고 열심히 해 봐. 이런 시절이 영원하지는 않을 테니까. 털털이 구식 차를 많이 구할 수만 있다면, 육 개월 만에 은퇴해도 될 만큼 돈을 벌 수 있을 텐데.

잘 들어, 짐. 저 셰비 자동차 궁둥이에서 나는 소리를 들어 봤는데, 병이 깨지는 것 같은 소리가 나. 톱밥을 좀 부어 놔. 기어에도 좀 넣고. 저 불량품을 35달러에 팔아 치워야 해. 나쁜 놈들, 저런 불량품으로 날 속이다니. 내가 맨 처음에 10달러를 불렀는데, 그 개자식이 15달러까지 올리더니 연장을 빼돌렸어. 젠장! 털털이 자동차가 한 500대쯤 있었으면 좋겠다. 이런 시절이 영원하지는 않을 테니까. 저 타이어가 싫대? 그걸로 1만 마일쯤 달렸다고 해. 그리고 1달러 50센트만 깎아 줘.

녹슨 폐물들이 울타리에 쌓여 있다. 망가진 자동차들, 범퍼들, 시커멓게 기름이 묻은 폐물들, 땅바닥에 뒹굴고 있는 벽돌들. 실린더 틈새로 잡초가 자라고 있다. 브레이크 로드와 배기

관들이 뱀처럼 쌓여 있다. 윤활유와 휘발유가 묻은 채.

금이 안 간 점화 플러그가 있는지 찾아봐. 젠장, 100달러 이하로 트레일러를 오십 대 구할 수 있다면, 떼돈을 벌 텐데. 저놈은 뭘 주물럭거리고 있는 거야? 우린 자동차를 팔 뿐이지, 자동차를 손님 집까지 밀어 주지는 않아. 그래, 좋았어! 집까지 밀어 주지 마. 저거 틀림없이 먼슬리에서 샀을 거야. 저 사람은 차를 안 살 것 같아? 그럼 쫓아 버려. 할 일도 많은데, 아직 마음을 정하지 못한 놈 때문에 어물거릴 시간 없어. 저기 그레이엄에서 오른쪽 앞바퀴 타이어를 빼. 땜질한 쪽을 밑으로 돌려. 다른 부분은 근사해 보이니까. 타이어 줄무늬며 뭐며 다 그대로 있잖아.

당연하죠! 낡아 보이지만 아직 5만 마일은 달릴 수 있습니다. 안에 기름도 많아요. 안녕히 가십시오. 행운을 빌어요.

자동차를 찾으십니까? 뭐 생각하고 계신 거라도 있나요? 눈길이 가는 게 있습니까? 목이 마르네요. 좋은 술이 있는데, 한잔 어떻습니까? 이리 오세요. 부인께서 저기 라살을 구경하시는 동안 한잔하십시다. 라살은 사지 마세요. 베어링이 아주 엉망이거든요. 기름도 너무 많이 먹고. 24년식 링컨이 있는데. 저쪽에. 언제까지라도 잘 달릴 겁니다. 저걸 트럭으로 개조하세요.

녹슨 금속 위에 뜨거운 태양이 내리쬔다. 땅에는 기름 자국이 있다. 차가 필요한 사람들이 어리둥절한 모습으로 가게를 찾는다.

발을 닦아. 그 차에 기대지 마. 더럽잖아. 차를 살 거야? 값이 얼마지? 아, 아이들 좀 조심시켜. 이건 얼마나 하는지 모르겠네. 물어보지 뭐. 물어보는 데 돈 드는 건 아니니까. 물어볼 수 있는 거잖아, 안 그래? 75달러 이상은 한 푼도 더 낼 수 없어. 그랬다간 캘리포니아까지 갈 돈이 모자랄 거야.

젠장, 털털이 자동차를 100대만 구할 수 있다면. 제대로 달리는 자동차건 아니건 상관없는데.

타이어들, 흠이 있는 중고 타이어들이 원통형으로 높이 쌓여 있다. 빨간색과 회색 튜브들은 소시지처럼 매달려 있다.

타이어 때우는 고무판이요? 라디에이터 청소기? 점화 촉진제? 이 알약을 기름통에 넣으면 갤런당 10마일을 더 갈 수 있습니다. 페인트만 칠하면 돼요. 50센트에 신품처럼 만들어 드립니다. 와이퍼, 팬벨트, 패킹이요? 어쩌면 밸브 때문인지도 모르겠네요. 새 밸브를 다세요. 겨우 5센트인데 밑질 게 뭐 있습니까?

좋아, 조. 저 사람들을 살살 구슬려서 이리 데리고 와. 내가 마무리를 지을 테니까. 계약을 하든지, 아니면 내가 저 사람들을 죽여 버리든지 둘 중 하나야. 불량배는 들여보내지 마. 내가 원하는 건 물건을 파는 거니까.

예, 선생님. 어서 오십시오. 싸고 좋은 물건이 하나 있습니다. 예, 선생님! 80달러면 싼 거죠.

난 50달러 이상은 낼 수 없습니다. 아까 밖에서는 50달러라고 하던데.

50달러, 50달러? 저 자식이 제정신이 아닙니다. 저 작은 차도 78달러 50센트에 사들였는데요. 조, 이 미친놈, 너 우리 장사를 말아먹을 셈이야? 저 자식 모가지를 잘라 버려야지. 60달러라면 혹시 어떨지 모르겠습니다. 이것 보세요, 손님, 저는 한가한 사람이 아니에요. 제가 장사꾼인 건 맞지만, 한 사람한테만 매달려 있을 수는 없다고요. 뭐 교환할 물건이라도 있어요?

노새 두 마리랑 교환하죠.

노새! 이봐, 조, 들었어? 이분께서 노새랑 교환하고 싶으시댄다. 지금은 기계의 시대라는 얘기도 못 들으셨나? 지금 노새를 쓰는 사람이 어디 있다고. 노새는 아교 만드는 데나 쓰일 뿐이지.

크고 좋은 놈들입니다. 한 놈은 다섯 살, 또 한 놈은 일곱 살이에요. 뭐, 다른 데를 알아봐야겠군.

다른 데를 알아본다고! 우리가 한창 바쁠 때 들어와서 시간을 뺏어 놓고 그냥 나가겠다고! 조, 넌 쩨쩨한 사기꾼이라는 것도 몰랐냐?

난 사기꾼이 아닙니다. 반드시 차가 필요해요. 우린 캘리포니아로 갈 겁니다. 반드시 차가 필요해요.

그래, 그래, 성격 좋은 내가 참아야지. 조 말대로, 난 성격이 너무 좋아. 너더러 입고 있는 셔츠까지 벗어서 남한테 주는 성격을 고치지 않으면 굶어 죽을 거라고 하더니만. 이렇게 합시다. 내가 노새를 한 마리당 5달러에 사겠습니다. 개 먹이나 하게.

녀석들이 개밥이 되는 건 싫습니다.

뭐, 어쩌면 10달러나 7달러를 줄 수 있을 것 같기도 한데.

이렇게 합시다. 우리가 노새 두 마리를 20달러에 사죠. 수레도 딸려 오는 거죠? 그리고 당신이 50달러를 내고, 나머지 돈은 매달 10달러씩 보내주기로 계약하는 겁니다.

하지만 아까 80달러라고 했잖습니까.

월부 판매에 할증료가 붙는 것도 몰라요? 게다가 보험도 있잖습니까? 그래서 값이 조금 오르는 거라고요. 너덧 달이면 차 값을 다 치를 수 있을 겁니다. 여기다 서명하세요. 우리가 다 알아서 해 드리겠습니다.

글쎄, 이래도 되는 건지…….

이것 보세요. 난 지금 당신한테 입고 있던 셔츠까지 벗어서 주는 셈입니다. 게다가 당신이 우리 시간을 뺏었잖습니까. 당신하고 얘기한 시간이면 차 석 대는 팔 수 있었을 겁니다. 나도 염증이 나요. 그래요, 여기다 서명하세요. 됐습니다, 선생님. 조, 이 신사 분이 사신 차에 기름을 채워 드려. 기름은 공짜로 드리는 거야.

세상에, 조, 끝내주는 장사를 했어! 우리가 그 털털이 자동차를 얼마에 샀지? 30달러, 35달러쯤이지? 게다가 노새까지 얻었잖아. 내가 그 노새 값으로 75달러를 받아 내지 못하면 장사꾼이 아니다. 그런데 현금 50달러에 40달러를 더 받을 수 있는 계약서까지 있어. 아, 저 사람들이 다 정직하지는 않다는 건 나도 알아. 하지만 끝까지 돈을 치르는 사람이 얼마나 많은지 알면 너도 깜짝 놀랄걸. 어떤 작자는 내가 장부까지 지워 버렸는데 이 년 후에 100달러를 갖고 왔더라고. 지금 저 인간도 틀림없이 돈을 보낼 거야. 젠장, 털털이 자동차가 500대만 있었어도. 소매를 걷어붙여, 조. 나가서 사람들을 잘 구슬려 가지고 나한테 보내는 거야. 방금 판 자동차 값에서 20달러를 떼어 줄게. 너도 이젠 제법이야.

축 늘어진 깃발들이 오후의 햇빛을 받고 있다. 오늘의 특매품. 29년식 포드 픽업트럭. 잘 달립니다.

50달러로 뭘 사려는 겁니까? 제퍼?

좌석 쿠션에서 말총이 구불구불 비어져 나오고, 범퍼는 우그러진 것을 두드려 편 모양이다. 아예 차체에서 떨어져 나와 대롱대롱 매달려 있는 범퍼도 있다. 화려한 포드 로드스터. 작은 색등이 범퍼 끝과 라디에이터 뚜껑에 달려 있고, 뒤에도 색등 세 개가 있다. 흙받기와 기어에 붙어 있는 커다란 주사위 모양의 손잡이. 타이어 덮개에는 예쁜 여자 그림이 화려하게 그려져 있다. 여자의 이름은 코라. 오후의 태양이 먼지를 덮어 쓴 자동차 앞 유리에 내리쬔다.

젠장, 나가서 밥 먹을 시간도 없잖아! 조, 애 하나 불러서 햄버거 좀 사 오라고 해.

낡은 엔진이 후두둑 후두둑 소리를 낸다.

어떤 멍청한 녀석이 크라이슬러를 보고 있네. 돈푼이나 가지고 있는지 좀 알아봐. 저런 시골 애들 중에도 교활한 놈들이 있으니까. 살살 구슬려서 나한테 보내, 조. 그래, 잘하고 있어.

물론, 우리가 팔았죠. 보증이요? 우린 그 물건이 자동차라는 걸 보증했습니다. 보모 노릇까지 하겠다고 보증한 건 아니에요. 이봐요, 당신이 차를 사 놓고 이제 와서 시끄럽게 구는 겁니까? 당신이 돈을 안 내도 난 상관없어요. 우리한텐 당신

계약서가 없으니까. 금융회사에 계약서를 넘겼거든요. 그 사람들이 당신을 뒤쫓을 겁니다. 우리가 아니라. 우리한텐 서류가 없어요. 그래? 네가 행패를 부리면 경찰을 부를 거야. 글쎄, 우리가 타이어를 바꿔치기한 게 아니라니까 그러네. 이놈 좀 쫓아내, 조. 자기가 자동차를 사 놓고, 이제 와서 싫다니. 내가 스테이크를 주문해서 반쯤 먹다가 물러 달라고 하면 어떨 것 같아? 우린 장사꾼이지 자선사업가가 아냐. 뭐 저런 놈이 다 있냐, 조? 어, 저기 봐! 엘크스회[2] 배지다! 빨리 뛰어가. 저 36년식 폰티액을 살짝 보여 주라고. 그렇지.

사각형 코, 둥그런 코, 녹슨 코, 납작한 코. 길게 곡선을 그리는 유선형 차체와 유선형이 등장하기 이전의 멋없는 자동차들. 오늘의 특매품. 쿠션이 좋은 낡은 괴물들. 쉽게 트럭으로 개조할 수 있습니다. 바퀴 두 개짜리 트레일러. 강렬한 오후의 햇빛에 녹슨 굴대가 보인다. 중고차 팝니다. 좋은 중고차 있어요. 깨끗하고 잘 달립니다. 기름을 넣을 필요도 없어요.

젠장, 저걸 좀 봐. 아주 손질이 잘됐는걸.

캐딜락, 라살, 뷰익, 플리머스, 패커드, 셰비, 포드, 폰티액. 줄줄이 늘어선 헤드라이트들이 오후의 햇빛을 받아 반짝인다. 좋은 중고차 있어요.

살살 구슬려, 조. 젠장, 털털이 자동차가 한 1000대쯤 있으면 얼마나 좋아! 손님들이 계약을 하고 싶게 만들어. 내가 마무리할 테니까.

---

2) 미국의 자선, 사교, 애국 단체.

캘리포니아로 가신다고요? 그럼 이게 손님한테 딱 맞을 겁니다. 수명이 다 된 것처럼 보이지만, 아직 몇 천 마일은 달릴 수 있어요.

나란히 늘어선 자동차들. 좋은 중고차 있어요. 싸게 팝니다. 깨끗하고 잘 달립니다.

8장

별들 사이로 하늘이 희뿌옇게 변하고, 늦게 떠오른 창백한 달은 실체가 없는 듯 희미하고 홀쭉해 보였다. 톰 조드와 목사는 길을 따라 빠르게 발걸음을 옮겼다. 목화밭 사이로 트랙터들이 드나드는 길이자, 수레가 다니는 길이었다. 동틀 녘이 머지않았음을 알려 주는 것은 불안정한 하늘뿐. 서쪽에는 지평선이 전혀 보이지 않았고, 동쪽에는 외줄기 선이 하나 있을 뿐이었다. 두 사람은 말없이 걸으며 발길에 채어 허공으로 떠오른 흙먼지 냄새를 맡았다.

"길은 제대로 알고 있는 거지?" 짐 케이시가 말했다. "날이 샌 다음에야 길을 잘못 들었다느니 그러면 곤란해."

잠에서 깨어난 동물들이 목화밭에서 바삐 움직였다. 아침에 활동하는 새들이 땅 위에서 먹이를 찾느라 날개를 바삐 펄럭이고, 불안해진 토끼들이 흙더미 위에서 종종걸음을 쳤다. 두 사람의 발이 흙을 밟을 때 나는 조용한 소리, 발밑에서 흙 더미가 부서지며 나는 날카로운 소리가 새벽의 비밀스러운 소 음들을 배경으로 들려왔다.

톰이 말했다. "눈 감고도 갈 수 있는 길입니다. 길을 잘못 들 지 않을까 걱정하지만 않으면 절대 길을 잃을 염려가 없어요. 그런 생각만 하지 않는다면 큰아버지네 집까지 곧장 갈 수 있 다고요. 젠장, 전 바로 이 근처에서 태어났습니다. 어렸을 때 는 이 주위를 뛰어다녔고요. 저쪽에 나무가 한 그루 있었는 데…… 보세요, 나무가 보이죠? 한번은 우리 아버지가 저 나 무에 죽은 코요테를 걸어 놓은 적이 있습니다. 썩어 문드러질 때까지 거기 걸려 있다가 비닥으로 떨어졌죠. 몸뚱이가 완전 히 말라 있더군요. 젠장, 어머니가 먹을 걸 좀 만들고 계시면 좋겠는데. 배가 등짝에 들러붙을 지경입니다."

케이시가 말했다. "나도 그래. 담배라도 씹을 텐가? 그러면 허기가 심하게 느껴지지 않거든. 그렇게 일찍 출발하지 않았 다면 좋았을 텐데. 날이 밝았다면 더 나았을 거야." 그는 말을 멈추고 씹는담배를 한 입 물어뜯었다. "잘 자고 있었는데."

"그 정신 나간 멀리 녀석 때문이에요. 그 녀석 때문에 깜짝 놀랐습니다. 절 깨우더니 이러더군요. '잘 있어, 톰. 나 간다. 갈 데가 있어.' 그리고 이런 말도 했어요. '너도 떠나는 게 좋을 거야. 해가 뜨기 전에 여길 빠져나가.' 녀석 뒤쥐처럼 이상해졌 어요. 그렇게 살아서 그런가. 누가 보면 인디언들한테 쫓기는 사람인 줄 알 겁니다. 그 녀석이 미친 것 아닐까요?"

"글쎄, 모르지. 어젯밤에 우리가 불을 피우니까 자동차가 달려오는 것 봤잖아. 집이 뭉개진 것도 봤고. 정말로 더러운 일이 벌어지고 있는 게 틀림없어. 물론 멀리는 제정신이 아니지. 코요테처럼 살살 기어 다니다 보면 미치게 마련이야. 조만간 멀리가 사람을 죽일 걸세. 그래서 사람들이 개까지 동원해서 그 친구를 찾아다닐 거야. 예언자의 예언만큼이나 분명히 보여. 그 친구 상태가 계속 나빠질 거야. 우리랑 같이 안 간다고 그랬다고?"

"예. 지금 사람들을 만나는 게 두려운 모양이에요. 우릴 만나러 온 것도 이상할 정도예요. 해 뜰 무렵이면 큰아버지네에 도착할 겁니다."

두 사람은 한동안 말없이 걸었다. 늦게까지 깨어 있던 올빼미들이 헛간과 속이 빈 나무들과 집들이 있는 곳으로 날아갔다. 햇빛을 피하기 위해서였다. 동쪽 하늘이 점점 밝아져서 이제 목화 줄기와 희뿌연 땅바닥이 눈에 들어왔다.

"큰아버지네 집에서 온 식구가 어떻게 잠을 자는지 모르겠어요. 방 하나하고 부엌으로 쓰는 별채뿐인데. 작은 헛간 하나하고. 아주 난리도 아니겠는데요."

"내 기억에 자네 큰아버지 존은 혼자 살았던 것 같은데. 안 그런가? 존에 대해서는 별로 기억나는 게 없어서 말이야."

"세상에서 제일 외로운 사람이죠. 정신 나간 인간이기도 하고. 멀리랑 좀 비슷해요. 어떤 면에서는 상태가 더 나쁘죠. 어디든 안 가는 데가 없습니다. 술에 취해서 쇼니에도 나타났다가, 20마일이나 떨어진 데 사는 과부를 찾아가는가 하면, 등불을 켜 놓고 밭을 갈기도 해요. 제정신이 아니죠. 다들 큰아버지가 오래 살지 못할 줄 알았어요. 그렇게 혼자 사는 사람은 오래 못 사는 법이니까. 그런데 큰아버지는 아버지보다 나이가 많은데도 해가 갈수록 더 억세고 고약해지기만 해요. 할아버지보다 더 고약하다니까요."

목사가 말했다. "봐, 동이 트고 있어. 은빛이 도는데. 큰아버지는 결혼한 적이 없나?"

"있죠. 그런데 큰아버지 결혼 생활 이야기를 들어 보면 큰아버지가 어떤 사람인지 알 수 있어요. 아버지한테 들었는데, 큰아버지가 옛날에 젊은 여자랑 결혼해서 넉 달 동안 같이 산 적이 있답니다. 그런데 큰어머니가 임신했을 때, 어느 날 밤에 배가 아파서 큰아비지보고 의사를 좀 불러오라고 했대요. 그런데 큰아버지는 그냥 가만히 앉아서 '그냥 속이 안 좋은 거야. 너무 많이 먹어서 그래. 진통제나 한 알 먹어. 배 속에 음식을 마구 쑤셔 넣으니까 배가 아프지.' 이랬다는 거예요. 다음 날 낮에 큰어머니는 혼절해 버렸고, 오후 4시쯤에 돌아가셨답니다."

"큰어머니가 왜 아팠던 건데? 식중독이었나?" 케이시가 물었다.

"아뇨. 뭔가가 배 속에서 터졌대요. 맹장이라나 뭐라나. 어쨌든 큰아버지는 항상 태평한 분이셨는데, 그 일로 충격이 컸던 것 같습니다. 자기가 죄를 지었다고 생각한 거죠. 그래서 오랫동안 아무하고도 얘기를 안 했어요. 그냥 아무것도 보이지 않는 사람처럼 돌아다니면서 가끔 기도만 했죠. 그 충격에서

벗어나는 데 이 년이 걸렸지만, 그 후로는 영 예전 같지 않아
요. 좀 거칠어졌다고나 할까. 사람들을 아주 성가시게 구는 인
간이 돼 버렸습니다. 우리 형제들이 횟배를 앓거나 배가 아프
다고 하면 큰아버지는 항상 의사를 데려오죠. 결국은 아버지
가 큰아버지한테 그만 좀 하라고 그랬습니다. 애들은 원래 항
상 배가 아픈 법이라고. 큰아버지는 큰어머니가 돌아가신 게
당신 탓이라고 생각해요. 재미있는 분이죠. 항상 그 일을 보
상하려고 하니까. 애들한테 뭘 주기도 하고, 어떤 집 앞에 음
식이 든 자루를 갖다 놓기도 하고. 자기가 가진 걸 전부 그렇
게 남한테 줘 버렸는데도 여전히 마음이 편하지 않은 모양이
에요. 가끔 밤중에 혼자 돌아다니곤 하거든요. 하지만 농사는
잘 지어요. 땅을 훌륭하게 관리하고 있지요."

"불쌍한 분이구먼." 목사가 말했다. "불쌍하고 고독한 분이
야. 자네 큰어머님이 돌아가셨을 때 큰아버지가 교회에 자주
나갔나?"

"아뇨. 사람들 근처에 가기를 싫어해서요. 항상 혼자 있고
싶어 했어요. 애들은 전부 큰아버지를 엄청나게 좋아했죠. 큰
아버지가 가끔 밤중에 우리 집에 들렀을 때, 우리는 큰아버지
가 왔다 갔다는 걸 언제나 알 수 있었습니다. 애들 머리맡에
전부 껌이 한 통씩 놓여 있었으니까. 우린 큰아버지가 전능한
예수님인 줄 알았어요."

목사는 고개를 숙인 채 계속 걸었다. 톰의 말에 아무런 대
꾸도 하지 않고. 하늘이 점점 밝아 오면서 그의 이마가 빛나
는 것처럼 보였다. 몸 옆에서 앞뒤로 흔들리는 그의 손이 빛

속을 들락날락했다.

톰도 침묵을 지켰다. 마치 집안의 은밀한 이야기들을 늘어놓은 것이 새삼 부끄러워진 것 같았다. 그가 발걸음을 빨리하자 목사도 보조를 맞췄다. 이제 희뿌연 빛 덕분에 먼 곳의 모습도 조금씩 눈에 들어오기 시작했다. 뱀 한 마리가 꿈틀거리며 목화밭에서 길로 나왔다. 톰은 녀석 앞에서 걸음을 멈추고 들여다보았다.

"인디고 뱀이네요." 그가 말했다. "그냥 내버려두죠."

두 사람은 뱀 옆을 돌아 계속 길을 걸었다. 동쪽 하늘에 살짝 색깔이 나타나더니, 순식간에 고독한 새벽빛이 땅 위로 슬금슬금 기어들었다. 목화 줄기의 초록색이 눈에 들어오고, 회갈색 땅도 눈에 들어왔다. 희뿌옇게 빛나던 두 사람의 얼굴도 원래 모습으로 돌아왔다. 날이 밝아 올수록 조드의 얼굴은 더 검게 변하는 것 같았다.

"지금이 좋을 때죠." 조드가 부드럽게 말했다. "어렸을 때는 이맘때쯤 일어나서 혼자 돌아다니곤 했습니다. 저 앞에 저게 뭐죠?"

암캐 한 마리 때문에 개들이 길에 떼를 지어 모여 있었다. 수컷은 모두 다섯 마리였다. 셰퍼드 잡종, 콜리 잡종, 다른 개들과 자유롭게 어울린 탓에 혈통이 모호해진 개들이 암캐에게 찬사를 바치고 있었다. 녀석들은 고상한 척 코를 쿵쿵거리며 냄새를 맡다가 다리에 뻣뻣하게 힘을 주고 목화밭으로 걸어가서 무슨 의식을 치르는 것처럼 뒷다리를 들어 올려 오줌을 싸고는 다시 돌아와서 냄새를 맡았다. 조드와 목사는 걸음을 멈추고 녀석들을 지켜보았다. 그런데 갑자기 조드가 즐거운 듯 웃음을 터뜨렸다.

"세상에! 세상에!"

이제 개들이 모두 한데 모여 털을 곤두세우고 으르렁거리며 팽팽하게 긴장하기 시작했다. 다들 상대가 먼저 싸움을 시작하기를 기다리고 있었다. 개 한 마리가 암캐 위에 올라탔다. 승자가 정해진 셈이었으므로, 다른 개들은 뒤로 물러나서 흥미롭게 그 광경을 지켜보았다. 녀석들이 빼어 문 혀에서 침이 뚝뚝 떨어졌다. 두 사람은 다시 걷기 시작했다.

"세상에!" 조드가 말했다. "암컷한테 올라탄 놈이 우리 플래시 같아요. 녀석이 죽은 줄 알았는데. 이리 와, 플래시."

그는 다시 웃음을 터뜨렸다.

"하긴, 나라도 저럴 때 누가 부르면 들은 척도 안 하겠지. 저걸 보니 생각나는 얘기가 있습니다. 윌리 필리가 어렸을 때 일인데, 그 녀석은 숫기가 없었어요. 엄청나게 수줍음을 탔죠. 그런데 어느 날 녀석이 어린 암소를 그레이브스 씨네 황소한테 데리고 갔어요. 그레이브스 씨네 집에는 그때 엘지 그레이브스만 있었는데, 엘지는 수줍음이라고는 전혀 모르는 애였죠. 윌리는 얼굴이 빨개져서 말도 못 꺼내고 그냥 서 있기만 했습니다. 결국 엘지가 말했죠. '네가 왜 왔는지 알아. 우리 소는 저 뒤 헛간에 있어.' 둘은 암소를 끌어 헛간에 데려다 놓고, 구경을 하려고 울타리에 앉았어요. 그런데 얼마 안 돼서 윌리 녀석이 흥분해 버린 겁니다. 엘지가 윌리를 보면서 모르는 척 물었죠. '왜 그래, 윌리?' 윌리는 너무 흥분한 상태라 가만히 앉아 있기도 어려운 지경이었죠. '세상에, 세상에, 나도 저렇게 하고 싶어.' 녀석이 이렇게 말했더니 엘지가 한다는 말이, '안 될 거 뭐 있어, 월리? 너희 암소잖아.' 이랬대요."

목사는 조용히 웃음을 터뜨렸다.

"그거 아나?" 그가 말했다. "더 이상 목사가 아니라는 건 참 좋은 일이야. 내가 이 마을에 있을 때는 아무도 나한테 그런 얘기를 안 해 줬거든. 설사 그런 얘기를 들어도, 내가 웃음을 터뜨릴 수도 없었고. 게다가 욕도 할 수 없었어. 하지만 지금은 언제든 실컷 욕을 할 수 있지. 하고 싶을 때 욕을 하는 게 건강에 좋아."

동쪽 지평선이 점점 벌겋게 변하기 시작하고, 땅 위에서는 새들이 닐카로운 소리로 지저귀기 시작했다.

"보세요." 조드가 말했다. "똑바로 앞에. 저게 큰아버지네 물탱크예요. 풍차는 안 보이지만, 저게 큰아버지네 물탱크 맞아요. 하늘로 치솟은 거 보이죠?"

그는 걸음을 재촉했다.

"식구들이 다 있는지 모르겠어요."

커다란 물탱크가 언덕 위로 솟아 있었다. 조드가 서둘러 걷는 바람에 먼지구름이 무릎까지 올라왔다.

"어머니가……"

물탱크의 다리가 보이고, 페인트칠도 되어 있지 않은 사각형 상자 같은 집이 보이고, 아무 거나 쑤셔 넣은 것처럼 보이는 나지막한 헛간이 보였다. 집의 양철 굴뚝에서 연기가 솟아올랐다. 마당에는 온갖 잡동사니와 가구 더미, 풍차 날개와 모터, 침대 틀, 의자, 탁자 등이 나와 있었다.

"세상에, 떠날 준비를 하는 모양이에요!" 조드가 말했다.

트럭 한 대가 마당에 서 있었다. 짐칸의 벽이 높은 트럭이었는데, 앞부분은 세단 자동차 모양이고 지붕 중간을 잘라 짐칸을 끼워 놓아서 모양이 이상했다. 집이 점점 가까워지자 마당에서 뭔가를 두드리는 소리가 들려왔다. 마침내 눈부신 태양이 지평선 위로 떠올라 트럭을 비추자 한 남자가 망치질을 하고 있는 모습이 드러났다. 망치가 햇빛을 받아 번쩍거렸다. 집의 창문들도 마찬가지였다. 비바람에 시달린 판자들도 밝게 빛났다. 마당에 있는 빨간 닭 두 마리는 햇빛을 받아 불타는 것처럼 보였다.

톰이 말했다. "소리치지 마세요. 살금살금 몰래 가자고요. 이렇게."

그가 하도 빨리 걷는 바람에 먼지구름이 허리까지 올라왔다. 두 사람은 목화밭을 지나 마당에 들어섰다. 마당의 흙바닥은 단단하게 굳어서 윤기가 돌 정도였다. 먼지를 뒤집어쓴 잡초 몇 그루가 자라고 있었다. 조드는 더 이상 가기가 무섭다는 듯이 걸음을 늦췄다. 목사는 그를 지켜보면서 역시 걸음을 늦춰 보조를 맞췄다. 톰은 느릿느릿 앞으로 나아가다가 곤혹스러운 표정으로 트럭을 향해 옆걸음질을 쳤다. 트럭은 허드슨 슈퍼식스 세단이었는데, 차가운 끝에 지붕이 둘로 찢어진 모양새였다. 톰 조드 영감이 트럭 짐칸에 서서 짐칸 벽의 난간에 못질을 하고 있었다. 반백의 수염을 기른 그는 싸구려 못 몇 개를 입에 물고 고개를 숙인 채 일에 몰두하고 있었다. 그가 못을 제자리에 놓고 천둥처럼 망치를 내리쳤다. 집에서는 풍로 뚜껑을 움직이는 소리와 아이의 울음소리가 들려왔다. 조드는 옆걸음질로 트럭 짐칸까지 가서 거기에 몸을 기댔다. 그의 아버지는 그를 보았지만, 아들을 알아보지 못했다. 아버지가 못 하나를 또 박기 시작했다. 물탱크 지붕에서 비둘기 떼가 날아올라 주위를 빙빙 돌다가 다시 내려앉아 물탱크 가장자리까지 점잖게 걸어와서 아래를 내려다보았다. 하얀 비둘기도 있고, 파란 비둘기도 있고, 회색 비둘기도 있었다. 날개는 무지갯빛이었다.

조드는 트럭 짐칸 벽의 제일 아래쪽 가로대에 손가락을 걸었다. 그리고 트럭 위에 있는 반백의 늙은 아버지를 올려다보았다. 그는 두툼한 입술에 침을 바른 뒤 조용히 입을 열었다.

"아버지."

"왜 그래?"

톰 영감이 못을 입에 문 채 웅얼거리듯 대답했다. 그는 챙이 늘어지고 때가 묻어 꼬질꼬질한 검은색 중절모를 쓰고, 일할 때 입는 파란색 셔츠와 단추가 없는 조끼를 입고 있었다. 그리고 청바지에 커다란 사각형 놋쇠 버클이 달린 넓적한 허리띠를 매고 있었다. 마구용 가죽으로 만든 허리띠였는데, 가죽과 금속 버클이 모두 오래돼서 반들거렸다. 그의 신발도 찢어져 있었다. 오랫동안 햇빛과 비바람과 흙먼지에 시달린 탓에 신발 바닥은 배 모양으로 부풀어 있었다. 팔 근육이 불끈솟아 있어서 셔츠 소매가 꼭 끼었다. 배와 엉덩이는 날씬했고, 다리는 짧고 묵직하고 강했다. 얼굴은 뻣뻣한 반백의 수염 때문에 사각형으로 보였는데, 강인한 턱이 유독 두드러져 보였다. 툭 튀어나온 턱에는 짧은 턱수염이 나 있었으며, 아직 하얗게 센 수염이 많지 않아서 턱이 더 묵직하고 강인하게 보였다. 구레나룻이 없는 톰 영감의 광대뼈는 짙은 갈색이었고, 눈가에는 눈을 가늘게 뜰 때 생긴 주름이 잡혀 있었다. 그의 눈은 블랙커피와 비슷한 갈색이었다. 그는 뭔가를 바라볼 때 고개를 앞으로 쭉 내밀곤 했는데, 그건 시력이 약해졌기 때문이었다. 커다란 못들을 물고 있는 얇은 입술은 빨간색이었다.

그는 망치를 허공으로 치켜들고 못을 박으려다가 트럭 너머의 톰을 바라보았다. 일을 방해받아서 화가 난 것 같은 표정이었다. 그런데 그가 턱을 쭉 내밀며 톰의 얼굴을 다시 바라보더니 이제야 자기 앞에 있는 사람이 누군지 알아차린 모양이었다. 그는 망치를 서서히 내리고 왼손으로 입에 물고 있던 못을 빼냈다. 그리고 이게 사실인지 미심쩍다는 듯이 입을 열었다.

"토미." 그는 여전히 믿을 수 없다는 듯이 말을 이었다. "토미가 돌아왔어."

그는 뭔가 말을 하려고 다시 입을 열었지만, 그의 시선에는 두려움이 깃들었다.

"토미." 그가 부드럽게 말했다. "너 탈옥한 건 아니겠지? 숨어 지내야 하는 건 아니지?"

그는 긴장된 표정으로 아들의 대답을 기다렸다.

톰이 말했다. "아니에요. 가석방이에요. 이젠 자유라고요. 증명서도 있어요." 그는 트럭의 가로대를 움켜쥐고 아버지를 올려다보았다.

톰 영감은 망치를 바닥에 조용히 내려놓고 못을 주머니에 넣었다. 그리고 트럭 짐칸 벽을 훌쩍 뛰어넘어 유연한 동작으로 바닥에 내려섰다. 그러나 막상 아들 옆에 서니 당황스럽고 이상한 기분이 드는 모양이었다.

그가 말했다. "토미. 우린 캘리포니아로 갈 생각이다. 하지만 너한테 편지를 써서 알릴 작정이었어." 그는 도저히 믿을 수 없는 일이 벌어졌다는 표정으로 말을 이었다. "그런데 네가 돌아오다니. 이제 우리랑 같이 갈 수 있겠다. 같이 갈 수 있어!"

집 안에서 누군가가 커피포트의 뚜껑을 쾅 닫는 소리가 들려왔다. 톰 영감이 어깨 너머로 집 쪽을 바라보며 말했다.

"식구들을 놀래 주자." 그가 눈을 반짝반짝 빛내면서 말했다. "네 어머니는 아무래도 널 다시 보지 못할 것 같다고 우울해 했어. 꼭 누가 죽었을 때처럼 말도 잘 안 하고. 캘리포니아로 가기 싫어하는 게 아닌가 싶을 정도지. 여길 떠나면 널 다시 보지 못할까 봐서."

집 안에서 풍로 뚜껑이 뭔가에 세게 부딪히는 소리가 다시 들려왔다.

"식구들을 놀래 주자." 톰 영감이 다시 말했다. "네가 집을 떠난 적이 없는 것처럼 아무렇지도 않게 안으로 들어가는 거야. 네 어머니가 뭐라고 하는지 한번 보자."

마침내 그는 아들의 몸에 손을 댈 수 있었다. 그러나 그는 수줍은 듯 아들의 어깨를 살짝 잡았다가 금방 손을 치워 버렸다. 그리고 짐 케이시를 바라보았다.

톰이 말했다. "목사님 기억하시죠, 아버지? 저랑 같이 왔어요."

"목사님도 감옥에 계셨던 거야?"

"아뇨, 길에서 만났어요. 다른 데 가 계셨대요."

아버지는 근엄한 표정으로 목사와 악수를 나눴다.

"잘 오셨습니다, 목사님."

케이시가 말했다. "이 자리에 있게 돼서 기쁘군요. 아들이 집으로 돌아오는 광경을 보게 되었으니. 정말 굉장한 일이에요."

"집이라……." 아버지가 말했다.

"식구들한테 돌아온 거죠." 목사가 재빨리 말을 바꿨다. "어젯밤에는 다른 곳에서 묵었습니다."

아버지가 턱을 불쑥 내밀며 한동안 길 아래쪽을 돌아보았다. 그리고 톰에게 시선을 돌리며 말했다.

"네 어머니한테 어떻게 할까?" 그가 신이 나서 말을 이었다. "내가 들어가서 '아침 식사를 같이 먹고 싶다는 손님이 왔다.'라고 할까? 아니면, 네가 그냥 안으로 들어가서 네 어머니가 널 볼 때까지 서 있는 건 어때? 네 생각은 어떠냐?" 신이 나서 그의 얼굴에 생기가 돌았다.

"어머니한테 너무 충격을 주면 안 돼요." 톰이 말했다. "어머니한테 겁을 주는 건 안 돼요."

다리가 껑충한 셰퍼드 두 마리가 즐거운 듯 달려오다가 낯선 사람들을 발견하고 조심스레 뒤로 물러났다. 꼬리는 공중에서 망설이듯 천천히 흔들리고 있었지만, 녀석들의 눈과 코는 적이나 위험을 재빨리 감지할 수 있었다. 두 녀석 중 한 마리가 목을 쭉 빼고 언제라도 도망칠 수 있는 준비를 갖추고

서 살금살금 앞으로 나왔다. 녀석은 살살 톰의 다리에 접근해서 커다랗게 코를 킁킁거리며 냄새를 맡았다. 그리고 뒤로 물러나 아버지가 뭔가 신호를 보내지 않는지 지켜보았다. 나머지 한 마리는 그렇게 용감하지 않은 모양이었다. 녀석은 창피를 당하지 않고 주의를 돌릴 만한 것을 찾으려고 주위를 둘러보다가 빨간 닭 한 마리가 종종걸음으로 옆을 지나가는 것을 보고는 그 닭에게 달려가 버렸다. 분노한 닭은 꼬꼬댁 소리를 지르며 빨간 깃털을 흩날리더니, 짤막한 날개까지 펄럭여 가며 서둘러 도망쳐 버렸다. 개는 우쭐한 표정으로 사람들을 뒤돌아보고는 흙바닥에 드러누워 만족스러운 듯 꼬리로 바닥을 내리쳤다.

"들어가자." 아버지가 말했다. "이제 들어가. 어머니도 널 봐야지. 널 보고 네 어머니가 어떤 표정을 지을지 궁금해 죽겠다. 얼른 와. 조금 있으면 네 어머니가 아침밥 먹으라고 소리를 지를 거야. 소금에 절인 돼지고기를 냄비에 넣는 소리가 난 지 한참 됐거든."

그는 고운 흙먼지가 깔린 마당을 앞장서서 가로질렀다. 이 집에는 현관 베란다가 없었다. 계단 하나를 올라가면 바로 문이었다. 문 옆에는 장작을 팰 때 쓰는 커다란 나무가 놓여 있었는데, 하도 오랫동안 그 위에서 장작을 팼기 때문에 표면이 말랑말랑해져서 더 이상 광택이 나지 않았다. 표면의 나뭇결이 높게 도드라져 있었다. 부드러운 부분이 흙먼지에 쓸려 사라져 버린 탓이었다. 버드나무 장작이 타는 냄새가 공기 중에 퍼져 있었고, 문이 점점 가까워지자 베이컨 튀기는 냄새와 짙

은 갈색 빵 냄새, 포트에서 끓고 있는 진한 커피 냄새가 풍겨
왔다. 아버지가 열린 문간에 올라서서 땅딸막한 몸집으로 문
을 가로막은 채 말했다.

"여보, 두 사람이 여행을 하다 들렀는데 식사를 좀 얻어먹
을 수 있겠느냐고 묻는걸."

톰의 귀에 어머니의 목소리가 들려왔다. 그가 기억하는 그
대로 침착하고 차분하며, 상냥하고 겸손한 느린 말투였다.

"들어오라고 해요." 어머니가 말했다. "음식은 많이 있으니
까. 손을 씻고 오라고 하세요. 빵은 다 됐어요. 베이컨도 이제
꺼낼 거고요."

풍로가 있는 쪽에서 맹렬하게 지글거리는 소리가 들려왔다.

아버지가 문간에서 비켜나 집 안으로 발을 들여놓았다. 톰
은 안쪽에 있는 어머니를 바라보았다. 어머니는 동그랗게 끝
이 말린 베이컨을 프라이팬에서 꺼내고 있었다. 열린 오븐 문
안쪽에는 높이 부풀어 오른 갈색 빵이 어머니의 손길을 기다
렸다. 어머니가 문 쪽을 바라보았지만, 밝은 햇빛 때문에 사람
의 윤곽만 검게 보일 뿐이었다. 어머니가 유쾌한 표정으로 고
개를 끄덕이며 말했다.

"들어오세요. 오늘 아침에 빵을 많이 만들기를 잘했네."

톰은 집 안을 바라보며 그대로 서 있었다. 어머니는 몸집이
큰 사람이었지만 뚱뚱하지는 않았다. 출산과 일 때문에 몸집
이 커진 것뿐이었다. 어머니는 회색 천으로 만든 헐렁한 겉옷
을 입고 있었다. 천에는 원래 색색의 꽃무늬가 있었지만, 지금
은 색이 다 바래서 작은 꽃무늬가 바탕보다 조금 더 밝은 회

색을 띠고 있을 뿐이었다. 옷은 어머니의 발목까지 내려왔다. 넓적하고 강해 보이는 맨발이 부지런히 바닥 위에서 움직이고 있었다. 강철 같은 회색을 띤 가느다란 머리카락은 뒤로 틀어 올렸는데, 숱이 적어서 매듭이 아주 작았다. 주근깨가 있는 강인한 팔은 팔꿈치까지 드러나 있었고, 오동통한 손은 섬세했다. 마치 통통한 소녀의 손 같았다. 어머니는 햇빛이 비치는 문 쪽을 바라보았다. 통통한 얼굴 표정은 부드럽다기보다 온화하게 잘 절제되어 있었다. 개암 빛깔의 눈은 온갖 고생을 다 겪고, 계단을 오르듯 고통을 극복해서 대단히 차분하고 초인간적인 이해에 도달한 것처럼 보였다. 어머니는 자신의 위치를 잘 알고, 그것을 두 팔 벌려 받아들이고 있는 것 같았다. 자신이 가족의 요새며, 그 요새는 결코 점령당하지 않는다는 사실을. 어머니가 고통과 두려움을 인정하면 톰 영감과 자식들도 고통과 두려움을 느꼈기 때문에 어머니는 그런 감정을 부정하는 법을 연습해 왔다. 또한 즐거운 일이 있을 때면 어머니가 즐거운 표정을 짓고 있는지 가족들이 먼저 살폈기 때문에, 어머니는 별로 웃기지 않은 일에도 웃음을 터뜨리는 습관을 익혔다. 그러나 즐거움보다 더 좋은 것은 차분함이었다. 어머니가 어떤 일에도 동요하지 않아야만 가족들이 어머니에게 의지할 수 있으니까. 위대하면서도 하찮아 보이는 가족 내의 그 위치에서 어머니는 깨끗하고 차분한 아름다움과 위엄을 얻었다. 또한 가족들을 치료해 주는 사람으로서 어머니의 손은 점점 더 자신 있게, 냉정하고 침착하게 움직이게 되었다. 그리고 가족들의 중재자로서 어머니는 여신처럼 냉정하게 항상 옳은 판

결을 내리는 사람이 되었다. 어머니는 자신이 흔들리면 가족도 흔들리고, 자신이 심하게 동요하거나 절망에 빠지면 가족도 무너진다는 것을 알고 있는 것 같았다.

어머니는 햇빛이 비치는 마당에 서서 검은 윤곽만 드러내고 있는 남자를 바라보았다. 아버지가 너무 신이 나서 몸을 떨면서 그 근처에 서 있었다.

"들어오게." 아버지가 소리쳤다. "빨리 들어와."

톰은 약간 부끄러운 듯이 문지방을 넘었다.

어머니가 프라이팬을 바라보다가 즐거운 표정으로 시선을 들었다. 그녀의 손이 천천히 아래로 떨어지고 포크가 나무로 된 바닥에 부딪쳐 챙그랑 소리를 냈다. 어머니의 눈이 커지고, 눈동자도 커졌다. 그녀는 벌어진 입으로 무겁게 숨을 몰아쉬며 눈을 감았다.

"하느님 감사합니다." 어머니가 말했다. "아이고, 하느님 감사합니다!" 갑자기 그녀의 얼굴에 걱정이 깃들었다. "토미, 너 수배 중인 거 아니지? 탈옥한 거 아니지?"

"아니에요, 어머니. 가석방됐어요. 여기 증명서도 있어요." 그가 자신의 가슴을 툭툭 치며 말했다.

어머니가 유연한 몸짓으로 그를 향해 다가왔다. 맨발에서는 아무런 소리도 나지 않았고, 얼굴에는 놀라움이 가득했다. 어머니의 작은 손이 그의 팔을 만지고, 단단한 근육을 만졌다. 그리고 눈먼 사람이 상대의 얼굴을 더듬듯 손가락으로 그의 뺨을 더듬었다. 그녀의 기쁨은 거의 슬픔과 흡사했다. 톰은 아랫입술을 꼭 깨물었다. 어머니가 무슨 일이냐는 듯 그의 입술을 바라보았다. 이에 가느다랗게 피가 배어 나오고 핏방울이 입술을 따라 흘러내리는 것이 보였다. 그녀는 곧 모든 것을 이해했다. 절제된 표정이 다시 돌아오고 그의 얼굴을 만지던 손도 제자리로 돌아갔다. 어머니는 마치 폭발할 것처럼 거세게 숨을 몰아쉬었다.

어머니가 소리쳤다. "이런! 하마터면 널 두고 그냥 떠날 뻔했는데. 그래서 네가 우리를 찾아낼 수나 있을지 걱정하고 있었다."

어머니는 포크를 집어 들어 지글지글 끓고 있는 기름기를 헤집고 바삭바삭하게 튀겨진 거무스름한 베이컨을 꺼냈다. 그리고 커피포트를 풍로 뒤쪽에 올려놓았다.

톰 영감이 키득거리며 말했다. "우리한테 속았지, 여보? 처음부터 당신을 속이려고 했는데, 우리 생각대로 됐어. 두들겨 맞은 양처럼 서 있던 꼴이라니. 아버지도 그 광경을 보셨으면 좋았을걸. 꼭 쇠망치로 미간을 얻어맞은 사람 같았다니까. 아버지가 그 자리에 계셨다면 엉덩뼈가 어긋날 정도로 무릎을 치며 웃어 댔을걸. 앨이 군대의 커다란 비행선을 총으로 쐈을 때처럼 말이야. 토미, 어느 날 크기가 반 마일쯤이나 되는 비행선이 왔는데, 앨이 30밀리 연발총을 들고 나와서 그걸 날려 버렸거든. 그때 할아버지가 뭐라고 소리쳤냐면, '햇병아리를 쏘면 안 돼, 앨. 어른이 갈 때까지 기다려.' 이러고는 무릎을 치며 웃다가 정말로 엉덩뼈가 어긋나 버렸어."

어머니가 쿡쿡 웃으며 선반에서 양철 접시를 꺼내 내려놓았다.

톰이 물었다. "할아버지는 어디 계세요? 할아버지가 안 보이는데."

어머니는 식탁에 접시를 쌓아 놓고, 그 옆에 컵을 포개 놓았다. 그리고 마치 비밀 얘기를 하는 사람처럼 말했다. "아, 할아버지는 할머니랑 같이 헛간에서 주무셔. 그래서 밤에 자주 깨셨거든. 애들이 거치적거려서."

아버지가 끼어들었다. "맞다, 할아버지는 밤마다 화를 내시지. 할아버지가 윈필드한테 걸려서 넘어지면 윈필드가 소리를 지르고, 할아버지는 화가 나서 속옷에 실례를 해 버려. 그러고는 더욱더 화를 내시지. 그래서 조금 지나면 집 안에 있던 사람들도 전부 머리가 터질 지경으로 고함을 지르게 돼."

아버지는 쿡쿡 웃으면서 웃음소리 사이로 말을 이었다.

"아이고, 그런 난리가 없다. 어느 날 밤에는 식구들이 전부 소리를 지르면서 네 동생 앨한테 욕을 퍼붓고 있었는데, 그 녀석도 이제는 제법 똑똑해져서 뭐라고 했는지 아니? '젠장, 할아버지, 어디로 도망쳐서 해적질이나 하지 그러세요?' 할아버지는 이 말을 듣고 화가 머리끝까지 치솟아서 '총이 어디 있냐'고 난리였어. 결국 그날 밤에 앨은 저 밖에 밭에서 잤지. 어쨌든 지금은 할아버지, 할머니가 헛간에서 주무시고 계신다."

어머니가 말했다. "아무 때나 마음이 내킬 때 일어나서 밖으로 나오실 거다. 여보, 당신이 가서 토미가 돌아왔다고 얘기해요. 아버님이 토미를 제일 귀여워하시잖아요."

"그래야지. 진즉 가서 얘기했어야 하는데."

아버지는 문 밖으로 나가 두 손을 높이 휘두르며 마당을 가로질렀다.

톰은 아버지의 모습을 지켜보다가 어머니의 목소리를 듣고 어머니에게 시선을 돌렸다. 어머니는 커피를 따르고 있었다. 어머니의 시선은 그를 향해 있지 않았다.

"토미." 어머니가 머뭇거리듯 조심스레 말했다.

"예?"

그도 어머니 때문에 덩달아 조심스러워져서 묘하게 당혹스러웠다. 두 사람 모두 상대방이 수줍어하고 있다는 것을 알고 있었으며, 그 때문에 더욱더 수줍어졌다.

"토미, 꼭 물어봐야 할 게 있는데, 너 화난 건 아니지?"

"화가 나다니요, 어머니?"

"많이 화난 건 아니지? 아무도 미워하지 않는 거지? 너무 화가 나서 제정신을 잃을 정도로 감옥에서 무슨 일을 당한 건 아니지?"

그는 곁눈질로 어머니를 훔쳐보며 안색을 살폈다. 어머니한테 어떻게 그런 일들을 알고 있느냐고 눈짓으로 묻고 있는 것 같았다.

"그럼요. 한동안 화가 나기는 했지만, 어떤 녀석들처럼 그걸 자랑삼지는 않아요. 난 그냥 다 흘려보내 버리니까. 그런데 왜 그러세요, 어머니?"

이제 어머니는 그를 똑바로 바라보고 있었다. 마치 아들의 말을 더 잘 들으려는 듯 입을 벌리고, 눈으로는 아들의 속내를 알아내려고 그를 유심히 바라보았다. 어머니는 항상 말속에 숨겨져 있는 대답을 찾고 있었다. 어머니가 혼란스러운 표정으로 말했다.

"플로이드라는 녀석이 있었는데, 그 녀석 어머니도 나랑 아는 사이였지. 좋은 사람들이었어. 플로이드 녀석이 아주 짓궂은 놈이긴 했지만, 원래 제대로 된 사내아이들은 다 그런 법이잖니." 어머니는 잠시 말을 끊었다가 쏟아내듯 이야기를 시작했다. "다 그런 건지는 모르겠지만, 그래도 그게 어떤 건지 나도 분명히 안다. 플로이드가 나쁜 짓을 좀 해서 사람들한테 붙잡혀 가지고 좀 고생을 했던 것 같아. 녀석은 화가 나서 또 나쁜 짓을 하고, 사람들은 또 그 녀석을 괴롭혔지. 그러다가 얼마 안 돼서 그 녀석이 정말로 나쁜 놈이 돼 버렸지 뭐냐. 사람들은 불량배한테 하듯이 녀석한테 총질을 해 댔고, 녀석도 마주 총을 쏘아 댔지. 그러다가 사람들한테 코요테처럼 쫓기면서 이리처럼 아무나 물어뜯고 고함을 질러 댔어. 아주 미쳐 날뛴 거야. 이젠 아이도 아니고 남자도 아니고, 그냥 정말로 나쁜 놈이 돼 버린 거지. 하지만 그 녀석을 알고 있던 사람들은 그 녀석을 괴롭히지 않았다. 그 녀석도 그 사람들한테는 화를 내지 않았고. 결국 그 녀석을 쫓던 사람들이 녀석을 죽여 버렸단다. 신문에서 그 녀석이 나쁜 놈이라고 아무리 떠들어 대도, 사실은 그렇게 된 거야."

어머니는 잠시 말을 멈추고 혀로 바짝 마른 입술을 축였다. 어머니의 얼굴 전체가 톰에게 고통스러운 질문을 던지고 있었다.

"이건 꼭 알아야겠다, 토미. 거기 사람들이 널 많이 못살게 굴든? 그 사람들 때문에 너도 플로이드 녀석처럼 화가 나?"

톰이 두터운 입술에 힘을 주었다. 그리고 자신의 커다란 손을 내려다보며 말했다.

"아뇨. 전 그렇지 않아요."

그는 말을 멈추고, 부러진 손톱을 유심히 살펴보았다. 손톱에는 조개껍데기처럼 홈이 파여 있었다.

"교도소에 있는 동안 저는 그런 일들을 멀리했어요. 전 그렇게 화가 나지 않아요."

어머니가 한숨을 내쉬며 숨죽여 말했다. "하느님 감사합니다!"

그가 재빨리 고개를 들었다. "어머니, 우리 집 꼴을 보고……."

어머니가 그에게 가까이 다가와 섰다. 그리고 단호하게 말했다.

"토미, 절대 혼자 싸우러 가면 안 돼. 놈들이 코요테를 사냥하듯이 널 뒤쫓을 거다. 토미, 나도 이런저런 생각도 해 보고, 꿈도 꿔 봤어. 놈들 말로는 우리처럼 쫓겨난 사람들이 10만 명은 된다는데, 그런 사람들이 다 같이 화를 낸다면, 토미, 놈들이 아무도 잡아넣지 못할……."

어머니는 말을 멈췄다.

토미는 어머니를 바라보며 천천히 눈을 가늘게 떴다. 마침내 속눈썹 사이로 살짝 뭔가가 반짝이는 기운만 느껴질 때까지.

"그런 생각을 하는 사람이 많아요?" 그가 다그치듯 물었다.

"모른다. 다들 그저 멍한 상태라고나 할까. 잠이 덜 깬 사람들 같은 몰골로 돌아다니고 있어."

바깥의 마당 건너편에서 탁한 노인 목소리가 들려왔다.

"하아느님의 승니를 차냥하라! 하아느님의 승니를 차냥하라!"

톰은 고개를 돌리며 미소를 지었다.

"할머니가 이제야 제가 돌아왔다는 얘기를 들으신 모양이에요, 어머니." 그가 말했다. "전에 어머니가 이러신 적은 한 번도 없었는데!"

어머니의 안색이 굳어지더니 눈빛이 차갑게 변했다.

"우리 집이 이렇게 무너진 적도 없었다. 식구들이 길거리로 나앉은 적도 없었어. 가진 걸 전부…… 팔아 치워야 했던 적도 없었어. 저기 식구들이 오는구나."

어머니는 풍로로 돌아가서 커다랗게 부풀어 오른 빵을 양철 접시 두 개에 담았다. 그리고 그레이비소스를 만들기 위해 기름에 밀가루를 풀었다. 어머니 손이 밀가루 때문에 하얗게 변했다. 톰은 잠시 어머니를 지켜보다가 문 쪽으로 발걸음을 옮겼다.

마당 건너편에서 네 사람이 오고 있었다. 앞장을 선 할아버지는 야윈 몸에 누더기를 입었지만 몸이 날랬다. 할아버지는 관절이 상한 오른쪽 다리를 조심하면서 펄쩍펄쩍 뛰듯이 발을 재게 놀렸다. 걸으면서 바지 단추를 잠그고 있었는데, 단추를 제대로 찾지 못했다. 맨 위 단추를 두 번째 단춧구멍에 끼우는 바람에 단추가 모두 어긋나 버렸기 때문이다. 할아버지는 어두운 색의 낡은 바지와 찢어진 파란색 셔츠를 입고 있었다. 셔츠 앞섶이 모두 풀어헤쳐져 긴 회색 속옷이 그대로 드러나 있었다. 속옷 역시 풀어헤친 채였다. 속옷 자락 사이로 하얀 솜털이 나 있는 여윈 가슴이 보였다. 할아버지는 바지 단추를 포기하고 바지 앞섶을 그냥 내버려 둔 채 속옷 단추를 찾아 헤매기 시작했다. 하지만 곧 그것마저 포기하고 갈색 멜빵을 어깨에 걸었다. 무슨 일이든 금방 흥분해 버리는 여윈 얼굴에서는 말썽꾸러기 아이처럼 짓궂은 눈이 밝게 빛났다. 툭하면 화를 내고, 불평을 늘어놓고, 장난기가 가득하고, 잘 웃는 성격이 그대로 드러난 얼굴이었다. 할아버지는 싸움도 잘하고, 음담패설도 잘했다. 언제나 야한 것을 좋아했으며 심술궂고 지독하고 성미가 급했다. 마치 말썽꾸러기 아이처럼. 그런데 이 모든 것이 재미있어서 하는 짓이었다. 할아버지는 있는 대로 술을 마셔 대고, 음식도 있는 대로 다 먹어 치우고, 잠시도 입을 가만두지 않았다.

할아버지 뒤에서는 할머니가 정신없이 달려오고 있었다. 할머니가 지금까지 살아남은 것은 순전히 할아버지만큼 심술궂기 때문이었다. 할머니는 할아버지 못지않게 호색적이고 야만적인 광신 덕분에 자신의 자리를 굳게 지켰다. 한번은 예배가 끝난 후 할머니가 계속 방언을 하다가 할아버지에게 엽총을 쏘는 바람에 할아버지의 엉덩이 한쪽이 날아가 버릴 뻔하기도 했다. 그 일이 있은 후 할아비지는 할머니를 우러러보며 아이들이 벌레를 괴롭힐 때처럼 할머니를 괴롭힐 생각을 하지 못했다. 할머니는 헐렁한 겉옷을 무릎까지 걷어 올린 채 걸으면서, 전장에 나가는 병사처럼 날카로운 소리로 계속 "하아느님의 승니를 차냥하라!"고 외쳤다.

할머니와 할아버지는 서로 경주하듯 넓은 마당을 가로질렀다. 두 사람은 무슨 일이든 항상 서로 싸웠으며, 싸움을 좋아했다. 두 사람에게는 싸움이 꼭 필요했다.

두 사람 뒤에서는 아버지와 노아가 천천히 차분하게 움직이면서도 할머니, 할아버지와 보조를 맞추고 있었다. 장남인 노아는 키가 크고 기묘한 분위기를 띠고 있었으며, 항상 차분하면서도 어리둥절한 듯 뭔가가 궁금하다는 표정으로 돌아다녔다. 그는 평생 화를 내 본 적이 없었다. 사람들이 화를 내면 그는 놀라움과 불편함이 담긴 표정으로 사람들을 바라보았다. 정상인이 미친 사람을 바라보듯이. 노아는 천천히 움직였으며, 말을 거의 하지 않았다. 그가 하도 굼뜨게 움직였기 때문에 그를 잘 모르는 사람들은 그를 바보로 생각해 버리는 경우가 많았다. 그는 바보가 아니라 조금 이상할 뿐이었다. 그에게는 자존심이 거의 없었으며, 성적인 충동은 전혀 없었다. 그저 자신에게 맞는 신기한 리듬에 맞춰 일하고 잠자리에 들 뿐이었다. 그는 식구들을 사랑했지만, 어떤 식으로든 그 감정을 표현하는 적이 없었다. 이유를 분명히 알 수는 없었지만, 노아는 왠지 기형인 것처럼 보였다. 머리, 몸, 다리 중 하나가 기형이거나 정신이 잘못된 것처럼. 하지만 생각해 보면 그의 몸에 기형은 없었다. 아버지는 노아가 이상한 이유를 알고 있다고 생각했지만, 창피해서 아무한테도 말하지 않았다. 노아가 태어나던 날, 혼자 집에 있던 아버지는 다리를 벌린 채 비명을 질러 대는 아내를 보고 겁에 질린 나머지 겸자 대신 자신의 힘센 손가락으로 아이를 잡아당기면서 비틀어 버렸던 것이다. 산파가 늦게야 도착해 보니 아기의 머리는 찌그러지고,

목은 늘어나고, 몸은 뒤틀려 있었다. 그녀는 머리를 다시 밀어 넣고 손으로 몸을 바로잡아 놓았다. 하지만 아버지는 그 일을 결코 잊지 않고 항상 부끄러워했다. 그래서 다른 아이들보다 노아에게 더 다정하게 대했다. 노아의 널찍한 얼굴과 지나치게 사이가 벌어져 있는 눈, 그리고 길고 연약한 턱을 보면서 아버지는 비틀리고 뒤틀렸던 아기의 머리를 생각했다. 노아는 시키는 일도 잘하고, 글을 읽고 쓸 수도 있고, 일도 하고, 계산도 할 수 있었다. 하지만 그는 무슨 일에도 관심이 없는 것 같았다. 사람들이 원하는 것, 사람들에게 필요한 것에 대해 그는 아무 생각이 없는 듯했다. 그는 묘하게 조용한 자신만의 공간에 살면서 차분한 눈으로 바깥을 내다보았다. 그는 이 세상에서 이방인이었지만 고독하지는 않았다.

이렇게 네 사람이 마당을 가로지르는 동안, 할아버지가 다그치듯 물었다.

"그 녀석 어디 있냐? 젠장, 어디 있어?"

할아버지는 바지 단추를 잠그려고 바지 앞섶을 더듬다가 그만 깜박 잊어버리고는 손을 주머니에 넣었다. 그리고 톰이 문간에 서 있는 것을 발견했다. 할아버지는 걸음을 멈추더니 다른 사람들도 제자리에 세웠다. 할아버지의 작은 눈이 심술궂게 반짝이고 있었다.

"저놈을 좀 봐라." 할아버지가 말했다. "전과자 놈이야. 조드 가문에는 오랫동안 전과자가 없었어." 그러나 그다음에 이어진 말은 완전히 다른 얘기였다. "감히 저 녀석을 감옥에 집어넣다니. 나라도 저 녀석하고 똑같이 했을 거야. 개자식들이 감히 저 녀석을 감옥에 집어넣다니." 그러고는 또 다른 얘기를 꺼냈다. "턴불 영감. 구린내 나는 스컹크 같은 놈. 네가 감옥에서 나오면 널 쏴 버리겠다고 그놈이 떠들고 다녔다. 자기 몸에 해트필드의 피가 흐른다나 어쩐다나. 그래서 내가 그놈한테 한마디 해 줬지. '조드 가문 사람한테 손댈 생각은 하지도 마. 모르긴 몰라도 내 몸속에 맥코이의 피가 흐르고 있을지도 모르니까.' 그리고 이런 말도 했어. '네놈이 우리 토미한테 총을 들이대는 날에는 내가 그 총을 뺏어서 네놈 똥구멍에 처박아 버릴 테다.' 내가 이랬더니 그놈이 겁을 집어먹더라."

할아버지가 무슨 소리를 하는지 미처 다 이해할 수 없는 할머니는 떨리는 목소리로 "하아느님의 승니를 차냥하라."는 말만 했다.

할아버지가 다가와서 톰의 가슴을 찰싹 쳤다. 할아버지는 애정과 자부심이 담긴 눈으로 활짝 웃고 있었다.

"잘 지냈냐, 토미?"

"그럼요." 톰이 말했다. "할아버진 어떠세요?"

"기운이 넘친다." 할아버지는 이렇게 말하고 나서 또 다른 얘기를 꺼냈다. "아까 말했듯이, 조드 가문 사람을 감옥에 가둬 둘 순 없어. 그래서 내가 그랬지. '토미는 울타리를 뚫고 뛰쳐나오는 황소처럼 감옥을 부수고 나올 거다.' 네가 실제로 그렇게 했고. 이제 비켜라. 배고프다."

할아버지는 틈을 비집고 집 안으로 들어가 식탁에 앉더니 베이컨과 커다란 빵 두 덩이를 접시에 담고, 그 위에 걸쭉한 소스를 부었다. 다른 사람들이 안으로 들어오기도 전에 할아버지의 입 안에는 벌써 음식이 가득했다.

톰은 다정스레 할아버지를 바라보며 씩 웃었다.

"진짜 못 말리는 양반이야."

할아버지는 음식이 입에 가득 차서 도저히 말을 할 수 없었지만, 그 짓궂은 작은 눈으로 미소를 지으며 기운차게 고개를 끄덕였다.

할머니가 자랑스레 말했다. "저렇게 심술궂고 입이 건 사람도 없지. 나중에 지옥에 가서 악마 머리 위에 떨어질 게다! 그런데 트럭을 운전하고 싶다지 뭐냐!" 할머니는 짓궂게 말을 이었다. "누가 그러라고 내버려 두기나 하나."

할아버지가 사레들리는 바람에 입 안에 있던 음식이 무릎 위로 뿜어져 나왔다. 할아버지는 힘없이 기침을 했다.

할머니가 톰을 올려다보며 미소를 지었다.

"엉망이지?" 할머니가 명랑하게 말했다.

노아는 계단에 서서 톰을 바라보고 있었다. 그러나 미간이 넓어서 그의 눈은 톰이 아니라 그 주위를 보고 있는 것 같았다. 그의 얼굴에는 표정이 거의 없었다.

톰이 말했다. "잘 있었어, 형?"

"응. 넌 어때?" 노아가 말했다.

이것이 전부였지만, 편안한 대화였다.

어머니는 소스 그릇 위에 몰려든 파리를 쫓았다.

어머니가 말했다. "앉을 자리가 모자라. 접시를 가지고 아무 데나 앉아라. 마당이든 어디든."

갑자기 톰이 말했다. "잠깐! 목사님은 어디 있어요? 바로 여기 있었는데. 어딜 가신 거죠?"

아버지가 말했다. "나도 봤는데, 없어져 버렸네."

할머니가 날카로운 목소리로 외쳤다. "목사님? 목사님을 데
려왔어? 가서 얼른 모셔 와. 감사 기도를 드리게." 그리고 할머
니는 할아버지를 손가락질하며 말을 이었다. "저 양반한테는
너무 늦어 버렸네. 벌써 먹고 있으니. 얼른 가서 목사님을 모
셔 와."

톰은 현관 베란다로 나갔다.

"짐! 짐 케이시!" 그는 이렇게 소리치며 마당으로 내려섰다.
"아이고, 케이시!"

목사가 물탱크 밑에서 나와 몸을 일으키더니 집 쪽으로 걸
어왔다.

톰이 물었다. "숨어서 뭘 하고 계셨어요?"

"뭐, 아무것도. 원래 가족들 일에 남이 끼어들면 안 되는 법
이지. 그냥 앉아서 생각 좀 했네."

"들어와서 식사하세요. 할머니가 식전에 감사 기도를 드리
고 싶어 해요."

"난 이제 목사가 아냐." 케이시가 반대했다.

"아이고, 그냥 들어와서 기도만 드려 주세요. 그런다고 누가
다치는 것도 아닌데. 할머니는 기도를 좋아하신단 말입니다."

두 사람은 함께 부엌으로 들어갔다.

어머니가 조용히 말했다. "잘 오셨어요."

아버지도 말했다. "잘 오셨습니다. 아침 식사 좀 하시죠."

할머니가 소리쳤다. "기도가 먼저야, 기도가 먼저."

할아버지는 케이시를 한참 바라본 후에야 그가 누군지 알아차렸다.

"아, 그 목사. 그 사람 괜찮지. 처음 봤을 때부터 마음에 들었어……."

그러고는 할아버지가 아주 음탕한 표정으로 눈을 찡긋했기 때문에 할머니는 할아버지가 빈정대는 줄 알고 쏘아붙였다.

"닥쳐요. 죄 많은 늙은이 같으니."

케이시는 불편한 듯 손가락으로 머리를 쓸어 넘겼다. "꼭 말씀드릴 게 있습니다. 전 이제 목사가 아니거든요. 그냥 제가 이 자리에 있게 돼서 기쁘다는 것과 친절한 분들을 만나게 돼서 감사하다는 얘기만 해도 된다면, 그것만으로 충분하다면, 음, 그런 감사 기도는 드릴 수 있습니다. 하지만 저는 이제 목사가 아닙니다."

할머니가 말했다. "기도해 주세요. 그리고 우리가 캘리포니아로 갈 때 아무 일 없게 해 달라는 얘기도 기도에 끼워 넣어 줘요."

목사가 고개를 숙이자 다른 사람들도 다 같이 고개를 숙였다. 어머니는 배 위에 양손을 포개고 고개를 숙였다. 할머니는 고개를 너무 깊이 숙인 나머지 빵과 소스가 담긴 접시에 코가 거의 처박힐 지경이었다. 벽에 기대선 톰은 한 손에 접시를 든 채 뻣뻣하게 고개를 숙였고, 할아버지는 삐딱하게 고개를 숙이고는 한쪽 눈으로 재미있다는 듯이 짓궂게 목사를 바라보았다. 목사는 기도를 하는 표정이 아니라 뭔가 생각을 하는 듯한 표정을 짓고 있었다. 그의 말투 또한 하느님께 뭔가를 탄

원하는 게 아니라 속으로 뭔가 추측을 해 보는 듯한 느낌이었다.

그가 말했다. "생각을 해 봤습니다. 산속에서 생각을 해 봤습니다. 누가 봤다면 예수님이 시련에서 벗어날 길을 생각해 보려고 황야로 나가셨을 때 같다고 했을지도 모릅니다."

"하아느님을 차냥하라!"

할머니가 말했다. 목사는 깜짝 놀란 표정으로 할머니를 흘 깃 바라보았다.

"예수님은 온갖 시련에 빠져서 뭐가 어떻게 된 건지 도통 모르는 사람처럼 보입니다. 예수님은 이게 다 무슨 소용인가, 싸우는 거나 생각하는 게 무슨 소용이 있는가, 그런 생각을 하셨을 겁니다. 아주 지치셨겠지요. 정말로 지치셨을 겁니다. 예수님의 영혼도 완전히 지쳐 버렸습니다. 예수님은 결국 에 라 모르겠다, 이렇게 생각해 버리기 직전이었습니다. 그래서 황야로 나가신 겁니다."

"아멘."

할머니가 떨리는 목소리로 말했다. 목사가 이렇게 말을 끊었을 때 이런 식으로 적절한 반응을 보이는 건 오래전부터 익혀 온 습관이었다. 목사의 말에 귀를 기울이거나 그 말이 무슨 뜻인지 생각해 보는 것이 참으로 오랜만의 일이었다.

"제가 예수님과 같다는 얘기가 아닙니다." 목사가 계속 말을 이었다. "하지만 저도 예수님처럼 지쳤습니다. 그리고 예수님처럼 혼란에 빠졌습니다. 그래서 예수님처럼 황야로 나갔습니다. 야영 장비 하나 없이. 밤이면 똑바로 누워 별들을 올려다보았습니다. 아침이 되면 일어나 앉아서 해가 떠오르는 것을 지켜보았습니다. 한낮에는 산 위에서 건조한 구릉지대를 내려다보았습니다. 저녁이 되면 해가 지는 것을 바라보았습니다. 가끔 옛날처럼 기도를 드리기도 했습니다. 하지만 내가 누구에게, 무엇을 위해 기도하고 있는지 알 수가 없었습니다. 산들이 있고, 내가 있고, 산과 나는 이제 둘이 아니라 하나였습니다. 그것이야말로 거룩한 일이었습니다."

"할렐루야."

할머니가 이렇게 말하고 나서, 몸을 조금씩 앞뒤로 흔들며 무아지경에 빠져들려고 애썼다.

"그리고 저는 생각하기 시작했습니다. 하지만 그건 생각이 아니었습니다. 생각보다 더 깊은 것이었지요. 저는 우리가 하나일 때 너무나 거룩해진다는 생각, 인류가 하나일 때 거룩해진다는 생각을 했습니다. 불쌍하고 하찮은 인간이 제멋대로 날뛰면서 몸부림을 치면 인류는 거룩하지 않게 됩니다. 그런 인간들이 거룩함을 깨뜨리는 겁니다. 하지만 그들이 모두 함께 일할 때, 누가 누구를 위해서 일하는 게 아니라 사람들이 커다란 전체에 구속될 때, 예, 바로 그때 거룩해집니다. 그러다가 저는 거룩하다는 게 무슨 의미인지도 모르고 있다는 생각이 들었습니다."

그가 말을 멈췄지만 아무도 고개를 들지 않았다. '아멘'이라는 신호가 와야 고개를 들도록 개처럼 충실하게 훈련되어 있기 때문이었다.

"저는 옛날처럼 감사 기도를 드릴 수 없습니다. 저는 아침 식사의 거룩함을 기쁘게 생각합니다. 이곳에 사랑이 있어서 기쁩니다. 그것뿐입니다."

여전히 아무도 고개를 들지 않았다. 목사는 주위를 둘러보았다.

"저 때문에 아침 식사가 다 식어 버렸군요." 그가 말했다. 그러고는 마침내 자기가 무엇을 빼먹었는지 기억해 냈다. "아멘."

그가 이렇게 말하자 모두들 고개를 들었다.

"아멘."

할머니는 이렇게 말하고 나서 곧장 음식을 먹기 시작했다. 할머니는 소스 때문에 축축해진 빵을 이도 없는 잇몸으로 씹었다. 톰은 빠르게 음식을 먹었고, 아버지는 입이 터질 정도로 음식을 쑤셔 넣었다. 음식을 다 먹고 커피를 다 마실 때까지 아무도 말을 하지 않았다. 바삭바삭 음식을 씹는 소리와 뜨거운 커피를 후후 식혀 가며 마시는 소리뿐이었다. 어머니는 음식을 먹는 목사를 지켜보았다. 뭔가 미심쩍어 하는 것 같기도 하고, 상대를 탐색하는 것 같기도 하고, 이해하는 것 같기도 한 시선이었다. 어머니는 마치 목사가 갑자기 인간이 아니라 영혼이 되어 버린 것처럼, 그의 목소리가 땅속에서 솟아나오기라도 하는 것처럼 그를 지켜보았다.

남자들이 식사를 끝내고 접시를 내려놓은 다음, 남은 커피를 쭉 마시고는 밖으로 나갔다. 아버지, 목사, 노아, 할아버지, 톰 모두. 그들은 버려진 가구들과 나무로 된 침대 틀, 풍차 속에 있던 기계, 낡은 쟁기 등을 피해 트럭이 있는 곳으로 걸어 갔다. 그리고 트럭 옆에 서서 소나무로 만들어 새로 달아 놓은 화물칸 벽을 손으로 만져 보았다.

톰이 엔진 뚜껑을 열고 기름투성이의 커다란 엔진을 바라보았다. 아버지가 그의 옆으로 와서 말했다.

"이걸 사기 전에 네 동생 앨이 샅샅이 살펴봤다. 아무 문제도 없다고 하더라."

"걔가 뭘 안다고요. 풋내기 주제에." 톰이 말했다.

"앨은 회사에서 일했어. 작년에. 트럭을 몰았지. 차에 대해서 꽤 알아. 영리한 녀석이지. 차에 대해 잘 알아. 엔진도 수리할 줄 알고."

"그 녀석 지금 어디 있어요?"

"글쎄. 염소 새끼처럼 근처를 싸돌아다니고 있지. 죽도록 계집애 꽁무니만 쫓아다니고 있다. 열여섯 살이니 건방을 떨 만도 해. 불알이 근질거려서 잠시도 가만히 있지를 못하지. 그녀석 머릿속에는 계집애랑 자동차 엔진밖에 없어. 녀석이 얼마나 건방진지. 밤에 집에 안 들어온 지 벌써 일주일이나 됐다."

가슴을 더듬거리던 할아버지는 결국 셔츠 단추를 속옷 단춧구멍에 끼워 버렸다. 손가락에 전해지는 느낌으로 뭔가가 잘못됐다는 건 알고 있었지만, 문제가 뭔지 찾아볼 생각은 없었다. 할아버지는 손을 아래로 내려 바지 앞섶의 복잡한 단추를 어떻게든 단춧구멍에 끼워 보려고 애쓰기 시작했다.

"내가 그 녀석보다 더 심했어." 할아버지가 즐거운 듯 말했다. "훨씬 더 심했지. 불한당이라고 해도 됐을 거다. 내가 지금의 앨보다 겨우 몇 살 더 먹었을 때, 샐리소에서 야외 예배가 있었다. 앨 녀석은 풋내기 애송이지만, 난 나이가 더 많았어.

그래서 그 야외 예배에 갔는데, 500명이나 모였지. 예쁜 여자들도 적당히 섞여 있었고 말이야."

"지금도 불한당처럼 보여요, 할아버지." 톰이 말했다.

"뭐, 그렇다고 할 수도 있지. 하지만 옛날에 비하면 아무것도 아냐. 캘리포니아에 가면 마음대로 오렌지나 포도를 딸 수 있다면서? 내가 실컷 해 보지 못한 일이 하나 있는데, 커다란 포도 한 송이를 따서 얼굴에 대고 짜서 즙이 턱으로 줄줄 흘러내리게 할 거다."

톰이 물었다. "큰아버지는 어디 계세요? 로저샨은요? 루티하고 윈필드는 어디 있어요? 걔들 얘기를 아직 전혀 못 들었어요."

아버지가 말했다. "아무도 물어보지 않았으니까. 네 큰아버지는 팔아 치울 물건들을 가지고 샐리소로 갔다. 펌프며 연장이며 닭이며 우리가 가져온 물건들을 전부 가지고 갔지. 루티하고 윈필드도 같이 갔어. 날이 밝기 전에."

"제가 큰아버지를 못 본 게 이상하네요." 톰이 말했다.

"넌 고속도로 쪽에서 왔잖아, 그렇지? 큰아버지는 카울링턴 쪽의 뒷길로 갔다. 로저샨은 코니네 식구들하고 같이 있어. 아 참! 넌 로저샨이 코니 리버스와 결혼한 걸 모르지? 코니 기억나냐? 좋은 녀석이지. 서너 달이나 다섯 달 후면 로저샨이 애를 낳을 거다. 지금도 배가 불룩해. 건강해 보이더라."

"세상에! 로저샨은 완전히 어린애였는데. 그런데 곧 아기를 낳는다니. 사 년 동안 다른 데 가 있었더니 정말 달라진 게 많네요. 서부로 언제 출발하실 거예요, 아버지?"

"글쎄, 먼저 이 물건들을 가져다가 팔아야 돼. 여자 꽁무니를 쫓아다니고 있는 앨이 집에 오면 녀석이 트럭에 짐을 실을 거고, 그러면 아마 그다음 날이나 다음다음 날쯤에 떠날 수 있을 거다. 돈도 얼마 없는데, 사람들 말이 캘리포니아까지 거의 2000마일이나 된다고 하더라. 빨리 출발할수록 거기 도착할 가능성이 높아지겠지. 돈이 계속 축나고 있으니까. 너 돈 좀 있냐?"

"2달러밖에 없어요. 돈을 어떻게 마련하셨어요?"

"뭐, 집에 있던 물건을 전부 팔았지. 그리고 식구들이 전부 나가서 목화를 땄고. 심지어 할아버지까지 나섰으니까."

"암, 그렇고말고." 할아버지가 말했다.

"전부 다 합하니까 200달러가 되더라. 그 돈에서 75달러가 이 트럭을 사는 데 들어갔고, 나와 앨이 차를 잘라서 여기 뒤에 이걸 달았지. 앨이 밸브를 손보기로 했는데, 이놈이 사고를 치며 돌아다니느라고 바빠서 손을 안 대고 있어. 아마 돈을 150달러쯤 가지고 출발하게 될 거다. 망할 놈의 타이어가 하도 낡아서 많이 못 갈 거야. 그래서 중고 타이어 두 개를 예비용으로 샀지. 아마 가는 도중에도 이것저것 사야 할 거다."

하늘에서 곧장 내리꽂히는 햇빛이 따가웠다. 트럭 화물칸의 그림자 때문에 땅바닥에 검은 줄무늬가 나 있었다. 트럭에서는 뜨거운 기름과 기름걸레와 페인트 냄새가 났다. 몇 마리 안 되는 닭들은 태양을 피해 연상 창고에 들어가 있었다. 돼지우리에서는 돼지들이 가느다란 그림자가 있는 울타리 주위로 몰려들어 숨을 헐떡이며 누워 있었다. 녀석들은 가끔 불평하듯 날카로운 소리를 질러 댔다. 개 두 마리는 트럭 밑의 황토 바닥에 들러붙어서 숨을 헐떡이고 있었다. 침이 뚝뚝 떨어지는 녀석들의 혀는 흙먼지 범벅이었다. 아버지는 눈 위로 모자를 깊숙이 내려 쓰고 바닥에 주저앉았다. 그리고 마치 항상 그런 자세로 생각을 하거나 뭔가를 관찰하는 사람처럼 자연스럽게 톰을 훑어보았다. 새것이지만 벌써 낡아 버린 모자, 양복, 새 신발.

"그 옷을 사느라고 돈을 써 버린 거냐?" 아버지가 물었다. "그런 옷은 귀찮기만 할 텐데."

톰이 말했다. "교도소에서 준 거예요. 교도소에서 나올 때 주더라고요."

그는 모자를 벗어 감탄하는 듯한 시선으로 바라보다가 모자로 이마의 땀을 닦은 다음, 모자를 삐딱하게 쓰고 차양을 잡아당겼다.

아버지가 말했다. "제법 괜찮아 보이는 신발을 줬구나."

조드가 말했다. "예. 괜찮긴 한데, 더운 날 신고 돌아다닐 신발은 못 돼요."

그는 아버지 옆에 쭈그리고 앉았다.

노아가 느리게 말했다. "저 화물칸 벽을 전부 제대로 끼워 맞추면, 여기 물건들을 다 실을 수 있을지도 몰라. 실어 놓으면 아마 앨이 왔을 때……."

"내가 운전할 수 있어. 형이 말하려는 게 그거라면. 맥알레스터에서도 트럭을 몰았으니까."

"잘됐네." 아버지는 이렇게 말하고 나서 도로 쪽을 바라보며 말을 이었다. "내가 잘못 본 게 아니라면, 저기 어떤 건방진 애송이가 꼬리를 질질 끌면서 집으로 돌아오는 중인데. 아주 지친 모양이야."

톰과 목사는 도로 쪽을 바라보았다. 앨은 사람들이 자기를 보고 있다는 걸 알아차리자 어깨를 활짝 펴고는 마치 한바탕 홰를 치려는 수탉처럼 거들먹거리면서 마당에 들어섰다. 그는 건방진 태도로 톰의 근처까지 와서야 비로소 그를 알아보았다. 그리고 형을 알아보자마자 으스대던 표정이 확 바뀌어 버렸다. 그의 눈은 경탄과 존경심으로 반짝이고 거들먹거리는 태도가 싹 사라졌다. 굽 높은 부츠가 드러나 보이도록 끝단을 8인치나 접어 올린 뻣뻣한 청바지도, 구릿빛 무늬가 있는 3인치짜리 허리띠도, 심지어 파란 서츠 위에 찬 붉은 완장과 건달처럼 눌러쓴 카우보이모자도 그를 형처럼 당당하게 만들어 주지 못했다. 형은 사람을 죽였으니까. 그리고 모두들 그 사실을 결코 잊어버리지 않을 테니까. 앨은 형이 사람을 죽였다는 사실 때문에 자신과 같은 또래의 소년들이 자신에게 어느 정도 감탄하고 있음을 알았다. 그는 샐리소에서 사람들이 자신을 두고 하는 말을 들은 적이 있었다.

"저 녀석이 앨 조드야. 저 녀석 형이 삽으로 사람을 숙였대."

이제 겸손한 자세로 형에게 가까이 다가가던 앨은 형이 자신의 생각과 달리 거들먹거리지 않는다는 사실을 깨달았다. 형의 눈은 음울하게 생각에 잠겨 있었고, 간수에게 아무것도 들키지 않기 위해 단련된 딱딱한 표정은 죄수들 특유의 차분함을 유지하고 있었다. 간수에게 저항하지도 않고, 그렇다고 노예처럼 비굴하게 굴지도 않는 얼굴이었다. 이것을 깨닫는 순간 앨의 태도도 변했다. 무의식적으로 형과 똑같은 태도를 취하게 된 것이다. 그의 잘생긴 얼굴에 뭔가를 곰곰이 생각하는 표정이 나타났고, 어깨에서도 힘이 빠졌다. 형을 만날 때까지 그는 예전에 형이 어떤 모습이었는지 잠시 잊어버리고 있었다.

톰이 말했다. "잘 있었니, 앨? 세상에, 콩 줄기처럼 아주 쑥쑥 자라는구나! 못 알아보겠는데."

앨은 혹시 톰이 악수를 청할 경우에 대비해 악수할 준비를 갖추고서 어색하게 씩 웃었다. 톰이 한 손을 내밀자 앨의 손이 반사적으로 튀어나와 그 손을 잡았다. 두 사람 사이에 정이 흘렀다.

"식구들 얘기를 들어보니까, 네가 트럭을 잘 다룬다면서?" 톰이 말했다.

앨은 형이 자기 자랑을 늘어놓는 사람을 싫어하리라는 것을 알아차리고 이렇게 말했다. "트럭에 대해 별로 아는 것도 없는데 뭐."

아버지가 말했다. "건방을 떨면서 쏘다니더니 아주 지친 몰골이구나. 팔아 치울 물건들을 가지고 샐리소에 좀 갔다 와라."

앨은 톰 형을 바라봤다.

"같이 갈래?" 그가 최선을 다해 무심한 척하면서 물었다.

"아니, 못 가. 여기서 식구들을 도울 거야. 여행을 떠나면 같이 있을 텐데 뭐."

앨은 결국 참지 못하고 줄곧 궁금했던 것을 물어보았다.

"저기…… 탈옥한 거야? 감옥에서?"

"아니. 가석방됐어."

"아."

앨은 조금 실망한 눈치였다.

9장

소작인들이 각자 자그마한 집 안에서 할아버지와 아버지, 그리고 자신들이 쓰던 물건들을 분류하고 있었다. 서부로 가는 여행에 필요한 물건들을 고르기 위해서. 과거가 이미 엉망으로 망가져 버렸기 때문에 남자들은 가차 없이 물건을 버렸다. 그러나 여자들은 앞으로도 과거의 기억들이 마음속에서 울부짖으리라는 것을 알고 있었다. 남자들은 헛간과 창고로 자리를 옮겼다.

저 쟁기, 저 써레. 전쟁 때 우리가 겨자를 심었던 거 기억나? 어떤 녀석이 우리한테 과율이라는 고무나무를 심으라고 했던 거 기억나? 그 친구가 우리더러 부자가 되라고 그랬지. 거기 연장들을 꺼내. 몇 달러는 받을 수 있을 거야. 저 쟁기는 18달러에 산 건데. 배송비도 따로 물었고.

마구, 수레, 파종기, 괭이. 전부 다 꺼내서 쌓아 놔. 수레에 실어서 시내로 가져갈 거야. 얼마라도 받고 팔아야지. 말도 팔고 마차도 팔아 버려. 더 이상 쓸 데가 없으니까.

저건 좋은 쟁긴데 50센트에 팔면 안 되지. 저 파종기는 38달러짜리야. 2달러에 팔 수는 없다고. 하지만 다시 끌고 갈 수도 없고. 에라, 가져가. 속이 쓰리지만 어쩔 수 없지. 저 펌프하고 마구도 가져가. 고삐하고 멍에하고 가죽끈도 가져가. 유리로 만든 이마 장식도 가져가. 유리 밑에 빨간 장미 무늬가 있는 것 말이야. 거세한 적갈색 말한테 씌워 주려고 산 건데. 녀석이 달릴 때 발을 들어 올리던 모습 기억나?

마당에 쓰레기가 쌓였다.

이젠 작은 쟁기를 팔 수 없어. 쇠를 무게로 달아서 50센트 주지. 요즘은 원형 가래하고 트랙터를 쓴다고.

그래, 다 가져가. 잡동사니 전부. 그리고 5달러만 줘. 당신이 산 이 잡동사니는 쓰레기가 돼 버린 우리 삶이기도 해. 그리고 앞으로 알게 되겠지만, 속이 쓰린 우리의 마음도 거기 같이 깃들어 있어. 당신은 당신 자식들을 갈아엎어 버릴 쟁기를 사는 거야. 어쩌면 당신을 구해 줄 수도 있었던 사람들의 영혼을 사는 거라고. 5달러야. 4달러가 아니라. 저걸 다시 끌고 갈 수는 없어. 아 그래, 그냥 4달러에 가져가. 하지만 미리 말해 두는데, 이 쟁기가 언젠가 당신 자식들을 갈아엎어 버릴 거야. 당신은 그래도 모르겠지. 알 리가 없지. 4달러에 가져가. 자, 말하고 수레 값은 얼마로 쳐줄 거야? 저 적갈색 말들은 좋은 놈들이야. 색깔도 같고 보조도 잘 맞춘다고. 수레를 끌 때

뒷다리하고 궁둥이에 힘을 주고 한 치도 어긋나지 않게 호흡을 맞추거든. 아침에 햇빛을 받으면 적갈색으로 빛나. 녀석들은 코를 킁킁거리면서 울타리 너머로 주인을 찾고, 주인이 오는지 소리를 들으려고 귀를 쫑긋거리지. 그리고 이 검은 이마 갈기를 봐! 나한테 딸이 하나 있는데, 그 애는 이 녀석들 목덜미하고 이마에 있는 갈기를 땋아 주는 걸 좋아해. 빨간 리본까지 달아서. 정말 좋아해. 하지만 이제는 그럴 수 없게 됐지. 우리 딸하고 저쪽에 있는 저 적갈색 말이 웃기는 짓을 저지른 적이 있어. 얘길 들으면 당신도 웃을걸. 저쪽 말은 여덟 살이고 이쪽 말은 열 살인데, 같이 호흡을 맞추는 걸 보면 쌍둥이 같아. 이빨을 봐. 전부 다 건강하다고. 허파도 튼튼하고, 다리도 예쁘고 깨끗해. 얼마 줄 거야? 10달러? 두 마리에? 거기다 마차까지…… 아이고 세상에! 차라리 죽여서 개밥으로 쓰는 게 낫겠다. 아유, 그냥 가져가! 빨리. 말갈기를 땋아 주고, 제 머리에 있던 리본을 풀어서 말한테 묶어 주고, 뒤로 물러서서 고개를 갸웃하고 그 부드러운 코에 제 뺨을 비벼 대던 내 딸의 마음까지 사 가는 거야. 햇빛 속에서 땀 흘리며 일했던 세월까지 가져가는 거라고. 말로 할 수 없는 슬픔까지도. 하지만 잘 봐 둬. 이 잡동사니들하고 아름다운 적갈색 말들에 덤이 붙어 있으니까. 언젠가 당신 집에서도 그 쓰라린 심정이 자라나서 꽃을 피울 거야. 우리가 당신을 구해 줄 수도 있었는데 당신이 우리를 쳐 버렸어. 머지않아 당신도 우리와 같은 신세가 되겠지만, 그때는 우리가 당신을 구해 줄 수 없지.

소작인 남자들은 주머니에 손을 찔러 넣고 모자를 푹 눌러

쓴 채 걸어서 집으로 돌아왔다. 어떤 사람은 술을 사서 정신이 멍해질 정도로 순식간에 마셔 버리기도 했다. 그러나 그들은 웃지도 않았고, 춤도 추지 않았다. 노래도 부르지 않았고, 기타를 뜯지도 않았다. 그들은 주머니에 손을 찔러 넣고 고개를 숙인 채 걸어서 집으로 돌아왔다. 황토 흙먼지를 발로 차올리면서.

어쩌면 다시 시작할 수 있을지도 몰라. 기름진 새 땅에서. 캘리포니아에서. 거기서는 과일이 자란다니까. 다시 시작할 거야.

하지만 그건 불가능해. 아이들이나 다시 시작할 수 있는 거야. 당신과 나는, 휴우, 우린 이미 과거야. 한순간의 분노, 지금까지 있었던 수많은 일들, 그게 바로 우리라고. 이 땅, 이 붉은 땅이 우리야. 지금까지 있었던 홍수, 흙먼지 바람, 가뭄이 다 우리야. 우린 다시 시작할 수 없어. 고물상한테 우리가 팔아넘긴 쓰라린 심정, 고물상이 그 심정까지 가져갔는데도 우린 여전히 속이 쓰리잖아. 지주한테 이제 떠나라는 소리나 듣는 신세, 그게 바로 우리야. 트랙터가 우리 집을 들이받은 것처럼, 우린 죽을 때까지 그런 신세일 거야. 캘리포니아로 가든 어디로 가든 우린 모두 쓰라린 심정을 안고 행진하는 상처받은 사람들의 맨 앞에 서 있을 거야. 그리고 언젠가 또 다른 사람들이 쓰라린 심정을 안고 똑같은 길을 지나겠지. 그 사람들이 군대처럼 발맞춰 지나가면, 그 자리에 무시무시한 공포가 생겨날 거야.

소작인 남자들은 황토 먼지 속에서 발을 질질 끌며 집으로 돌아왔다.

풍로, 침대 틀, 의자, 탁자, 찬장, 물통, 물탱크까지 팔 수 있는 물건은 모두 팔아치웠는데도 여전히 물건들이 쌓여 있었다. 여자들은 그 물건 더미 속에 앉아서 물건들을 이리저리 뒤집어보며 과거를 회상했다. 사진, 네모난 거울. 여기 꽃병도 있어.

이제 우리가 가져갈 수 있는 물건이 뭐고, 가져갈 수 없는 물건이 뭔지 잘 알겠지? 야영을 할 거니까, 음식을 만들고 세수를 할 때 쓸 냄비 몇 개, 매트리스와 이불, 등잔과 양동이, 천막으로 쓸 두꺼운 천을 가져갈 거야. 이 석유 깡통도. 이게 뭔지 알아? 풍로로 쓸 거야. 옷도 가져가야지. 옷은 전부 가져가. 그리고…… 소총도 가져갈까? 총 없이 길을 나서고 싶지는 않아. 신발, 옷, 음식이 떨어지고 심지어 희망마저 사라지더라도 총은 우리 곁에 있을 거야. 할아버지가 오시면…… 내가 말했던가……? 할아버지는 후추하고 소금하고 총을 갖고 있어. 그것 말고는 가진 게 없지. 저건 버려. 물병은 챙기고. 그러면 대충 된 것 같은데. 화물칸 벽을 올려. 애들은 화물칸에 앉히고, 할머니는 매트리스 위에 앉으시라고 해. 연장도 챙겨. 삽, 톱, 렌치, 펜치, 도끼도. 저 도끼는 사십 년 전부터 쓰던 건데. 얼마나 낡았는지 봐. 물론 밧줄도 챙겨야지. 나머지는 어떻게 하냐고? 그냥 놔둬. 아니면 태워 버리거나.

아이들이 나왔다.

메리가 더러운 헝겊 인형을 안고 있잖아. 나도 인디언 활을 가져갈 거야. 꼭 가져갈 거야. 이 동그란 막대기도. 나만큼 키가 크잖아. 이 막대기를 쓸 데가 있을 거야. 옛날부터 이 막대기를 갖고 있었단 말이야. 한 달 전, 아니 일 년 전인가? 갖고 갈래. 캘리포니아는 어떤 데야?

여자들은 버려진 물건들 속에 앉아 물건들을 뒤적이고 있었다. 이 책은 아버지 건데. 아버지가 이 책을 좋아하셨어.『천로역정』. 옛날에 이걸 읽으셨는데. 안에 아버지 이름도 있어. 아버지가 쓰시던 파이프에서는 지금도 지독한 냄새가 나네. 이 그림은…… 천사잖아. 처음에 그 사람들이 오기 전에 이 그림을 봤는데. 별로 효과가 없었던 것 같아. 도자기로 만든 이 개 인형을 가져갈 수 있을까? 세이디 아주머니가 세인트루이스 박람회에 갔다가 가져오신 건데. 여길 봐. 여기 써 있잖아. 하지만 갖고 갈 수 없겠지. 우리 오빠가 죽기 전날 쓴 편지도 있어. 구식 모자도 있고. 이 깃털 장식은 한 번도 안 썼는데. 그래, 이걸 실을 자리가 없지.

지금까지 살아온 인생을 버리고 어떻게 살 수 있겠어? 과거가 사라져 버렸는데 이게 바로 우리라는 걸 어떻게 알 수 있겠느냐고? 안 돼. 그냥 버리든지 태워 버려.

그들은 자리에 앉아 물건들을 바라보며 기억 속에 그 모습을 새겼다. 문밖에 어떤 땅이 있는지 모르는 건 어떤 기분일까? 밤중에 자다가 깨어나서 버드나무가 항상 있던 자리에 없다는 걸 깨달으면 기분이 어떨까? 버드나무 없이 살 수 있어? 아니, 살 수 없을 거야. 버드나무가 바로 당신이니까. 거기 매트리스 위에서 느끼는 고통, 그 끔찍한 고통, 그게 바로 당신이야.

그리고 싸워 대는 아이들. 샘이 인디언 활하고 동그란 막대기를 가져간다면, 나도 내 물건을 두 개 가져갈 거야. 저 푹신한 베개, 저건 내 거야.

갑자기 그들은 불안해졌다. 빨리 떠나야 했다. 더 이상 머뭇거릴 수 없었다. 그들은 마당에 물건을 쌓아 놓고 불을 붙였다. 그리고 그 자리에 서서 물건들이 타는 것을 지켜보았다. 그러고는 미친 듯이 자동차에 짐을 싣고 떠났다. 흙먼지 속에서. 짐을 실은 자동차들이 지나간 후에도 오랫동안 흙먼지가 공중에 떠돌았다.

10장

무거운 연장, 침대와 스프링, 그 밖에 돈이 될 만한 가재도
구를 몽땅 싣고 트럭이 떠난 뒤 톰은 근처를 어슬렁어슬렁 돌
아다녔다. 헛간과 텅 빈 마구간을 멍하니 들여다보기도 하고,
광에 가서 뒤에 남은 폐물들을 발로 차 보기도 하고, 풀 베는
기계의 깨어진 톱니를 발로 돌려 보기도 했다. 또한 기억 속에
남아 있는 곳에도 가 보았다. 제비가 둥지를 트는 붉은 제방,
돼지우리 너머의 버드나무. 돼지 새끼 두 마리가 꿀꿀거리며
그를 향해 몸을 꿈틀거렸다. 햇빛을 받고 있는 검은 돼지들이
편안해 보였다. 이것으로 순례를 끝낸 그는 조금 전에 응달이
내려앉은 현관 계단으로 가서 앉았다. 뒤쪽의 부엌에서는 어
머니가 분주히 움직이면서 양동이에 담긴 아이들의 옷을 빨
고 있었다. 주근깨가 나 있는 어머니의 힘센 팔꿈치에서 비누

거품이 뚝뚝 떨어졌다. 그가 계단에 앉자 어머니가 빨래를 비비던 손을 멈췄다. 그리고 오랫동안 그를 바라보았다. 그가 고개를 돌려 뜨거운 햇빛을 응시하기 시작한 후에도 어머니는 그의 뒤통수를 계속 바라보았다. 그러고는 다시 빨래를 비비기 시작했다.

어머니가 말했다. "톰, 캘리포니아에서 일이 잘됐으면 좋겠다."

그는 고개를 돌려 어머니를 바라보았다.

"일이 잘 안 될 것 같아요?" 그가 물었다.

"뭐, 그렇지는 않은데, 왠지 너무 괜찮아 보여서 말이야. 사람들이 나눠 주는 전단지를 봤는데, 거기 가면 일자리도 많고 품삯도 비싸다고 하더라. 포도랑 오렌지랑 복숭아를 딸 일손이 모자란다는 얘기도 신문에서 봤고. 괜찮은 일이지, 톰. 복숭아를 따는 것 말이다. 복숭아를 따면서 먹을 수는 없어도 가끔 못생긴 놈 하나쯤은 몰래 빼돌릴 수 있을지도 몰라. 나무 밑의 그늘에서 일하는 것도 괜찮고. 그런데 너무 좋은 얘기뿐이라서 겁이 난다. 믿음이 안 가. 뭔가 안 좋은 면이 있을 것 같아서 겁이 나."

톰이 말했다. "믿음을 새처럼 높이 끌어올리지 말라. 그러면 벌레들과 함께 땅을 기는 일도 없으리라."

"그래, 맞아. 성경에 나오는 말이지?"

"그럴걸요." 톰이 말했다. "저는 『바바라 워스의 승리』[3]라는

---

3) 해롤드 벨 라이트(Harold Bell Wright)가 1911년에 발표한 소설. 미국 서부의 사막지대가 농지로 바뀌는 과정을 서사적으로 그린 작품.

책을 읽은 뒤부터 성경 구절을 제대로 기억할 수 없게 돼 버렸어요."

어머니는 가볍게 웃음을 터뜨리며 양동이에서 빨래를 헹궜다. 그리고 작업복과 셔츠의 물기를 짰다. 어머니의 팔뚝에서 근육이 불룩 솟아올랐다.

"너희 할아비지는 항상 성경 구절을 인용하셨지. 그런데 그 성경 구절이 엉망이었어. 『마일즈 박사의 연감』[4]에 나오는 내용하고 성경 구절이 뒤섞여 버렸거든. 할아버지는 그 연감에 있는 글들을 한 글자도 빼놓지 않고 큰 소리로 읽곤 하셨지. 잠을 잘 수 없다거나 등이 아프다면서 사람들이 보내온 편지였어. 할아버지는 그 글들을 읽고 나서 우리한테 좋은 내용이니까 잘 읽어 보라고 주면서 '성경에 나오는 비유'라고 하셨지. 그런데 네 아버지랑 큰아버지가 그 말을 듣고 웃음을 터뜨리는 바람에 할아버지 입장이 난처해지곤 했어."

어머니는 물기를 짠 옷들을 장작처럼 탁자 위에 쌓았다.

"사람들 말로는 캘리포니아까지 거리가 2000마일이나 된다고 하더라. 그게 도대체 얼마나 되는 것 같니, 톰? 지도를 찾아봤는데, 엽서에 나오는 것 같은 큰 산들을 뚫고 지나가야 하더라. 그렇게 멀리까지 가는 데 시간이 얼마나 걸릴 것 같니, 톰?"

"모르죠……. 이 주일쯤? 운이 좋으면 열흘에 갈지도 모르고요. 어머니, 걱정은 그만 하세요. 감옥에 있을 때 어땠는지

---

4) 1923년에 나온 연감의 일종.

아세요? 거기서는 자기가 언제 나가게 될지 생각하면 안 돼요. 그랬다가는 미쳐 버리니까. 그냥 그날 하루하루만 생각해야 돼요. 아니면 토요일에 열리는 야구 시합을 생각하거나. 감옥에 들어온 지 오래된 사람들은 다 그렇게 하지만, 새로 들어온 젊은 애들은 결국 감방 문에 머리를 쿵쿵 찧곤 해요. 앞으로 얼마나 오래 있어야 하는지 생각하기 때문이죠. 어머니도 감옥의 고참들처럼 한번 해 보시지 그래요? 그냥 그날 하루하루만 생각하는 거예요."

"좋은 방법이구나."

어머니는 이렇게 말하면서 풍로에 있던 뜨거운 물을 양동이에 채웠다. 그러고는 더러운 옷을 그 안에 넣고 꾹꾹 눌러 비눗물에 담갔다.

"그래, 좋은 방법이야. 하지만 난 캘리포니아가 얼마나 좋은 곳일까, 그런 생각을 하고 싶다. 절대 춥지 않은 곳이겠지. 사방에 과일이 있고, 사람들은 세상에서 제일 좋은 집에 살고. 오렌지 나무들 사이에 작고 하얀 집들이 늘어서 있을 거야. 혹시 식구들이 전부 일자리를 구해서 일을 하게 되면, 우리도 그런 작은 집을 하나 장만할 수 있지 않을까? 어린 녀석들은 밖으로 나가서 그냥 나무에 달려 있는 오렌지를 따 먹을 수 있겠지. 녀석들은 너무 좋아서 참지 못하고 소리를 질러 댈 거야."

톰은 어머니가 일하는 모습을 지켜보면서 눈웃음을 지었다.

"생각만으로도 기운이 나는 모양이네요. 캘리포니아에서 왔다는 녀석을 만난 적이 있어요. 그런데 그 녀석 얘기는 좀 다르던데요. 녀석 얘기를 듣다 보면 녀석이 어디 오지 출신인 것 같아요. 그 녀석 말로는 이제 그쪽에도 일자리를 구하는 사람이 너무 많대요. 그리고 과일 따는 일을 하는 사람들은 낡고 더러운 천막에 살면서 제대로 먹지도 못한대요. 품삯이 싸서 그걸로는 뭘 제대로 살 수 없다고 하던데."

어두운 그늘이 어머니의 얼굴을 스치고 지나갔다.

"그렇지 않아. 네 아버지가 노란 종이로 된 전단지를 갖고 왔는데, 거기 일손이 모자란다고 되어 있었어. 일할 사람이 많다면 굳이 그런 전단지를 돌릴 필요가 없잖아. 전단지를 나눠 주는 데도 돈이 적잖이 들 테니까. 그 사람들이 뭣 때문에 돈까지 들여가며 거짓말을 하겠니?"

톰은 고개를 가로저었다. "저야 모르죠, 어머니. 그 사람들이 왜 그런 짓을 하는지 모르겠네요. 어쩌면⋯⋯." 그는 붉은 땅 위에서 빛나고 있는 뜨거운 태양을 내다보았다.

"어쩌면 뭐?"

"어쩌면 어머니 말처럼 좋은 곳인지도 모르죠. 할아버지는 어디 가셨어요? 목사님은요?"

어머니는 빨래를 한 아름 안고 집 밖으로 나가는 길이었다. 톰은 어머니가 나갈 수 있도록 한쪽으로 비켜섰다.

"목사님은 주위에서 산책을 좀 하겠다고 했어. 할아버지는 집 안에서 주무시고. 할아버지는 가끔 낮에 집 안으로 들어와서 누워 계시거든."

어머니는 빨랫줄이 있는 곳으로 가서 연한 파란색 청바지며 파란색 셔츠며 긴 회색 속옷 등을 널기 시작했다.

톰은 등 뒤에서 들려오는 발소리에 고개를 돌려 집 안을 바라보았다. 할아버지가 침실에서 모습을 드러내고 있었는데, 아침에 그랬던 것처럼 여전히 앞섶 단추를 제대로 끼우지 못해 애를 먹고 있었다.

"너희들이 얘기하는 걸 들었다." 할아버지가 말했다. "망할 것들, 늙은이 잠도 못 자게 하다니. 언제쯤 철이 들어서 늙은이 잠 좀 자게 해 주려나."

그는 화가 나서 손가락을 놀리다가 이미 잠겨 있던 앞섶 단추 두 개를 풀어 버렸다. 그러고는 자기가 하려던 것을 잊어버렸다. 그는 옷 속으로 손을 넣어 고환 아래를 기분 좋게 긁적거렸다. 어머니가 손이 젖은 채 안으로 들어왔다. 뜨거운 물과 비누 때문에 손바닥이 쭈글쭈글해져 있었다.

"주무시는 줄 알았어요. 자요, 제가 그 단추 채워 드릴게요."

할아버지는 싫다고 몸부림을 쳤지만, 어머니는 할아버지를 꼭 붙들고 속옷과 셔츠와 바지 앞섶 단추를 모두 채워 주었다.

"어디 근처나 좀 돌아보고 오세요." 어머니는 이렇게 말하면서 할아버지를 놓아 주었다.

할아버지는 벌컥 화를 내면서 입에서 침을 튀기며 소리를 질러 댔다. "사람이라는 게 원래…… 사람이라는 게 원래…… 누가 단추를 채워 주면…… 내 단추는 내가 잠글 거야."

어머니가 장난스럽게 대꾸했다. "캘리포니아에서는 단추도 안 잠그고 돌아다니면 안 돼요."

"안 된다고, 쳇! 그럼 내가 본때를 보여 주지. 거기 사람들이 나더러 이래라저래라 할 거란 말이지? 흥, 난 마음만 내키면

불알을 털레털레 내놓고 다닐 수도 있어!"

"해가 갈수록 할아버지 말투가 심해지는 것 같구나. 일부러 저러시는 것 같아." 어머니가 말했다.

할아버지는 수염이 뻣뻣한 턱을 불쑥 내밀더니 심술궂고 명랑한 눈으로 어머니를 바라보았다.

할아버지가 말했다. "아이고, 신생님. 우리는 곧 여길 떠날 겁니다요. 젠장, 거기 가면 포도가 있다며. 길가에 주렁주렁 매달려 있다고 했잖아. 내가 어떻게 할 건 줄 알아? 대야 한가득 포도를 딴 다음에 그 속에 들어앉아서 마구 으깨가지고 바짓가랑이 사이로 즙이 줄줄 흐르게 할 거다."

톰이 소리 내어 웃었다. "세상에, 할아버지가 한 200살쯤 되셔도 아무도 할아버지를 못 이기겠네. 그럼 할아버지는 어서 출발하고 싶겠네요?"

할아버지는 상자를 하나 꺼내 그 위에 털썩 주저앉으며 말했다. "당연하지. 빨리 가야 돼. 우리 형이 사십 년 전에 그리로 갔는데, 그 뒤로 소식 한 자 없다. 비열하고 나쁜 놈이었는데. 형을 좋아하는 사람이 아무도 없었어. 내 총까지 훔쳐 가지고 달아났다니까. 내가 형이나 그 자식 놈들을 만나기만 하면, 형님이 캘리포니아에서 자식을 낳았다면 말이지만, 어쨌든 그러면 총을 돌려달라고 할 거다. 하지만 내가 형을 잘 아니까 하는 말인데, 만약 자식을 낳았더라도 뻐꾸기처럼 다른 사람한테 기르게 했을 거야. 나야 캘리포니아로 가는 게 당연히 기쁘지. 내가 새사람이 될 것 같은 기분이 들거든. 곧장 과수원에서 일을 시작해야지."

어머니가 고개를 끄덕였다. "진심으로 하시는 말씀이다. 석 달 전까지 계속 일을 하셨어. 엉덩이뼈가 또 삐끗하는 바람에 그만두셨지만."

"네 엄마 말이 맞아." 할아버지가 말했다.

톰은 현관 계단에 앉은 채 바깥쪽으로 시선을 돌렸다. "저기 목사님이 오시네요. 헛간 뒤쪽을 돌아서 걸어오고 있는데요."

어머니가 말했다. "내 평생 그렇게 이상한 감사 기도는 들어 본 적이 없다. 오늘 아침에 말이다. 그건 감사 기도도 아냐. 그 냥 얘기한 거지. 왠지 감사 기도처럼 들리기는 하더라만."

"재미있는 분이에요. 항상 재미있는 얘기를 하시죠. 그런데 꼭 혼잣말을 하는 것 같아요. 남이 알아듣거나 말거나 신경을 안 쓰니까."

"저 눈을 잘 봐라. 세례를 받은 사람 같아. 사람들 말처럼 꿰뚫어 보는 것 같은 시선인데. 정말로 금방 세례를 받은 사람 같아. 걸으면서 고개를 숙이고 있네. 땅바닥에서 특별히 뭘 보 는 것도 아니면서. 그래, 정말 세례를 받은 사람 같아."

그리고 어머니는 입을 다물었다. 케이시가 가까이 다가왔기 때문이었다.

"그렇게 걸어 다니다가는 일사병에 걸리겠어요." 톰이 말 했다.

"그래, 뭐…… 그럴지도 모르지."

케이시는 갑자기 어머니와 할아버지와 톰에게 간청하기 시 작했다. "저는 꼭 서부로 가야 합니다. 꼭 가야 해요. 혹시 여 러분과 같이 갈 수 있을까요?" 그리고 그는 자기가 한 말이지만 창피하다는 듯한 표정을 지었다.

어머니는 뭐라고 얘기를 하라는 듯 톰을 바라보았다. 그가 남자였으니까, 하지만 톰은 아무 말도 하지 않았다. 어머니는 톰에게 권리를 행사할 기회, 즉 말할 기회를 잠시 준 다음 자신이 입을 열었다.

"뭐, 목사님이 저희랑 함께 가신다면 저희야 영광이죠. 물론 제가 지금 당장 대답할 수는 없어요. 애들 아버지가 오늘 밤에 남자들이 전부 모여서 언제 떠날 건지 결정할 거라고 했거든요. 그러니까 남자들이 다 온 다음에 얘기를 하는 게 좋을 것 같아요. 아주버님하고 애들 아버지하고 노아하고 톰하고 아버님하고 앨하고 코니하고, 다들 돌아오자마자 얘기를 시작할 거예요. 하지만 자리만 부족하지 않다면 다들 목사님과 같이 가는 걸 영광으로 생각할 거예요."

목사는 한숨을 쉬었다. "어쨌든 전 갈 겁니다. 뭔가 일이 일어나고 있어요. 저 위에 올라가서 살펴봤는데, 집들이 전부 비어 있더군요. 땅도 비어 있고. 이 일대가 전부 텅텅 비었어요. 저는 더 이상 여기 있을 수 없습니다. 사람들이 가는 곳으로 저도 가야 해요. 저는 밭에서 일할 겁니다. 어쩌면 행복해질지도 모르죠."

"설교는 안 하실 거예요?" 톰이 물었다.

"설교는 안 할 거야."

"세례도 안 주시고요?" 어머니가 물었다.

"세례도 안 줄 겁니다. 저는 밭에서 일할 거예요. 푸른 들판에서. 사람들과 가까이 있을 겁니다. 사람들한테 뭘 가르치려들 생각은 없어요. 제가 배우고 싶어서 그러는 거니까. 사람들이 왜 풀밭을 돌아다니는지 배우고, 사람들의 이야기를 듣고, 사람들의 노래를 들을 겁니다. 아이들이 옥수수 죽 먹는 소리에 귀를 기울일 거예요. 밤에 부부가 침대에서 쿵쿵 찧는 소리도 들을 거고, 그 사람들과 같이 밥을 먹으면서 배울 겁니다."

그의 눈이 물기에 젖어 빛나고 있었다.

"풀밭에 누워서 누구든 날 받아 주는 사람에게 정직하게 마음을 열 겁니다. 욕도 하고 사람들이 하는 시적인 얘기도 들을 거예요. 그게 다 거룩한 일이에요. 옛날에는 그걸 이해하지 못했는데, 그게 다 선한 일입니다."

어머니가 말했다. "아멘."

목사는 문 옆에 놓인 모탕 위에 겸손한 자세로 앉았다. "이렇게 외로운 사람은 뭘 해야 되는지 모르겠습니다."

톰이 조심스럽게 기침을 했다. "더 이상 설교를 하지 않는 사람에게는……."

"내가 말이 많은 건 사실이야!" 케이시가 말했다. "항상 그랬지. 하지만 설교는 안 할 걸세. 설교는 사람들한테 뭔가 얘기를 해 주는 것이지만, 난 사람들한테 질문을 던질 거야. 그건 설교가 아니잖나, 안 그래?"

톰이 말했다. "모르겠어요……. 설교는 말의 어조라고나 할까. 사물을 바라보는 방식이기도 하고. 사람들이 설교를 듣고 싶어 안달이 나 있을 때에는 설교가 좋은 것이죠. 맥알레스터에서 마지막으로 보낸 크리스마스 때 구세군 사람들이 와서 우리한테 좋은 일을 해 줬습니다. 꼬박 세 시간 동안 연주를 해 줬죠. 우린 계속 앉아 있었고요. 그 사람들은 우리한테 친절했어요. 하지만 우리들 중 한 놈이라도 그 자리를 벗어나려고 했다면, 우린 쓸쓸해졌을 겁니다. 설교란 바로 그런 거예요. 축 처져서 설교를 해 준 목사님한테 뽀뽀조차 해 줄 수 없는 사람들한테 좋은 거라고요. 그래요, 케이시는 목사님이 아닙니다. 하지만 이 근처에서 연주할 생각은 하지 마세요."

어머니가 풍로에 나뭇조각을 몇 개 던져 넣으며 말했다. "먹을 걸 좀 만들어 드릴게요. 많지는 않지만."

할아버지는 상자를 밖으로 가지고 나가 그 위에 앉아서 벽에 몸을 기댔다. 톰과 케이시도 벽에 등을 기댔다. 오후의 그림자가 집 밖으로 점점 움직였다.

오후 늦게 트럭이 돌아왔다. 흙먼지 속에서 마구 덜컹거리면서. 화물칸에는 먼지가 뿌옇게 앉았고, 엔진 덮개도 먼지로 뒤덮여 있었다. 빨간 황토 때문에 헤드라이트도 침침하게 보였다. 트럭이 돌아왔을 때는 벌써 해가 지고 있었다. 노을빛을 받은 땅이 피처럼 붉게 변했다. 앨은 운전대를 움켜잡고 앉아서 자랑스러움과 진지함이 섞인 표정을 하고 있었다. 아버지와 큰아버지는 집안의 우두머리답게 운전석 옆의 명예로운 자리를 차지하고 있었다. 다른 사람들은 트럭 화물칸에서 가로대를 붙들고 있었다. 열두 살짜리 루티와 열 살짜리 윈필드. 먼지가 잔뜩 앉은 얼굴은 신이 나 있었고, 피곤해 보이는 눈 역시 흥분해 있었다. 손가락과 입가에는 사탕 때문에 끈적끈적한 검은색 얼룩이 묻어 있었다. 시내에 갔을 때 아버지를 졸라 과자를 사 먹은 모양이었다. 무릎 아래까지 내려오는 분홍색의 진짜 옥양목 원피스를 입은 루티는 제법 숙녀답게 진지한 표정이었다. 그러나 윈필드는 여전히 코흘리개 어린아이였다. 녀석은 헛간 뒤에서 곰곰이 생각에 잠기기도 하고, 뿌리 깊은 버릇을 고치지 못해 상습적으로 꽁초를 주워 피우기도 했다. 루티는 점점 봉긋하게 솟아오르는 가슴에 대해 힘과 책임감과 위엄을 느끼고 있는 반면, 윈필드는 제멋대로 날뛰는 어린 개구쟁이였다. 두 아이들 옆에는 샤론의 로즈[5]가 가로대에 가볍게 매달린 듯한 자세로 서 있었다. 그녀는 차가 덜컹거릴 때의 충격을 무릎과 엉덩이로 흡수하기 위해 발뒤축으로 서서 몸을 흔들며 균형을 잡았다. 임신 중이라서 조심할 필요가 있었기 때문이다. 땋아서 말아 올린 머리는 연한 금색 왕관 같았다. 몇 달 전만 해도 도발적이고 유혹적이었던 둥글고 부드러운 얼굴에는 이미 임신으로 인한 장벽이 만들어져서 만족스러운 미소와 모든 것을 다 안다는 듯한 성숙한 표정이 나타나 있었다. 그리고 통통한 몸매, 풍만하고 부드러운 가슴과 배, 마치 쓰다듬어 달라는 듯이 자유롭게 도발적으로 흔들리는 단단한 엉덩이, 그녀의 몸 전체가 침착하고 진지해 보였다. 그녀의 모든 생각과 행동은 자신의 몸 안에 있는 아기에게 쏠려 있었다. 그녀는 이제 아기를 위해 발가락으로 균형을 잡고 있었다. 그녀에게는 온 세상이 임신하고 있는 것이나 마찬가지였다. 그녀는 모든 것을 생식과 모성의 측면에서 생각

---

5) Rose of Sharon. 줄여서 '로저산'이라 부른다.

했다. 이제 열아홉 살인 그녀의 남편 코니는 통통하고 열정적인 말괄량이 처녀였던 아내의 변화에 놀라서 여전히 당혹스러워하고 있었다. 이제는 침대에서 서로 아웅다웅하는 일도, 숨죽여 키득거리며 서로를 물고 할퀴다가 결국 울음을 터뜨리는 일도 없었다. 아내는 균형 잡히고, 조심스럽고, 현명한 사람으로 변신해서 그에게 수줍지만 몹시 단호한 미소를 지어 보이곤 했다. 코니는 샤론의 로즈가 자랑스러우면서도 무서웠다. 기회만 있으면 그는 손으로 그녀를 잡거나 엉덩이와 어깨가 닿을 정도로 가까이 섰다. 그러면 자신에게서 떠나가고 있는 듯한 그녀를 붙들어 둘 수 있을 것 같았다. 그는 텍사스 출신으로 얼굴선이 날카롭고 몸이 마른 편이었다. 연한 푸른색 눈동자는 때에 따라 위험해 보이기도 하고, 상냥해 보이기도 하고, 겁을 먹은 것처럼 보이기도 했다. 그는 성실하고 부지런한 사람이었으므로 좋은 남편이 될 것 같았다. 술을 마시기는 했지만 지나치게 많이 마시지는 않았다. 또한 필요할 때에는 싸움을 벌이기도 했지만 그것을 자랑하지는 않았다. 그는 모임에서 조용히 앉아 있었지만, 그렇다고 있는 듯 없는 듯 눈에 띄지 않는 존재는 아니었다.

큰아버지는 나이가 쉰이나 되어서 자연스럽게 가문의 우두머리 중 하나가 되지 않았다면 운전석 옆의 명예로운 자리에 앉을 사람이 아니었다. 아마 그는 샤론의 로즈를 그 자리에 앉히고 싶어 했을 것이다. 그러나 그녀는 아직 젊고 게다가 여자였기 때문에 그 자리에 앉을 수 없었다. 따라서 큰아버지는 불편한 표정으로 그 자리에 앉아 있었다. 고뇌에 휩싸인 그의 고독한 눈은 불편해 보였고, 강인하고 홀쭉한 몸도 긴장하고 있었다. 큰아버지는 고독이라는 장벽 때문에 거의 항상 다른 사람들과 동떨어진 존재였으며, 욕망도 느끼지 못했다. 그는 음식을 거의 먹지 않았고, 술은 입에도 대지 않았다. 그리고 금욕적인 생활을 했다. 그러나 속에서는 그의 욕망이 계속 부풀어 올라 결국 밖으로 터져 나오곤 했다. 그럴 때면 그는 먹고 싶었던 음식을 질리도록 먹어 대거나, 눈이 빨갛게 충혈되고 몸이 마비될 때까지 위스키를 마셔 대곤 했다. 아니면 정욕에 들떠 샐리소에서 매춘부를 찾아다니기도 했다. 한번은 그가 쇼니까지 가서 매춘부를 한꺼번에 세 명이나 침대로 끌어들여 아무 반응이 없는 그들의 몸 위에서 한 시간 동안 발정 난 짐승처럼 씩씩거렸다는 얘기도 있었다. 그러나 욕망을 만족시키고 나면 그는 슬픔과 수치심을 느끼며 다시 고독해졌다. 그는 사람들을 피해 숨어 다녔으며, 여러 가지 선물로 사람들에게 자신의 행동을 보상하려 했다. 그래서 남의 집에 몰래 들어가 아이들의 베개 밑에 껌을 놓아두거나, 돈 한 푼 받지 않고 장작을 패 주곤 했다. 자신이 가지고 있는 물건들을 모두 주어 버리기도 했다. 안장, 말, 새 신 같은 것. 그럴 때는 그에게 말을 걸 수가 없었다. 그가 도망을 쳐 버리기 때문이었다. 혹시 사람들과 마주치더라도 그는 자신 속에 틀어박혀 겁에 질린 눈으로 상대를 살짝 바라보곤 했다. 아내의 죽음과 그 후 몇 달 동안의 고독한 생활이 그에게 죄책감과 수치심을 각인시켰기 때문에 그는 헤어날 수 없는 고독 속에 갇혀 있었다.

그러나 그가 도망칠 수 없는 일도 있었다. 집안의 우두머리 중 하나였기 때문에 집안을 다스려야 했던 것이다. 그래서 지금 운전석 옆의 명예로운 자리에 앉아 있을 수밖에 없었다.

좌석에 앉아 있는 세 남자는 무뚝뚝한 표정으로 먼지투성이 길을 따라 집으로 차를 몰았다. 운전대를 잡고 있는 앨은 도로와 계기판을 계속 번갈아 바라보며 수상쩍게 움찔거리는 전류계 바늘과 유압계와 온도계를 지켜보았다. 그는 머릿속으로 자동차의 결점과 이상한 점을 정리하고 있었다. 윙윙거리는 소리에도 귀를 기울였다. 어쩌면 차 뒤쪽에서 나는 소리인지도 모르니까. 오르락내리락하는 태핏 소리에도 귀를 기울였다. 또한 기어에서 손을 떼지 않고 기어가 돌아갈 때의 움직임을 느껴 보았다. 클러치판을 시험해 보기 위해 브레이크와 반대로 클러치에서 발을 떼 본 적도 있었다. 그가 때로 발정 난 염소처럼 구는지는 몰라도 이 트럭을 관리하는 일은 그의 책임이었다. 만약 뭔가가 잘못되면 그것은 그의 잘못이었다. 입으로는 그를 탓하지 않을지언정 모두들 그의 잘못이라고 생각할 터였다. 아니 누구보다 앨 자신이 그렇게 생각할 터였다. 그래서 그는 차를 만져 보고 지켜보고 소리를 들어 보았다. 진지하고 책임감 있는 표정으로. 모두들 그와 그의 책임을 존중해 주었다. 심지어 가장인 아버지도 렌치를 들고 앨의 명령에 따랐다.

트럭에 타고 있는 사람들은 모두 지쳐 있었다. 루티와 윈필드는 너무 많은 것을 보고, 너무 많은 사람을 만나고, 사탕을 먹으려고 서로 싸워 댄 탓에 지쳐 있었다. 큰아버지가 주머니에 몰래 넣어 준 껌 때문에 신이 나서 지치기도 했다.

좌석에 앉아 있는 남자들은 피로와 분노와 슬픔을 느끼고 있었다. 물건을 전부 판 돈이 18달러밖에 되지 않아서였다. 말, 수레, 연장, 가구를 모두 판 돈이 그거였다. 18달러. 그들은 물건을 사 가는 사람을 몰아세우며 언쟁을 벌였지만, 그 사람이 물건에 흥미를 잃고 아무리 싸게 줘도 살 생각이 없다고 하자 그만 항복해 버리고 말았다. 그들은 그의 말을 곧이곧대로 믿고 처음에 제시한 가격보다 2달러나 싼 가격에 물건을 팔았다. 그리고 지금은 피로와 두려움을 느끼고 있었다. 자신들이 이해할 수 없는 시스템과 부딪혀 패배했기 때문에. 그들은 말과 수레 값이 훨씬 더 나간다는 것을 알고 있었다. 말과 수레를 사 간 사람이 훨씬 더 높은 값에 그것을 팔 것이라는 사실도 알고 있었다. 하지만 그들은 물건을 파는 법을 몰랐다. 장사는 그들에게 도통 알 수 없는 일이었다.

도로와 계기판을 번갈아 바라보던 앨이 말했다. "그 사람 말이에요, 이 동네 사람이 아니에요. 말투가 이 동네 사람 같지 않았어요. 옷차림도 다르고."

아버지가 설명하듯 말했다. "내가 철물점에서 아는 사람들하고 얘기를 해 봤는데, 순전히 우리 같은 사람들이 떠나면서 팔아 치우는 물건들을 사려고 오는 사람들이 있다더라. 그 사람들이 큰돈을 벌고 있대. 하지만 우리가 뭘 어떻게 할 수가 있어야지. 혹시 토미가 같이 왔더라면 어땠을지. 어쩌면 토미가 더 좋은 값을 받아 냈을지도 모르지."

큰아버지 존이 말했다. "하지만 그 사람이 물건을 사지 않겠다고 했잖아. 우리가 그걸 다시 끌고 올 수도 없는 노릇이고."

"나랑 얘기했던 사람들이 그 얘기도 해 줬어요." 아버지가 말했다. "물건을 사는 사람들이 항상 그런 짓을 한다고. 그런 식으로 겁을 주는 거래요. 우리가 그런 일을 어떻게 해야 하는지 몰라서 그런 거지. 애들 엄마가 실망할 텐데. 실망해서 화를 낼 거예요."

앨이 말했다. "언제 떠날 생각이에요, 아버지?"

"모르겠다. 오늘 밤에 의논해서 결정할 거야. 톰이 돌아와서 얼마나 다행인지. 그걸 생각하면 기분이 좋아. 톰은 좋은 녀석이야."

앨이 말했다. "아버지, 어떤 사람들이 형 얘기를 하면서 형이 가석방으로 나왔기 때문에 이 주(州)를 벗어나지 못한대요. 만약 여길 떠나면 형은 다시 붙잡혀서 삼 년 동안 감옥에 있어야 한다고 하던데요."

아버지는 깜짝 놀란 표정이었다. "그런 말을 했어? 뭘 좀 아는 놈들이더냐? 그냥 아는 척 허풍 떤 게 아니고?"

"저도 모르겠어요. 그 사람들이 그냥 그렇게 얘기한 거니까. 난 톰이 우리 형이라는 얘기는 안 하고 그냥 서서 듣기만 했어요."

아버지가 말했다. "아이고, 그게 사실이 아니어야 하는데! 우리한테는 톰이 필요해. 내가 톰한테 물어봐야겠다. 우릴 잡겠다고 뒤쫓아 오는 사람들이 없어도 이미 골치 아픈 일들이 많은데. 그게 사실이 아니어야 하는데. 그 문제를 터놓고 얘기해 봐야겠다."

존이 말했다. "톰은 알고 있을 거야."

털털거리며 달리는 트럭 안에서 그들은 침묵에 잠겼다. 엔진은 안에서 뭔가가 계속 부딪히는지 시끄럽기 그지없었다. 브레이크 로드에서도 쾅쾅 소리가 났다. 엔진에서는 나무가 삐걱거리는 소리가 났고, 라디에이터 뚜껑에 난 구멍에서 가느다란 연기가 솟아올랐다. 트럭 뒤에서는 붉은 흙먼지가 소용돌이치며 높게 피어올랐다. 해가 아직 지평선 너머로 얼굴을 반쯤 내밀고 있을 때 트럭은 덜컹거리며 마지막 오르막길을 올랐다. 그리고 해가 점점 사라져가는 동안 집을 향해 계속 달려갔다. 차는 끽 소리를 내며 멈췄다. 앨은 이 소리를 머릿속에 새겨 두었다. 라이닝이 완전히 닳아 버렸다는 뜻이었으니까.

루티와 윈필드는 소리를 지르며 화물칸 벽을 기어올라 땅으로 뛰어내렸다. 그리고 소리를 질러 댔다.

"어디 있어? 톰은 어디 있어?"

그들은 톰이 문 옆에 서 있는 것을 발견하고 당황해서 걸음을 멈췄다가 천천히 그에게 다가가서 수줍은 듯 그를 바라보았다.

그가 "잘 있었니?" 하고 말을 건네자 아이들은 조용한 목소리로 "응! 잘 있었어."라고 대답했다. 그리고 조금 떨어진 곳에서서 몰래 그를 훔쳐보았다. 그는 사람을 죽이고 감옥에 갔다 온 큰형, 큰오빠였다. 닭장에서 감옥 놀이를 하면서 서로 죄수가 되겠다고 싸우던 것이 생각났다.

코니 리버스가 트럭 뒷문을 열고 내려와서 뒤따라 내려오는 샤론의 로즈를 도와주었다. 그녀는 귀족처럼 멋지게 그의 도움을 받아들이면서 입가를 약간 바보처럼 치키며 현명하고 만족스러운 미소를 지었다.

톰이 말했다. "이런, 로저샨이잖아. 네가 같이 올 줄은 몰랐는데."

"우리가 걸어가고 있는데 트럭이 지나다가 우릴 보고 태워 준 거야." 그녀가 말했다. "이 사람이 코니야, 내 남편."

이 말을 하는 그녀의 모습이 당당했다.

두 사람은 악수를 하며 서로를 가늠해 보고, 서로의 속을 들여다보았다. 그리고 순식간에 각자 만족스러운 결론을 얻었다. 톰이 말했다.

"그동안 꽤 바빴겠어."

로저샨이 눈을 내리깔며 말했다. "아직 눈에 띄지는 않는데."

"어머니한테 들었어. 예정일이 언제니?"

"별로 멀지 않아. 이번 겨울이니까."

톰이 소리 내어 웃었다. "오렌지 농장에서 낳겠다 이건가? 오렌지 나무로 둘러싸인 하얀 집에서?"

샤론의 로즈는 양손으로 자신의 배를 만지면서 말했다. "오빠는 몰라."

그리고 만족스러운 미소를 지으며 집 안으로 들어갔다. 저녁인데도 여전히 더웠다. 또한 서쪽 지평선에서는 아직 빛이 올라오고 있었다. 누가 신호를 하지도 않았는데 식구들이 모두 트럭 옆으로 모여들었다. 그리고 가족회의가 시작되었다.

연한 저녁 빛 때문에 붉은 땅이 빛을 내는 것처럼 보였다.

마치 땅이 더 깊어진 것 같았다. 돌멩이, 기둥, 건물 등도 낮보다 더 깊고 단단하게 보였다. 이상하게 더 개성 있게 보이기도 했다. 기둥은 뒤에 펼쳐진 옥수수밭이나 땅과는 별개로 그냥 기둥으로만 보였다. 옥수수 줄기들도 한 덩어리가 아니라 하나하나 떨어져 있는 것 같았다. 제멋대로 자란 버드나무도 다른 버드나무들과는 별개의 독립된 존재 같았다. 땅이 저녁 하늘로 빛을 반사했다. 페인트칠을 하지 않은 회색 집은 서쪽을 향하고 서서 달처럼 빛나고 있었다. 먼지를 뒤집어쓴 채 문 앞의 마당에 서 있는 회색 트럭이 이 빛 속에서 마술처럼 도드라져 보였다. 지나치게 과장된 환등기 영상 같았다.

사람들도 저녁 빛 속에서 예전과 달리 조용하게 움직였다. 마치 무의식이 만들어 낸 조직의 일부 같았다. 그들은 의식 속에서 희미하게 감지되는 충동에 복종했다. 그들의 시선은 조용히 내면을 향하고 있었으며, 먼지투성이 얼굴과 저녁 풍경 속에서 빛나고 있었다.

식구들이 트럭 옆으로 모여든 것은 그곳이 가장 중요한 장소이기 때문이었다. 집은 죽었고, 밭도 죽었지만 이 트럭은 살아서 움직이고 있었다. 라디에이터 스크린은 찌그러진 데다 상처투성이고, 곳곳이 낡은 데다 먼지와 기름투성이고, 휠캡이 사라진 자리에는 붉은 흙먼지가 끼어 있었지만, 이 낡은 허드슨 트럭은 가족들을 묶어 주는 새로운 중심이었다. 비록 승용차와 트럭이 절반씩 섞인 것 같은 모습에 화물칸 벽이 높고 꼴사나운 몰골이긴 해도.

아버지는 트럭 주위를 한 바퀴 돌며 트럭을 바라보다가 땅바닥에 앉아 막대기를 하나 찾아냈다. 한쪽 발은 땅에 평평하게 놓고 다른 발은 발뒤축을 중심으로 약간 뒤로 든 자세였다. 그래서 한쪽 무릎이 더 높게 솟아 있었다 위쪽 팔뚝은 낮은 왼쪽 무릎에 놓고, 오른팔로는 오른쪽 무릎에 팔꿈치를 대고 손으로 턱을 받쳤다. 아버지는 그렇게 앉아서 손으로 턱을 받치고 트럭을 바라보았디. 존도 아버지 곁으로 가서 앉았나. 두 사람 모두 생각에 잠긴 눈빛이었다. 할아버지가 집에서 나와, 같이 앉아 있는 두 사람을 보고 재빨리 달려와 트럭 발판에 두 사람을 마주 보는 자세로 앉았다. 이것으로 중심이 어딘지 분명해졌다. 톰과 코니와 노아가 어슬렁거리며 다가와 바닥에 앉았다. 사방이 탁 트인 곳에 앉은 할아버지를 중심으로 반원이 그려진 것이다. 어버니와 할머니가 집에서 나오고 샤론의 로즈가 그 뒤를 따라 우아하게 걸어 나왔다. 그들은 남자들 뒤로 와서 손으로 허리를 짚은 자세로 섰다. 이제 아이들, 즉 루티와 윈필드가 깡충깡충 뛰면서 여자들 옆으로 다가와 발끝으로 붉은 흙먼지를 헤집었다. 그러나 소리를 내지는 않았다. 이 자리에 없는 사람은 목사뿐이었다. 그는 식구들을 생각해서 집 뒤의 땅바닥에 앉아 있었다. 훌륭한 목사였으므로 신도들이 어떤 사람인지 잘 알았다.

저녁 빛이 점점 연해지는 가운데 식구들은 한동안 침묵을 지키며 앉거나 서 있었다. 이윽고 아버지가 누구에게랄 것도 없이 식구들 전체를 상대로 보고했다.

"거의 강탈당하다시피 물건을 팔았다. 그 작자는 우리한테 시간이 없다는 걸 알고 있었어. 겨우 18달러밖에 못 받았다."

10장

어머니가 항의를 하려는 듯 들썩거렸지만 평정을 잃지는 않았다.

장남인 노아가 물었다. "다 합해서 우리가 가진 돈이 얼마죠?"

아버지는 땅바닥에 숫자를 쓰며 잠시 혼자 중얼거리다가 말했다. "154달러. 하지만 앨이 그러는데 타이어를 더 좋은 걸로 바꿔야 한다는구나. 지금 건 오래 못 갈 거래."

앨이 회의에 참가한 건 이번이 처음이었다. 지금까지 그는 항상 여자들 뒤에 서 있기만 했었다. 그가 엄숙하게 보고했다. "이 차는 낡고 평범한 차예요." 그가 진지하게 말했다. "이 차를 사기 전에 제가 자세히 살펴봤어요. 장사꾼이 이 차를 정말 싸게 파는 거라고 떠들어 대거나 말거나. 차동 톱니바퀴에 손가락을 넣어 보았는데 톱밥은 없었어요. 기어 상자에도 톱밥이 없었고요. 클러치도 시험해 보고, 바퀴도 돌려 봤어요. 차 밑에도 들어가 봤는데, 뒤틀린 데는 없더라고요. 뒤집어진 적이 없다는 얘기죠. 배터리에 금이 간 전지가 하나 있길래 좋은 걸로 바꿔 달라고 했어요. 타이어는 전혀 쓸 만한 물건이 못 되지만 크기가 괜찮아요. 구하기 쉬운 크기죠. 차가 수송아지처럼 잘 달리겠지만, 기름을 마구 먹지는 않아요. 제가 이 차를 사자고 한 건, 이게 인기 있는 차이기 때문이에요. 폐차장에 가면 허드슨 슈퍼식스가 잔뜩 있으니까 부품을 싸게 구할 수 있어요. 같은 돈으로 더 크고 좋은 차를 살 수도 있었겠지만, 그런 건 부품을 구하기도 어렵고 부품 값도 너무 비싸요. 어쨌든 제 생각은 그래요."

이 말과 함께 그는 보고를 마치고 가족들의 의견이 나오기를 기다렸다.

명목상으로는 아직도 할아버지가 가장이었지만, 실질적으로는 아니었다. 할아버지는 관습에 따라 명예 가장의 자리를 차지하고 있을 뿐이었다. 그러나 할아버지가 늙어서 바보 같은 소리를 해 댄다 해도 가장 먼저 말할 권리는 역시 할아버지에게 있었다. 쭈그리고 앉은 남자들과 서 있는 여자들은 모두 할아버지가 입을 열기를 기다렸다.

할아버지가 말했다. "잘했다, 앨. 나도 너처럼 풋내기였지. 늑대처럼 마구 싸돌아다녔어. 하지만 일거리가 생기면 일을 했다. 너도 이제 어엿한 어른이 됐구나."

할아버지가 마치 축복을 내리는 듯한 말투로 말을 끝맺자 앨은 좋아서 얼굴이 조금 빨개졌다.

아버지가 말했다. "내가 보기에도 괜찮은 것 같다. 이게 말이었다면, 앨한테 책임을 지우지 않았겠지. 하지만 자동차에 대해 아는 건 앨밖에 없으니까."

톰이 말했다. "나도 조금 알아요. 맥알레스터에서 차를 조금 몰아 봐서. 앨의 말이 맞아요. 녀석이 일을 잘 해냈어요."

칭찬이 이어지자 앨의 얼굴이 장밋빛으로 달아올랐다.

톰이 말을 계속했다. "드릴 말씀이 있는데…… 음, 목사님 말이에요…… 우리랑 같이 가고 싶어 하세요."

톰은 입을 다물었다. 식구들은 그의 말을 듣고도 아무 말도 하지 않았다.

"목사님은 좋은 분이에요." 톰이 덧붙였다. "우리가 오래전부터 알던 분이잖아요. 가끔 조금 터무니없는 얘기를 하시기도 하지만, 그래도 다 분별 있는 얘기들이에요."

이 말을 끝으로 그는 식구들에게 결정권을 넘겼다.

빛이 점점 사라지고 있었다. 어머니는 식구들이 모여 있는 곳을 떠나 집 안으로 들어갔다. 풍로와 쇠그릇이 부딪히는 소리가 집 안에서 들려왔다. 잠시 후 어머니가 생각에 잠겨 있는 식구들에게 다시 돌아왔다.

할아버지가 말했다. "두 가지 의견이 있었지. 목사가 불길한 일들을 몰고 온다고 생각하는 사람들도 있었어."

톰이 말했다. "그분이 자기는 이제 목사가 아니라고 하던데요."

할아버지는 손을 앞뒤로 흔들면서 말했다. "한번 목사는 영원히 목사야. 그건 어쩔 수 없어. 목사랑 함께 있는 게 좋은 일이라고 생각하는 사람들도 있었다. 누가 죽으면 목사가 그 사람을 묻어 주니까. 결혼식을 할 때도 목사가 옆에 있으니 좋고. 아이가 태어나면 세례를 줄 사람이 한 지붕 밑에 살고 있으니 또 좋고. 나는 옛날부터 목사들도 서로 종류가 다르다고 생각했다. 좋은 목사를 골라야 한다고 말이야. 난 그 사람이 마음에 들더라. 뻣뻣하지 않아서."

아버지는 손에 쥔 막대기를 땅에 꽂아 손가락으로 빙빙 돌렸다. 그 때문에 땅에 작은 구멍이 생겼다.

"그 사람이 행운을 몰고 오느냐, 좋은 사람이냐 하는 것보다 더 중요한 문제가 있어요." 아버지가 말했다. "꼼꼼하게 계산해 봐야 돼요. 계산을 해야 된다는 게 슬프기는 하지만. 자,

아버지와 어머니가 두 사람. 거기에 나와 형님과 집사람을 합하면 다섯. 노아와 토미와 앨을 합하면 여덟. 로저샨과 코니를 합하면 열. 루티와 윈필드를 합하면 열둘. 게다가 개까지 데려가야 돼요. 달리 개를 처리할 방법이 없으니까. 좋은 녀석들인데 죽여 버릴 수도 없고, 달리 줄 데도 없잖아요. 그러면 전부 다 해서 열넷이 돼요."

"남은 닭하고 돼지 두 마리가 빠졌어요." 노아가 말했다.

아버지가 말했다. "돼지는 가는 도중에 먹으려고 소금에 절여서 가져갈 생각이다. 고기가 필요할 테니. 소금통도 가져갈 거야. 하지만 우리가 다 타고 나서 목사님까지 태울 수 있을지 모르겠다. 게다가 군식구까지 먹일 수 있을까?" 아버지는 고개를 돌리지도 않은 채 어머니에게 물었다. "할 수 있어, 여보?"

어머니가 헛기침을 했다. "할 수 있을까가 아니라, 할 생각이 있느냐가 문제죠." 어머니가 단호하게 말했다. "할 수 있을까를 생각하다 보면 아무것도 못해요. 캘리포니아에도 못 갈 거예요. 하지만 할 생각이 있다면, 어떻게든 해내겠죠. 우리 식구들이 여기 동부에 산 지 오래됐는데, 조드나 해즐릿 집안 사람들이 음식을 나누어 달라거나, 하룻밤 재워 달라거나, 차를 좀 태워 달라는 사람을 거절했다는 얘기는 한 번도 못 들었어요. 조드 집안에 못된 사람들도 있었지만, 그 사람들도 그렇게까지 못되지는 않았다고요."

아버지가 말을 자르고 끼어들었다. "하지만 자리가 없다면?"

아버지는 이제 고개를 돌려서 어머니를 올려다보고 있었다. 부끄러워하는 것 같았다. 어머니의 말투가 아버지를 부끄럽게 만든 것이다.

"트럭에 전부 태울 수 없다면?"

어머니가 말했다. "지금도 자리는 없어요. 원래 여섯 명 이상 탈 수가 없는데, 열두 명이 다 가는 거잖아요. 한 사람이 더 탄다고 해서 안 될 것도 없죠. 게다가 튼튼하고 건강한 남자는 절대로 짐이 되지 않아요. 돼지 두 마리랑 100달러가 넘는 돈을 가지고 떠나면서 사람 하나를 먹일 수 있을지 걱정하는 건……." 어머니가 말을 멈추자 아버지가 다시 고개를 돌렸다. 어머니의 채찍질에 상처를 잔뜩 입은 기색이었다.

할머니가 말했다. "목사님이 우리랑 함께 가는 건 좋은 일이야. 오늘 아침에도 좋은 감사 기도를 해 주셨잖니."

아버지는 식구들 한 사람 한 사람의 얼굴을 보며 혹시 반대 의견이 있는지 살펴본 후 입을 열었다.

"그 사람 좀 이쪽으로 불러라, 토미. 우리랑 같이 갈 거면 마땅히 이 자리에 있어야지."

톰은 자리에서 일어나 케이시를 부르며 집 쪽으로 걸어갔다.

집 뒤에서 작게 대답하는 소리가 들렸다. 집 모퉁이에 이른 톰의 눈에 벽에 등을 기대고 앉아 있는 목사의 모습이 보였다. 목사는 어스름이 깃든 하늘에서 반짝이는 저녁별을 바라보고 있었다.

"날 불렀나?" 케이시가 물었다.

"예. 우리랑 같이 갈 거면, 저쪽에서 같이 의논해야 할 것 같아서요."

케이시는 자리에서 일어났다. 그는 가정이 어떻게 다스려지는지 알고 있었으므로, 이제 이 집 식구들이 자신을 받아들였다는 것을 알 수 있었다. 사실 식구들 중에서 그의 위치는 대단한 것이었다. 존이 옆으로 물러나서 톰의 아버지와 자신 사이에 목사의 자리를 만들어 주었으니 말이다. 케이시는 다른 사람들처럼 바닥에 앉아서 자동차 발판에 임금님처럼 앉아 있는 할아버지를 마주 보았다.

어머니가 다시 집 안으로 들어갔다. 끽 하고 등불 덮개를 벗기는 소리가 나더니 어두운 부엌에서 노란 불빛이 반짝 켜졌다. 어머니가 커다란 냄비 뚜껑을 들어 올리자 돼지고기와 채소 끓이는 냄새가 문밖으로 새어 나왔다. 식구들은 어머니가 어두운 마당을 가로질러 다시 돌아올 때까지 기다렸다. 어머니는 가족들 사이에서 중요한 인물이었다.

아버지가 말했다. "언제 떠날 건지 결정해야 돼. 빠를수록 좋겠지. 떠나기 전에 먼저 돼지를 잡아서 소금에 절이고, 짐도 싸야 돼. 빠를수록 좋아."

노아가 찬성했다. "서두르면 내일까지 준비를 마칠 수 있어요. 그러면 그다음 날 멋지게 떠날 수 있을 거예요."

존은 반대했다. "뜨거운 한낮에 고기를 식힐 수는 없어. 돼지를 잡기에는 계절이 안 맞단 말이다. 고기를 제대로 식히지 않으면 물렁물렁해질 거야."

"그럼 오늘 밤에 잡죠. 밤에 고기가 조금 식을 테니까. 그래 봤자 얼마 안 되겠지만. 저녁을 먹은 다음에 돼지를 잡아요. 소금은 있어요?"

"응. 소금이야 많지. 좋은 소금도 두 통이나 있고." 어머니가 말했다.

"그럼 돼지를 잡기로 해요." 톰이 말했다.

할아버지는 자리에서 일어나기 위해 손에 잡을 만한 것을 찾으려고 허공을 더듬기 시작했다.

할아버지가 말했다. "점점 어두워지네. 배도 점점 고프고. 캘리포니아에 가면 난 항상 커다란 포도송이를 손에 들고 다니면서 먹을 거다, 젠장!"

그가 자리에서 일어나자 남자들도 몸을 일으켰다.

루티와 윈필드는 신이 나서 흙먼지 속을 정신없이 뛰어다녔다. 루티가 갈라진 목소리로 윈필드에게 속삭였다.

"돼지를 잡고 캘리포니아로 간대. 돼지를 잡고 캘리포니아로…… 한꺼번에 다 한대."

윈필드는 완전히 흥분 상태였다. 그는 손가락을 목에 붙이고 무시무시한 표정을 지은 채 비틀비틀 돌아다니면서 가냘프게 비명을 지르듯이 소리쳤다.

"난 늙은 돼지다! 봐라! 난 늙은 돼지다! 저 피를 봐, 루티!"

그리고 그는 비틀거리며 바닥에 풀썩 주저앉더니 팔다리를 힘없이 흔들어 댔다.

그러나 루티는 나이가 더 많았으므로 지금이 중대한 시기라는 것을 알고 있었다.

"그리고 캘리포니아로 갈 거야."

그녀가 아까 했던 말을 되풀이했다. 그녀는 지금까지 자신의 삶에서 지금이 중요한 시기라는 것을 알고 있었다.

어른들은 짙은 어스름을 헤치고 불을 밝힌 부엌으로 갔다.

어머니가 채소와 고기를 양철 접시에 담아 내놓았다. 그러나 식사를 하기 전에 어머니는 커다란 대야를 풍로 위에 올려놓고 불을 세게 지폈다. 그리고 양동이로 물을 실어 날라 대야를 가득 채운 다음, 대야 주위에 물이 가득 든 양동이들을 늘어놓았다. 부엌이 열기와 습기로 가득 찼다. 식구들은 서둘러 식사를 한 다음 밖으로 나가 현관 계단에 앉아서 물이 뜨거워질 때까지 기다렸다. 그들은 어두운 밤과 부엌의 불빛이 만들어 낸 땅바닥의 사각형 빛과 그 한가운데에 웅크리고 있는 할아버지의 그림자를 바라보았다. 노아는 빗자루에서 뽑아 낸 짚으로 이를 속속들이 쑤셨다. 어머니와 샤론의 로즈는 설거지를 마친 접시들을 식탁 위에 쌓아놓았다.

그러다가 갑자기 온 식구들이 움직이기 시작했다. 아버지는 자리에서 일어나 또 다른 등불에 불을 붙였고, 노아는 부엌에 있던 상자에서 칼날이 활처럼 생긴 칼을 꺼내 낡은 돌 위에서 갈았다. 그리고 모탕 위에 긁개와 칼을 나란히 놓았다. 아버지가 3피트 길이의 튼튼한 막대기 두 개를 가져와 도끼로 끝을 뾰족하게 다듬은 다음 질긴 밧줄로 막대기 중간을 묶었다.

아버지가 투덜거리듯 말했다. "마구의 가로 막대를 전부 다 파는 게 아니었는데."

냄비의 물이 김을 내며 끓어올랐다.

노아가 물었다. "물을 저 아래로 가져갈까요, 아니면 돼지를 이리 끌고 올까요?"

아버지가 대답했다. "돼지를 이리 끌고 와야지. 뜨거운 물을 들고 다니다가 흘릴 수도 있고, 살을 델 수도 있으니까. 물은 준비됐어?"

"대충 됐어요." 어머니가 말했다.

"됐다. 노아랑 톰이랑 앨이랑 다 같이 쫓아오너라. 내가 등불을 들지. 저 아래서 돼지를 잡아서 이리로 가져오자."

노아는 칼을 들었고, 앨은 도끼를 들었다. 네 사람은 돼지우리를 향해 걸어갔다. 등불에 네 사람의 다리가 깜박이는 것처럼 보였다. 루티와 윈필드도 깡충깡충 뛰면서 따라왔다. 돼지우리에 다다르자 아버지는 등불을 든 채 울타리 너머로 몸을 숙였다. 졸음에 겨운 새끼 돼지들이 뭔가 이상하다는 듯 꿀꿀대면서 일어나려고 애를 썼다. 존과 목사가 네 사람을 도우려고 다가왔다.

"됐다." 아버지가 말했다. "녀석들을 찔러. 녀석들을 몰고 가서 피를 뺀 다음에 집에서 뜨거운 물을 끼얹는 거야."

노아와 톰이 울타리를 넘어가 재빨리 돼지를 잡았다. 톰이 도끼의 뭉툭한 면으로 돼지를 두 번 내리쳤고, 노아는 쓰러진 돼지의 대동맥을 찾아 칼로 끊었다. 피가 콸콸 쏟아져 나왔다. 돼지가 비명을 지르며 울타리를 넘자 그도 뒤를 따랐다. 목사와 존이 한 마리의 뒷다리를 잡고 끌었고, 톰과 노아가 나머지 한 마리를 끌었다. 아버지는 등불을 들고 걸어왔다. 흙먼지 속에 검은 핏자국 두 줄기가 생겼다.

집에 다다르자 노아가 뒷다리의 힘줄과 뼈 사이로 칼을 밀어 넣었다. 그리고 뾰족한 막대를 다리 사이에 꽂아 다리를 벌린 다음 서까래에 매달았다. 남자들이 끓는 물을 가지고 나와 검은 돼지 봄뚱이에 끼얹었다. 노아가 몸통을 끝에서 끝까지 칼로 긋자 내장이 땅으로 떨어졌다. 아버지는 막대기 두 개를 더 뾰족하게 깎아 돼지의 몸을 벌려 놓았고, 톰과 어머니는 각각 수세미와 무딘 칼로 가죽을 문질러 뻣뻣한 털을 떼어 냈다. 앨이 양동이를 가져와서 내장을 삽으로 퍼 담은 다음 집에서 멀리 떨어진 곳에 버렸다. 고양이 두 마리가 커다랗게 야옹거리며 그의 뒤를 따랐고, 개들도 고양이들을 향해 가볍게 으르렁거리면서 그의 뒤를 따랐다.

아버지는 현관 계단에 앉아 등불 빛을 받으며 매달려 있는 돼지들을 바라보았다. 이제 가죽에서 털을 긁어 내는 작업도 끝났고, 땅 위에 검게 생겨난 피 웅덩이로 떨어지는 핏방울도 얼마 되지 않았다. 아버지는 자리에서 일어나 돼지가 매달린 곳으로 가서 손으로 돼지를 만져 본 다음 다시 자리에 앉았다. 할머니와 할아버지는 잠자리에 들기 위해 헛간으로 갔다. 할아버지의 손에는 촛불을 넣은 등이 들려 있었다. 나머지 식구들은 현관 계단 근처에 조용히 앉아 있었다. 코니, 앨, 톰은 땅바닥에 앉아 벽에 등을 기댔고, 큰아버지는 상자 위에 앉았으며, 아버지는 현관에 앉아 있었다. 어머니와 샤론의 로즈만이 계속 움직이고 있었다. 루티와 윈필드는 졸음이 몰려오는데도 잠들지 않으려고 애쓰고 있었다. 두 아이는 어둠 속에서 졸음에 겨워 티격태격했다. 노아와 목사는 집을 마주 보는 자세로 나란히 앉아 있었다. 아버지가 신경질적으로 몸을 긁다가 모자를 벗고 손가락으로 머리를 쓸었다.

"내일 아침 일찍 돼지를 소금에 절이고, 트럭에 짐을 싣자. 침대만 빼고 전부. 그리고 그다음 날 아침에 떠나는 거야. 전

부 해도 하루가 채 안 걸릴 거야." 아버지가 불안한 목소리로
말했다.

톰이 끼어들었다. "하루 종일 뭐 할 일이 없나 찾아다니면
서 빈둥거리게 될걸요."

식구들이 불안한 듯 몸을 움직였다.

"날이 샐 때까지 다 해치우고 떠날 수도 있는데." 톰이 제안
했다.

아버지는 무릎에 손을 대고 비벼 댔다. 아버지의 불안한 모
습이 다른 식구들에게도 전염되었다.

노아가 말했다. "지금 당장 고기를 절여도 고기가 상하지는
않을 거예요. 어쨌든 고기를 자르면 더 빨리 식기는 하겠죠."

불안감이 너무 심해서 더 이상 견딜 수 없게 된 존이 결정
을 내렸다.

"왜 이렇게 빈둥거리고 있는 거야? 빨리 해치우자고. 갈 바
엔 빨리 가야지."

다른 사람들의 생각도 급변했다.

"그래, 빨리 가야지. 잠은 가면서 자면 되잖아."

다급한 기운이 식구들 사이로 번져나갔다.

아버지가 말했다. "사람들 말로는 2000마일이나 된다더라.
징그럽게 먼 길이야. 그러니 떠나야지. 노아, 나랑 같이 고기를
자르자. 그다음에 트럭에 짐을 실으면 돼."

어머니가 문밖으로 얼굴을 내밀었다. "우리가 뭘 잊어버리
고 안 실으면 어떻게 해요? 어두워서 잘 안 보이잖아요."

"날이 밝은 뒤에 다시 둘러보면 돼요." 노아가 말했다.

그러고 나서 그들은 가만히 앉아 그 문제를 생각해 보았다. 그러나 곧 노아가 일어서서 칼날이 활처럼 불룩한 칼을 낡은 돌에 갈기 시작했다.

그가 말했다. "어머니, 거기 식탁 좀 치워 주세요."

그는 돼지에게 다가가서 등뼈 한쪽을 일직선으로 잘라 갈비에서 살을 발라내기 시작했다.

아버지가 들뜬 표정으로 일어섰다. "짐을 정리하자. 어서, 서둘러."

이제 다들 떠나기로 마음을 정했으므로 조급하게 서두르는 기운이 사람들 사이로 퍼져나갔다. 노아는 고깃덩이를 부엌으로 가져가서 소금에 절일 수 있도록 작은 조각으로 잘랐고, 어머니는 굵은 소금을 그 위에 뿌린 다음 고기 조각들이 서로 맞닿지 않도록 조심하면서 통 속에 차곡차곡 넣었다. 고기 조각들을 벽돌처럼 쌓은 다음 그 틈새에 소금을 뿌린 것이다. 노아는 옆구리 살을 발라내고 나서 다리 살도 발라냈다. 어머니는 계속 불을 지폈다. 노아가 갈비뼈와 등뼈와 다리뼈에서 고기를 다 발라내자 어머니는 뼈를 뜯어 먹을 수 있도록 오븐에 넣고 구웠다.

마당과 헛간에서는 등불들이 오락가락하는 가운데 남자들이 가져갈 물건들을 모두 가지고 나와 트럭 옆에 쌓았다. 샤론의 로즈는 식구들의 옷가지를 몽땅 들고 나왔다. 작업복, 밑창이 두터운 신발, 고무 장화, 낡은 정장, 스웨터, 양가죽 외투 등이었다. 그녀는 이 옷가지들을 나무 상자에 꼭꼭 쟁여 넣고 상자 안으로 들어가 밟았다. 그리고 무늬가 있는 원피스와 숄,

검은 면 스타킹, 작은 작업복과 무늬가 있는 싸구려 원피스 등 아이들의 옷을 가지고 나와 상자 안에 넣고 다시 발로 밟았다.

톰은 연장을 넣어 두는 광으로 가서 남은 연장을 모두 가지고 나왔다. 톱, 렌치 세트, 망치, 여러 종류의 못을 모아둔 상자, 펜치 두 개, 납작한 줄과 가느다란 줄 등이었다.

샤론의 로즈는 커다란 방수포를 가져와서 트럭 뒤의 바닥에 펼쳤다. 그리고 끙끙거리며 매트리스를 가지고 나왔다. 더블 매트리스가 세 개, 싱글 매트리스가 한 개였다. 그녀는 매트리스를 방수포 위에 쌓은 다음, 낡은 담요를 한 아름 들고 나와 그 위에 놓았다.

어머니와 노아는 돼지고기를 처리하느라 분주히 움직이고 있었다. 돼지 뼈를 굽는 냄새가 풍로에서 새어 나왔다. 늦은 시간이었기 때문에 아이들은 이미 쓰러져 자고 있었다. 윈필드는 문밖의 흙바닥에서 몸을 동그랗게 말고 누워 있었고, 고기 자르는 것을 구경하러 부엌으로 가서 상자 위에 앉아 있던 루티는 고개를 뒤로 젖혀 벽에 기댄 채 자고 있었다. 편안한 숨소리를 내며 잠든 입술이 조금 벌어져 이가 살짝 보였다.

톰은 연장 정리를 끝낸 뒤 등불을 들고 부엌으로 들어왔다. 목사가 그의 뒤를 따랐다.

톰이 말했다. "세상에. 고기 냄새 좀 봐! 탁탁 튀면서 익어 가고 있어요."

어머니는 벽돌 모양의 고기 조각들을 통 속에 넣고 소금을 고루 뿌린 다음 그 위에 소금을 한 겹 더 얹어 손으로 두드렸다. 어머니가 고개를 들어 톰에게 살짝 미소를 지었지만, 어머니의 눈은 진지하면서도 피곤한 기색을 띠고 있었다.

"아침 식사로 돼지 뼈를 먹으려면 얌전하게 굴어." 어머니가 말했다.

목사가 어머니 옆으로 다가섰다. "고기 절이는 일은 제가 하죠. 저도 할 수 있습니다. 아주머니는 할 일이 많잖아요."

어머니는 일을 멈추고 묘한 표정으로 목사를 살펴보았다. 마치 목사가 이상한 제안을 한 것 같았다. 소금으로 뒤덮인 어머니의 손은 갓 잡은 돼지고기에서 배어 나온 핏물 때문에 분홍색으로 물들어 있었다.

"이건 여자들이 할 일이에요." 마침내 어머니가 말했다.

목사가 대꾸했다. "일은 다 같아요. 여자 일, 남자 일을 나누기에는 일이 너무 많습니다. 아주머니는 할 일이 많잖아요. 고기 절이는 일은 제가 하겠습니다."

그래도 잠시 동안 어머니는 목사를 빤히 바라보다가 양동이에 있는 물을 양철 대야에 붓고 손을 씻었다. 목사는 어머니가 지켜보는 가운데 돼지고기를 집어 들어 소금에 문질렀다. 그리고 어머니가 했던 것처럼 고기 조각을 통에 넣었다. 그가 고기 한 층을 다 깔고 조심스레 소금을 뿌려 손으로 두드린 다음에야 어머니는 만족한 표정을 지었다. 그리고 하얗게 불어 터진 손을 말렸다.

톰이 말했다. "어머니, 여기서 가져갈 물건이 뭐예요?"

어머니는 재빨리 부엌을 둘러보았다.

"양동이. 식기 전부, 그러니까 접시랑 컵, 숟가락, 나이프, 포

크, 이걸 전부 서랍에 넣어서 서랍을 가져가거라. 커다란 프라
이팬하고 스튜 냄비, 커피 주전자도. 오븐이 식으면 그 위의 선
반도 가져가. 불 위에다 매달면 좋거든. 빨래통도 가져가고 싶
다만, 아마 자리가 없을 거야. 빨래는 양동이로 하지 뭐. 자질
구레한 물건들은 가져가 봐야 소용없다. 큰 그릇으로 적은 양
을 요리할 수는 있지만, 작은 그릇으로 많은 음식을 만들 수
는 없거든. 빵 굽는 틀도 가져가거라. 전부. 서로 포개지게 되
어 있으니까."

어머니는 제자리에 서서 부엌을 다시 둘러보았다.

"지금 내가 말한 것만 가져가, 톰. 나머지는 내가 알아서 할
테니. 후추랑 소금이랑 육두구가 든 커다란 통하고 강판은 내
가 맨 마지막에 들고 나갈 거야."

어머니는 등불을 집어 들고 무거운 걸음으로 침실로 들어
갔다. 맨발이었기 때문에 아무 소리도 나지 않았다.

목사가 말했다. "어머니가 피곤하신 것 같은데."

"여자들은 항상 피곤해요." 톰이 말했다. "원래 여자들이 그
렇죠. 가끔 예배에 나갈 때를 빼고는."

"맞아. 하지만 평소 때보다 더 피곤해 보여. 정말로 피곤하
신 걸세. 병이 날 정도로."

어머니가 막 침실로 들어가다가 이 얘기를 들었다. 긴장이
풀려 있던 어머니의 얼굴이 서서히 팽팽하게 긴장하기 시작하
자 근육이 단단해지면서 주름살이 사라졌다. 눈도 날카로워
지고 어깨도 똑바르게 펴졌다. 어머니는 물건을 다 들어낸 침
실을 흘깃 둘러보았다. 남은 것은 쓰레기밖에 없었다. 바닥에

있던 매트리스도 사라져 버렸고, 옷장은 이미 팔아 버렸다. 바닥에는 부러진 빗과 텅 빈 파우더 통, 생쥐 몇 마리뿐이었다. 어머니는 등불을 바닥에 내려놓았다. 그리고 의자 대용으로 쓰던 상자 뒤로 손을 뻗어 문구 상자를 꺼냈다. 낡아서 모퉁이가 깨지고 때가 묻은 상자였다. 어머니는 자리에 앉아 상자를 열었다. 상자 안에는 편지, 신문이나 잡지에서 오려 낸 글, 사진, 귀고리 한 쌍, 인장이 새겨진 작은 금반지, 머리카락을 꼬아 끄트머리에 금 고리를 단 시곗줄 등이 있었다. 어머니는 손으로 조심스레 편지를 만져 보기도 하고, 톰의 재판 기사가 실린 신문 조각을 매끈하게 펴 보기도 했다. 어머니는 한참 동안 상자를 뒤적이며 편지를 들추다가 다시 똑바로 정리해 놓았다. 옛날 일들이 생각나는지 아랫입술올 꼭 깨물면서. 그러다가 마침내 마음을 정한 듯 반지, 시곗줄, 귀고리 등을 꺼냈다. 그리고 상자 속을 더 뒤져 금으로 된 커프스단추 하나를 찾아냈다. 어머니는 편지 한 통을 봉투에서 꺼낸 다음 그 물건들을 봉투에 넣었다. 그리고 봉투를 접어 자신의 주머니에 넣었다. 어머니는 조심스럽게 상자를 닫고는 상자 뚜껑을 손가락으로 매만졌다. 어머니의 입술이 약간 벌어졌다. 어머니는 자리에서 일어나 등불을 집어 들고 다시 부엌으로 돌아왔다. 그리고 풍로 뚜껑을 열고는 불붙은 석탄 조각들 사이에 부드럽게 상자를 내려놓았다. 열기 때문에 종이가 금방 갈색으로 변했고, 불꽃이 혀를 날름거리며 상자 위로 기어올랐다. 어머니가 풍로 뚜껑을 닫자마자 불길이 한숨 같은 소리를 내며 상자를 집어삼켰다.

10장

바깥의 어두운 마당에서는 아버지와 앨이 등불을 켜 놓고 트럭에 짐을 싣고 있었다. 연장은 맨 밑에 있으면서도 차가 고장 났을 때 금방 꺼내 쓸 수 있도록 놓았다. 그다음으로 옷상자와 부엌 살림살이를 담은 마대 자루를 실었다. 상자에 따로 담은 식기도 실었다. 양동이는 차 뒤에 묶었다. 두 사람은 짐을 가능한 한 평평하게 싣고, 군데군데 틈새들을 둘둘 만 담요로 메웠다. 그리고 그 위에 매트리스를 싣자 매트리스가 트럭 화물칸 벽 높이까지 올라왔다. 세간 위에는 마지막으로 커다란 방수포를 덮었다. 앨이 방수포 가장자리에 2피트 간격으로 구멍을 뚫어 가느다란 밧줄을 끼운 다음 트럭 가로대에 묶었다.

"비가 올 때는 방수포를 위쪽 가로대에 묶으면 돼요. 그러면 식구들이 그 밑에서 비를 피할 수 있어요. 앞쪽 좌석이야 어차피 비가 들이치지 않으니까."

아버지가 앨을 칭찬했다. "좋은 생각이구나."

"그것뿐만이 아니에요. 기회가 생기는 대로 긴 널빤지를 구해다가 들보를 만들어서 그 위에 방수포를 걸칠 거예요. 그러면 방수포가 지붕처럼 돼서 햇볕도 피할 수 있어요."

아버지가 고개를 끄덕였다. "그것도 좋은 생각이다. 좀 더 일찍 그런 생각을 해내지 그랬니?"

"시간이 없었어요." 앨이 말했다.

"시간이 없었다고? 앨, 코요테처럼 동네를 싸돌아다닐 시간은 있었으면서. 지난 이 주 동안 네가 어디 있었는지 누가 알겠니."

"고향을 떠날 때 꼭 해야 하는 일이 있는 법이에요." 앨이 말했다. 그러나 그는 곧 자신감을 조금 잃어버린 모양이었다. "아버지, 떠나게 돼서 기쁘세요?"

"응? 글쎄…… 물론이지. 하여튼…… 그래. 여기서는 고생이 많았지. 물론 거기서는 모든 게 다를 거다. 일자리도 많고, 모든 일이 다 잘 풀리고, 작고 하얀 집들이 있고, 오렌지가 자라고."

"사방에 오렌지가 있어요?"

"글쎄, 아마 사방에 있지는 않겠지만 아주 많을 거야."

회색 여명이 처음으로 하늘에 나타났다. 떠날 채비도 끝났다. 돼지고기를 통에 담는 작업도 끝났고, 닭장은 언제든 꼭 대기에 실을 수 있었다. 어머니가 오븐을 열고 구운 뼈들을 꺼냈다. 바삭하게 갈색으로 구워진 뼈에는 뜯어 먹을 살이 많이 붙어 있었다. 루티가 반쯤 잠에서 깨어 상자 밑으로 내려오더니 다시 잠이 들었다. 그러나 어른들은 문가에 서서 약간 몸을 떨면서 바삭바삭한 돼지고기를 뜯어먹었다.

톰이 말했다. "할머니랑 할아버지를 깨워야 할 것 같은데요. 곧 날이 밝을 것 같아요."

어머니가 말했다. "좀 더 주무시게 해 느리자. 두 분은 좀 주무셔야 돼. 루티랑 윈필드도 별로 못 잤고."

"뭐, 나중에 차에서 얼마든지 잘 수 있잖아. 차 위도 편안할 거야." 아버지가 말했다.

갑자기 개들이 흙먼지 속에서 깜짝 놀란 듯 일어나 귀를 쫑 긋거렸다. 그리고 잠시 후 커다란 소리로 짖으면서 어둠 속으로 사라져 버렸다.

"저 녀석들 뭐야?" 아버지가 말했다.

잠시 후 마구 짖어 대는 개들을 달래는 목소리가 들리더니 개 짖는 소리에서 사나움이 사라졌다. 곧이어 발소리와 함께 어떤 남자가 다가왔다. 모자를 깊게 눌러쓴 멀리 그레이브스였다.

그가 쭈뼛거리며 다가왔다. "안녕하세요?"

"어, 멀리." 아버지가 손에 들고 있던 돼지 넓적다리뼈를 흔들며 말했다. "이리 와서 고기 좀 먹어라, 멀리."

"아뇨, 괜찮아요. 별로 배고프지 않아요."

"아냐, 먹어, 멀리. 어서. 자!" 아버지는 집 안으로 들어가서 갈비를 한 움큼 들고 나왔다.

"뭘 먹으러 온 게 아니에요. 그냥 돌아다니다가 다들 어떻게 하고 계신가 싶어서 작별 인사나 하려고 들렀어요."

아버지가 말했다. "금방 떠날 거다. 한 시간만 늦게 왔어도 못 만날 뻔했어. 짐을 다 실었거든. 봐라."

"다 실으셨네요." 멀리가 트럭을 바라보며 말했다. "가끔은 저도 가서 식구들을 찾고 싶어요."

"캘리포니아에 있는 식구들 소식은 들었니?" 어머니가 물었다.

"아뇨. 못 들었어요. 하지만 뭐 제가 우체국에 가 보지 않았으니까. 가끔 가 봐야겠어요."

아버지가 말했다. "앨, 가서 할머니랑 할아버지를 깨워라. 와서 식사하시라고 해. 금방 떠날 거라고."

앨이 어슬렁거리며 헛간으로 가는 동안 아버지는 멀리에게 다시 말을 걸었다.

"멀리, 우리랑 같이 가겠니? 비좁지만 자리를 만들어 볼게."

멀리는 갈비 가장자리에 붙은 살점을 뜯어 씹었다.

"가끔은 그래 볼까 싶기도 해요. 하지만 안 갈 거예요. 마지막 순간에 제가 도망쳐서 무덤을 떠도는 늙은 유령처럼 숨어 버리고 말 거라는 걸 잘 알 거든요."

"너 그러다가 언젠가 밭에서 그냥 죽을 거야, 멀리." 노아가 말했다.

"나도 알아. 그런 생각을 해 봤으니까. 가끔은 아주 외로운 것 같기도 해. 가끔은 괜찮은 것 같기도 하고. 가끔은 그게 아주 좋은 일처럼 보이기도 하고. 그게 그거지 뭐. 하지만 혹시 우리 식구들을 만나면, 내가 온 건 사실 이 얘기 때문인데, 만약 캘리포니아에서 우리 식구들을 만나면 내가 잘 있다고 전해 줘. 잘 살고 있다고. 내가 이렇게 살고 있다는 얘기는 절대 하지 마. 내가 돈을 마련하는 대로 식구들한테 갈 거라고 전해 줘."

어머니가 물었다. "그렇게 할 거니?"

멀리가 부드럽게 말했다. "아뇨. 안 갈 거예요. 갈 수 없어요. 여기 있어야 하니까. 옛날 같으면 떠났을지도 모르죠. 하지만 지금은 아니에요. 사람이 생각을 하다 보면 여러 가지를 알게 돼요. 전 안 떠날 거예요."

이제 새벽빛이 조금 더 선명해져 있었다. 그 빛 때문에 등불이 조금 희미해졌다. 앨이 힘겹게 절룩거리는 할아버지와 함께 돌아왔다.

"할아버지는 깨어 있었어요." 앨이 말했다. "헛간 뒤에 앉아 계시더라고요. 어디가 불편하신 것 같아요."

할아버지의 눈이 흐릿했다. 심술궂은 노인네의 모습은 자취도 없었다.

할아버지가 말했다. "불편한 거 없어. 그냥 가지 않기로 한 것뿐이야."

"안 가신다고요?" 아버지가 다그치듯 물었다. "안 가신다니, 그게 무슨 소리예요? 세상에, 짐도 다 싣고 준비도 끝났는데. 이제 떠나야 돼요. 더 이상 머무를 데가 없다고요."

"너희들더러 여기 있으라는 소리가 아냐. 너희들은 가. 나는 여기 있을 테니. 밤새도록 생각해 봤어. 여긴 내 고향이다. 내가 있을 곳은 여기야. 사람이 누울 자리도 없을 만큼 오렌지랑 포도가 많다고 해도 나랑은 상관없어. 난 안 간다. 여긴 전혀 좋은 곳이 아니지만, 그래도 내 고향이야. 너희들은 전부 떠나라. 난 내가 있어야 할 곳에 남을 거야."

식구들이 할아버지 주위로 몰려들었다.

아버지가 말했다. "그러시면 안 돼요, 아버지. 이 땅에 트랙터가 들어올 거예요. 누가 아버지 식사를 챙겨 주겠어요? 어떻게 사시려고요? 여기엔 남을 수 없어요. 아버지를 돌봐 줄 사람이 아무도 없으니, 결국 굶어 죽을 거예요."

할아버지가 소리쳤다. "젠장, 난 늙은이지만 지금도 내 몸은 내가 돌볼 수 있어. 여기 멀리 녀석은 어떻게 살고 있냐? 나도 저 녀석만큼 잘 지낼 수 있어. 난 절대 안 간다. 너희들은 그냥 얌전히 내 말대로 해. 네 어머니를 데려가고 싶으면 데려가. 하지만 난 못 데려간다. 더 이상 잔말 마."

아버지가 난감한 표정으로 말했다. "제 말 좀 들어 보세요, 아버지. 잠시만이라도 좋으니까 제 말 좀 들어 보세요."

"안 들을 거다. 내 할 말은 벌써 다 했어."

톰이 아버지의 어깨에 손을 얹으며 말했다. "아버지, 집 안으로 들어가요. 드릴 말씀이 있어요." 톰은 아버지와 함께 걸어가면서 소리쳤다. "어머니, 잠깐만 이쪽으로 오실래요?"

집 안에는 등불이 하나 켜 있었고, 접시에는 여전히 돼지뼈가 수북했다.

톰이 말했다. "아버지, 할아버지가 안 가겠다고 하시는 건 할아버지 마음이에요. 하지만 여기 계시게 할 순 없어요. 절대로."

"그럴 순 없지, 당연히." 아버지가 말했다.

"그래서 말인데요, 우리가 할아버지를 잡아서 묶기라도 한다면 할아버지가 다치실 수도 있어요. 할아버지가 화를 내면서 저절로 몸이 상할 수도 있고요. 그렇다고 할아버지랑 말다툼을 벌일 수도 없어요. 하지만 할아버지한테 술을 드려서 취하게 만들면 다 잘될 거예요. 혹시 위스키 좀 있어요?"

"아니. 위스키라고는 한 방울도 없다. 형님한테도 없고. 술을 안 마실 때는 원래 위스키를 사다 놓지 않는 양반이거든."

어머니가 말했다. "톰, 윈필드가 귓병을 앓았을 때 먹이던 시럽이 반병쯤 있어. 그걸로 어떻게 안 되겠니? 귀가 심하게 아플 때 그걸 먹이면 윈필드가 잠들곤 했는데."

"될 수 있을 것도 같아요. 그걸 가져오세요, 어머니. 어쨌든 한번 해 보죠."

"쓰레기 더미 속에 던져 버렸는데."

어머니는 이렇게 말하고 나서 등불을 들고 밖으로 나가더니 금방 다시 돌아왔다. 손에는 검은색 약이 절반쯤 든 병이 들려 있었다.

톰은 어머니에게서 병을 받아 맛을 보았다.

"맛이 나쁘지는 않네요. 블랙커피를 한 잔 끓이세요. 아주 진하게. 어디 보자, 티스푼으로 하나라고 되어 있네요. 하지만 많이 넣는 게 좋겠어요. 테이블스푼으로 두 개쯤."

어머니는 풍로를 열고 주전자를 놓은 다음 물과 커피를 넣었다.

"깡통에다 따라 드려야겠다. 컵이 전부 짐 속에 들어 있거든."

톰과 아버지는 다시 밖으로 나갔다.

"누구든 자기 일은 자기가 결정할 권리가 있어. 잠깐, 너희들 돼지 갈비를 뜯고 있는 거냐?" 할아버지가 말했다.

"저희는 다 먹었어요. 어머니가 할아버지께 고기하고 같이 드리려고 커피를 끓이고 있어요." 톰이 말했다.

할아버지는 집 안으로 들어가 커피와 함께 고기를 먹었다. 다른 식구들은 점점 동이 터 오는 가운데 밖에 서서 문을 통해 조용히 할아버지를 지켜보았다. 할아버지가 하품을 하는 모습, 몸이 좌우로 흔들리는 모습이 보였다. 할아버지는 이내 식탁 위에 엎드려 잠이 들었다.

"어쨌든 피곤에 지쳐 있던 분이니까, 그냥 주무시게 놔둬요." 톰이 말했다.

이제 모든 준비가 끝났다.

할머니가 멍한 표정으로 말했다. "이게 다 뭐냐? 이렇게 아침 일찍 뭘 하는 거야?"

그러나 할머니는 이미 옷을 다 갖춰 입고 있었으며, 식구들의 말에 쉽게 동의했다. 루티와 윈필드도 깨어났지만, 너무 피곤한 데다 아직 잠이 덜 깨서 얌전했다. 빛이 빠른 속도로 땅 위를 훑어 내려가고 있었다. 그런데 갑자기 식구들이 모두 움직임을 멈췄다. 다들 고향을 떠나기 위해 첫발을 떼는 것이 내키지 않아 가만히 서 있기만 했다. 막상 떠날 때가 되자 두려운 마음이 들었다. 할아버지가 두려워했던 것처럼 그들도 두려웠다. 날이 밝아 오면서 헛간의 모습이 점점 뚜렷해지고, 등불은 완전히 희미해져서 더 이상 보이지 않았다. 별들이 조금씩, 조금씩 서쪽으로 사라져 갔다. 그런데도 식구들은 마치 몽유병 환자처럼 그냥 우두커니 서 있었다. 그들의 시선은 특별히 어느 것 한 가지에 초점을 맞추지 않은 채, 동이 터 오는 하늘과 땅과 고향의 느낌 전부를 한꺼번에 바라보고 있었다.

멀리 그레이브스만이 잠시도 가만히 있지 못하고 돌아다니며 트럭의 가로대 사이로 트럭 안을 들여다보기도 하고, 트럭 뒤에 매달려 있는 예비 타이어를 쿵쿵 쳐 보기도 했다. 마침내 멀리가 톰에게 다가왔다.

"너, 주(州) 경계선을 벗어날 거야? 가석방 조건을 어기려고?"

톰은 정신을 차리려는 듯 몸을 흔들었다. "세상에, 해 뜰 때가 다 됐어." 그가 커다란 소리로 말했다. "이제 떠나야 해요."

다른 사람들도 정신을 차리고 트럭을 향해 움직였다.

"서둘러요." 톰이 말했다. "할아버지를 데려와야죠."

아버지와 큰아버지와 톰과 앨이 할아버지가 자고 있는 부엌으로 들어갔다. 할아버지는 팔에 이마를 묻고 엎드려 있었고, 식탁 위에는 말라붙은 커피 자국이 있었다. 네 사람이 할아버지의 팔꿈치 밑으로 손을 넣어 일으키자 할아버지가 투덜거리며 마구 욕을 퍼부었다. 마치 술 취한 사람 같았다. 네 사람은 할아버지를 더 높이 들어 올려 문지방을 넘은 다음 트럭으로 갔다. 트럭에 도착한 뒤에는 톰과 앨이 먼저 트럭으로 올라가서 바깥쪽으로 몸을 기울여 할아버지 팔 밑에 손을 넣고 부드럽게 들어 올려 짐 위에 눕혔다. 앨이 방수포를 묶은 끈을 풀자 식구들이 할아버지 몸을 굴려 방수포 밑으로 집어넣고 할아버지 옆에 상자를 하나 놓았다. 무거운 방수포가 할아버지 몸을 짓누르지 않게 하기 위해서였다.

"방수포를 걸칠 들보를 빨리 만들어야겠어요." 앨이 말했다. "오늘 밤에 쉬는 동안 만들어야지."

할아버지가 뭐라고 중얼대며 깨어나지 않으려고 힘없이 버둥거렸다. 잠시 후 마침내 잠자리가 편안해졌는지 할아버지는 다시 깊은 잠에 빠져들었다.

아버지가 말했다. "여보, 어머니랑 앨이랑 같이 앞좌석에 타. 나중에 돌아가면서 자리를 바꿀 거지만 처음에는 그렇게 하자고."

앞좌석에 탈 사람들이 차에 오르자 나머지 식구들은 짐 위로 기어 올라갔다. 코니와 샤론의 로즈, 아버지와 큰아버지,

루티와 윈필드, 톰과 목사 등이었다. 노아는 땅 위에 서서 트럭 꼭대기에 앉아 있는 사람들을 쳐다보았다.

앨은 트럭 주위를 돌아다니며 차체 아래의 스프링을 살펴보았다.

"세상에. 스프링이 무지하게 납작해졌잖아. 내가 그 밑을 막아 둔 게 다행이지."

노아가 말했다. "개들은 어떻게 할 거예요, 아버지?"

"그 녀석들을 잊어버렸구나." 아버지가 말했다.

아버지가 날카롭게 휘파람을 불자 개 한 마리가 잽싸게 달려왔다. 그러나 한 마리뿐이었다. 노아가 그 녀석을 잡아 트럭 위로 올려 주었다. 녀석은 높이에 질렸는지 잔뜩 긴장해서 몸을 부들부들 떨었다.

아버지가 소리쳤다. "나머지 두 놈은 그냥 놔두고 가야겠다. 멀리, 네가 그 녀석들을 좀 돌봐주겠니? 굶지 않게만 해 줘."

"알았어요. 개들이랑 같이 있으면 좋을 거예요. 걱정 마세요! 제가 데려갈 테니." 멀리가 말했다.

"닭도 가져가거라." 아버지가 말했다.

앨이 운전석에 올라탔다. 부릉부릉 시동을 거는 소리가 들렸다. 그러나 잠시 시동이 걸리는 듯하다가 다시 부릉거렸다. 마침내 여섯 개의 실린더에서 우르릉거리는 소리가 나면서 트럭 뒤로 파란 연기가 뿜어져 나왔다.

"잘 있어요, 멀리 형." 앨이 소리쳤다.

식구들도 소리쳤다. "잘 있어, 멀리."

앨은 기어를 넣고 클러치를 풀었다. 트럭이 몸을 떨면서 힘들게 마당을 가로질렀다. 마침내 2단 기어가 걸렸다. 트럭이 낮은 언덕을 기어오르기 시작하자 붉은 흙먼지가 그 주위로 피어올랐다.

"젠장, 짐이 너무 많아! 절대 속도를 낼 수 없겠어." 앨이 말했다.

어머니는 뒤를 돌아보려 했지만, 짐이 시야를 가렸다. 어머니는 고개를 쭉 빼고 먼지투성이 길을 따라 앞쪽을 바라보았다. 어머니의 눈이 너무나 피곤해 보였다.

짐 위에 올라탄 사람들은 뒤를 돌아볼 수 있었다. 집과 헛간, 그리고 아직도 굴뚝에서 조금씩 나오고 있는 연기가 보였다. 아침의 첫 햇살을 받아 창문이 붉게 물들었다. 멀리가 마당에 혼자 서서 그들을 바라보는 모습도 보였다. 그러나 곧 언덕이 그들의 시야를 가려 버렸다. 길 양편으로 목화밭이 펼쳐졌다. 트럭은 흙먼지 속에서 고속도로를 향해, 서부를 향해 느릿느릿 기어갔다.

11장

집들은 텅 비었고, 그로 인해 땅도 텅 비었다. 골함석 지붕을 인 트랙터 창고들만이 은빛으로 빛나며 살아 있었다. 그러나 그들이 살아 있는 것은 금속, 휘발유, 기름 때문이었다. 트랙터에 달린 둥그런 기계 삽들이 번쩍거렸다. 트랙터의 헤드라이트에도 불이 들어와 있었다. 트랙터들이 밤낮을 가리지 않았기 때문이다. 기계 삽들은 어둠 속에서 땅을 갈고, 낮이 되면 햇빛을 받아 반짝였다. 말이 일을 마치고 헛간으로 들어갈 때는 아직 생기가 남아 있게 마련이다. 말들이 숨 쉬는 소리가 들려오는 헛간에는 따스함이 있고, 말들은 짚자리 위를 서성이며 건초를 먹는다. 말들의 귀와 눈은 살아 있다. 헛간에는 생명의 따스함과 열기와 냄새가 있다. 그러나 모터가 멈추면 트랙터는 트랙터가 되기 전의 쇳덩어리처럼 죽어 버린다.

시체가 싸늘하게 식어 가는 것처럼 열기도 사라져 버린다. 트랙터 창고의 골함석 문이 닫히면 트랙터를 몰던 운전사는 차를 몰고 집으로 간다. 아마 집은 20마일이나 떨어진 시내에 있을 것이다. 운전사가 몇 주, 또는 몇 달씩 헛간에 와 보지 않아도 상관없다. 트랙터는 죽어 있으므로. 너무 쉽고 효율적이다. 일에서 느끼는 경이가 사라져 버릴 만큼 쉽고, 땅을 경작하면서 느끼는 경이가 사라져 버릴 만큼 효율적이다. 경이가 사라지면 땅과 일에 대한 깊은 이해와 다정함도 사라진다. 트랙터를 모는 사람들의 마음속에는 땅을 알지 못하고 땅에 애정도 없는 이방인만이 느낄 수 있는 경멸이 자라난다. 질산칼륨이나 인산염이 곧 땅인 것은 아니니까. 목화에서 뽑아 낸 긴 섬유도 땅 그 자체는 아니니까. 탄소가 곧 사람인 것은 아니다. 염분도, 물도, 칼슘도 마찬가지다. 이 모든 것이 모여야 사람이 된다. 하지만 사람은 이 모든 것의 합보다 훨씬 더 큰 존재다. 훨씬 더. 땅도 하나하나의 성분들보다 훨씬 더 큰 존재다. 화학적인 구성 성분보다 훨씬 큰 존재인 인간이 땅 위를 걸으며 쟁기로 땅을 갈아 돌을 골라내고, 운전대를 조종해서 땅 위로 불쑥 솟아오른 바위들을 슬쩍 넘어가고, 땅 위에 앉아 점심을 먹는다. 구성 성분보다 훨씬 더 큰 존재인 인간은 역시 구성 성분보다 훨씬 더 큰 존재인 땅을 잘 알고 있다. 그러나 기계를 다루는 사람, 자신이 잘 알지도 못하고 사랑하지도 않는 땅 위에서, 죽어 버린 트랙터를 모는 사람은 오로지 화학적인 특징밖에 이해하지 못한다. 그는 땅과 자기 자신을 경멸한다. 골함석 문이 닫히면 그는 집으로 간다. 그의 집은 땅이 아니다.

텅 빈 집들의 문이 활짝 열려 바람 속에서 앞뒤로 정처 없이 흔들렸다. 시내에서 온 어린 사내 녀석들 패거리가 창문을 깨뜨리고, 보물을 찾는다며 남은 물건들을 뒤적였다. 칼날 절반이 없어져 버린 칼이 있어. 이거 근사한 물건인데. 여기서는 쥐가 죽은 것 같은 냄새가 나. 휘트니가 벽에 써 놓은 것 좀 봐. 그 녀석 학교 화장실에도 이런 낙서를 했다가 선생님한테 들켜서 씻어 냈잖아.

사람들이 처음으로 여기를 떠난 후 첫날 밤이 찾아왔을 때, 사냥에 나선 고양이들이 들판에서 집으로 어슬렁어슬렁 다가와 현관 베란다에서 야옹거렸다. 집에서 아무도 나오지 않자 고양이들은 열린 문틈으로 들어가 야옹거리며 텅 빈 방들을 돌아다녔다. 다시 들판으로 돌아간 녀석들은 그때부터 들고양이가 되어 뒤쥐와 들쥐를 사냥했다. 낮에는 도랑에서 잠을 잤다. 전에는 빛을 무서워해서 문 앞에 멈춰 섰던 박쥐들도 밤이 되면 집 안으로 냉큼 들어와 텅 빈 방들을 돌아다녔다. 오래지 않아 녀석들은 낮에 어두운 방구석에서 날개를 접고 서까래에 거꾸로 매달려 있게 되었다. 녀석들의 배설물 냄새가 텅 빈 집들을 채웠다.

생쥐들도 빈집으로 이사를 왔다. 녀석들은 잡초 씨앗을 방구석, 상자, 부엌의 서랍 뒤 등에 저장해 두었다. 족제비들이 생쥐를 사냥하러 들어오고 갈색 올빼미들은 날카로운 소리를 지르며 허공을 날아 집을 드나들었다.

잠깐 소나기가 왔다. 현관 계단 앞에서 잡초가 쑥쑥 자라났다. 예전 같으면 그곳은 잡초가 침범할 수 없는 곳이었다. 현관 베란다의 널빤지 틈새에서도 풀이 자라났다. 텅 빈 집들은 빠르게 폐허로 변했다. 녹슨 못 때문에 지붕널에 금이 가기 시작했다. 바닥에는 먼지가 내려앉았다. 그 위에 발자국을 낸 것은 생쥐와 족제비와 고양이뿐이었다.

어느 날 밤, 바람에 지붕널 하나가 느슨해져 땅바닥으로 떨어졌다. 곧이어 불어온 또 한 줄기의 바람은 지붕널이 있던 자리로 파고 들어가 지붕널 석 장을 떨어뜨렸다. 다시 바람이 불어오자 십여 개의 지붕널이 떨어졌다. 한낮의 태양이 구멍 속으로 파고 들어가 마룻바닥 한 곳을 태워 버릴 듯 이글거렸다. 밤이 되자 들판에 있던 들고양이들이 기어들었다. 녀석들은 이제 현관 앞에서 야옹거리지 않았다. 그들은 달을 스치는 구름의 그림자처럼 움직이며 방으로 들어와 생쥐를 사냥했다. 바람이 부는 밤이면 문들이 부딪혀 쾅쾅 소리를 내고, 깨진 창문에서 누더기 같은 커튼들이 펄럭거렸다.

12장

66번 고속도로는 이주자들의 도로다. 미시시피강에서 베이커즈필드까지 지도 위에서 부드럽게 오르락내리락 곡선을 그리며 국토를 가로지르는 이 긴 콘크리트 도로는 붉은 땅과 잿빛 땅을 넘어 산을 휘감아 올라갔다가 로키산맥을 지나 햇빛이 쨍쨍한 무서운 사막으로 내려선다. 그리고 사막을 가로질러 다시 산으로 올라갔다가 캘리포니아의 비옥한 계곡들 사이로 들어간다.

66번 도로는 도망치는 사람들의 길이다. 흙먼지와 점점 좁아지는 땅, 천둥 같은 소리를 내는 트랙터와 땅에 대한 소유권을 마음대로 주장할 수 없게 된 현실, 북쪽으로 서서히 밀고 올라오는 사막, 텍사스에서부터 휘몰아치는 바람, 땅을 비옥하게 해 주기는커녕 조금 남아 있던 비옥한 땅마저 훔쳐가 버리는 홍수로부터 도망치는 사람들. 이 모든 것들로부터 도망치는 사람들은 좁은 도로와 수레가 다니는 길과 바큇자국이 난 시골길을 달려와 66번 도로로 들어선다. 66번 도로는 이 작은 지류들의 어머니며 도망치는 사람들의 길이다.

64번 도로를 따라 클라크스빌과 오자크와 밴뷰런과 포트스미스를 지나면 아칸소주(州)의 끝이 나온다. 그리고 모든 길들이 오클라호마시티로 이어져 있다. 털사에서 내려오는 66번도, 맥알레스터에서 올라오는 270번도. 위치토폴스 남쪽과 에니드 북쪽에서부터 이어진 81번도. 에드먼드, 맥라우드, 퍼셀. 66번 도로가 오클라호마시티를 빠져나간다. 엘리노와 클린턴, 66번 도로가 서쪽으로 향한다. 하이드로, 엘크시티, 텍솔라. 여기가 오클라호마주의 끝이다. 66번 도로가 텍사스의 팬핸들을 가로지른다. 샴록과 매클린, 콘웨이와 애머릴로. 누런 땅. 월도라도와 베가와 보이시. 이제 텍사스의 끝이 나온다. 투쿰카리와 산타로사를 지나면 뉴멕시코의 산들이 나오고 여기서 앨버커키로 이어진다. 산타페에서 내려온 길이 있는 곳이다. 골짜기를 흐르는 리오그란데강을 따라 로스루나스로 가면 다시 66번을 따라 서쪽으로 갤럽이 나온다. 여기가 뉴멕시코주의 경계선이다.

이제 높은 산맥이다. 홀브룩과 윈슬로와 플래그스태프는 애리조나의 높은 산속에 있다. 이곳을 지나면 땅이 부풀어 오른 것처럼 부드러운 곡선을 그리고 있는 넓은 고원이 나온다. 애시포크와 킹맨. 다시 돌산이 나온다. 이곳에서는 물이 귀하기 때문에 다른 곳에서 끌어온 물을 돈으로 사야 한다. 햇빛에 시들어 버린 애리조나의 울퉁불퉁한 산악 지대를 지나면 콜로라도강이 나온다. 양쪽 강둑에 초록색 갈대가 자라고 있는 이곳이 애리조나의 끝이다. 강을 건너면 바로 캘리포니아이고, 캘리포니아 초입에 바로 예쁜 도시가 하나 있다. 강변의 도시 니들스. 그러나 이곳에서 강은 이방인과 같다. 니들스에서 북쪽으로 나와 햇빛에 타 버린 산악 지대를 지나면 사막이 나온다. 66번 도로는 이 무서운 사막을 지나간다. 사막에서는 멀리 있는 것들이 희미하게 어른거리는 것처럼 보이고, 중앙에 자리한 검은 산들은 멀리서 감질나게 허공에 매달려 있는 것 같다. 마침내 바스토가 나온다. 그러나 사막이 조금 더 이어진 후에야 비로소 산들이 다시 높아지기 시작한다. 좋은 산들이다. 66번 도로가 구불구불 산들을 통과한다. 그러다가 갑자기 고갯길이 나타나는데, 그 아래에는 아름다운 계곡이 있다. 과수원과 포도밭과 작은 집들도 있다. 그리고 멀리 도시가 보인다. 오, 하느님, 이제 여행이 끝났군요.

도망치는 사람들이 66번 도로로 쏟아져 나왔다. 자동차 한 대만 가지고 나온 사람들도 있었고, 자동차 여러 대로 행렬을 이룬 사람들도 있었다. 그들은 하루 종일 느릿느릿 도로를 달리다가 밤이 되면 물가에 멈춰 섰다. 낮에는 속에 든 액체가 새어 나오는 낡은 라디에이터들이 김을 뿜어 올리고, 헐거워진 접속 부위들이 시끄럽게 소리를 질러 댔다. 트럭과 짐을 너무 많이 실은 승용차를 운전하는 남자들은 두려운 표정으로 그 소리에 귀를 기울였다. 다음 도시까지 얼마나 남았지? 다음 도시에 도착할 때까지가 문젠데. 뭔가 고장이 나기라도 하면…… 뭔가 고장이 나기라도 하면 우린 그 자리에서 그대로 야영을 해야 돼. 짐이 도시까지 걸어가서 부품을 사 가지고 다시 걸어서 돌아올 때까지. 먹을 것이 얼마나 남았지?

모터 소리를 잘 들어 봐. 바퀴 소리도 잘 들어. 귀뿐만 아니라 운전대를 잡은 손으로도 소리를 들어 봐야 돼. 기어를 넣을 때 손바닥으로도 소리를 감지해야 해. 브레이크와 액셀러레이터를 밟을 때 발로도 소리를 들어 봐야 해. 털털거리는 이 낡은 자동차의 소리에 모든 감각을 집중해. 소리나 리듬이 조금만 변해도 여기서 일주일을 보내야 할지도 모르니까. 저 덜컹거리는 소리, 저건 태핏이야. 저건 아무 상관없어. 예수님이 다시 오실 때까지 태핏이 덜컹거려도 아무 문제없으니까. 하지만 자동차가 달릴 때 나는 저 쿵쿵거리는 소리. 귀로 들리지는 않아. 그냥 느낌일 뿐이야. 어쨌든 기름이 제대로 전달되지 못하고 있는지도 몰라. 베어링이 망가지기 시작한 건지도 모르고. 젠장, 베어링에 문제가 생긴 거라면 어떻게 하지? 돈이 너무 빨리 없어지고 있어.

아이고, 이 개자식이 오늘은 왜 저렇게 뜨거워진 거야? 오르막길도 없구만. 어디 보자. 세상에, 팬벨트가 나갔어! 자, 이 밧줄로 벨트를 만들어. 길이가 얼마면…… 됐다. 내가 끝을 꼬아서 이을게. 이제 살살 천천히 달려. 천천히. 도시에 도착할 때까지는 그래야 돼. 저 밧줄이 오래 버티지 못할 테니까.

이 낡은 카뷰레터가 날아가 버리기 전에 오렌지가 자라는 캘리포니아에 도착할 수 있다면 좋을 텐데. 그럴 수만 있다면.

타이어도 문제야. 낡아서 고무 층이 두 개나 날아가 버렸으니. 고무가 네 겹밖에 없는 타이어인데. 돌에 부딪혀 펑크만 나지 않으면 앞으로 100마일쯤은 더 달릴 수 있을지도 몰라. 어떻게 하지? 100마일을 더 가면 타이어가 결딴날 텐데. 그래두 100마일을 더 가야겠지. 하지만 잘 생각해 봐야 돼. 타이어를 땜질할 수는 있어. 혹시 펑크가 나더라도 바람이 조금 새는 정도밖에 안 될지도 몰라. 고무를 덧대면 어떨까? 그러면 500마일쯤 더 갈 수 있을지도 모르는데. 펑크가 날 때까지 일단 가보자고.

타이어를 하나 사야 돼. 하지만, 젠장, 낡은 타이어를 가지고 비싼 값들을 불러 대니 원. 그놈들이 이쪽 사정을 알아서 그래. 계속 길을 갈 수밖에 없다는 걸 알아서. 놈들은 이쪽이 머뭇거릴 여유가 없다는 걸 알고 있지. 그래서 값이 올라가는 거야.

사든지 말든지 마음대로 해요. 나도 운동 삼아 장사하는 건 아니니까. 난 타이어를 파는 사람이에요. 공짜로 나눠 주는 게 아니란 말입니다. 당신들이 어떻게 되든 나하고는 상관없어요. 내 일부터 걱정해야 하니까.

다음 도시까지 거리가 얼마나 되죠?

어제 당신들 같은 차를 미흔두 대나 봤어요. 다들 어디서 오는 길입니까? 어디로 가는 거예요?

그게, 뭐, 캘리포니아는 넓은 곳이니까.

그렇게 넓지 않아요. 미국 전체도 그렇게 넓지 않아요. 전부 들어갈 수 있을 만큼 넓지 않단 말입니다. 당신과 나, 당신 같은 사람들과 나 같은 사람들, 부자들과 가난한 사람들, 도둑

놈들과 정직한 사람들, 굶주린 사람들과 뚱뚱한 사람들이 전부 살 수 있을 만큼 이 나라는 넓지 않아요. 그냥 고향으로 돌아가지 그래요?

여긴 자유로운 나라예요. 누구나 자기가 가고 싶은 곳으로 갈 수 있어요.

그건 당신 생각이지! 캘리포니아주 경계선에 순찰대가 있다는 얘기 들어 봤어요? 로스앤젤레스에서 온 경찰들이 당신 같은 사람들을 돌려보낸답니다. 땅을 살 돈이 없다면 받아들일 수 없다는 거지. 경찰들이 그런대요. 운전면허증 있습니까? 한번 봅시다. 그러고는 면허증을 찢어 버리는 거지. 그러고 나서 면허증이 없으면 못 들어간다고 한대요.

여긴 자유로운 나라예요.

그럼 뭐 자유를 조금 얻으려고 해 보쇼. 사람들 말로는 자유도 돈이 있어야 누릴 수 있다고 하던데.

캘리포니아에서는 품삯을 비싸게 쳐줘요. 여기 전단지에 그렇게 써 있다고요.

웃기고 있네! 난 다시 돌아오는 사람들을 봤어요. 누가 당신한테 장난을 친 모양이군. 저 타이어를 살 거요, 안 살 거요?

사야 돼요. 하지만 젠장, 그러면 돈이 너무 줄어들어요! 남은 돈이 얼마 없어요.

글쎄, 난 자선사업가가 아니라니까. 사 가요.

그래야겠죠. 우선 물건을 좀 살펴보고. 안을 열어 봐요. 저 케이싱 좀 봐. 이 개자식, 케이싱 상태가 좋다고 했잖아. 그런데 저건 거의 구멍이 날 정도로 낡았어.

아이고, 그러네. 젠장! 내가 왜 저걸 못 봤지?

이미 알고 있었으면서, 이 나쁜 놈. 케이싱이 망가진 타이어를 4달러나 받고 팔아먹을 생각이었잖아. 어이구, 저걸 그냥 콱……

그렇게 화내지 말아요. 나도 정말로 몰랐어요. 자, 이렇게 하면 어떨까요? 저 타이어 값을 3달러 50센트로 꾀어 드리리다.

이런 뻔뻔한 놈! 내가 차라리 다음 도시로 그냥 가 버리고 말지.

저 타이어로 갈 수 있겠어?

어떻게든 가야지. 저 개자식한테 한 푼이라도 주느니 차라리 타이어 없이 가겠다.

장사꾼이라는 게 원래 다 그런 거잖아. 저 사람 말마따나 운동 삼아 장사를 하고 있는 것도 아니고. 장사라는 게 다 그래. 넌 장사가 뭔 줄 알았어? 사람들은 말이야…… 길가에 있는 저 간판 보여? 서비스 클럽, 화요일 오찬, 콜마도 호텔, 이렇게 써 있는 거. 저게 서비스 클럽이라는 거야. 어떤 사람이 저런 모임에 가서 거기 모인 장사꾼들한테 얘기를 하나 해 줬어. 자기가 어렸을 때 아버지가 고삐를 단 어린 암소 한 마리를 주면서 그 소를 데려가서 서비스를 받고 오라고 했대. 그 사람은 아버지가 시키는 대로 했지. 그런데 그다음부터는 장사꾼들이 서비스에 대해 얘기할 때마다 누가 또 바가지를 썼나, 그런 생각이 든대. 장사꾼들은 원래 거짓말을 할 수밖에 없지만, 그걸 거짓말이라고 하지 않아. 그게 중요한 거야. 네가 가서 저 타이어를 훔치면 도둑이 되지만, 저 사람은 망가진 타이어를 가지고 너한테서 4달러를 훔치려고 했어도 장사를 잘한다는 소리를 들어.

뒷좌석에서 대니가 물을 먹고 싶대요.

참으라고 해. 여긴 물이 없어.

들어 봐. 저거 뒤에서 나는 소린가?

잘 모르겠는데.

차체를 타고 소리가 들려오는데.

개스킷이야. 그래도 계속 가야 돼. 저 휭휭거리는 소리 좀 들어 봐. 어디 야영할 만한 데를 찾으면 내가 뚜껑을 열어 볼게. 하지만 젠장, 먹을 것도 얼마 없고 돈도 얼마 없어. 휘발유 살 돈마저 떨어지면 어떻게 하지?

뒷좌석에서 대니가 물을 먹고 싶대요. 어린것이 갈증이 나나 봐요.

저 개스킷에서 휭휭거리는 소리가 나.

젠장! 개스킷이 나갔어. 타이어하고 타이어 케이싱이 전부 날아가 버렸어. 수리를 해야겠다. 타이어에 고무를 덧대야 하니까 케이싱은 남겨 둬. 잘라서 약한 부분에 찔러 넣으라고.

사람들은 자동차를 길가에 세운 다음 엔진 뚜껑을 열고 타이어를 수리했다. 자동차들이 부상병처럼 숨을 헐떡거리며 66번 도로에서 힘겹게 절룩거렸다. 날은 너무 덥고, 접속 부위는 헐거워졌고, 베어링도 헐겁고, 차체에서는 덜컹거리는 소리가 났다.

대니가 물을 먹고 싶대요.

사람들이 66번 도로를 따라 도망치고 있었다. 콘크리트 도로가 햇빛을 받아 거울처럼 반짝였다. 열기 때문에 멀리 도로 위에 물웅덩이가 있는 것처럼 보였다.

대니가 물을 먹고 싶대요.

안됐지만 조금 참으라고 해. 더워서 그래. 다음 휴게소까지만 가면 돼. 누구 말처럼 '서비스'를 해 주는 곳이니까.

25만 명의 사람들이 길 위에 있다. 5만 대의 낡은 자동차들이 부상을 입고 김을 피워 올린다. 길가에는 망가져서 버려진 차들이 늘어서 있다. 아니, 어쩌다 저렇게 된 거지? 저 차에 타고 있던 사람들은 어떻게 됐을까? 걸어갔을까? 지금 어디 있을까? 어디서 그럴 용기가 난 거지? 그 무서운 믿음이 어디서 생긴 거지?

도저히 믿을 수 없는 이야기가 하나 있어. 진짜 있었던 일인데, 이야기가 재미있고 아름다워. 식구가 열두 명이나 되는 한 가족이 땅에서 쫓겨났대. 자동차가 없었기 때문에 그 사람들은 폐물을 모아 트레일러를 만든 다음 거기에 짐을 실었지. 그리고 그 트레일러를 66번 도로 옆에 끌어다 놓고 기다린 거야. 곧 세단 한 대가 그 사람들을 끌어 줬지. 식구들 중 다섯 명은 세단에 탔고, 일곱 명은 트레일러에 탔다더군. 개 한 마리도 트레일러에 탔고. 그 사람들은 이런 식으로 캘리포니아까지 갔어. 트레일러를 끌어 준 사람이 먹을 것도 줬고. 진짜 있었던 일이야. 하지만 어떻게 그런 용기를 낼 수 있었을까? 사람을 어찌 그렇게 믿을 수 있었을까? 그런 믿음은 좀처럼 배우기 어렵지.

등 뒤의 공포로부터 도망치는 사람들. 그들에게 이상한 일

들이 일어난다. 지독하게 잔인한 일이 일어나기도 하고, 믿음
에 영원히 불이 켜질 만큼 아름다운 일이 일어나기도 한다.

13장

　짐을 잔뜩 실은 낡은 허드슨 트럭이 힘겹게 삐걱거리며 샐
리소에서 고속도로로 빠져나가 서쪽으로 방향을 잡았다. 강렬
한 햇빛에 눈이 부셨다. 그러나 콘크리트 도로 위에서 앨은 점
점 속도를 냈다. 이제는 납작해진 스프링들이 어떻게 될 위험
이 없기 때문이었다. 샐리소에서 고어까지는 21마일인데 트럭
은 시속 35마일로 달리고 있었다. 고어에서 워너까지는 13마
일, 워너에서 체코타까지는 14마일, 체코타에서 헨리에타까지
는 조금 멀어서 34마일이었다. 그러나 진짜 도시는 그 길 끝에
있었다. 헨리에타에서 캐슬까지는 19마일. 해는 머리 위에 높
이 떠 있었고, 그 빛에 달궈진 붉은 들판에서 아지랑이가 피
어올랐다.

　심각한 표정으로 운전대를 잡고 있는 앨은 차에서 나는 소

리에 온몸의 신경을 집중한 채 도로와 계기판을 쉴 새 없이 번갈아 바라보았다. 앨은 엔진과 하나가 되어 있었다. 그의 신경 하나하나가 혹시 무슨 소리가 나지 않는지 귀를 기울였다. 여러 가지 소리들(쿵쿵, 끽, 윙윙, 달각달각)에 귀를 기울이면 자동차에 고장의 원인이 될 수도 있는 변화가 일어났음을 알 수 있었기 때문이다. 그는 자동차의 영혼이 되어 있었다.

그의 옆좌석에 앉은 할머니는 선잠이 들어 잠결에 훌쩍이다가 눈을 뜨고 앞을 바라보더니 다시 잠에 빠졌다. 할머니 옆에 앉은 어머니는 한쪽 팔꿈치를 창밖으로 내놓고 있어서 강렬한 햇빛 때문에 피부가 붉게 변해 가고 있었다. 어머니도 앞을 바라보고 있었지만, 딱히 뭔가에 시선의 초점을 맞추고 있지는 않았다. 도로도, 밭도, 주유소도, 작은 식당도 어머니의 눈에는 들어오지 않았다. 트럭이 그것들 옆을 스쳐 지나갈 때도 어머니는 눈길 한번 주지 않았다.

앨은 찢어진 좌석 위에서 자세를 바꾸며 운전대를 고쳐 잡았다. 그리고 한숨을 쉬며 말했다.

"차에서 시끄러운 소리가 나기는 하지만, 별문제 없을 거예요. 이런 짐을 싣고 언덕이라도 오르게 되면 어떻게 될지. 여기서부터 캘리포니아까지 가는 동안 언덕이 있어요, 어머니?"

어머니가 천천히 고개를 돌렸다. 어머니의 시선에 다시 생기가 돌았다.

"있는 것 같더라." 어머니가 말했다. "나야 자세히 모르지. 하지만 언덕은 물론이고 산도 있다는 얘기를 들은 것 같다. 아주 큰 산이라던데."

할머니가 잠결에 길게 울먹이듯이 숨을 들이쉬었다.

앨이 말했다. "오르막길을 오르면 차가 아주 망가져 버릴 텐데. 물건을 좀 버려야 할 거예요. 목사님을 데려오지 말걸 그랬나 봐요."

"여행이 끝나기 전에 목사님을 데려오길 잘했다는 생각을 하게 될 거다. 목사님이 우릴 도와줄 거야."

어머니는 번들거리는 도로를 다시 바라보았다.

앨은 한 손으로 운전대를 조작하며 다른 손으로 부르르 떨고 있는 기어를 잡았다. 말을 제대로 하기가 어려웠다. 입이 먼저 말하려는 단어의 모양으로 움직인 다음에야 말이 소리가 되어 나왔다.

"어머니."

어머니가 천천히 고개를 돌려 그를 바라보았다. 차의 움직임 때문에 어머니의 머리가 약간 흔들리고 있었다.

"어머니, 이렇게 떠나는 게 무서워요? 새로운 곳으로 가는 게 무서운 거예요?"

어머니의 눈이 신중하고 부드럽게 변했다.

"조금 무섭다." 어머니가 말했다. "하지만 많이 무섭지는 않아. 난 그냥 앉아서 일이 어떻게 돌아가는지 지켜보고 있을 뿐이야. 뭐든 내가 움직여야 하는 일이 생긴다면…… 난 내 할 일을 할 거야."

"거기 도착한 다음에 우리가 어떻게 될지 생각하고 있는 거아니에요? 우리가 생각했던 것만큼 좋은 곳이 아닐까 봐 무서운 거 아니에요?"

어머니가 재빨리 말했다. "아냐. 그렇지 않아. 너도 나도 그런 생각을 하면 안 돼. 앞으로 어떻게 될지 너무 생각을 많이 하면 지치기만 할 뿐이지. 앞으로 우리가 어떤 삶을 살게 될지 수많은 가능성이 있지만, 실제로 우리가 살게 되는 삶은 하나뿐이야. 만약 내가 그 가능성들을 다 생각해 본다면 견디기 어려울 거다. 넌 아직 어려서 앞날을 먼저 생각할 수밖에 없겠지만, 난 그냥 지금 이 길만 생각해. 그리고 식구들이 언제쯤 돼지 뼈를 더 먹겠다고 할지, 그런 것만 생각해."

어머니의 안색이 굳었다.

"내가 할 수 있는 건 그것뿐이다. 더 이상은 할 수 없어. 내가 그 이상 뭘 하려고 하면 모든 일이 엉망이 될 거야. 내가 할 수 있는 일만 생각하는 게 식구들을 돕는 거야."

할머니가 시끄럽게 하품을 하며 눈을 뜨더니 정신없이 사방을 두리번거렸다.

"나 내려야겠다. 오, 하느님." 할머니가 말했다.

"수풀이 나오자마자 세울게요. 저 앞에 수풀이 있어요." 앨이 말했다.

"수풀이 있든 없든 난 내려야 돼." 할머니가 우는소리를 하기 시작했다. "내려야 돼. 내려야 돼."

앨은 속도를 올렸다. 마침내 나지막한 수풀이 나타나자 그는 급하게 차를 세웠다. 어머니가 재빨리 문을 열고 몸부림치는 할머니를 길가로 끌어내다시피 해서 수풀 속으로 데려갔다. 그리고 할머니가 쪼그리고 앉을 때 넘어지지 않도록 할머니를 잡아 주었다.

짐 위에 앉아 있던 사람들이 부스럭거리기 시작했다. 햇빛을 피할 수 없었기 때문에 다들 얼굴이 타서 번들거렸다. 톰, 케이시, 노아, 큰아버지가 피곤한 모습으로 차에서 내렸다 루티와 윈필드는 화물칸의 벽을 타고 우당탕거리며 내려와 수풀 속으로 들어갔다. 코니는 차에서 내리는 샤론의 로즈를 조심스레 도와주었다. 잠에서 깬 할아버지가 방수포 밑에서 고개를 삐죽 내밀고 있었지만, 아직도 약에 취한 듯 물기가 고인 눈에 초점이 없었다. 할아버지는 식구들을 바라보았지만 식구들을 알아보지는 못하는 것 같았다.

톰이 할아버지에게 소리쳤다. "내려오고 싶으세요, 할아버지?"

할아버지가 멍하니 톰에게 시선을 돌렸다.

"싫다." 할아버지가 말했다. 할아버지의 눈에 잠시 사나운 기운이 살아나는 것 같았다. "난 안 간다. 멀리처럼 여기 있을 거야." 그러나 할아버지는 곧 다시 흥미를 잃어버렸다.

어머니가 할머니를 부축하며 비탈길을 올라와 다시 도로에 올라섰다.

어머니가 말했다. "톰, 돼지 뼈를 담아 놓은 냄비를 꺼내라. 뒤쪽 방수포 밑에 있어. 다들 뭘 좀 먹어야겠다."

톰은 냄비를 꺼내 식구들에게 돌렸다. 식구들은 길가에 서서 뼈에 붙은 바삭바삭한 살점을 뜯어 먹었다.

아버지가 말했다. "이걸 가져오길 잘했어. 저 위에 있으니 몸이 굳어서 움직일 수가 있어야지. 물은 어디 있어?"

"그 위에 없어요? 내가 물통을 내놨는데." 어머니가 물었다.

아버지가 화물칸 벽을 타고 올라가 방수포 밑을 살펴보았다.

"여기 없어. 잊어버리고 그냥 왔나 봐."

그 말을 듣는 순간 갈증이 느껴지기 시작했다. 윈필드가 칭얼거렸다.

"물 마시고 싶어. 물 마시고 싶어."

남자들도 갑자기 갈증을 느끼며 입술을 핥았다. 다들 조금씩 당황하기 시작했다. 앨은 두려움이 점점 커져 가는 것을 느낄 수 있었다.

"제일 먼저 나오는 휴게소에서 물을 구하면 돼요. 차에 기름도 좀 넣어야 하니까."

식구들이 떼 지어 트럭 위로 올라갔다. 어머니는 할머니를 부축해 차에 태운 다음 할머니 옆자리에 올라탔다. 앨이 시동을 걸고 차를 출발시켰다.

캐슬에서 파덴까지 25마일을 가는 동안 해가 정점을 지나 기울기 시작했다. 라디에이터 마개가 위아래로 가볍게 흔들리더니 쉿쉿거리며 김이 새어 나왔다. 파덴 근처의 길가에 작은 휴게소가 하나 있었다. 휴게소 앞에는 주유기 두 개가 있고, 울타리 옆에는 수도꼭지와 호스가 있었다. 앨은 그리로 차를 몰고 들어가 호스 바로 앞에 차를 세웠다. 얼굴과 팔이 새빨간 뚱뚱한 남자가 주유기 뒤의 의자에서 일어나 다가왔다. 그는 갈색 코르덴 바지에 멜빵을 메고 위에는 폴로셔츠를 입고 있었다. 머리에는 햇볕을 가리기 위해 은색으로 칠한 마분지 모자를 썼다. 콧잔등과 눈 밑에 고인 땀방울들이 목 주름을 따라 줄줄 흘러내렸다. 그는 사납고 엄격한 표정으로 트럭을 향해 한가로이 다가왔다.

"뭘 좀 살 거요? 기름이나 다른 물건 같은 거?" 그가 물었다.

앨은 벌써 차에서 내려 김이 피어오르는 라디에이터 마개를 손가락으로 열고 있었다. 그는 마개가 열리면서 뿜어져 나오는 뜨거운 김을 피하려고 움찔거리며 손을 마개에서 떼곤 했다.

"기름을 좀 넣을 거예요."

"돈은 있어?"

"당연하죠. 우리가 거지인 줄 알아요?"

뚱뚱한 남자의 얼굴에서 사나운 기운이 사라졌다.

"그럼 됐소. 물은 마음대로 쓰쇼." 그리고 그가 서둘러 말을 덧붙였다. "도로에 사람들이 우글우글해요. 다들 여기 와서 물을 쓰고, 화장실을 어질러 놓고는, 세상에, 물건까지 훔쳐 가면서 아무것도 사지 않는단 말이지. 돈이 없어서 말이야. 기름을 1갤런만 달라면서 구걸을 하러 온단 말이오."

톰이 성난 표정으로 땅 위에 내려서서 뚱뚱한 남자에게 다가갔다. 그가 사납게 말했다.

"우리는 정당하게 값을 치를 거야. 당신이 뭔데 우리더러 뭐라는 거야. 우린 당신한테 뭘 부탁하러 온 게 아니라고."

"뭐라는 게 아니오." 뚱뚱한 남자가 재빨리 말했다. 그의 반팔 폴로셔츠가 점점 땀에 흠뻑 젖기 시작했다. "물을 맘대로 써도 좋아요. 원한다면 화장실을 써도 되고."

윈필드가 호스를 들고 있었다. 그는 호스에 입을 대고 물을 마신 다음 호스 끝을 머리와 얼굴로 돌려 물을 뒤집어썼다.

그의 몸에서 물이 뚝뚝 떨어졌다.

"물이 시원하지 않아." 그가 말했다.

"이 나라가 어떻게 되려는지 원." 뚱뚱한 남자가 말을 계속했다. 조드네 가족이 아니라 다른 주제에 대해 불평을 하려는 모양이었다. "매일 자동차 쉰 대, 예순 대가 지나가요. 애들하고 살림살이를 싣고 서부로 가는 사람들인데, 그 사람들이 가는 데가 어디요? 거기 가서 뭘 하려는 거지?"

톰이 말했다. "우리와 똑같은 사람들이지. 어딘가 살 곳을 찾아가는 거요. 어떻게든 살아 보려고. 그게 전부요."

"아이고, 이 나라가 어떻게 되려는지 모르겠어요. 정말로 모르겠어. 나도 여기서 어떻게든 살아 보려고 하는데. 커다란 새 차들이 여기 들르기나 하는 줄 아슈? 천만에. 그런 사람들은 노란색 페인트칠을 한 시내의 회사 주유소로 가요. 이런 곳에는 들르지 않지. 여기 들르는 사람들은 대개 가진 게 없고."

앨이 라디에이터 마개를 열자 마개가 허공으로 튀어 오르면서 연기가 뿜어져 나왔다. 라디에이터에서는 거품이 부글거리는 소리가 났다. 짐 위에서 고생하고 있던 개가 겁을 내며 짐 가장자리로 기어 나와 아래를 내려다보며 물을 향해 낑낑거렸다. 큰아버지가 위로 올라가서 녀석의 목덜미를 잡아 아래로 내려 주었다. 다리가 뻣뻣해져 있던 녀석은 잠시 비틀거리더니 수도꼭지 밑의 진흙탕으로 가서 물을 핥았다. 도로에서는 햇빛을 받아 번쩍이는 차들이 휭휭 소리를 내며 지나갔다. 차들이 지나갈 때마다 뜨거운 바람이 휴게소 마당으로 불어왔다. 앨은 호스로 라디에이터에 물을 채웠다.

"뭐 내가 부자들하고 장사를 하려는 건 아니오." 뚱뚱한 남자가 말을 계속했다. "난 그냥 장사를 하고 싶을 뿐이지. 그런데 여기 들르는 사람들은 기름을 구걸하면서 돈 대신 물건을 주고 간다니까. 저 뒷방에 가면 그 사람들이 기름 값으로 놓고 간 물건들이 있어요. 침대, 유모차, 주전자, 냄비, 뭐 이런 것들이지. 어떤 사람은 기름 1갤런을 넣고 자기 애가 갖고 있던 인형을 내놓습디다. 내가 그런 물건으로 뭘 하겠소? 고물상이나 차릴까? 기름 1갤런 값으로 자기가 신고 있던 신발을 내놓은 사람도 있으니. 만약 내가 그런 입장이라면 아마……." 그는 어머니를 흘깃 바라보고는 입을 다물었다.

짐 케이시도 물을 머리에 뒤집어써서 그의 이마로 물방울이 뚝뚝 떨어지고 있었다. 근육이 잡힌 그의 목도 젖었고, 셔츠도 젖어 있었다. 그가 톰 옆으로 다가왔다.

케이시가 말했다. "그건 그 사람들 잘못이 아닙니다. 당신이라면 자기가 자던 침대를 기름 값으로 팔 때 기분이 어떻겠습니까?"

"그 사람들 잘못이 아니라는 건 나도 알아요. 얘기를 해보면 다들 그럴 만한 이유가 있어서 이사를 가는 거니까. 하지만 이 나라가 도대체 어찌 되려는 건지. 난 그걸 알고 싶소. 이 나라가 어찌 되어 가는 거요? 사람들이 더 이상 먹고살 수 없는 지경이 됐으니. 농사를 지어서는 먹고살 수가 없어요. 말씀 좀 해 보시오. 이 나라가 어찌 되어 가는 건지. 난 아무리 생각해도 모르겠습디다. 누구한테 물어봐도 다들 모르겠다고 해요. 100마일을 더 갈 기름을 얻으려고 사람들이 신발을 내놓는 세상인데, 도통 뭐가 어떻게 되는 건지 모르겠소."

그는 은색 모자를 벗고 손바닥으로 이마의 땀을 훔쳤다. 톰도 모자를 벗어 모자로 이마의 땀을 훔쳤다. 그는 호스가 있는 데로 가서 모자를 물에 적셔 물기를 짠 다음 다시 머리에 썼다. 어머니는 트럭의 가로대 사이로 양철 컵을 꺼내 물을 담아서 할머니와 할아버지에게 가져다주었다. 짐 위에 있던 할아버지는 어머니가 가로대 위에 서서 컵을 건네주자 입술만 적시고는 고개를 흔들며 더 이상 물을 마시지 않았다. 그리고 잠시 고통스럽고 당혹스러운 시선으로 어머니를 바라보았지만, 이내 다시 제정신을 잃고 멍해져 버렸다.

앨이 트럭에 시동을 걸어 주유기까지 후진시켰다.

앨이 말했다. "가득 채워 주세요. 아마 7갤런 정도 들어갈 거예요. 그러니 기름이 흐르지 않게 6갤런만 넣어 주세요."

뚱뚱한 남자가 기름 호스를 주입구에 넣으며 말했다. "정말 모르겠어. 이 나라가 어떻게 되어 가는 건지 정말 모르겠어. 구제니 뭐니 말들은 하지만."

케이시가 말했다. "난 이 나라를 걸어서 돌아다녀 봤습니다. 다들 똑같은 질문을 하더군요. 앞으로 우리가 어떻게 되는 거냐고. 내가 보기에 우리는 결코 아무것도 되지 못하는 것 같아요. 항상 무엇을 향해 가고 있을 뿐. 사람들은 왜 그걸 생각하지 않죠? 지금도 사람들은 움직이고 있습니다. 우리는 그 이유도 알고 방법도 알아요. 움직여야 하니까 움직이는 거죠. 그래서 사람들이 항상 움직이는 겁니다. 사람들은 지금보다 더 좋은 걸 원하니까 움직입니다. 뭔가 좋은 걸 얻으려면 움직이는 수밖에 없어요. 뭔가를 얻고 싶다면 직접 나가서 얻어야죠. 사람들이 화가 나서 싸우려 드는 건 상처를 입었기 때문입니다. 난 이 나라를 걸어서 돌아다니면서 당신 같은 얘기를 하는 사람들을 많이 봤습니다."

뚱뚱한 남자가 펌프로 차에 기름을 넣자 펌프 계기판의 바늘이 움직이며 기류의 양을 기록했다.

"맞아요. 하지만 결국 어떻게 되는 거요? 난 그걸 알고 싶소."

톰이 짜증을 내며 끼어들었다. "그건 절대 알 수 없어요. 케이시가 그 얘기를 하고 있는데, 당신은 계속 같은 질문만 하고 있으니. 당신 같은 사람들을 전에도 본 적이 있소. 그건 질문이 아니라 그냥 노래 같은 거야. '우리가 어떻게 될까?' 이런 노래. 당신은 답을 알고 싶어 하는 게 아니오. 사람들이 여기저기로 움직이고, 사방에는 죽어 가는 사람들이 있어요. 어쩌면 당신이 금방 죽게 될지도 모르지. 하지만 당신은 아무것도 알아내지 못할 거요. 당신 같은 사람들을 너무나 많이 봤어. 당신은 뭘 알고 싶어 하는 게 아니오. 그저 자장가 삼아 똑같은 노래를 부르는 것뿐이지. '우리가 어떻게 될까?'"

그는 낡아서 녹이 슨 기름펌프와 그 뒤의 낡은 건물을 바라보았다. 헌 목재로 지어진 그 건물에는 처음 못을 박았던 자리에 난 구멍이 페인트칠 위로 드러나 있었다. 한때 화려했을 노란색 페인트는 시내에 있는 커다란 회사 주유소를 흉내 내려고 칠해 놓은 것 같았다. 하지만 지금은 페인트칠이 오래전에 생긴 못 구멍도 가려 주지 못했다. 목재의 갈라진 틈도 마찬가지였다. 하지만 이제 와서 페인트를 다시 칠할 수는 없었다. 회사 주유소를 흉내 내려던 시도는 실패로 돌아갔고, 이곳 주인도 그 사실을 알고 있었다. 건물의 열린 문 안쪽으로 기름통이 보였다. 겨우 두 개밖에 되지 않았다. 사탕 판매대에는 너무 오래돼서 갈색으로 변해 가고 있는 사탕과 담배가 있었다. 녹이 슬고 구멍이 뚫린 방충망과 부서진 의자도 보였다. 자갈이 깔려 있어야 할 마당에는 쓰레기가 흩어져 있고, 그 뒤의 옥수수밭은 햇볕에 바짝 말라 죽어가는 중이었다. 건물 옆에는 중고 타이어와 재생 타이어가 몇 개 쌓여 있었다. 톰은 뚱뚱한 남자의 바지와 폴로셔츠가 싸구려고, 모자는 종이로 만든 것이라는 사실을 이제야 깨달았다.

"당신한테 큰소리를 낼 생각은 아니었소. 날이 너무 더워서. 당신도 가진 게 없으니 머지않아 저 길로 나서게 될 거요. 당신은 트랙터 때문에 밀려나는 게 아니라 시내에 있는 예쁜 노란색 주유소들 때문에 밀려나겠지. 사람들이 떠나가고 있어요." 톰이 미안한 듯이 말했다. "당신도 떠나게 될 거요."

톰이 말을 하는 동안 펌프를 잡고 있던 뚱뚱한 남자의 손놀림이 점점 느려지더니 마침내 멈춰 버렸다. 그가 걱정스러운 표정으로 톰을 바라보며 기운 없이 물었다.

"어떻게 알았소? 우리가 벌써 짐을 싸서 서부로 떠날 생각을 하고 있다는 걸 어떻게 알았소?"

케이시가 대답했다. "다들 그러니까. 옛날에 나는 악마가 적인 줄 알고 악마와 싸우는 데 온 힘을 기울였습니다. 하지만 악마보다 더한 놈이 지금 이 나라를 붙들고 있어요. 그놈은 우리가 그 손을 잘라내지 않는 한 절대로 우리를 놔주지 않을 겁니다. 독도마뱀이 상대를 물고 늘어지는 걸 본 적 있습니까? 녀석의 몸을 둘로 잘라 놔도 녀석의 머리는 상대의 몸에서 떨어지지 않아요. 목을 잘라도 마찬가지죠. 드라이버로 머리를 억지로 떼어 놔야 녀석이 떨어집니다. 그런데 녀석이 상대를 물고 있는 동안 독이 이빨 자국 틈으로 방울방울 스며들죠."

그는 말을 멈추고 곁눈질로 톰을 바라보았다.

뚱뚱한 남자는 희망을 잃은 표정으로 앞만 바라보고 있었다. 그의 손이 펌프 손잡이를 천천히 돌리기 시작했다. "우리가 어떻게 될지 모르겠소." 그가 조용히 말했다.

수도 호스 옆에서는 코니와 샤론의 로즈가 서서 자기들끼리 비밀스레 이야기를 나누고 있었다. 코니는 양철 컵을 씻은 다음 손으로 물을 만져 보고는 컵에 물을 채웠다. 샤론의 로즈는 고속도로를 지나가는 자동차들을 바라보고 있었다. 코니가 그녀에게 컵을 내밀었다.

"물이 시원하지는 않지만, 그래도 목을 축일 수는 있을 거야."

그녀는 그를 바라보며 비밀스러운 미소를 지었다. 임신을 한 탓인지 그녀의 모든 행동이 비밀스러웠다. 그녀의 비밀과 침묵에 뭔가 의미가 있는 것 같았나. 그녀는 자신을 대견하게 생각하고 있었으며, 별로 중요하지 않은 일에도 불평을 해 댔다. 또 코니에게도 터무니없는 봉사를 요구했다. 두 사람 모두 그것이 터무니없는 일이라는 걸 알고 있었다. 코니 역시 그녀를 대견하게 생각했으며, 그녀가 임신했다는 사실을 경이롭게 생각했다. 그는 그녀의 비밀에 자신도 동참하고 있다고 생각하고 싶어 했다. 그녀가 은밀한 미소를 지으면 그도 은밀한 미소를 지었다. 그리고 그녀와 소곤거리며 비밀스레 이야기를 나누었다. 두 사람은 자기들만의 세계에서 세상의 중심이 되었다. 아니, 샤론의 로즈가 세상의 중심이고 코니는 그녀의 주위에서 조그맣게 궤도를 그리며 돌고 있다고 해야 옳을 것이다. 그들이 하는 말은 모두 일종의 비밀이었다.

그녀가 고속도로에서 시선을 돌렸다.

"별로 목이 마르지는 않아." 그녀가 우아하게 말했다. "하지만 물을 마셔야겠지?"

그가 고개를 끄덕였다. 그녀의 말이 무슨 뜻인지 잘 알고 있었으므로. 그녀는 컵을 받아 입을 헹군 다음 미지근한 물 한 잔을 다 마셨다.

"더 마실래?" 그가 물었다.

"반만."

그는 컵에 물을 반만 채워 그녀에게 주었다. 차체가 낮은 은색의 링컨 제퍼 한 대가 획 지나갔다. 그녀는 다른 사람들이 어디 있는지 보려고 시선을 돌렸다. 식구들이 트럭 주위에 모여 있는 것이 보였다. 다행이라는 표정으로 그녀가 말했다.

"저런 차를 타고 가면 기분이 어떨까?"

코니는 한숨을 쉬었다. "글쎄…… 나중에."

두 사람 모두 이것이 무슨 뜻인지 알고 있었다.

"만약 캘리포니아에 일자리가 많다면, 우리 차를 하나 사자. 하지만 저건……," 그는 사라져 가는 제퍼를 가리키며 말을 이었다. "저건 웬만한 집 한 채 값이야. 차라리 집을 사는 게 낫지."

"난 집하고 저 차를 다 갖고 싶어." 그녀가 말했다. "하지만 물론 집이 먼저지. 왜냐면……."

두 사람 모두 그녀의 말이 무슨 뜻인지 알고 있었다. 배 속의 아기 때문에 두 사람 모두 잔뜩 신이 나 있었으니까.

"기분은 괜찮아?" 그가 물었다.

"피곤해. 햇빛을 받으면서 차를 타서 피곤해."

"그렇게 안 하면 캘리포니아까지 못 가."

"나도 알아." 그녀가 말했다.

개가 코를 킁킁거리며 이리저리 돌아다녔다. 녀석은 트럭 옆을 지나 물이 흥건히 고인 호스 근처로 다시 달려가서 진흙 물을 핥아 먹었다. 그리고 코와 귀를 늘어뜨린 채 그곳에서 물러났다. 녀석은 코로 냄새를 맡아 가며 길가의 먼지투성이 잡초밭으로 들어가서 포장도로가 나오는 곳까지 갔다. 그리고 고개를 들어 건너편을 바라본 다음 다시 앞으로 걸어가기 시작했다. 샤론의 로즈가 날카로운 비명을 질렀다. 커다란 차가 빠른 속도로 달려왔던 것이다. 타이어에서 끽하는 소리가 났다. 개는 힘없이 피하려고 했지만 비명과 함께 허리가 잘리면서 차바퀴 밑에 깔려 버렸다. 거다란 차가 잠시 속력을 늦추더니 사람들이 차창 밖으로 얼굴을 내밀어 뒤를 바라보았다. 그러나 차는 곧 다시 속력을 내면서 사라져 버렸다. 창자가 터져나와 피범벅이 된 개는 도로 위에서 서서히 죽어 갔다.

샤론의 로즈는 눈을 커다랗게 뜨고 있었다.

"아기한테 해롭지 않을까?" 그녀가 애원하듯 말했다. "해롭지 않을까?"

코니가 그녀를 팔로 감싸 안았다. "이리 와서 앉아. 저건 아무 일도 아냐."

"하지만 분명히 느꼈어. 내가 비명을 질렀을 때 충격이 있었어."

"이리 와서 앉아. 저건 아무 일도 아냐. 아무 일 없을 거야."

그는 그녀를 죽어 가는 개가 보이지 않는 트럭 옆으로 데리고 가서 발판에 앉혔다.

톰과 큰아버지가 엉망이 되어 버린 개의 시체 쪽으로 걸어 갔다. 부서진 몸이 마지막으로 경련하고 있었다. 톰은 녀석의 다리를 잡고 길가로 끌었다. 큰아버지는 당황한 얼굴이었다. 마치 개가 죽은 것이 자기 탓이라도 되는 것처럼.

"녀석을 묶어 놓을걸." 그가 말했다.

아버지는 잠시 개를 내려다보다가 고개를 돌려 버렸다.

"그만 떠나자." 아버지가 말했다. "안 그래도 저 녀석을 어떻게 먹일지 걱정이었는데. 어쩌면 잘된 일인지도 몰라."

뚱뚱한 남자가 트럭 뒤에서 나타났다.

"미안하우. 고속도로 근처에서는 개들이 금방 죽어 버려요. 나도 일 년 만에 개 세 마리를 사고로 잃었지. 이젠 개를 기르지 말아요." 그리고 그는 말을 덧붙였다. "시체는 걱정하지 마슈. 내가 알아서 할 테니까. 저기 옥수수밭에다 묻어 주리다."

어머니가 샤론의 로즈에게 다가갔다. 그녀는 발판에 앉아 여전히 몸을 부들부들 떨고 있었다.

"괜찮니, 로저샨?" 어머니가 물었다. "기분이 안 좋아?"

"나 그거 봤어요. 얼마나 놀랐는지."

"네가 소리 지르는 걸 들었다. 이제 정신 차려야지." 어머니가 말했다.

"아기한테 해롭지 않을까요?"

"해롭지 않아. 네가 자꾸 그걸 생각하면서 속상해 하면 해로울지도 모르지. 그만 일어서. 어머님을 살펴 드려야 하는데 좀 도와줬으면 좋겠다. 아기는 잠시 잊어버려. 아기가 다 알아서 할 테니까."

"할머니는 어디 계세요?" 샤론의 로즈가 물었다.

"글쎄다. 어디 근처에 계시겠지. 변소에 계시는지도 모르고."

샤론의 로즈가 화장실 쪽으로 갔다가 이내 할머니를 부축하며 나왔다.

"저 안에서 주무시고 계셨어요." 샤론의 로즈가 말했다.

할머니가 히죽 웃었다. "저 안이 좋더라. 신기한 게 있어. 물이 흘러내리더라니까. 난 저기가 좋다." 할머니가 흡족한 표정으로 말했다. "얘가 깨우지 않았으면 낮잠을 푹 잤을 텐데."

"그런 데서 주무시는 거 아니에요."

샤론의 로즈는 이렇게 말하고 나서 할머니가 차에 올라타는 것을 도와주었다. 할머니는 즐거운 표정으로 자리를 잡았다.

"깨끗하지는 않은지 몰라도, 좋은 건 좋은 거야." 할머니가 말했다.

"이제 가죠. 아직 갈 길이 멀어요." 톰이 말했다.

아버지가 날카롭게 휘파람을 불었다.

"이 꼬마 녀석들이 어디로 간 거지?"

아버지가 입에 손가락을 넣고 다시 휘파람을 불었다.

두 꼬마 녀석들이 이내 옥수수밭에서 튀어나왔다. 루티가 앞장을 서고 윈필드가 그 뒤를 따르고 있었다.

루티가 소리쳤다. "알이에요! 알을 찾았어요."

루티는 윈필드를 꽁무니에 매달고 서둘러 달려왔다.

"봐요!"

회색이 섞인 하얀색의 부드러운 알 십여 개가 그녀의 지저분한 손바닥에 놓여 있었다. 그녀는 알이 든 손을 들어 올리다가 길가에 죽어 있는 개를 발견했다.

"엄마야!"

그녀가 말했다. 그리고 윈필드와 함께 천천히 걸어가서 개를 자세히 살펴보았다.

아버지가 소리쳤다. "빨리 와. 안 오면 버리고 간다."

두 아이는 엄숙한 표정으로 돌아서서 트럭으로 걸어왔다. 루티는 손에 들고 있던 회색의 파충류 알을 한 번 더 바라보고는 바닥에 던져 버렸다. 그리고 윈필드와 함께 트럭의 화물칸 벽을 기어올랐다.

"개가 아직도 눈을 뜨고 있었어." 루티가 소곤거렸다.

그러나 윈필드는 의기양양한 표정이었다. 그가 용감하게 말했다. "창자가 사방에 흩어져 있었어. 사방에." 그는 잠시 침묵을 지키다가 다시 말했다. "사방에 흩어져 있었어."

그는 이 말을 마치자마자 재빨리 몸을 굴려 화물칸 벽 너머로 속에 든 것을 게워 냈다. 그리고 눈물 콧물이 범벅이 된 얼굴로 일어나 앉았다.

"돼지를 죽일 때랑은 달라." 그가 설명하듯 말했다.

앨은 트럭의 엔진 뚜껑을 열고 기름이 얼마나 되는지 확인해 보았다. 그리고 앞좌석에서 1갤런짜리 통을 가져와서 검은색 싸구려 기름을 파이프에 붓고는 다시 기름의 양을 확인해 보았다.

톰이 그의 옆으로 다가왔다. "내가 운전할까?"

"피곤하지 않아." 앨이 말했다.

"너 어젯밤에 한숨도 못 잤잖아. 난 아침에 눈을 좀 붙였어. 저 위로 올라가. 내가 운전할 테니까."

"알았어." 앨이 마지못해 대답했다. "하지만 기름 계기판을 잘 봐야 돼. 차를 천천히 몰아. 난 기름이 떨어질까 봐 계속 지켜보고 있었어. 그러니까 형도 가끔 바늘을 봐야 돼. 바늘이 쭉 떨어지면 기름이 모자란 거야. 천천히 몰아야 돼, 형. 짐을 너무 많이 실었어."

톰이 웃음을 터뜨렸다. "잘 지켜볼게. 걱정 말고 쉬어."

식구들이 다시 짐 위로 올라갔다. 어머니는 할머니와 나란히 앞좌석에 앉았고, 톰은 운전석에 앉아 시동을 걸었다.

"차가 털털거리기는 하네."

그는 이렇게 말하고 나서 기어를 넣고 고속도로로 차를 몰았다.

엔진에서는 계속 단조로운 소리가 났고, 태양은 트럭 정면에서 점점 뒤로 물러났다. 할머니는 계속 잠들어 있었다. 어머니조차 고개를 앞으로 떨어뜨린 채 꾸벅꾸벅 졸았다. 톰은 눈부신 햇빛을 막으려고 모자를 눈 위로 눌러썼다.

파덴에서 미커까지는 13마일, 미커에서 하라까지는 14마일이다. 하라를 지나면 나오는 오클라호마시티는 큰 도시였다. 톰은 곧장 차를 몰았다. 차가 시내를 통과할 때 어머니가 잠에서 깨어 거리를 바라보았다. 짐 위에 앉아 있던 식구들은 거리에 늘어선 가게와 커다란 집들, 사무실 빌딩들을 빤히 바라보았다. 빌딩들과 가게들이 점점 작아지더니 폐차장과 핫도그를 파는 노점과 도시 외곽의 무도장이 나타났다.

루티와 윈필드는 커다랗고 이상한 도시의 모습에 당황했다. 좋은 옷을 차려입은 사람들의 모습은 무섭기도 했다. 두 아이는 서로 아무 말도 하지 않았다. 시간이 흐른 후에는 이 이야기를 하게 되겠지만 지금은 아니었다. 시내와 시(市) 외곽에 있는 유정탑(油井塔)들이 보였다. 검은 유정탑들. 석유와 휘발유 냄새가 허공에 퍼져 있었다. 그러나 두 아이는 신이 나서 소리를 지르지 않았다. 탑이 너무 크고 이상해서 겁이 났기 때문이다.

샤론의 로즈는 거리에서 가벼운 옷차림을 한 남자를 보았다. 그는 하얀 구두를 신고, 납작한 밀짚모자를 쓰고 있었다. 그녀는 코니를 툭툭 치며 눈으로 그 남자를 가리켰다. 두 사람은 자기들끼리 작은 소리로 쿡쿡 웃어 댔지만, 금방 웃음소리를 참을 수 없게 되었다. 두 사람은 입을 가렸다. 그 기분이 너무 좋아서 두 사람은 그렇게 웃기는 사람들이 또 있는지 찾아보았다. 루티와 윈필드는 두 사람이 웃는 것이 재미있어 보여서 자기들도 그렇게 웃어 보려고 했다. 하지만 웃을 수 없었다. 웃음이 나오지 않았다. 코니와 샤론의 로즈는 웃음을 참느라 얼굴이 빨갛게 돼서 숨도 못 쉬고 있다가 간신히 웃음을 멈췄다. 하지만 서로의 얼굴을 바라보기만 해도 다시 웃음이 터져 나왔다.

도시 외곽 지대가 넓게 뻗어 있었다. 톰은 차들이 붐비는 거리에서 천천히 조심스레 차를 몰았다. 다시 66번 도로가 나왔다. 서부로 향하는 대로(大路). 태양은 도로의 선을 따라 아래로 가라앉고 있었다. 햇빛을 받은 앞유리창에 먼지가 훤하게 드러났다. 톰은 눈 위로 모자를 깊숙이 눌러썼다. 너무 깊숙이 썼기 때문에 앞이 보이지 않아서 고개를 뒤로 젖혀야 할 정도였다. 할머니는 계속 잠을 잤다. 햇빛이 닫혀 있는 할머니의 눈꺼풀에 떨어졌고, 관자놀이의 핏줄이 파랗게 드러났다. 뺨의 작은 핏줄들은 포도주 색이었다. 예전부터 할머니의 얼굴에 피어 있던 갈색 기미가 더 검게 보였다.

톰이 말했다. "계속 이 길만 따라가면 돼요."

어머니는 오랫동안 침묵을 지키다가 입을 열었다.

"해가 지기 전에 차를 세울 만한 데를 찾아봐야 하지 않겠니? 돼지고기도 좀 끓이고 빵도 만들어야 하니까. 그러려면 시간이 걸리거든."

"그렇죠." 톰이 고개를 끄덕였다. "단번에 목적지까지 갈 것도 아니니까. 좀 쉬는 것도 괜찮을 거예요."

오클라호마시티에서 베타니까지는 14마일이다.

톰이 말했다. "해가 지기 전에 차를 세우는 게 좋을 것 같아요. 앨이 지붕을 만들어야 하니까요. 지붕이 없으면 햇빛 때문에 저 위에 있는 사람들이 타 죽을 거예요."

어머니는 다시 꾸벅꾸벅 졸다가 톰의 말을 듣고 홱 고개를 들었다.

"저녁 식사를 만들어야 돼. 톰, 네 아버지한테 들었는데 네가 주(州) 경계선을 넘으면……."

그는 한참 동안 말이 없었다.

"그래서요? 그게 어떻다고요, 어머니?"

"글쎄, 난 좀 무섭다. 네가 도망자가 되는 거잖니. 어쩌면 네가 다시 잡힐지도 모르고."

톰은 점점 가라앉고 있는 햇빛을 막으려고 손으로 눈앞을 가렸다.

"걱정 마세요. 저한테 다 생각이 있어요. 가석방으로 나온 사람들이 한둘이 아닌데 들어가는 사람은 언제나 더 많아요. 만약 제가 서부에서 뭔가 다른 일로 잡힌다면 제 사진이랑 지문을 워싱턴으로 보내겠죠. 그러면 절 거기로 돌려보낼 거예요. 하지만 제가 죄를 짓지 않으면 아무도 신경 안 써요."

"그래도 난 겁이 나. 사람이라는 게 죄를 저지르면서도 그게 죄라는 걸 모르는 경우가 있잖니. 어쩌면 캘리포니아에서는 우리가 죄라고는 생각지도 않던 일들이 죄가 될지도 몰라. 여기서는 해도 괜찮았던 일이 캘리포니아에서는 문제가 될지도 몰라."

"그건 제가 가석방 상태가 아니라도 마찬가지예요. 제가 다른 사람들보다 더 곤란해지는 건 순전히 제가 잡혔을 때뿐이에요. 그러니까 걱정은 그만하세요. 어머니가 걱정거리를 만들어 내지 않아도 이미 걱정할 게 많으니까."

"나도 어쩔 수가 없어. 네가 주 경계선을 넘는 순간 죄를 저지르는 거니까."

"뭐, 샐리소에 남아서 굶어 죽는 것보다는 나아요. 이제 어디 차를 세울 만한 데를 찾아봐야겠어요."

트럭은 베타니를 통과해 도시 반대편으로 나왔다. 지하수로의 입구인 도랑에 낡은 자동차가 한 대 서 있었다. 차 옆에는 작은 천막이 있고, 풍로에서 나오는 연기가 천막 밖으로 새어 나왔다. 톰이 그쪽을 가리키며 말했다.

"저기 야영을 하는 사람들이 있네요. 자리가 좋은 것 같은데요."

그는 엔진의 속도를 늦추며 길가에 차를 세웠다. 한 중년 남자가 낡은 자동차의 엔진 뚜껑을 열어 놓고 모터를 내려다보고 있었다. 그는 밀짚으로 만든 싸구려 중절모를 쓰고, 파란 셔츠 위에 얼룩덜룩한 검은색 조끼를 입고 있었다. 청바지는 때가 묻어 뻣뻣해져서 반들반들 윤이 났다. 그의 얼굴은 홀쭉했으며, 뺨이 움푹 패어 있어서 광대뼈와 턱이 유난히 도드라져 보였다. 그는 조드 일가의 트럭을 보더니 당혹스러움과 분노가 뒤섞인 표정을 지었다.

톰이 창밖으로 몸을 내밀고 말했다. "여기서 하룻밤 묵는 게 법에 걸리나요?"

그때까지 트럭만 보고 있던 남자가 톰에게 시선을 맞췄다.

그가 말했다. "나야 모르지. 우린 더 이상 갈 수가 없어서 여기 멈춘 거니까."

"이 근처에 물이 있어요?"

남자는 약 4분의 1마일 앞에 있는 허름한 휴게소를 가리켰다. "저기 물이 있어요. 양동이로 하나쯤 가져올 수 있을 거요."

톰이 머뭇거리며 물었다. "저기, 우리가 여기서 야영을 해도 괜찮을까요?"

남자는 어리둥절한 표정을 지었다. "여긴 우리 땅이 아니오. 저 고물 자동차가 더 이상 가려고 하질 않아서 멈췄을 뿐이야."

그러나 톰은 계속 고집을 부렸다. "당신들이 여기 먼저 왔으니까, 우리가 같이 있어도 되는지 어떤지 말할 권리가 있어요."

인정에 호소한 이 말이 즉시 효과를 나타냈다.

남자가 홀쭉한 얼굴에 미소를 띠며 말했다. "그거야 뭐, 이리로 오시오. 당신들과 같이 있게 돼서 반갑구먼." 그리고 그가 누군가에게 큰 소리로 말했다. "새리, 우리랑 같이 묵을 사람들이 있어. 빨리 나와서 인사해. 새리는 몸이 좀 안 좋아요."

천막이 열리더니 몹시 여윈 여자가 나왔다. 얼굴은 바싹 마른 이파리처럼 주름투성이였고 눈은 불이 붙은 것 같았다. 공포의 샘에서 밖을 내다보는 듯한 검은 눈이었다. 그녀는 작은 몸을 부들부들 떨고 있었다. 천막 입구 옆에 몸을 곧게 펴고 서서 천막 자락을 붙들고 있는 그녀의 손은 뼈에다가 주름 진 가죽을 입혀 놓은 꼴이었다.

그녀가 입을 열자 나지막하고 아름다운 목소리가 흘러나왔다. 부드럽고 절제되어 있으면서도 낮게 울려 퍼지는 듯한 목소리였다.

그녀가 말했다. "잘 오셨다고 해요. 정말 잘 오셨다고."

톰은 트럭을 들판으로 몰고 가서 남자의 자동차 옆에 나란

히 세웠다. 식구들이 서둘러 트럭에서 내렸다. 루티와 윈필드
는 너무 서둘러 내려오다가 그만 발을 헛디디는 바람에 사지
가 쑤신다고 비명을 질러 댔다. 어머니는 재빨리 요리할 준비
를 시작했다. 우선 트럭 뒤에 매달아 놓은 3갤런들이 양동이
를 풀어 비명을 지르고 있는 아이들에게 다가갔다.

"자, 가서 물을 좀 가져와. 저 아래쪽이다. 얌전하게 굴어야
돼. '저, 물 좀 가져가도 될까요?' 이러란 말이야. 고맙다는 말
도 하고. 둘이 같이 물을 들고 와. 흘리면 안 된다. 그리고 땔
감으로 쓸 만한 나무가 있거든 그것도 좀 들고 와."

아이들은 휴게소를 향해 쿵쿵 발소리를 내며 걸어갔다.

천막 옆에서는 약간 당황스러운 분위기가 펼쳐지고 있었다.
서로 대화를 시작하기도 전에 말이 끊겨 버린 것이다.

아버지가 말했다. "오클라호마 분들이 아니시오?"

자동차 옆에 서 있던 앨이 번호판을 보며 말했다. "캔자스
예요."

홀쭉한 남자가 입을 열었다. "갈레나입니다. 그 근처죠. 전
윌슨입니다. 아이비 윌슨."

"우린 조드요. 샐리소 근처에서 왔소." 아버지가 말했다.

"이렇게 만나게 돼서 반갑습니다." 아이비 윌슨이 말했다.
"새리, 조드 씨 가족들이셔."

"당신들이 오클라호마 사람이 아닌 줄 알았소. 말투가 좀
이상했거든. 뭐 그게 어떻다는 건 아니지만."

아이비가 말했다. "다들 말투가 다르죠. 아칸소 사람들 말
투도 다르고, 오클라호마 사람들 말투도 다르고. 매사추세츠

에서 온 부인을 만난 적이 있는데, 그 여자 말투만큼 이상한 걸 본 적이 없습니다. 무슨 말인지 도통 알아들을 수가 없더라고요."

노아와 큰아버지와 목사가 트럭의 짐을 내리기 시작했다. 우선 할아버지가 트럭에서 내리는 것을 도와준 다음 할아버지를 땅바닥에 앉혔다. 할아버지는 힘없이 앉아서 멀거니 앞만 바라보았다.

"어디 편찮으세요, 할아버지?" 노아가 물었다.

"당연하지." 할아버지가 힘없는 목소리로 말했다. "아파 죽겠다."

새리 윌슨이 천천히 조심스레 할아버지에게 다가갔다.

"저희 천막 안에 들어와 계실래요?" 그녀가 물었다. "저희 매트리스에 누워서 좀 쉬세요."

할아버지는 그녀의 부드러운 목소리에 이끌려 그녀를 올려다보았다.

"어서 오세요. 좀 쉬실 수 있을 거예요. 저희가 부축해서 모셔다 드릴게요." 그녀가 말했다.

할아버지가 느닷없이 울기 시작했다. 턱을 떨면서 쭈글쭈글한 입술을 굳게 다물더니 갈라진 목소리로 흐느꼈다. 어머니가 재빨리 달려와서 할아버지를 안아 주었다. 그리고 널찍한 등에 힘을 주며 할아버지를 일으켜 세워 반쯤 들어 올리다시피 할아버지를 부축해서 천막으로 데려갔다.

존이 말했다. "정말로 편찮으신 모양이야. 저러신 적이 없는데. 아버지가 저렇게 엉엉 우는 건 평생 본 적이 없어."

존은 트럭 위로 뛰어올라 매트리스를 아래로 던졌다.

어머니가 천막 밖으로 나와 케이시에게 다가갔다. "아픈 사람들을 돌보신 적이 있죠? 아버님이 편찮으세요. 가서 한번 봐 주시겠어요?"

케이시는 재빨리 천막으로 가서 안으로 들어갔다. 더블 사이즈의 매트리스가 바닥에 놓여 있고, 그 위에 덮요가 깔끔하게 덮여 있었다. 쇠로 만든 다리가 달린 자그마한 양철 풍로 안에서는 불길이 불규칙하게 타오르고 있었다. 물이 담긴 양동이 하나, 필요한 물건들을 담은 나무 상자 하나, 식탁 대신 쓰는 상자, 이것이 전부였다. 천막 벽을 통과해 들어온 석양빛이 분홍색을 띠었다. 새리 월슨은 매트리스 옆의 땅바닥에 무릎을 대고 앉았고, 할아버지는 똑바로 누워 있었다. 눈을 뜬 채 멀거니 천장을 바라보는 할아버지의 뺨이 붉었다. 숨소리도 거칠었다.

케이시는 뼈만 남은 노인의 손목을 손가락으로 잡았다.

"피곤하세요, 할아버지?" 그가 물었다.

천장을 바라보던 눈이 목소리가 들려오는 쪽으로 움직였지만 케이시를 찾아내지는 못했다. 뭔가 말을 하려고 입술을 달싹거리는데도 말이 소리가 되어 나오지는 않았다. 케이시는 맥박을 잰 다음 손목을 놓고 손으로 할아버지의 이마를 짚었다. 할아버지의 몸이 제멋대로 움직이기 시작했다. 할아버지의 다리가 불안하게 움직이고 손도 꼼지락거렸다. 할아버지의 입에서는 도저히 알아들을 수 없을 정도로 뭉개져 버린 소리가 연달아 나왔다. 삐죽삐죽한 하얀 수염 밑의 얼굴은 붉은색이었다.

새리 월슨이 케이시에게 조용히 말했다. "무슨 병인지 아세요?"

그는 고개를 들어 새리의 주름진 얼굴과 타는 듯한 눈을 바라보았다.

"아주머니는 아십니까?"

"알 것 같아요."

"뭔데요?"

"제 생각이 틀릴지도 모르니까 말하고 싶지 않아요."

케이시는 움찔거리는 붉은 얼굴을 다시 바라보았다.

"그러니까, 혹시, 뇌졸중인지도 모른다고 생각하시는 겁니까?"

"그런 것 같아요. 전에 세 번이나 본 적이 있거든요."

밖에서 야영을 준비하는 소리가 들려왔다. 장작을 패는 소리, 냄비들이 부딪히는 소리. 어머니가 천막 입구로 얼굴을 들이밀었다.

"할머니가 들어와 보고 싶으시대요. 그 편이 나을까요?"

목사가 말했다. "못 들어오게 하면 안달을 하실 분이잖아요."

"아버님은 괜찮아지실까요?" 어머니가 물었다.

케이시는 천천히 고개를 저었다. 어머니는 피가 몰려서 요동을 치고 있는 할아버지의 얼굴을 재빨리 내려다보았다. 그리고 밖으로 나갔다. 밖에서 어머니의 목소리가 들려왔다.

"괜찮으시대요, 어머님. 그냥 좀 쉬고 계시는 거예요."

할머니가 부루퉁한 말투로 대꾸했다. "그러게 내가 한번 보고 싶다니까. 저 양반은 아주 약아빠진 악마야. 너는 봐도 몰라."

할머니가 종종걸음을 치며 천막 안으로 들어왔다. 그리고 매트리스 옆에 서서 할아버지를 내려다보며 다그치듯 말했다.

"왜 이러는 거유?"

이번에도 할아버지는 목소리가 들리는 쪽으로 눈을 돌리며 입술을 달싹거렸다.

"괜히 심통을 부리는 거예요. 내가 약아빠진 양반이라고 했잖아요. 저 양반 오늘 아침에 떠나기 싫어서 몰래 도망칠 생각이었거든. 그런데 그만 엉덩이가 쑤시기 시작한 거예요." 할머니가 지겨워 죽겠다는 듯이 말했다. "괜히 심통을 부리는 거야. 전에도 저 양반이 아무하고도 말을 하지 않은 적이 있어요."

케이시가 부드럽게 말했다. "심통을 부리시는 게 아닙니다, 할머니. 편찮으신 거예요."

"아!" 할머니가 다시 할아버지를 내려다보며 말했다. "많이 아픈 것 같아요?"

"상당히 심각합니다, 할머니."

할머니는 잠시 동안 어떻게 해야 좋을지 모르겠다는 듯 머뭇거리다가 재빨리 말했다.

"뭐, 그럼 기도라도 해야 되는 것 아니에요? 당신은 목사잖아요?"

케이시의 튼튼한 손가락이 더듬더듬 할아버지의 손목을 찾아 꼭 잡았다.

"말씀드렸잖습니까, 할머니. 전 이제 목사가 아니에요."

"그래도 기도해요. 어떻게 해야 하는 건지 다 알고 있을 것 아니에요." 할머니가 명령했다.

"기도할 수 없습니다. 무엇을 위해 기도해야 하는지, 누구한테 기도해야 하는지 몰라요." 케이시가 말했다.

할머니가 누구를 바라봐야 할지 몰라 두리번거리다가 새리에게 시선을 주었다.

"기도를 안 하겠다우." 할머니가 말했다. "루티가 어렸을 때 말썽을 부리면서도 기도를 어떻게 했는지 내가 얘기했던가? 이랬다우. '이제 잠자리에 들 거예요. 주님께서 제 영혼을 지켜주세요. 거기 가 보니 찬장에 아무것도 없어서 불쌍한 개가 아무것도 먹지 못했어요. 아멘.' 정말로 이렇게 기도했어."

천막 옆을 걸어가는 사람의 그림자가 천막 벽에 비쳤다.

할아버지는 몸부림을 치고 있었다. 할아버지 몸의 모든 근육이 움찔거렸다. 그러다 갑자기 크게 한 대 얻어맞은 사람처럼 할아버지의 몸이 뒤흔들렸다. 그러고는 얌전해지더니 숨이 멈춰 버렸다. 케이시가 할아버지의 얼굴을 내려다보니 안색이 짙은 보라색으로 변하고 있었다. 새리가 케이시의 어깨를 잡고 속삭였다.

"저분의 혀를. 저분의 혀를."

케이시는 고개를 끄덕였다. "할머니 앞을 막아서 주십시오."

그는 꽉 다문 노인의 턱을 억지로 열고 혀를 찾기 위해 목구멍 속으로 손을 집어넣었다. 그가 목구멍에서 혀를 떼어 내자 가르랑거리는 숨소리가 새어 나왔다. 곧 흐느낄 때처럼 숨을 들이켜는 소리가 이어졌다. 케이시는 바닥에 떨어져 있던 막대기로 혀를 눌렀다. 고르지 못한 숨소리가 가래 끓는 소리와 함께 계속 이어졌다.

할머니는 닭처럼 펄쩍펄쩍 뛰었다. "기도해요. 기도해요. 기도하란 말이야."

세리가 할머니를 진정시키려 했다.

"기도해, 젠장." 할머니가 소리쳤다.

케이시는 잠시 할머니를 올려다보았다. 거친 숨소리가 점점 커지면서 더욱더 거칠어졌다.

"하늘에 계신 우리 아버지, 이름이 거룩히 여김을 받으시오며……."

"주여!" 할머니가 소리쳤다.

"뜻이 하늘에서 이룬 것 같이 땅에서도 이루어지이다."

"아멘."

할아버지의 벌어진 입에서 헐떡이는 듯한 한숨이 길게 새어 나오더니 공기가 빠져나오면서 우는 것 같은 소리가 났다.

"오늘날 우리에게 일용할 양식을 주옵시고, 우리가 우리에게……."

숨소리가 이미 멎어 있었다. 케이시는 할아버지의 눈을 내려다보았다. 맑고 깊으며, 상대를 꿰뚫는 듯한 눈이었다. 그 속에는 모든 것을 다 아는 듯한 고요함도 깃들어 있었다.

"할렐루야!" 할머니가 말했다. "계속해요."

"아멘." 케이시가 말했다.

할머니가 조용해졌다. 천막 바깥도 조용해져 있었다. 고속도로에서 자동차 한 대가 휭 지나갔다. 케이시는 여전히 매트리스 옆의 바닥에 무릎을 꿇고 있었다. 밖에 있는 사람들은 사람이 죽어 가는 소리에 열심히 귀를 기울이며 조용히 서 있었다. 새리가 할머니의 팔을 잡고 밖으로 나갔다. 할머니는 고개를 높이 들고 위엄 있게 움직였다. 가족들을 위해 고개를 똑바로 들고 걸었다. 새리가 땅바닥에 놓인 매트리스로 할머니를 데려가서 앉혔다. 할머니는 의연하게 똑바로 앞을 바라보았다. 이제 식구들에게 자신의 의연한 모습을 보여 주어야 하므로. 천막 안은 조용했다. 마침내 케이시가 손으로 천막 입구를 젖히며 밖으로 나왔다.

아버지가 조용히 물었다. "어떻게 된 거요?"

케이시가 말했다. "뇌졸중입니다. 급성 뇌졸중 발작이었어요."

삶이 다시 시작되었다. 태양이 지평선에 닿아 납작해졌다. 고속도로에는 옆구리를 빨갛게 칠하고 짐을 엄청나게 많이 실은 트럭들이 길게 늘어섰다. 트럭들이 붕하고 지나가자 땅이 약간 흔들렸다. 배기관에서는 디젤 기름에서 나오는 파란 연기가 뿜어져 나왔다. 트럭의 운전사는 각각 한 사람이었고, 그와 교대할 또 다른 운전사는 천장에 높이 매달아 놓은 침상에서 자고 있었다. 그러나 트럭들은 결코 멈추는 법이 없었다. 그들은 밤낮으로 천둥 같은 소리를 내며 달렸고, 그들의 무게 때문에 땅이 흔들렸다.

식구들은 하나가 되었다. 아버지는 큰아버지와 나란히 땅바닥에 앉았다. 이제 아버지가 가장이었다. 어머니는 아버지 뒤에 서 있었다. 노아와 톰과 앨은 쪼그리고 앉았고, 목사는 바닥에 앉아 팔꿈치를 바닥에 대고 등을 뒤로 기울였다. 코니와 샤론의 로즈가 멀리서 걷고 있었다. 물을 담은 양동이를 들고 재잘대며 걸어오던 루티와 윈필드가 달라진 분위기를 감지하고 걸음을 늦추며 양동이를 내려놓았다. 그리고 조용히 움직여서 어머니 옆에 섰다.

할머니는 의연하고 냉정한 모습으로 앉아 있었다. 식구들이 다 모일 때까지. 아무도 자신을 보지 않게 될 때까지. 할머니는 마침내 매트리스 위에 누워서 팔로 얼굴을 가렸다. 붉은 태양이 지고 땅 위에는 빛나는 황혼이 남았다. 식구들의 얼굴이 그 빛을 받아 밝게 빛났고, 하늘의 빛이 식구들의 눈에 반사되었다. 저녁노을이 모든 빛을 빨아들이고 있었다.

아버지가 말했다. "윌슨 씨의 천막 안에서 임종하셨다."

존이 고개를 끄덕였다. "윌슨 씨가 천막을 빌려 주었지."

"정말 친절한 분들이다." 아버지가 부드럽게 말했다.

윌슨은 고장 난 자기 자동차 옆에 서 있었고, 새리는 매트리스가 있는 곳으로 가서 할머니 옆에 앉아 있었다. 그러나 그녀는 할머니의 몸에 함부로 손을 대지 않으려고 조심했다.

아버지가 소리쳤다. "윌슨 씨!"

윌슨이 가까이 다가와서 바닥에 앉았다. 새리는 그의 옆에 섰다.

아버지가 말했다. "정말 감사드립니다."

"도와드릴 수 있어서 다행이죠." 윌슨이 말했다.

"저희가 신세를 졌습니다." 아버지가 말했다.

"사람이 죽는 마당에 신세라니요." 윌슨이 말했다.

새리도 맞장구를 쳤다. "그런 말씀 마세요."

앨이 말했다. "제가 자동차를 고쳐 드릴게요. 형이랑 같이."

앨은 가족이 진 빚을 자신이 갚을 수 있게 되어 자랑스러운 모양이었다.

"도와주시면 고맙죠." 윌슨이 호의를 받아들였다.

아버지가 말했다. "이제 어떻게 할 건지 생각해 봐야지. 법적인 문제도 있고. 누가 죽으면 반드시 신고를 해야 하는데, 장례 비용으로 40달러를 내지 않으면 할아버지는 빈민 묘지에 묻히게 될 거야."

존이 끼어들었다. "우린 빈민이 아니야."

톰이 말했다. "어쩌면 그런 일도 겪어 봐야 할지 몰라요. 전에는 땅에서 쫓겨난 적이 없었으니까."

아버지가 말했다. "우린 깨끗하게 살았어. 욕먹을 짓은 한 적 없다. 값을 치를 수 없는 물건을 억지로 뺏은 적도 없고, 남의 적선을 바란 적도 없어. 톰이 문제를 일으켰을 때도 우리는 떳떳하게 고개를 들 수 있었다. 톰은 누구나 할 만한 일을 했을 뿐이니까."

"그럼 어떻게 하지?" 존이 물었다.

"법대로 신고하면 사람들이 와서 아버지를 데려갈 거예요. 우리가 가진 돈이 150달러뿐인데 장례 비용으로 40달러를 주면 캘리포니아까지 갈 수가 없어요. 돈을 안 내면 아버지가 빈민 묘지에 묻힐 테고."

남자들이 불안한 듯 부스럭거리며 무릎 앞에서 점점 어두워지고 있는 땅바닥만 바라보았다.

아버지가 부드럽게 말했다. "아버지는 당신의 아버님을 직접 땅에 묻으셨어요. 그걸 자랑스럽게 생각하셨죠. 삽으로 직접 무덤을 예쁘게 다듬었다고 하셨어요. 그때는 사람이 아들 손에 묻힐 권리도 있었고, 아들이 아버지를 묻을 권리도 있었죠."

존이 말했다. "지금은 법이 달라졌어."

아버지가 말했다. "가끔은 아무리 해도 법을 지킬 수 없을 때가 있는 법이에요. 남한테 부끄럽지 않게 법을 따르려면 그렇죠. 그럴 수 없을 때가 많아요. 플로이드가 미쳐서 날뛸 때도 법대로라면 우리가 그 아이를 포기했어야 하지만 아무도 포기하지 않았잖아요. 가끔은 법도 가려가며 지켜야 해요. 그러니까 내 말은 내가 내 아버지를 직접 땅에 묻을 권리가 있다는 거예요. 누구 할 말 있나?"

목사가 팔꿈치를 짚은 채 몸을 일으켰다. "법은 변하지만, 사람이 반드시 해야 하는 일은 변하지 않습니다. 아버님은 반드시 해야 하는 일을 할 수 있는 권리가 있어요."

아버지는 큰아버지에게 시선을 돌렸다. "그건 형님의 권리이기도 해요. 형님 생각은 어때요?"

"나도 같은 생각이야. 다만 밤중에 아버지를 몰래 숨기는 것 같아서. 아버지는 무슨 일이든 단도직입적으로 맞서는 분이셨는데."

아버지가 무참한 얼굴로 말했다. "옛날에 아버지가 하셨던 것처럼 할 수는 없어요. 돈이 떨어지기 전에 캘리포니아에 도착해야 하니까."

톰이 끼어들었다. "인부들이 땅을 파다가 시체를 발견하고 살인 사건이라며 난리를 피울 수도 있어요. 정부는 산 사람보다 죽은 사람한테 관심이 더 많죠. 그래서 그 시체가 누군지, 어떻게 죽었는지를 밝혀내려고 모든 걸 샅샅이 조사할 거예요. 쪽지를 써서 병에다 넣어 가지고 할아버지와 같이 묻는게 어떨까요? 할아버지가 누구고 어떻게 죽었는지를 거기다밝히는 거예요. 왜 여기 묻혀 있는지도."

아버지가 고개를 끄덕였다. "그게 좋겠다. 깨끗하게 잘 쓰면되니까. 아버지도 그리 외롭지 않으실 거야. 당신의 이름이 옆에 있으니까. 그냥 땅속에 묻힌 외로운 노인네가 아니라는 거지. 더 할 말 있나?"

식구들은 침묵을 지켰다.

아버지가 어머니에게 시선을 돌렸다. "당신이 염을 좀 해 줘."

"그럴게요. 하지만 저녁 식사는 누가 준비하지?"

새리 윌슨이 말했다. "제가 할게요. 걱정 말고 일 보세요. 제가 댁의 큰딸하고 같이 할 테니까."

어머니가 말했다. "정말 고마워요. 노아, 저기 나무통에서돼지고기를 좋은 걸로 골라서 조금 가져와라. 아직 푹 절여지지는 않았겠지만 먹기에는 딱 좋을 거야."

"저희한테 감자 반 자루가 있어요." 새리가 말했다.

어머니가 말했다. "50센트짜리 두 개만 줘 봐요."

아버지가 주머니를 뒤져 동전을 건네주었다. 어머니는 대야를 찾아 물을 가득 채운 다음 천막 안으로 들어갔다. 천막 안은 아주 어두웠다. 새리가 들어와 촛불을 켜서 상자 위에 세워 놓고는 밖으로 나갔다. 어머니는 잠시 동안 노인의 시체를내려다보았다. 그리고 안쓰러워하면서 자신의 앞치마를 길게 찢어 할아버지의 턱을 묶었다. 그다음으로는 사지를 곧게 펴주고, 양손을 가슴 위에 포개 놓았다. 또 눈꺼풀을 아래로 누르면서 동전을 하나씩 올려놓았다. 마지막으로 어머니는 할아버지의 셔츠 단추를 잠그고 얼굴을 씻겨 주었다.

새리가 안을 들여다보며 말했다. "좀 도와드릴까요?"

어머니가 천천히 고개를 들었다. "들어오세요. 할 얘기가 있어요."

새리가 말했다. "큰딸이 아주 착해요. 감자 껍질을 아주 잘 벗기더라고요. 뭘 도와드릴까요?"

"아버님을 깨끗이 씻겨 드리려고 했는데, 갈아입힐 옷이 없어요. 게다가 아주머니네 이불까지 더러워졌고. 이불에 한번 죽음의 냄새가 배면 절대 지울 수 없는데. 우리 어머니가 돌아가실 때 누워 있던 매트리스를 보고 개가 으르렁거리면서 몸을 부들부들 떠는 걸 본 적이 있어요. 어머니가 돌아가신 지 이 년이나 지난 다음이었는데도. 그러니까 이 이불로 아버님을 싸고, 대신 저희 이불을 드릴게요."

"그런 말씀 마세요. 우리가 도움이 돼서 기쁜데요 뭘. 오랫동안 그렇게…… 편안함을 느껴본 적이 없어요. 사람들은 서로…… 도우면서 살아야 돼요."

어머니가 고개를 끄덕였다. "그렇죠."

어머니는 수염이 난 할아버지의 주름진 얼굴을 오랫동안 들여다보았다. 할아버지의 턱은 묶여 있었고, 눈 위에 놓은 동전은 촛불 빛을 받아 빛나고 있었다.

"자연스러워 보이지 않네요. 아버님을 이불로 싸야겠어요."

"할머니는 의연하게 받아들이시던데요."

"뭐, 나이가 드셨으니까요." 어머니가 말했다. "어쩌면 무슨 일이 벌어진 건지 제대로 모르시는 건지도 몰라요. 아마 한동 안 상황을 제대로 파악하지 못하실걸요. 게다가 우리 집안사 람들은 참는 걸 자랑으로 생각하니까. 우리 아버지가 옛날에 이런 말씀을 하셨어요. '누구든 무너질 수 있다. 그렇게 되지 않으려면 남자가 되어야 해.' 우린 항상 감정을 참으려고 해요."

어머니는 이불을 깔끔하게 접어 할아버지의 다리와 어깨를 감쌌다. 그리고 이불 가장자리를 할아버지의 머리 위로 잡아 당겨 두건처럼 얼굴을 덮었다. 새리가 커다란 안전핀 여섯 개 를 건네주었고, 어머니는 그 핀으로 이불을 깔끔하고 단단하 게 고정했다. 마침내 어머니가 일어섰다.

"그렇게 보기 흉한 장례식이 되지는 않겠어요. 장례식을 해 줄 목사님도 계시고, 식구들도 전부 옆에 있으니까."

갑자기 어머니의 몸이 살짝 휘청거리는 바람에 새리가 달려 와서 어머니를 부축해 주었다.

"잠을 잘……." 어머니가 부끄러운 듯 말했다. "이제 괜찮아 요. 떠날 준비를 하느라 바빴거든요."

"나가서 바깥 공기를 좀 쐬세요." 새리가 말했다.

"그래야겠어요. 여기 일은 끝났으니까."

새리가 촛불을 끈 후 두 사람은 밖으로 나갔다.

일행이 머물고 있는 작은 협곡의 바닥에서 밝은 불이 타오 르고 있었다. 톰은 막대기와 철사를 가지고 솥을 걸어 놓을 수 있는 받침대를 만들었다. 그 받침대에 매달아 놓은 솥 두 개에서 뭔가가 시끄럽게 부글부글 끓었고, 솥뚜껑 밑으로 김이 힘차게 뿜어져 나왔다. 샤론의 로즈는 뜨거운 열기가 닿지 않는 곳에 앉아서 긴 숟가락을 하나 들고 있었다. 그녀는 어머니가 천막 밖으로 나오는 것을 보고 자리에서 일어나 어머니에게 다가갔다.

"엄마. 물어볼 게 있어요." 그녀가 말했다.

"또 겁이 난 거야?" 어머니가 물었다. "아이고, 아홉 달 동안 어떻게 한 번도 슬픈 일을 안 당할 수 있어?"

"하지만 이게…… 아이한테 해롭지 않을까요?"

"이런 말이 있지. '슬픔 속에서 태어난 아이는 행복한 아이가 될 것이다.' 안 그래요, 윌슨 부인?"

"나도 그런 얘길 들었어요. 그리고 이런 말도 있죠. '너무 커다란 기쁨 속에서 태어나면 슬픈 아이가 될 것이다.'" 새리가 말했다.

"뱃속이 자꾸만 실룩거려요." 샤론의 로즈가 말했다.

"우리도 지금 좋아 죽을 지경은 아니야." 어머니가 말했다. "그냥 솥이나 잘 보고 있어."

불빛이 비치는 가장자리에는 남자들이 모여 있었다. 그들의 손에는 삽과 곡괭이가 들려 있었다. 아버지가 땅 위에 표시를 했다. 길이 8피트, 너비 3피트의 크기였다. 남자들은 교대로 땅을 팠다. 아버지가 곡괭이로 땅을 파헤치자 큰아버지가 삽으로 흙을 퍼냈다. 앨이 땅을 파헤치면 톰이 삽질을 했고, 노아가 땅을 파헤치면 코니가 삽질을 했다. 따라서 땅을 파는 속도가 전혀 느려지지 않았으므로, 금방 구덩이가 만들어졌다. 흙이 담긴 삽들이 구덩이 속에서 빠르게 흙을 퍼 날랐다. 직사각형의 구덩이가 톰의 어깨 높이만큼 깊어졌을 때, 그가 물었다.

"얼마나 깊이 파요, 아버지?"

"아주 깊게. 2피트 정도 더 파야 돼. 이제 그만 나와라, 톰. 편지를 써야지."

톰이 구덩이에서 나오자 노아가 그의 자리를 채웠다. 톰은 모닥불을 살피고 있는 어머니에게 갔다.

"종이하고 펜 있어요, 어머니?"

어머니가 느릿느릿 고개를 가로저었다. "아아니. 그건 안 가져왔어."

어머니는 새리가 있는 쪽을 바라보았다. 새리가 재빨리 천막으로 가서 성경과 반 토막짜리 연필을 가지고 나왔다.

"자요. 앞에 백지가 있어요. 그걸 찢어서 글을 쓰세요."

그녀는 성경책과 연필을 톰에게 건네주었다.

톰은 불빛이 비치는 곳에 앉았다. 그리고 눈을 가늘게 뜬 채 정신을 집중하다가 마침내 커다란 글씨로 또박또박 조심스럽게 글을 적기 시작했다.

"이 사람은 뇌졸중으로 세상을 떠난 나이 많은 노인 윌리엄 제임스 조드다. 가족들이 그를 이곳에 묻은 것은 장례 비용이 없었기 때문이다. 그는 살해당한 것이 아니라 뇌졸중으로 세상을 떠났다."

그는 여기서 글을 멈추고 말했다.

"어머니, 한번 들어 보세요."

그리고 그는 자신이 쓴 글을 천천히 어머니에게 읽어 주었다.

"그래, 괜찮은 것 같다." 어머니가 말했다. "성경 구절을 좀 써넣으면 안 될까? 신앙심이 있는 것처럼 보이게. 성경을 펼쳐서 한 구절 골라 봐."

"짧은 구절이어야 하는데. 종이가 별로 남지 않았거든요." 톰이 말했다.

새리가 말했다. "'주여, 그의 영혼에 자비를 베푸소서.'는 어때요?"

톰이 말했다. "글쎄요. 어쩐지 할아버지가 구천을 떠도는 것 같아요. 제가 성경을 찾아볼게요."

그는 성경책을 넘기며 숨죽인 소리로 웅얼웅얼 여러 구절들을 읽어 보았다.

"여기 짧고 좋은 구절이 있네요. '롯이 그들에게 이르되, 내 주여 그리 마옵소서.'"

어머니가 말했다. "그건 아무 의미도 없잖니. 뭔가를 써넣으려면 의미가 있어야지."

새리가 말했다. "시편을 보세요. 좀 더 넘겨서. 시편에서는 항상 괜찮은 구절을 고를 수 있어요."

톰은 책장을 넘겨 시편을 훑어보았다.

"아, 여기 하나 있어요. 좋은 구절인데요. 신앙심으로 가득 차 있어요. '허물의 사함을 얻고 그 죄의 가리움을 받은 자는 복이 있도다.' 어때요?"

"정말 좋구나. 그걸 써넣는 게 좋겠다." 어머니가 말했다.

톰은 그 구절을 조심스레 써넣었다. 어머니가 과일을 담아 두던 병 하나를 씻어 주었고 톰은 쪽지를 넣은 다음 뚜껑을 단단히 잠갔다.

"목사님한테 써 달라고 할걸 그랬나?" 그가 말했다.

"안 돼. 목사님은 가족이 아니잖니."

어머니는 그에게서 병을 받아 들고 어두운 천막으로 갔다. 그리고 할아버지를 싼 이불에서 핀을 하나 뺀 다음 차갑게 식은 야윈 손 밑에 병을 밀어 넣고 다시 단단하게 핀으로 이불을 여몄다. 일을 마친 후 어머니는 불가로 돌아왔다.

무덤을 파던 남자들이 땀으로 얼굴을 번들거리며 다가왔다.

"다 됐어." 아버지가 말했다.

아버지, 존, 노아, 앨이 천막 안으로 들어가서 할아버지의 시신을 들고 나와 무덤으로 갔다. 아버지가 구덩이 안으로 훌쩍 뛰어 들어가서 시신을 받아 부드럽게 내려놓았다. 큰아버지가 손을 내밀어 아버지가 구덩이 밖으로 나올 수 있도록 도와주었다.

아버지가 물었다. "어머니는 어떻게 하고 계셔?"

"내가 가서 보고 올게요." 어머니가 말했다.

어머니는 매트리스가 있는 곳으로 가서 할머니를 잠시 살펴본 다음 다시 무덤으로 돌아왔다.

"주무시고 계세요. 어머님이 나중에 나한테 뭐라고 하실지도 모르지만 깨우지 않는 게 좋겠어요. 피곤하실 테니까."

아버지가 말했다. "목사는 어디 있지? 기도를 해야 하는데."

톰이 말했다. "아까 길을 따라 걸어 내려가는 걸 봤어요. 이젠 기도하는 걸 싫어하는 분이니까."

"기도하기가 싫다고?"

톰이 말했다. "예. 이젠 목사가 아니잖아요. 목사도 아닌데 목사 행세를 하면서 사람들을 속이는 게 옳지 않다고 생각하는 것 같아요. 틀림없이 일부러 자리를 피했을걸요."

케이시가 조용히 다가와 있다가 톰의 이야기를 들었다.

그가 말했다. "도망친 건 아닙니다. 여러분들을 도와주기는 하겠지만, 속이지는 않을 거예요."

아버지가 말했다. "몇 마디 기도를 해 주시겠소? 우리는 식구들을 묻을 때 항상 기도를 했거든."

"그러죠." 목사가 말했다.

코니가 샤론의 로즈를 무덤가로 데리고 왔다. 그녀는 내키지 않는 기색이었다.

코니가 말했다. "반드시 참석해야 돼. 참석하지 않는 건 무례한 일이야. 금방 끝날 거야."

불빛이 모여 있는 사람들을 비췄다. 약해져 가는 불빛 속에 사람들의 얼굴과 눈이 드러났다. 다들 모자를 벗고 있었다. 불빛이 춤추듯 움직이며 사람들의 몸 위에서 너울거렸다.

케이시가 말했다. "짧게 하겠습니다."

그가 고개를 숙이자 다른 사람들도 고개를 숙였다. 케이시가 엄숙한 목소리로 말했다.

"여기 이 노인은 한 생애를 살고 이제 막 그 삶에서 벗어나셨습니다. 이분이 좋은 사람이었는지 나쁜 사람이었는지 저는 잘 모르지만 그건 별로 중요하지 않습니다. 이분이 살아 있었다는 것, 그것이 중요합니다. 이제 돌아가셨다는 사실은 중요하지 않습니다. 언젠가 어떤 사람이 시를 읊는 걸 들은 적이 있습니다. 그 사람 말이 '모든 삶은 거룩하다.'라고 하더군요. 그 말을 듣고 생각해 보니 그 말에 훨씬 더 커다란 의미가 있다는 걸 금방 알 수 있었습니다. 저는 세상을 떠난 노인을 위해 기도하지 않을 겁니다. 이분에게는 아무 문제가 없습니다. 이분에게는 해야 할 일이 있지만, 모든 것이 세밀하게 계획되어 그 일을 할 수 있는 방법이 단 하나밖에 없습니다. 하지만 우리는, 우리에게도 해야 할 일이 있지만 그 방법은 수천 가지나 됩니다. 그리고 우리는 어떤 방법을 선택해야 하는지 모르고 있습니다. 만약 제가 기도를 한다면, 그건 어떤 길을 택해야 하는지 모르는 사람들을 위한 기도가 될 겁니다. 여기 할아버님은 편안하고 곧게 뻗은 길을 얻으셨습니다. 이제 이분을 덮어 드려 이분이 자신의 일을 할 수 있게 해 드립시다."

케이시가 고개를 들었다.

아버지가 말했다. "아멘."

"아멘." 다른 사람들도 중얼거렸다.

아버지가 삽을 들어 흙을 반쯤 퍼서 어두운 구덩이 속에 조심스레 뿌렸다. 그가 존에게 삽을 넘겨주자 존도 흙을 퍼서 뿌렸다. 모두들 차례로 삽을 건네받아 흙을 뿌렸다. 모든 사람이 이렇게 각자의 의무와 권리를 다한 후 아버지가 흙더미의 흙을 퍼서 서둘러 구덩이를 메우기 시작했다. 여자들은 저녁 식사를 준비하기 위해 불가로 물러났다. 루티와 윈필드는 홀린 듯이 지켜보고 있었다.

루티가 엄숙하게 말했다. "할아버지가 저 아래에 계셔."

윈필드가 겁에 질린 눈으로 그녀를 바라보다가 불가로 도망쳐서 바닥에 앉아 혼자 흐느껴 울었다.

아버지가 구덩이를 반쯤 채운 다음 숨을 몰아쉬며 일어서자, 큰아버지가 일을 마무리했다. 존이 봉분을 만들고 있을 때 톰이 그를 제지했다.

"큰아버지." 톰이 말했다. "여기에 이렇게 무덤을 만들면 사람들이 금방 무덤을 열어 볼 거예요. 무덤을 숨겨야 해요. 땅을 평평하게 만들어서 마른풀을 뿌려야겠어요. 그렇게 해야돼요."

아버지가 말했다. "그 생각을 미처 못했구나. 하지만 봉분 없는 무덤을 만들 수는 없어."

"어쩔 수 없어요. 사람들이 금방 파헤쳐 볼 거라고요. 그러면 우리가 법을 어겼다는 게 드러날 거고요. 제가 법을 어기면 어떻게 되는지 아시잖아요."

"그래. 그걸 깜빡했다." 아버지는 존이 들고 있던 삽을 빼앗아 무덤을 평평하게 만들었다. "겨울이 오면 푹 꺼질 텐데."

톰이 말했다. "어쩔 수 없어요. 겨울이면 우리는 이미 멀리 가 있을 거예요. 잘 밟으세요. 그리고 그 위에 풀을 뿌리는 거예요."

돼지고기와 감자 요리가 준비되자 식구들은 바닥에 둘러앉아 식사를 했다. 다들 모닥불을 바라보기만 할 뿐 말이 없었다. 윌슨이 고기를 뜯어 먹으면서 만족스러운 한숨을 쉬었다.

"돼지고기를 먹으니 정말 좋네요." 그가 말했다.

아버지가 설명하듯이 대답했다. "우리가 새끼 돼지 두 마리를 기르고 있었는데, 그냥 먹어 버리는 게 낫겠다는 생각이 들었소. 녀석들을 사겠다는 사람이 없어서. 우리가 여행에 익숙해지고 집사람이 빵을 만들 수 있게 되면, 트럭에 돼지고기를 두 통이나 실어 놓고 경치를 바라보는 것도 꽤 괜찮을 거요. 여행을 떠난 지 얼마나 됐소?"

윌슨은 혀로 이 사이의 고기 조각들을 빼내 삼켰다.

"우린 별로 운이 없었어요. 집 떠난 지 삼 주쨉니다."

"저런, 세상에, 우리는 열흘이나 아니면 그 안에 캘리포니아까지 갈 생각인데."

앨이 끼어들었다. "그건 모르는 일이에요, 아버지. 짐이 너무 많아서 어쩌면 아예 캘리포니아까지 못 갈지도 몰라요. 도중에 산을 넘어야 한다면 말이에요."

일행은 말없이 불가에 둘러앉아 있었다. 그들의 얼굴이 아래를 향하고 있어서 머리카락과 이마가 불빛에 드러났다. 모닥불 위의 하늘에서는 여름에 뜨는 별들이 희미하게 빛나고, 한낮의 열기가 점점 수그러들었다. 불가에서 조금 떨어진 곳에 놓인 매트리스 위에서 할머니가 강아지처럼 작은 소리로 끙끙댔다. 다들 할머니가 있는 쪽으로 고개를 돌렸다.

어머니가 말했다. "로저샨, 할머니한테 좀 가 봐라. 이제는 누가 옆에 있어 드려야 해. 이제 할머니도 아시는 것 같다."

샤론의 로즈가 자리에서 일어나 매트리스 쪽으로 가서 할머니 옆에 누웠다. 두 사람이 조용히 속삭이는 소리가 모닥불이 있는 곳으로 흘러왔다. 샤론의 로즈와 할머니가 매트리스 위에서 뭐라고 속삭이고 있었다.

노아가 말했다. "웃기는 건, 할아버지가 돌아가셨는데도 내 기분이 하나도 달라지지 않았다는 거예요. 특별히 더 슬프다는 생각이 들지 않아요."

케이시가 말했다. "다 마찬가지야. 할아버지나 고향이나 다 마찬가지야."

엘이 말했다. "정말 속상해요. 할아버지는 머리 위에서 포도를 짜서 포도즙이 수염 속으로 흘러들게 하겠다는 둥, 온갖 얘기를 했는데."

케이시가 말했다. "할아버님은 내내 거짓말을 하신 거야. 아마 할아버님도 알고 계셨겠지. 사실 할아버님은 오늘 밤에 돌아가신 게 아니야. 식구들이 할아버님을 데리고 고향을 떠나던 그 순간에 이미 돌아가신 거야."

"정말 그렇게 생각해요?" 아버지가 소리쳤다.

"아뇨. 할아버님이 숨은 쉬고 계셨죠." 케이시가 말을 계속했다. "하지만 이미 죽어 있었습니다. 할아버님은 고향 그 자체였어요. 할아버님도 그걸 알고 계셨고요."

존이 말했다. "할아버지가 돌아가실 줄 알고 있었습니까?"

케이시가 말했다. "예. 알고 있었습니다."

존이 그를 지그시 바라보았다. 경악한 표정이 그의 얼굴을 점점 물들였다.

"그런데 아무한테도 얘기를 안 했다?"

"뭣 하러 얘기를 하죠?"

"우리가…… 우리가 어떻게 해 볼 수도 있었잖습니까."

"뭘 어떻게 해요?"

"나도 모르지만……."

"여러분이 할 수 있는 일은 하나도 없었습니다. 여러분의 길은 이미 정해져 있었고, 할아버님은 그 길에 속해 있지 않았어요. 그분은 아무것도 참지 못했죠. 오늘 아침에 그 일이 있은 후에는. 할아버님은 계속 땅과 함께 계셨습니다. 그곳을 떠날 수 없었던 거예요."

존이 깊은 한숨을 내쉬었다.

윌슨이 말했다. "우리는 형님인 월을 데리고 올 수 없었습니다."

사람들이 그에게 고개를 돌렸다.

"형님하고 나는 나란히 붙은 땅을 40에이커씩 갖고 있었습니다. 우리 둘 다 차를 몰아본 적이 한 번도 없었어요. 어쨌든 우린 가진 물건을 다 팔아 치웠습니다. 형님이 자동차 한 대를 샀는데, 장사꾼이 운전을 가르쳐 줄 아이 하나를 붙여 주더군요. 그래서 떠나기 전날 오후에 형님이 미니 숙모하고 같이 연습을 하러 갔어요. 그런데 길이 꺾어지는 지점이 나오자 형님은 '워, 워.' 이러면서 차를 뒤로 확 잡아당겼죠. 하지만 차는 울타리를 뚫고 나가 버렸어요. 형님은 '멈춰, 이 나쁜 놈아.' 이렇게 소리를 지르면서 액셀러레이터를 냅다 밟았고, 결국 차는 협곡으로 떨어져 버렸죠. 이제 형님한테는 팔 물건도 없고 자동차도 없었어요. 하지만 자기 잘못으로 그렇게 됐으니 어쩌겠습니까. 형님은 너무 화가 나서 우리랑 같이 떠나지 않겠다고 했어요. 그냥 거기 앉아서 욕만 퍼붓고 있었죠."

"형님은 앞으로 어쩌시려고요?"

"모르죠. 형님은 너무 화가 나서 생각을 할 수 있는 상태가 아니었으니까. 우리는 더 이상 기다릴 수가 없었고요. 돈이 85딜러밖에 없었거든요. 가만히 앉아서 그 돈을 까먹을 수는 없잖습니까. 하긴 어차피 그 돈을 다 써 버렸지만. 100마일도 채 못 왔는데, 뒤쪽 톱니바퀴 이빨이 나가더군요. 그걸 고치는 데 30달러가 들었습니다. 그다음에는 타이어를 샀고요. 그 후로도 점화 플러그가 깨지고, 새리가 병이 들었습니다. 그래서 열흘 동안 꼼짝 못 했어요. 그런데 저 망할 놈의 자동차가 또 망가져 버렸지 뭡니까. 돈도 얼마 없는데. 우리가 캘리포니아까지 갈 수나 있을지 모르겠어요. 내가 자동차를 고칠 줄 안다면 좋을 텐데, 자동차에 대해서는 아는 게 하나도 없으니."

앨이 뭔가 중요한 얘기를 하듯이 물었다. "어디가 고장난 건데요?"

"글쎄, 그냥 달리지를 못해. 시동을 걸면 방귀만 뀌다가 서 버리거든. 조금 있다가 다시 시동을 걸고 가 볼까 하면 몇 발짝 가기도 전에 또 푸시시 꺼져 버려."

"일 분쯤 달리다가 서 버린다고요?"

"응. 아무리 기름을 넣어 줘도 치가 움직이실 않아. 증상이 점점 심해지기만 하더니 이젠 아예 차가 꼼짝도 하질 않는다니까."

"휘발유 관이 막힌 것 같아요. 제가 관을 뚫어 드리죠." 앨은 자신이 아주 대견하다는 듯 어른스러운 태도로 말했다.

"저놈이 차를 잘 고쳐요." 아버지도 아주 자랑스러워하는 기색이었다.

"뭐, 도와주신다면 정말 고맙죠. 정말로. 도저히 손을 쓸 수가 없으니 내가 마치 어린애가 된 기분이었거든요. 캘리포니아에 도착하면 좋은 차를 한 대 살 겁니다. 아마 그 차는 고장나지 않겠죠."

"그건 거기 도착했을 때 얘기지. 거기까지 가는 게 문제니까 말이오." 아버지가 말했다.

"아, 하지만 그렇게 고생할 만한 가치가 있습니다." 윌슨이 말했다. "전단지를 보니까 과일을 딸 일손이 부족하다고 하더라고요. 돈도 많이 준다고 그러고. 거기서 어떤 생활을 하게 될지 생각해 보세요. 나무 그늘 밑에서 과일을 따다가 가끔 한 입씩 베어 물기도 하고. 과일이 워낙 많아서 우리가 얼마를 먹어 치우든 상관하지 않을 겁니다. 게다가 돈도 많이 준다니 어쩌면 땅을 조금 사서 가욋돈을 벌 수 있을지도 몰라요. 두어 해만 지나면 틀림없이 자기 땅을 마련할 수 있을 겁니다."

아버지가 말했다. "우리도 그 전단지를 봤소. 지금도 갖고 있지."

아버지는 지갑을 꺼내 그 안에서 차곡차곡 접어 놓은 오렌지색 전단지를 꺼냈다. 거기에는 검은 글씨로 이렇게 쓰여 있었다. '캘리포니아에서 콩 따는 인부 모집 중. 일 년 내내 고임금 지급. 인부 800명 모집.'

윌슨은 신기하다는 듯 그 전단지를 바라보았다.

"이런, 내가 본 것도 그거예요. 똑같네. 혹시…… 800명을 벌써 다 뽑았을까요?"

아버지가 말했다. "이건 캘리포니아의 일부에 불과해요. 뭐, 이 나라에서 두 번째로 큰 주니까. 아마 이 사람들은 800명을 다 뽑았을 거요. 하지만 일할 곳은 많아요. 어쨌든 나는 과일 따는 일이 더 좋기도 하고. 당신 말처럼 나무 그늘에서 과일을 따면서…… 애들도 그 일을 하고 싶어 할걸."

갑자기 앨이 자리에서 일어나 윌슨의 자동차를 향해 걸어갔다. 그는 잠시 자동차를 들여다보고는 다시 돌아와 앉았다.

"오늘 밤에는 고칠 수 없을 거야." 윌슨이 말했다.

"알아요. 아침에 손봐 드릴게요."

톰은 동생을 유심히 지켜보고 있다가 말했다. "나도 그런 생각을 하고 있었어."

노아가 물었다. "너희 둘이 지금 무슨 소리를 하는 거야?"

톰과 앨은 서로 상대방이 입을 열기를 기다리며 말이 없었다.

마침내 앨이 말했다. "형이 말해."

"그게, 어쩌면 쓸데없는 생각일 수도 있고, 앨이 생각하는 것과는 다를 수도 있어요. 어쨌든 내가 생각한 건, 우린 짐이 너무 많지만 윌슨 씨네는 그렇지 않다는 거예요. 만약 우리 식구 몇 명이 윌슨 씨네 차에 타고 대신 윌슨 씨네 짐 중에서 가벼운 걸 조금 트럭에 옮겨 실으면, 언덕을 넘어도 스프링이 부러지지 않을 거예요. 나랑 앨이 둘 다 자동차를 조금 아니까 지 차를 계속 손봐 줄 수도 있고요. 우리가 같이 여행을 하면 다 같이 이득을 볼 수 있다는 거죠."

윌슨이 신이 나서 펄쩍 뛰듯이 일어서며 말했다. "그래, 그렇지. 우린 좋아요. 그렇게 하면 좋지. 지금 얘기 들었어, 새리?"

새리가 말했다. "좋은 생각이에요. 우리가 여러분께 짐이 되지는 않을까요?"

아버지가 말했다. "아이고, 그런 걱정 말아요. 전혀 짐이 되지 않을 테니. 오히려 우리한테 도움이 될걸요."

윌슨이 불안한 표정으로 다시 자리를 잡았다.

"저기, 난 잘 모르겠어요."

"왜 그래요? 같이 가기 싫은 건가?"

"그게, 저기…… 우리한테 남은 돈이 30달러밖에 없어요. 그래서 여러분의 짐이 되고 싶지 않아요."

어머니가 말했다. "짐이 되지 않을 거예요. 서로서로 도우면서 다 같이 캘리포니아로 가는 거지. 아버님 시신을 염할 때 새리 윌슨 부인이 도와주셨어요."

어머니는 여기서 말을 멈췄다. 서로의 관계가 분명하게 드러난 셈이었다.

앨이 소리쳤다. "저 차라면 여섯 명은 넉넉히 탈 수 있어요. 내가 운전하고 로저샨이랑 코니랑 할머니가 타시는 게 어때요? 그리고 저 차에서 덩치 크고 가벼운 물건들을 내려서 우리 트럭에 싣는 거예요. 가끔 서로 자리를 바꾸면 돼요." 걱정거리 하나를 덜어 낼 수 있게 된 그가 큰 소리로 말했다.

일행은 수줍게 미소 지으며 땅바닥을 바라보았다. 아버지가 손가락 끝으로 흙을 만지작거리면서 말했다.

"집사람은 오렌지 나무로 둘러싸인 하얀 집을 갖고 싶어 해요. 달력에서 그런 그림을 봤거든."

새리가 말했다. "제가 다시 병에 걸리면, 여러분은 그냥 먼저 가세요. 저희는 짐이 되고 싶지 않아요."

어머니가 새리를 유심히 바라보았다 고통에 찌들어서 점점 쪼그라드는 얼굴과 고통에 지친 눈을 처음으로 보는 것 같았다.

어머니가 말했다. "우린 댁들하고 끝까지 같이 살 거예요. 아주머니가 아까 그랬잖아요. 상대가 도움을 원하지 않는다고 해서 가만히 내버려 둘 수는 없다고."

새리는 불빛 속에서 자신의 주름진 손을 유심히 살펴보았다.

"다들 잠을 좀 자 둬야겠어요." 그녀가 자리에서 일어섰다.

"아버님이…… 돌아가신 지 한 일 년은 된 것 같네." 어머니가 말했다.

식구들은 실컷 하품을 하면서 느릿느릿 잠자리로 향했다. 어머니는 양철 접시를 살짝 헹군 다음 밀가루 주머니로 문질러 기름기를 제거했다. 모닥불이 사그라지고 별빛이 아래로 내려왔다. 이제는 고속도로를 지나는 승용차가 거의 없었다. 화물 트럭들이 가끔 천둥 같은 소리를 내며 지나가는 바람에 땅이 살짝 흔들릴 뿐이었다. 별빛 속에서는 수로에 세워둔 차들이 기의 보이지 않았다. 길 아래쪽의 휴게소에 매어 둔 개가 짖어 댔다. 식구들은 조용히 자고 있었다. 그리고 점점 대담해진 들쥐들이 매트리스들 사이를 재빨리 돌아다녔다. 오직 새리 윌슨만이 깨어 있었다. 그녀는 하늘을 뚫어지게 바라보며 다가올 통증에 대비해 온몸에 힘을 주었다.

14장

서부의 땅은 이제 막 시작되는 변화의 물결에 불안해 하고 있다. 서부의 주들도 폭풍 전야의 말들처럼 불안해 하고 있다. 대지주들도 변화를 감지하고 불안해 하고 있다. 그것이 어떤 변화인지 전혀 알지 못하므로. 대지주들은 바로 눈앞에 있는 것들을 공격한다. 점점 영역을 넓혀 가는 정부, 자꾸만 성장하는 노동조합 같은 것들을. 그들은 새로운 세금 제도, 새로운 계획들을 공격한다. 이런 것들이 원인이 아니라 결과임을 모르고서. 원인이 아니라 결과. 원인이 아니라 결과. 원인은 깊숙이 숨어 있다. 원인은 간단하다. 수백만 배로 늘어난 굶주림. 한 사람의 굶주림, 기쁨과 안정된 삶에 대한 굶주림, 이것이 수백만 배로 늘어났다. 몸과 마음은 성장하고 일하고 창조하고 싶어 안달하고, 그 열망이 수백만 배로 늘어났다. 사람이 갖고 있는 최후의 분명한 기능, 일하고 싶어 안달하는 몸과 단 한 사람의 욕구 충족 이상의 목적을 위해 창조하고 싶어 하는 마음, 이것이 바로 인간이다. 벽을 쌓고, 집을 짓고, 댐을 만들고, 그 벽과 집과 댐 속에 인간 자신의 일부를 넣는다. 그리고 인간 자신이 그 대가로 벽과 집과 댐에게서 뭔가를 얻는다. 무거운 물건을 들어 올리며 딘딘한 근육을 얻고, 머릿속의 생각에서 분명한 선과 형태를 얻는다. 이 우주의 모든 유기체나 무기물들과 달리 인간은 자신이 창조한 것보다 훨씬 더 많이 성장하고, 자신의 생각이라는 계단을 걸어 오르며, 자신이 이룩한 일보다 더 앞에서 모습을 드러낸다. 인간에 대해 이렇게 말할 수 있을지도 모른다. 이론이 변화할 때나 붕괴할 때, 국민적 종교적 경제적 사고의 좁은 뒷골목과 학파와 사상이 성장할 때와 허물어질 때, 인간은 손을 뻗어 비틀거리며 앞으로 나아간다. 고통스럽게. 때로는 실수를 저지르기도 하면서. 일단 앞으로 발을 내디딘 후 뒤로 미끄러질 수도 있지만, 그래 봤자 반 발짝 물러설 뿐이다. 결코 한 발짝을 온전히 물러서는 법은 없다. 이것이 바로 인간이라고 말할 수 있다. 우리는 인간이 이렇다는 것을 이미 아는지도 모른다. 검은 비행기에서 나온 폭탄이 시장에 떨어질 때, 포로들이 돼지처럼 찔려 죽을 때, 짓뭉개진 시체들이 흙먼지 속에서 추악하게 말라갈 때, 그것을 알 수 있을지도 모른다. 그런 식으로 알 수 있을지도 모른다. 인간이 발을 내딛지 않았다면, 비틀거리며 앞으로 나아갈 때의 고통이 그렇게 생생하지 않았다면, 폭탄도 떨어지지 않았을 것이고 목이 베여 죽는 사람도 없었을 것이다.

폭격을 하던 사람들이 살아 있는데도 폭탄이 더 이상 떨어지지 않는다면 그때를 두려워하라. 폭탄 하나하나는 정신이 죽지 않았다는 증거니까. 대지주들이 살아 있는데도 공격이 없다면 그때를 두려워하라. 패배로 끝난 공격 하나하나가 누군가 발을 내디뎠다는 증거니까. 여러분은 이것을 알 수 있을 것이다. 인간이 고통받지도 않고 자신의 생각 때문에 죽으려 하지도 않는다면 그때를 두려워해야 한다는 것. 바로 이것이 인간의 근간이므로, 이것이 이 우주에서 독특한 존재인 인간 자신이므로.

서부의 주들은 새로 시작되는 변화 속에서 불안해 하고 있다. 텍사스와 오클라호마, 캔자스와 아칸소, 뉴멕시코, 애리조나, 캘리포니아. 한 가족이 땅을 떠났다. 아버지가 은행에서 돈을 빌렸는데, 이제 그 은행이 땅을 원한다. 토지 회사, 혹은 토지를 소유한 은행은 트랙터를 원한다. 그들은 땅 위에서 평범한 가족들이 사는 것을 원하지 않는다. 트랙터가 나쁜 것인가? 길게 고랑을 그리며 땅을 갈아엎는 그 힘이 잘못된 것인가? 만약 이 트랙터가 우리 거라면 트랙터는 좋은 것이 될 것이다. 내 것이 아니라 우리 것이라면. 만약 우리 트랙터가 길게 고랑을 그리며 우리 땅을 갈아엎는다면, 그것도 좋은 일이 될 것이다. 내 땅이 아니라 우리 땅을 갈아엎는다면. 그렇다면 우리는 한때 우리 것이었던 이 땅을 사랑한 것처럼 트랙터도 사랑할 수 있을 것이다. 그러나 이 트랙터는 두 가지 일을 한다. 땅을 갈아엎는 일과 우리를 땅에서 쫓아내는 일. 이 트랙터는 탱크와 거의 다르지 않다. 둘 다 사람들을 위협하고 상처를 입혀서 쫓아내 버린다. 우리는 이 점을 반드시 생각해 보아야 한다.

땅에서 쫓겨난 한 사람, 한 가족. 녹슨 자동차가 삐걱거리며 서부를 향해 고속도로를 달린다. 나는 내 땅을 잃었다. 트랙터 한 대가 내 땅을 빼앗아갔다. 나는 혼자서 혼란에 빠져 있다. 밤이 되면 한 가족이 도랑에서 야영을 하고, 또 다른 가족이 차를 몰고 들어와 천막을 꺼낸다. 두 남자는 쭈그리고 앉았고, 여자와 아이들은 귀를 기울인다. 이것이 중요하다. 변화를 싫어하고 혁명을 두려워하는 사람들이여. 쭈그리고 앉은 두 남자를 떨어뜨려 놓아야 한다. 그들이 서로를 증오하고, 두려워하고, 의심하게 만들어야 한다. 당신이 두려워하는 문제의 싹이 여기 있다. 이것이 접합제다. 여기서 '나는 나의 땅을 잃었다.'라는 말이 변질되니까. 세포가 분열하면서 당신이 싫어하는 것이 자라 나온다. '우리가 우리의 땅을 잃었다.'로 바뀌는 것이다. 이건 위험하다. 두 남자는 이제 혼자 있을 때만큼 외롭지도 않고 당혹스러워 하지도 않는다. 이 최초의 '우리'로부터 훨씬 더 위험한 것이 자라 나온다. '나한테 식량이 조금 있다.'에 '나는 식량이 하나도 없다.'가 덧붙여지는 것. 이것이 '우리한테 식량이 조금 있다.'로 발전하면, 이미 문제가 시작된 것이다. 문제의 방향은 이미 정해졌다. 이제 조금만 더 앞으로 나아가면 이 땅, 이 트랙터는 우리 것이다. 도랑에 쭈그리고 앉은 두 남자, 작은 모닥불, 냄비에서 끓고 있는 돼지고기, 돌처럼 굳은 눈으로 침묵을 지키고 있는 여자들. 뒤에서는 아이들이 이해하지도 못하는 말에 영혼의 귀를 기울이고 있다. 밤이 내린다. 아기는 감기에 걸렸다. 자, 이 담요를 가져가. 양모 담요야. 우리 어머니 것이었지만…… 아기를 위해서 가져가. 이것이 폭발의 시초다. 이것이 시작이다. '나'에서 '우리'로 변하는 것이.

사람들에게 반드시 필요한 물건들을 소유한 당신이 이 점을 이해한다면 목숨을 부지할 수 있을지도 모른다. 원인과 결과를 분리할 수 있다면, 페인, 마르크스, 제퍼슨, 레닌이 원인이 아니라 결과라는 것을 이해할 수 있다면, 당신은 살아남을 수 있을지도 모른다. 하지만 당신은 그것을 이해할 수 없다. 소유라는 것이 원래 사람을 '나' 속에 고착시켜 '우리'로부터 영원히 단절시키기 때문이다.

서부의 주들은 새로 시작되는 변화 속에서 불안해 하고 있다. 필요가 생각을 자극하고, 생각은 행동을 불러온다. 50만 명의 사람들이 이주하고 있으며, 마음이 들뜬 100만 명이 이주할 준비를 하고 있다. 그리고 1000만 명이 처음으로 불안을 느끼기 시작했다.

트랙터들은 텅 빈 땅에서 무수한 고랑을 파며 땅을 갈아엎고 있다.

15장

66번 도로를 따라 햄버거 판매점들이 있다. 앨과 수지의 집, 칼의 간이식당, 조와 미니, 윌 식당 등. 판자와 막대기로 세운 허름한 집들이다. 가게 앞에는 휘발유 펌프 두 개가 있고, 방충망 문, 긴 바, 의자, 발을 올려놓는 가로대 등이 있다. 문 근처에는 슬롯머신 세 대가 있는데, 세 칸의 그림을 맞추면 쏟아져 나올 동전들이 유리 너머로 보인다. 그 옆에는 동전을 넣게 되어 있는 축음기가 있고, 레코드들이 파이처럼 쌓여 있다. 언제라도 턴테이블 위로 휙 올라와 댄스 음악을 들려줄 것이다. 「티피티피틴」, 「추억을 주어서 고마워」, 빙 크로스비, 베니 굿맨. 카운터 한쪽 끝에는 뚜껑이 넓인 상자가 있다. 목캔디, 슬리플리스라고 불리는 황산카페인, 각성제, 사탕, 담배, 면도칼, 아스피린, 감기약 등이 들어 있다. 벽은 포스터로 장식되어 있다. 가슴이 크고 엉덩이는 날씬하고 얼굴이 하얀 금발 여자들이 하얀 수영복을 입고 수영을 하면서 코카콜라 병을 들고 미소 짓고 있는 사진이다. 코카콜라를 먹으면 이런 기분이 된다는 얘기다. 긴 카운터에는 소금, 후추, 겨자 등이 담긴 그릇, 종이 냅킨. 카운터 뒤에는 생맥주를 쏟아 내는 꼭지가 있고, 그 안쪽에서는 반짝이는 커피·메이커가 김을 토해 낸다. 이 커피 메이커에는 커피의 양을 알려 주는 유리 계기판이 있다. 철망 속에 담긴 파이와 네 개씩 피라미드 모양으로 쌓아 놓은 오렌지도 있다. 시리얼과 콘플레이크도 모양 좋게 쌓여 있다.

여기저기 놓여 있는 갖가지 표시판에는 운모를 뿌려 반짝이는 글씨로 이런 구절들이 쓰여 있다. '옛날에 어머니가 만들어 주시던 파이.' '외상은 적을 만듭니다. 우리 친구가 됩시다.' '숙녀들도 담배를 피울 수 있지만 꽁초를 조심해서 버리세요.' '우리 가게에서 식사를, 그리고 부인에게 사랑을.' 'IITYWYBAD?'[6]

저쪽 끝에는 요리용 철판, 스튜 냄비, 감자, 구운 쇠고기, 썰기만 하면 되는 회색빛 구운 돼지고기 등이 있다.

이름이 미니인지 수지인지 메이인지 모르겠지만, 카운터 뒤에서 중년이 되어 가고 있는 여자는 머리를 둥글게 말았고, 땀이 흐르는 얼굴에는 립스틱과 파우더를 발랐다. 주문을 받

---

6) 'If I tell you, will you buy a drink?'의 머리글자를 모은 것. 손님이 이게 무슨 뜻이냐고 물었을 때 '내가 가르쳐 주면 한잔 사겠느냐?'라고 농담을 할 때 쓰인다.

을 때는 부드럽고 낮은 목소리지만 주방장에게 주문을 전달할 때는 공작새처럼 날카로운 목소리로 소리를 지른다. 그녀는 걸레로 원을 그리면서 카운터를 닦고, 반짝반짝 빛나는 커다란 커피 메이커에 윤을 낸다. 주방장의 이름은 조 아니면 칼 아니면 앨일 것이다. 하얀 가운과 앞치마를 입고 뜨거운 불 앞에 서 있는 그의 하얀 이마에, 하얀 요리사 모자 밑에 땀방울이 맺혀 있다. 뚱한 표정으로 거의 말을 하지 않는 그는 주문이 새로 들어올 때마다 잠깐씩 고개를 든다. 그리고 철판을 닦고 햄버거 반죽을 철썩 내려놓는다. 그는 부드러운 목소리로 메이가 외친 주문 내용을 되풀이하고, 철판의 찌꺼기를 긁어내고, 삼베로 철판을 닦는다. 그는 뚱하고 말이 없다.

메이는 중개자다. 미소를 짓고 있지만 짜증이 나서 폭발하기 직전이다. 얼굴에는 미소를 짓고 있지만 눈으로는 다른 곳을 본다. 그러나 트럭 운전사들은 예외다. 그들은 이 가게의 중추다. 트럭이 멈추는 가게에 손님이 드는 법이다. 트럭 운전사를 속일 수는 없다. 그들이 손님을 데려온다. 어느 식당이 좋은지 잘 아니까. 그들에게 오래된 커피를 내놓으면, 그들은 그 가게를 떠나 버린다. 그들을 제대로 대접하면 그들은 그 가게를 다시 찾는다. 트럭 운전사들에게 메이는 온 힘을 다해 진짜 미소를 짓는다. 약간 앙탈을 부리면서 뒷머리를 손질한다. 팔을 들어 올리면 가슴이 위로 솟아오른 것처럼 보이기 때문이다. 그녀는 트럭 운전사들에게 인사를 하고, 굉장한 얘기와 굉장한 농담들을 던진다. 앨은 결코 말하는 법이 없다. 그는 손님들과 접촉하지 않으니까. 가끔 농담을 듣고 살짝 미소를 짓기도 하지만 소리 내어 웃는 경우는 없다. 가끔 그는 쾌활한 메이의 목소리에 고개를 들었다가 이내 주걱으로 철판의 찌꺼기를 긁어 철판 주위에 있는 구멍에 버린다. 그리고 칙칙 소리를 내는 햄버거 반죽을 주걱으로 누른다. 둥근 빵을 잘라 철판 위에 놓고 굽는다. 철판에 흩어져 있는 양파를 모아 고기 위에 쌓아 올리고 주걱으로 누른다. 반으로 자른 빵을 고기 위에 놓고 나머지 빵 반쪽에는 녹인 버터를 바른 다음, 맛을 내기 위해 피클을 얇게 올려놓는다. 고기 위에 올려놓은 빵을 누르면서 그는 얄팍한 고기 반죽 밑으로 주걱을 넣어 뒤집은 다음, 버터를 칠한 빵 반쪽을 그 위에 놓고 작은 접시에 완성된 햄버거를 담는다. 그리고 그 옆에 피클 몇 개와 검은 올리브 두 개를 놓는다. 앨은 고리 던지기를 할 때처럼 이 접시를 카운터 저편으로 밀어 보낸다. 그리고 주걱으로 찌꺼기를 긁어내고 스튜 냄비를 뚱하니 바라본다.

자동차들이 66번 도로를 따라 휙휙 지나간다. 매사추세츠, 테네시, 로드아일랜드, 뉴욕, 버몬트, 오하이오 등의 번호판을 단 차들이 서부로 간다. 시속 65마일로 달리는 훌륭한 자동차들이다.

저기 코드 한 대가 간다. 관에 바퀴를 달아 놓은 것 같아.

하지만 세상에, 기가 막히게 잘 달리잖아!

저 라살 자동차 봤어? 나는 저거야. 난 돼지가 아니니까. 난 라살을 살 거야.

크게 갈 거라면 캐딜락도 괜찮잖아? 그냥 조금 더 크고, 조금 더 빠를 뿐이니까.

나라면 제퍼를 사겠어. 대단한 물건은 아니지만 품위도 있고 속도도 빨라. 난 제퍼를 사겠어.

하지만 이걸 타다가 웃음거리가 될지도 몰라. 난 뷰익퓨이을 살 기야. 그 자도 괜찮아.

그건 값은 제퍼하고 같은 급인데 힘이 별로 없잖아.

상관없어. 난 헨리 포드네 제품은 건드리고 싶지 않아. 그 사람이 싫으니까. 한 번도 좋아한 적이 없어. 내 동생이 거기 공장에서 일하는데, 그놈 얘기를 자네도 한번 들어 봐야 해.

그래도 제퍼는 힘이 있어.

커다란 차들이 고속도로를 달린다. 더위에 지쳐 늘어진 여자들. 그들을 중심으로 수많은 장식품들이 휘몰아친다. 크림, 몸에 기름기를 주는 연고, 병에 든 색색가지 물건들. 검은색, 분홍색, 붉은색, 하얀색, 초록색, 은색의 그 물건들은 머리카락, 눈, 입술, 손톱, 눈썹, 속눈썹, 눈꺼풀의 색을 바꿔 준다. 변비를 치료해 주는 기름, 씨앗, 알약. 섹스를 안전하게 만들어 주고 냄새와 임신을 막아 주는 여러 가지 약병, 세척기, 알약, 파우더, 물약, 젤리. 게다가 옷가지까지. 이렇게 귀찮을 수가!

눈가에는 피로 때문에 주름이 졌고, 입가에는 불만 때문에 주름이 졌다. 가슴은 작은 해먹에 무겁게 얹혀 있고, 배와 넓적다리는 고무줄에 눌려 있다. 입은 숨이 차서 헐떡이고, 눈은 햇빛과 바람과 흙먼지가 싫어서 토라져 있다. 음식도 마음에 들지 않고 피곤한 것도 싫다. 그들은 자신들을 아름답게 만들어 주지 못하고 점점 늙어 가게 만드는 세월을 싫어한다.

그들 옆에는 배가 불룩 나온 남자들이 가벼운 옷을 입고 파나마모자를 쓴 채 앉아 있다. 깔끔하고 혈색 좋은 그들은 혼란스럽고 걱정스러운 표정을 하고 있다. 시선도 불안정하다. 지금까지 통용되던 규칙이 효과를 발휘하지 않아서 걱정을 하고 있는 것이다. 그들은 안정을 갈망하지만, 안정이 지상에서 사라져 가고 있음을 느끼고 있다. 웃옷 깃에는 모임이나 클럽의 배지가 달려 있다. 자기처럼 걱정하고 있는 다른 남자들과 함께 모여 서로에게 위안을 줄 수 있는 곳이다. 그들은 장사가 자기들 생각처럼 괴상한 도둑질이 아니라 고귀한 것이라며, 장사꾼들이 지금까지 멍청한 짓을 했다는 기록이 많이 남아 있음에도 불구하고 여전히 똑똑한 사람들이라며, 장사의 원칙은 따로 있지만 장사꾼들은 여전히 친절하고 자비심 많은 사람들이라며, 장사꾼의 삶은 그들의 생각과 달리 천박하고 피곤한 일상의 연속이 아니라 풍요로울 거라며, 이제 더 이상 두려워하지 않아도 되는 시대가 오고 있다며 스스로를 안심시킨다.

　캘리포니아로 가는 이 두 사람. 그들은 비벌리 윌셔 호텔의 로비에 앉아 자기들이 부러워하는 사람들을 지켜볼 것이다. 그리고 산들을 볼 것이다. 산 말이다. 그리고 커다란 나무들도. 남자는 걱정스러운 눈을 하고 있을 것이고, 여자는 햇볕에 피부가 건조해진다는 생각을 하고 있을 것이다. 태평양을 보러 가자. 난 아무것도 아닌 일에 10만 달러를 걸 거야. 남자는 이렇게 말할 것이다. "생각만큼 안 크네." 여자는 해변에 있는 풍만한 몸매의 젊은 여자들을 부러워할 것이다. 캘리포니아로 가는 것은 사실상 다시 고향으로 가기 위해서이다. 고향으로 가서 "트로카데로 호텔에서 우리 옆 테이블에 이러이러한 사람이 앉아 있더라. 그 여자 정말 엉망이었는데, 그래도 옷차림은 근사했어."라고 말하기 위해서. 남자는 "거기서 아주 괜찮은 사업가들하고 얘기를 했어. 그 사람들 말이 지금 백악관을 차지하고 있는 친구를 쫓아내지 않는 한 가망이 없다고 하던데."라거나, "그쪽 사정을 잘 아는 사람한테서 들은 얘긴데, 그 여자 매독에 걸렸대. 그 워너브러더스 영화에 나온 여자 말이야. 그 사람 말로는 그 여자가 몸을 팔아서 영화배우가 됐다더만. 뭐, 그 여자로서는 자기가 원하던 걸 손에 넣은 셈이지."라고 말할 것이다. 그러나 그들의 걱정스러운 눈은 결코 차분해지지 않고, 뾰로통한 입술은 결코 즐거운 기색을 띠지 않는다. 커다란 차가 시속 60마일의 속도로 달려간다.

차가운 걸 좀 마시고 싶어.

저 앞에 뭐가 있을 거야. 거기서 차를 세울까?

그 가게가 깨끗할까?

하느님도 포기한 이런 촌구석에서 어련하겠어.

글쎄, 어쩌면 병에 든 음료수라면 괜찮을지도 몰라.

커다란 차가 끽 소리를 내며 멈춰 선다. 걱정스러운 표정의 뚱뚱한 남자가 차에서 내리는 아내를 부축한다.

메이는 그들이 들어오는 것을 보고 그냥 시선을 돌린다. 앨도 철판에서 고개를 들었다가 다시 시선을 내린다. 메이는 이미 알고 있다. 그들이 별로 차갑지도 않은 게와 5센트짜리 음료수를 먹으리라는 것을. 여자는 종이 냅킨을 여섯 장이나 쓰고 그냥 바닥에 버릴 것이다. 남자는 음식을 먹다가 사레들려서 메이를 탓할 것이다. 여자는 마치 썩은 고기 냄새가 난다는 듯이 코를 킁킁거릴 것이다. 그리고 그들은 여기서 나간 다음에 기회가 있을 때마다 서부 사람들이 무뚝뚝하다고 떠들어 댈 것이다. 메이는 앨과 둘만 남게 되자 그들 부부에게 별명을 지어 준다. 머저리라고.

트럭 운전사들. 그들이 최고다.

저기 커다란 수송 트럭이 오네. 여기 들렀으면 좋겠다. 저 머저리들 냄새를 씻어 버리게. 내가 앨버커키의 호텔에서 일할 때 얘긴데, 앨, 저 사람들은 잘 훔쳐. 뭐든지. 차가 클수록 더 많이 훔친다니까. 수건, 은식기, 비눗갑…… 얼마나 많이 훔치는지 몰라.

앨이 뚱한 표정으로 말한다. 그 사람들이 그 커다란 자동차나 이런저런 물건들을 어디서 얻었을 것 같아? 태어날 때부터 가지고 있었겠어? 너 같은 사람은 평생 가야 아무것도 손에 넣지 못해.

수송 트럭에는 운전사와 교대 운전사가 타고 있다. 저기 들러서 커피나 한잔할까? 내가 잘 아는 집이거든.

시간을 맞출 수 있겠어?

우린 지금 예정보다 훨씬 빨라!

그럼 저기 들르지 뭐. 저 집에는 이 바닥에서 닳아빠진 여자가 하나 있지. 성깔도 대단해. 저 집 커피 맛도 괜찮고.

트럭이 멈춘다. 카키색 바지, 부츠, 짧은 재킷, 반짝이는 차양이 달린 군모 차림의 두 남자가 내린다. 방충망 문이 쾅 닫힌다.

잘 있었어, 메이?

어머나, 난봉꾼 빅 빌 아냐? 언제 이쪽으로 왔어?

일주일 전에.

그와 동행한 남자가 축음기에 동전을 넣은 다음 레코드가 저절로 튀어나오고 턴테이블이 그 밑으로 올라오는 광경을 지켜본다. 빙 크로스비의 목소리. 황금의 목소리나. "추억을 주어서 고마워요. 해변에서 까맣게 탔던 추억. 당신이 골칫덩이였는지는 몰라도 한 번도 지루하지는 않았어⋯⋯." 트럭 운전사가 메이에게 들리게 노래를 부른다. 당신이 물고기 같은 여자였는지는 몰라도 한 번도 헤프게 굴지는 않았어⋯⋯.

메이가 웃음을 터뜨린다. 같이 온 사람은 누구야, 빌? 이쪽은 처음 뜨는 사람이지?

빌과 동행한 남자가 슬롯머신에 동전을 넣고 동전 네 닢을 따더니 그 돈을 다시 기계에 집어넣는다. 그리고 카운터로 다가온다.

그래, 뭘 먹을까?

커피나 한잔하지 뭐. 혹시 파이 같은 거 있어?

바나나 크림, 파인애플 크림, 초콜릿 크림⋯⋯ 그리고 애플파이가 있어.

애플파이로 하자. 아냐 잠깐, 저기 크고 두툼한 게 그건가?

메이는 파이를 꺼내 냄새를 맡아본다. 바나나 크림이다.

그거 한 조각 잘라 줘. 크게.

다시 슬롯머신 앞에 가 있던 남자가 말한다. 전부 다 2인분이야.

그래요, 2인분. 요즘 뭐 새로운 얘기 없어, 빌?

음, 하나 있지.

이봐, 여자 앞이니까 조심해.

뭘, 그렇게 심한 얘기도 아닌데. 어떤 애가 학교에 지각을 했어. 선생님이 왜 늦었느냐고 물었지. 그랬더니 얘가 "암소를 데리고 가서 새끼를 배게 했어요." 이러는 거야. 선생님이 "그런 일은 아버지가 하시는 거 아냐?" 하니까 애가 하는 말이 "아버지가 하실 수도 있죠. 하지만 황소만큼 잘하지는 못해요." 이랬대.

메이가 뭔가 긁히는 것 같은 소리를 내며 요란스레 웃는다. 앨은 도마에서 조심스레 양파를 썰면서 고개를 들어 미소를 짓더니 다시 시선을 내린다. 역시 트럭 운전사들이 최고다. 두 사람이 각자 메이에게 25센트를 주고 갈 것이다. 파이와 커피 값이 15센트니까 10센트가 메이의 팁인 셈이다. 그런데도 그들은 그녀를 어떻게 한번 해 보려고 하지도 않는다.

두 사람이 커피 잔에 스푼을 꽂아 놓은 채 의자에 앉아 있다. 잠시 시간을 보내는 것이다. 앨은 철판을 문질러 닦으면서 두 사람의 이야기를 듣기만 할 뿐 아무 말도 하지 않는다. 빙 크로스비의 목소리가 멈춘다. 턴테이블이 아래로 내려가고 레코드는 원래 자리로 돌아간다. 자주색 불빛이 꺼진다. 이 기계를 작동시켰던 동전 덕분에 지금까지 크로스비가 노래를 하고 오케스트라가 연주를 했다. 이 동전이 상자 속으로 떨어져 기계 주인의 이윤이 된다. 이 동전은 대부분의 돈과 달리 실제로 뭔가 일을 했다. 실제로 어떤 반응을 이끌어 낸 것이다.

커피 메이커의 밸브에서 갑자기 김이 뿜어져 나온다. 제빙기의 압축기가 한동안 칙칙 소리를 내다가 멈춘다. 구석의 선풍기는 천천히 머리를 앞뒤로 흔들면서 식당 전체에 미지근한 바람을 보낸다. 66번 고속도로에서는 자동차들이 휙휙 지나간다.

조금 전에 매사추세츠 차가 여기 들렀어. 메이가 말했다.

빅 빌은 컵의 윗부분을 손으로 감싸 스푼을 검지와 중지 사이에 끼웠다. 그가 커피를 식히려고 숨을 들이쉬었다.

"당신도 한번 66번 도로에 나가 봐. 전국에서 자동차들이 몰려오고 있으니까. 전부 서부로 가는 차야. 차가 이렇게 많은 건 처음이야. 물론 더러 좋은 차들도 보이고 말이야."

"오늘 아침에는 교통사고를 봤어." 빌의 동행이 말했다. "큰 차였는데. 큰 캐딜락. 특별히 만든 차였어. 차체가 낮았지. 크림색의 근사한 차였다고. 그게 트럭을 들이받았어. 라디에이터가 운전석까지 들어가 버릴 정도로. 틀림없이 90마일로 달리고 있었을 거야. 운전대가 운전하던 친구 몸속으로 곧장 파고들어가는 바람에 그 친구가 마치 갈고리에 걸린 개구리처럼 몸을 꿈틀거리더라고. 진짜 좋은 차였는데. 근사했어. 지금이야 뭐 그 차도 고물이 돼 버렸지만. 그 친구는 혼자 운전하고 있었던 모양이야."

앨이 고개를 들고 물었다. "트럭도 망가졌어?"

"아이고, 말도 마! 그건 트럭도 아니었어. 자동차를 잘라서 개조한 건데 풍로며, 냄비며, 매트리스에다가 애들하고 닭까지 실었더라고. 서부로 가는 사람들이지. 캐딜락을 몰던 친구가 90마일로 우리 옆을 지나갔어. 우리를 추월하려고 그런 건데 갑자기 차 한 대가 달려오니까 방향을 틀다가 트럭하고 쾅 부딪친 거야. 눈먼 술주정뱅이처럼 차를 몰더라니. 이불보하고 닭하고 애들이 사방으로 튀어 올랐지. 애 하나가 죽었어. 그런 난장판은 처음 봐. 우리도 차를 세웠는데, 트럭을 몰던 노인은 멀거니 서서 죽은 애만 바라보는 거야. 말은 한마디도 못 하고. 그냥 얼이 빠져 버린 거지. 아이고, 서부로 가는 사람들이 길에 한가득이야. 그렇게 사람이 많은 걸 본 적이 없어. 그런데 갈수록 더 심해지는 것 같아. 도대체 다 어디서 온 사람들인지."

"그 사람들이 다 어디로 가는지도 궁금하네." 메이가 말했다. "가끔 기름을 넣으려고 여기도 들르는데, 기름 말고는 뭘 사는 적이 거의 없어. 사람들 말로는 그 사람들이 물건을 훔친대. 우리는 뭐 늘어놓은 것도 없으니 도둑맞은 적은 없어."

빅 빌이 파이를 우적우적 씹으면서 방충망이 달린 창문을 통해 도로를 내다보았다.

"물건을 꽁꽁 묶어 두는 게 좋을 거야. 그런 사람들이 지금 이리로 오고 있는 것 같으니까."

1926년식 내시 세단 한 대가 힘없이 고속도로를 빠져나왔다. 뒷좌석에는 여러 가지 자루와 살림살이가 천장까지 쌓여 있었고, 그 꼭대기, 그러니까 천장 바로 밑에 남자아이 둘이 앉아 있었다. 자동차 지붕에는 매트리스와 접어 놓은 천막이 있었다. 천막 기둥은 발판에 묶어 두었다. 자동차가 주유기 앞에 멈췄다. 마르고 뾰족한 얼굴에 머리카락이 검은 남자가 천천히 차에서 내렸다. 남자아이 두 명도 짐 위에서 내려와 땅을 밟았다.

메이는 카운터를 돌아 나와 문간에 섰다. 남자는 회색 양모 바지와 파란색 셔츠 차림인데, 등과 겨드랑이가 땀 때문에 짙은 색으로 젖어 있었다. 남자아이들이 몸에 걸친 것은 위아래가 붙은 작업복뿐이었다. 낡아서 여기저기를 기운 작업복. 아이들의 밝은 색 머리카락은 전부 똑같은 높이로 곤두서 있었다. 머리가 짧은 탓이었다. 아이들의 얼굴에는 흙먼지 때문에 줄무늬가 그려져 있었다. 아이들은 호스 밑의 진흙 웅덩이로 곧장 가서 진흙 속에 발끝을 집어넣었다.

남자가 물었다. "물을 좀 얻을 수 있을까요?"

메이의 얼굴에 짜증스러운 기색이 스쳤다. "그럼요. 가져다 쓰세요." 그리고 그녀는 어깨너머로 작게 말했다. "내가 저 호스를 지켜보고 있을게."

남자가 라디에이터 마개를 천천히 열어 호스를 집어넣는 동안 그녀는 남자를 지켜보았다.

차 안에 있던 담황색 머리칼의 여자가 말했다.

"여기서 그걸 구할 수 있는지 물어봐."

남자는 호스를 빼내고 마개를 다시 닫았다. 남자아이들이 그에게서 호스를 가져가 거꾸로 세우더니 게걸스레 물을 마셨다. 남자가 더러운 검은색 모자를 벗고 묘하게 굽실거리는 자세로 문 앞에 섰다.

"빵을 한 덩이 살 수 있을까요?"

메이가 말했다. "여긴 식품점이 아니에요. 여긴 샌드위치를 만들 때 쓰는 빵밖에 없어요."

"압니다." 그는 계속 굽실거렸다. "빵이 필요해서 그래요. 그런데 앞으로 한참 동안 가게가 안 나올 거라고 하더라고요."

"지금 빵을 팔면 우리가 쓸 빵이 없어요." 메이가 머뭇거리며 말했다.

"배가 고파서 그럽니다." 남자가 말했다.

"그럼 샌드위치를 사지 그래요? 우리 샌드위치와 햄버거가 좋은데."

"그럴 수만 있다면 얼마나 좋겠습니까. 하지만 그럴 수가 없어요. 10센트로 온 식구가 버텨야 하거든요." 그는 창피한 기색으로 말을 덧붙였다. "돈이 조금밖에 없어요."

메이가 말했다. "10센트로는 빵을 살 수 없어요. 여긴 15센트짜리밖에 없거든요."

그녀의 뒤에서 앨이 으르렁거리듯이 말했다. "젠장, 메이, 빵을 줘."

"그럼 빵 배달차가 오기도 전에 빵이 떨어질 거야."

"떨어질 테면 떨어지라지 뭐." 앨은 이렇게 말하고 나서 뚱한 표정으로 자신이 만들고 있는 감자 샐러드를 내려다보았다.

메이는 통통한 어깨를 으쓱하고 나서 트럭 운전사들을 바라보았다. 자신이 어떤 사람을 상대하고 있는지 그들에게 보여 주기 위해서였다.

그녀가 방충망 문을 열어 주자 남자가 땀 냄새와 함께 안으로 들어왔다. 아이들도 살금살금 그를 따라 들어와서 곧장 사탕 상자가 있는 곳으로 가더니 사탕을 뚫어지게 바라보았다.

사탕을 먹고 싶다거나 사고 싶다는 표정이 아니었다. 세상에 이런 물건도 있다는 듯 그저 감탄하는 표정뿐이었다. 두 아이는 체격도 똑같고 얼굴도 똑같았다. 한 녀석이 반톱으로 먼지투성이 발복을 긁었다. 나머지 한 녀석은 옆에 있는 녀석에게 뭐라고 조용히 속삭였다. 그리고 나서 두 녀석이 팔을 쭉 펴자 녀석들이 주머니 속에서 주먹을 꽉 쥐고 있는 모습이 얇은 파란색 천을 통해 드러났다.

메이는 서랍을 열고 밀랍 종이로 싼 빵 한 덩이를 꺼냈다.

"이게 15센트짜리예요."

남자는 모자를 다시 썼다. 그리고 여전히 굽실거리는 태도로 말했다.

"저어…… 10센트어치만큼 잘라 주실 수 없을까요?"

앨이 고함을 질렀다. "젠장, 메이. 빵을 줘 버리라니까."

남자가 앨에게 시선을 돌렸다. "아뇨. 우린 빵을 10센트어치만큼 사고 싶을 뿐입니다. 캘리포니아까지 가는 데 돈이 아주 아슬아슬해요."

메이가 체념한 표정으로 말했다. "이걸 10센트에 가져가요."

"그럼 저희가 염치없죠."

"가져가요. 앨이 가져가라잖아요."

그녀는 밀랍 종이로 싼 빵을 카운터 반대편으로 밀었다. 남자는 뒷주머니에서 가죽 주머니를 꺼내 끈을 풀었다. 그 안에는 기름때가 묻은 지폐와 동전이 묵직하게 들어 있었다.

"제가 이렇게 쩨쩨하게 구는 게 우습게 보일 겁니다." 그가 사과하듯이 말했다. "앞으로 1000마일을 더 가야 하는데, 끝까지 제대로 갈 수나 있을지 모르겠어요."

그는 집게손가락으로 주머니 안을 뒤져 10센트짜리 동전을 꺼냈다. 그런데 동전을 카운터에 놓을 때 그의 손에는 1센트짜리 동전이 하나 들려 있었다. 그는 그 동전을 주머니에 다시 집어넣으려다가 사탕 진열대 앞에서 떨어질 줄 모르는 아이들을 바라보았다. 그가 천천히 아이들에게 다가가 긴 막대 모양의 줄무늬 박하사탕이 들어 있는 상자를 가리켰다.

"이 사탕은 1센트짜리인가요?"

메이가 다가와서 상자를 들여다보았다. "어떤 거요?"

"저기, 줄무늬가 있는 거요."

아이들이 눈을 들어 숨을 죽이고 그녀의 얼굴을 바라보았다. 아이들의 입은 반쯤 열려 있고, 반쯤 벌거벗은 거나 마찬가지인 몸은 딱딱하게 긴장한 상태였다.

"아, 그거요. 그건 1센트에 두 개예요."

"그럼 두 개 주십시오."

남자는 1센트짜리 동전을 조심스레 카운터에 올려놓았다. 아이들은 참고 있던 숨을 조용히 내쉬었다. 메이가 긴 막대 사탕을 내밀었다.

"받아라." 남자가 말했다.

아이들은 쭈뼛거리며 손을 내밀어 각자 사탕을 하나씩 잡았다. 그러나 사탕을 쥔 손을 옆구리로 내리고는 사탕을 바라보지 않았다. 대신 그들은 서로를 바라보았다. 아이들은 당황스러운 듯 딱딱한 미소를 짓고 있었다.

"고맙습니다."

남자가 빵을 집어 들고 문을 나갔다. 아이들은 뻣뻣한 몸짓으로 그를 따라 나갔다. 빨간 줄무늬 사탕을 다리에 딱 붙인 채. 아이들은 얼룩 다람쥐처럼 앞좌석으로 뛰어올라 짐 꼭대기로 올라갔다. 그리고 얼룩 다람쥐처럼 짐 속으로 파고들어 시야에서 사라져 버렸다.

남자가 차에 올라타서 시동을 걸었다. 낡은 세단 자동차는 우르릉거리는 모터 소리와 기름 냄새가 나는 파란색 연기를 내뿜으며 고속도로로 올라가 다시 서부로 향했다.

식당 안에서는 트럭 운전사와 메이와 앨이 그들의 뒷모습을 빤히 바라보았다.

빅 빌이 빙글 뒤로 몸을 돌렸다.

"저건 1센트에 두 개짜리 사탕이 아니야." 그가 말했다.

"그게 당신하고 무슨 상관이야?" 메이가 사납게 말했다.

"저건 한 개에 5센트짜리였어." 빌이 말했다.

"이제 그만 가 봐야지." 빌의 동행이 말했다. "여기 꽤 오래 있었으니까."

두 사람은 주머니에 손을 집어넣었다. 빌이 동전 하나를 카운터에 놓자 그의 동행이 그 동전을 바라보다가 다시 주머니에 손을 넣어 동전 하나를 꺼내 놓았다. 그리고 휙 몸을 돌려 문 쪽으로 걸어갔다.

"잘 있어." 빌이 말했다.

메이가 소리쳤다. "이봐! 잠깐 기다려. 거스름돈 받아 가야지."

"웃기고 있네."

빌이 이렇게 말하고서 방충망 문을 쾅 닫아 버렸다.

메이는 두 사람이 커다란 트럭에 올라타는 모습, 기어를 낮게 집어넣고 무겁게 움직이는 모습을 지켜보았다. 기어가 횡횡 소리를 내며 쌩쌩 달릴 수 있을 만큼 올라가는 소리가 들렸다.

"앨……." 그녀가 작은 목소리로 말했다.

앨이 햄버거를 툭툭 두드려 얇게 편 다음 밀랍 종이를 사이에 끼워서 쌓아 두는 일을 하다가 시선을 들었다.

"뭐야?"

"저길 좀 봐."

그녀가 커피 잔 옆의 동전 두 개를 가리켰다. 50센트짜리 동전 두 개였다. 앨이 가까이 다가와서 동전을 바라보고는 다시 제자리로 돌아가 일을 하기 시작했다.

"트럭 운전사들이란." 메이가 경탄과 존경을 담은 목소리로 말했다. "그 머저리들이랑은 달라."

파리들이 방충망에 부딪쳤다가 윙윙거리며 멀어져 갔다. 압축기에서 한동안 칙칙 소리가 나다가 멈췄다. 66번 도로에서는 차들이 획획 지나갔다. 트럭들, 멋지고 날씬한 승용차들, 낡아서 털털거리는 자동차들. 모든 자동차들이 심술궂게 획획 소리를 내며 지나갔다. 메이는 접시에서 파이 껍질을 긁어내 양동이에 버렸다. 그리고 행주를 찾아 둥글게 원을 그리며 카운터를 닦았다. 그녀의 눈은 고속도로를 바라보고 있었다. 삶이 획획 소리를 내며 지나가는 곳을.

앨이 앞치마에 손을 닦았다. 그리고 철판 위쪽 벽에 꽂힌 종이를 바라보았다. 종이에는 세 줄로 점이 찍혀 있었다. 그는 가장 긴 줄의 점을 세었다. 그리고 카운터 한쪽 편의 금전등록기로 다가가 '판매 아님' 단추를 누르고 5센트짜리 동전을 한 움큼 꺼냈다.

"뭐 해?" 메이가 물었다.

"3호가 이제 돈을 쏟아 낼 때가 됐어." 앨이 말했다.

그는 세 번째 슬롯머신으로 가서 동전을 넣었다. 그가 다섯 번째로 레버를 잡아당겼을 때 같은 그림 세 개가 나란히 나타나더니 동전이 쏟아져 나왔다. 앨은 큰 손에 꽉 찰 만큼 많은 동전을 모아 다시 카운터로 돌아왔다. 그리고 동전을 금전등록기 서랍에 넣은 다음 기계를 쾅 닫았다. 그는 다시 자기 자리로 돌아가 점이 가장 많이 찍혀 있는 줄에 가위표를 했다.

"3호가 제일 실적이 좋아. 자리를 바꿔 놔야 할 것 같아."

그는 냄비 뚜껑을 열고 천천히 부글부글 끓고 있는 스튜를 저었다.

"저 사람들이 캘리포니아에 가서 뭘 할까?" 메이가 말했다.

"누구?"

"방금 여기 왔던 사람들 말이야."

"그걸 누가 알겠어." 앨이 말했다.

"그 사람들이 일자리를 얻을 것 같아?"

"그걸 내가 어떻게 알아?"

그녀는 고속도로를 따라 동쪽을 바라보았다.

"수송 트럭이 오네. 두 대. 저 사람들이 여기 들를까? 그랬으면 좋겠는데."

거대한 트럭이 육중한 몸으로 고속도로를 벗어나 가게 앞에 멈춰 서자 메이는 행주를 집어 들고 카운터를 끝에서 끝까지 닦았다. 반짝거리는 커피 메이커도 몇 번 행주로 닦아 준 다음 그 밑의 가스 불을 돋웠다. 앨이 작은 순무를 한 줌 가지고 나와서 껍질을 벗기기 시작했다. 문이 열리고 제복을 입은 트럭 운전사 두 명이 안으로 들어오자 메이가 유쾌한 표정으로 그들을 맞았다.

"안녕, 언니."

"난 남자한테 언니 되기 싫은데." 메이가 말했다.

남자가 웃음을 터뜨렸고, 메이도 웃음을 터뜨렸다.

"뭘 드릴까?"

"아, 커피 한 잔. 파이는 어떤 게 있어?"

"파인애플 크림, 바나나 크림, 초콜릿 크림, 애플파이."

"애플파이로 하지 뭐. 아냐, 잠깐, 저기 저 크고 두툼한 건 뭐지?"

메이는 파이를 들어 올려 냄새를 맡았다.

"파인애플 크림." 그녀가 말했다.

"그럼 그걸로 한 조각 잘라 줘."

66번 도로에서 자동차들이 심술궂게 휙휙 지나갔다.

16장

조드 일가와 윌슨 부부는 한 팀이 되어 느릿느릿 서부로 향했다. 엘리노와 브리지포트, 클린턴, 엘크시티, 세이어, 텍솔라. 여기서 주 경계선을 넘으니 오클라호마는 그들의 등 뒤로 사라졌다. 오늘도 두 대의 자동차는 느릿느릿 텍사스의 팬핸들을 통과해 계속 앞으로 나아갔다. 샘록과 앨런리드, 그룸과 야넬. 그들은 저녁에 애머릴로를 통과한 다음, 너무 오래 달렸다는 생각이 들어서 땅거미가 실 무렵 천막을 쳤다. 그들은 지쳐 있었으며, 온몸은 먼지투성이였다. 날도 더웠다. 할머니는 더위 때문에 도중에 몇 번이나 발작을 일으켜서 일행이 차를 세웠을 때에는 많이 약해져 있었다.

그날 밤 앨은 울타리 난간을 하나 훔쳐다가 트럭 위에 세우고 양 끝을 묶었다. 그날 밤 그들의 저녁 식사는 아침에 먹다 남은 빵뿐이었다. 딱딱하게 굳은 차가운 빵. 그들은 매트리스 위에 털썩 쓰러져서 옷을 그대로 입은 채 잠을 잤다. 윌슨 부부는 아예 천막을 치지도 않았다.

조드 일가와 윌슨 부부는 도망치듯이 팬핸들을 가로질렀다. 팬핸들은 옛날에 홍수가 할퀴고 간 흔적이 남아 있는 회색의 구릉지였다. 조드 일가와 윌슨 부부는 도망치듯이 오클라호마를 벗어나 텍사스를 달렸다. 땅거북들이 흙먼지 속을 느릿느릿 기어가고, 햇빛은 채찍처럼 땅을 후려쳤다. 저녁이 되면 하늘에서 열기가 사라지고 대신 땅에서 열기가 올라왔다.

조드 일가와 윌슨 부부는 이틀 동안 정신없이 달렸다. 그러나 사흘째가 되자 너무나 광대한 땅이 나타났기 때문에 그들은 새로운 생활 방식을 터득했다. 이제 고속도로는 그들의 집이 되었고, 이동은 그들이 스스로를 표현할 수 있는 수단이 되었다. 그들은 조금씩 조금씩 새로운 생활 방식에 적응해 갔다. 루티와 윈필드가 가장 먼저 적응했고, 그다음은 앨. 그다음은 코니와 샤론의 로즈, 그리고 마지막으로 그보다 나이 많은 사람들이 적응했다. 땅은 부풀어 오르다가 멈춰 버린 파도처럼 구불구불한 모양이었다. 월도라도, 베가, 보이시, 글렌리오. 여기가 텍사스의 끝이었다. 이제 뉴멕시코와 산들이 나왔다. 저 멀리서 산들이 하늘을 향해 부풀어 있었다. 자동차 바퀴에서 삐걱거리는 소리가 나고, 엔진은 뜨거웠다. 라디에이터 마개 주위로 증기가 뿜어져 나왔다. 그들은 느릿느릿 페코스 강까지 가서 산타로사에서 강을 건넜다. 그리고 계속해서 20마일을 더 달렸다.

앨 조드가 윌슨 부부의 자동차를 운전하고 있었다. 그의 옆에는 어머니와 샤론의 로즈가 나란히 앉아 있었다. 앞에서는 트럭이 느릿느릿 기어갔다. 뜨거운 공기가 땅 위에서 물결치고 산들이 열기 속에서 몸을 떨었다. 앨은 등을 웅크린 채 운전대를 편안하게 잡고 나른한 표정으로 차를 운전했다. 꼭대기를 뾰족하게 세워서 심하게 한쪽으로 기울여 쓴 모자 때문에 한쪽 눈이 가려졌다. 운전을 하면서 그는 가끔 몸을 돌려 창밖으로 침을 뱉었다.

그의 옆에 앉아 있는 어머니는 무릎 위에 양손을 포갠 채 밀려드는 피로와 싸우고 있었다. 어머니는 몸에 힘을 빼고 앉아서 자동차의 움직임에 따라 몸과 머리가 흔들리도록 내버려 두었다. 어머니가 눈을 가늘게 뜨고 앞쪽의 산들을 바라보았다. 샤론의 로즈는 자동차의 움직임에 대항하려고 몸에 잔뜩 힘을 주고서 발바닥을 바닥에 착 붙이고 있었다. 오른쪽 팔꿈치를 창틀에 걸친 자세였다. 그녀의 통통한 얼굴은 자동차의 움직임에 맞서느라 긴장하고 있었고, 목에 힘이 잔뜩 들어가 있었기 때문에 머리가 심하게 흔들렸다. 그녀는 태아가 충격을 받지 않도록 몸 전체를 둥글게 구부리려고 애썼다. 그녀가 어머니에게 고개를 돌렸다.

"엄마."

어머니의 눈동자가 반짝 살아나며 샤론의 로즈를 향했다. 어머니는 피곤에 지쳤으면서도 잔뜩 긴장해 있는 통통한 얼굴을 훑어보고 미소를 지었다.

샤론의 로즈가 말했다. "엄마. 거기 도착하면 모두 과일 따는 일을 하면서 시골에서 살게 되겠죠?"

어머니가 약간 빈정대는 듯한 미소를 지었다.

"아직 거기 도착한 게 아니잖아. 거기가 어떤 곳인지는 아직 몰라. 우리가 직접 봐야지."

"나하고 코니는 이제 시골에서 살고 싶지 않아요. 거기 가서 뭘 할지 벌써 계획을 다 세워 놨어요."

어머니의 얼굴에 잠깐 걱정스러운 표정이 떠올랐다.

"우리하고, 가족들하고 같이 살지 않을 거야?" 어머니가 물었다.

"코니랑 얘기를 해 봤는데요, 엄마, 우린 도시에서 살고 싶어요." 그녀가 기대에 찬 목소리로 말을 이었다. "코니는 상점이나 공장 같은 데서 일을 구할 거예요. 그리고 집에서 공부를 할 거고요. 라디오 기술 같은 것. 전문가가 되면 나중에 자기가 직접 가게를 낼 수도 있으니까. 그리고 우리는 영화를 실컷 볼 거예요. 코니 말이 내가 아기를 낳을 때 의사를 부를 수 있을 거라고 했어요. 사정을 봐서 어쩌면 병원에 갈 수도 있을 거라고. 우린 차도 살 거예요. 작은 걸로. 코니는 밤에 어느 정도 공부를 한 다음에, 아…… 정말 근사할 거예요. 『웨스턴 러브 스토리』에서 종이를 한 장 찢어서 통신 강의를 신청할 거예요. 그런 걸 보내는 데는 돈이 한 푼도 안 드니까. 그 책에 있는 광고에 분명히 그렇게 쓰여 있었거든요. 나도 봤어요. 그리고…… 그 강의, 그러니까 통신 강의를 들으면 그 사람들이 직장도 구해 준대요. 근사하고 깨끗한 직장으로. 그 사람들이 장래까지 보장해 준다고 하더라고요. 우린 도시에 살면서 실컷 영화를 보러 다닐 거예요. 음, 난 전기다리미를 사고 아이한테도 전부 새 옷만 사 줄 거예요. 코니가 그렇게 할 거라고 했어요. 하얀 옷하고…… 왜 광고 카탈로그에서 아기용으로 나와 있는 물건들 엄마도 봤잖아요. 처음에 코니가 집에서 공부하는 동안에는 좀 힘들겠지만…… 뭐 아이가 태어날 때쯤이면 코니도 공부를 끝낼 거예요. 그러면 집을 사게 되겠죠. 작고 아담한 집. 우린 절대 화려한 걸 원하는 게 아니에요. 그냥 아기한테 좋은 집을 갖고 싶어요……."

그녀의 얼굴이 기대감으로 반짝거렸다.

"내가 생각을 해 봤는데…… 우리가 전부 도시로 가도 괜찮을 것 같아요. 코니가 자기 가게를 갖게 되면…… 앨이 거기서 일할 수도 있어요."

어머니는 발갛게 상기된 딸의 얼굴에서 한시도 눈을 떼지 않았다. 어머니는 딸의 상상이 점점 커져 가는 것을 지켜보며 딸의 말을 들었다.

어머니가 말했다. "널 우리한테서 떼어 놓을 생각 없다. 식구들이 헤어지는 건 안 좋아."

앨이 코웃음을 쳤다. "내가 코니네 가게에서 일한다고? 코니더러 내 가게에서 일하라고 하지 그래? 밤에 공부할 수 있는 사람이 자기밖에 없는 줄 아나 보지?"

어머니는 이것이 모두 꿈에 불과하다는 것을 갑자기 깨달은 모양이었다. 어머니는 다시 고개를 앞으로 돌리고 몸의 긴장을 풀었다. 그러나 눈 주위에 작은 미소가 머물러 있었다.

"오늘 할머니 기분이 어떠신지 모르겠구나." 어머니가 말했다.

운전대를 잡은 앨이 점점 긴장했다. 엔진에서 작게 덜거덕거리는 소리가 들렸다. 그가 속도를 올리자 소리도 커졌다. 그는 속도를 늦추고 소리에 귀를 기울였다. 그리고 다시 속도를 높인 다음 잠시 귀를 기울였다. 덜거덕거리는 소리가 쿵쿵 금속이 부딪히는 소리로 변했다. 앨은 경적을 울리고 차를 길가에 세웠다. 트럭도 멈춰 서더니 천천히 후진해 왔다. 자동차 세 대가 서쪽을 향해 쌩 하고 달려갔다. 다들 경적을 울리면서. 세 번째 자동차의 운전사는 창밖으로 몸을 내밀고 소리를 질렀다.

"여기가 어딘 줄 알고 차를 세우는 거야?"

톰이 트럭을 가까이 후진시킨 다음 밖으로 나와 자동차로 다가왔다. 짐을 실어 놓은 트럭 화물칸에서 사람들이 아래를 내려다보고 있었다. 앨은 엔진 점화를 제어하면서 모터가 공전하는 소리에 귀를 기울였다.

톰이 물었다. "왜 그래, 앨?"

앨이 모터의 속도를 올렸다. "잘 들어 봐."

덜거덕거리는 소리가 이제 훨씬 더 크게 들렸다.

톰은 귀를 기울였다. "시동을 걸고 공전시켜 봐."

그는 엔진 뚜껑을 열고 고개를 숙여 안을 들여다보았다.

"이제 속도를 올려."

그는 잠시 소리를 듣다가 뚜껑을 닫았다.

"네 생각이 맞는 것 같다, 앨."

"연결봉 베어링이지?"

"그런 것 같아." 톰이 말했다.

"윤활유를 많이 발라 놨는데." 앨이 툴툴거렸다.

"그게 거기까지 안 닿았나 보지. 원숭이 암컷보다 더 바짝 말랐어. 저걸 떼어 내는 것밖에는 방법이 없겠는걸. 내가 먼저 출발해서 평평한 데를 찾아볼게. 넌 천천히 와. 엔진 받침판이 부서지지 않게 해."

윌슨이 물었다. "상태가 안 좋은가?"

"상당히 심각해요."

톰은 이렇게 말하고서 트럭에 다시 올라탄 다음 천천히 차를 몰기 시작했다.

앨이 설명하듯 말했다. "뭣 때문에 저게 나가 버렸는지 모르겠어요. 윤활유를 많이 넣어 놨는데."

앨은 이 일이 자기 탓이라는 것을 알고 있었다. 책임감이 느껴졌다.

어머니가 말했다. "네 잘못이 아냐. 넌 다 잘했어." 그러고서 그녀는 조금 망설이듯이 물었다. "많이 안 좋아?"

"수리하기가 어려워요. 연결봉을 새로 사든지, 아니면 이 차에 맞는 베어링을 사야 돼요." 그는 깊은 한숨을 내쉬었다. "형이 같이 있어서 얼마나 다행인지 몰라요. 난 베어링을 고쳐본 적이 없거든요. 형한테 경험이 있어야 할 텐데."

거대한 빨간색 광고판이 앞에 나타났다. 광고판은 길가에 서서 커다란 직사각형 그림자를 드리우고 있었다. 톰은 트럭을 살살 길가로 몰아 얕은 도랑을 건넌 다음 그 그림자 속에 차를 세웠다. 그리고 차에서 내려 앨이 올 때까지 기다렸다.

톰이 소리쳤다. "조심해. 차를 천천히 몰지 않으면 스프링까지 부러질 거야."

앨의 얼굴이 분노로 벌겋게 상기되었다. 그는 모터의 속도를 줄였다.

"젠장. 내가 베어링을 태워 먹은 게 아니잖아! 그게 무슨 뜻이야? 내가 스프링까지 부러뜨릴 거라고?" 그가 소리쳤다.

톰이 히죽 웃었다. "열 내지 마. 아무 뜻도 없었어. 그냥 살살 운전해서 도랑을 건너오기나 해."

앨은 투덜거리면서 자동차를 조금씩 전진시켜 도랑을 건넜다.

"내가 베어링을 태워 먹었다는 소리는 하지도 마."

엔진은 이제 요란하게 덜거덕거리고 있었다. 앨은 그늘 속으로 차를 몰고 들어와서 모터를 껐다.

톰이 엔진 뚜껑을 열어 고정했다.

"차가 좀 식어야 시작할 수 있겠는걸."

가족들이 차에서 줄지어 내려와 자동차 옆으로 모여들었다.

아버지가 물었다. "얼마나 안 좋은 거냐?"

그리고 아버지는 땅바닥에 주저앉았다.

톰이 앨에게 말했다. "이런 거 고쳐 본 적 있어?"

"아니. 한 번도. 물론 엔진 받침판이 나간 적은 있지만."

"엔진 받침판하고 연결봉을 떼어 내야 돼. 그리고 새 부품을 구해서 깎아 맞춰야지. 족히 하루는 걸릴 거야. 부품을 구하러 아까 지나온 산타로사로 다시 가야겠다. 앨버커키는 75

마일이나 떨어져 있으니까…… 아이고, 내일이 일요일이잖아! 내일은 뭘 사려야 살 수가 없어."

가족들은 말없이 서 있었다. 루티가 조심스레 다가가서 엔진 뚜껑 안을 들여다보았다. 혹시 망가진 부품이 보일까 싶어서였다. 톰이 부드러운 목소리로 말을 계속했다.

"내일은 일요일이야. 그러니까 월요일에 부품을 구한다면 화요일 이전에 수리를 마칠 수가 없을 거야. 일을 쉽게 할 수 있는 연장도 없고. 이거 장난이 아닌데."

말똥가리 한 마리가 땅에 그림자를 드리우며 날아갔다. 가족들은 모두 시선을 들어 유유히 날아가는 검은 새를 쳐다보았다.

아버지가 말했다. "돈이 떨어져서 거기까지 가지 못할까 봐 걱정이다. 다들 밥도 먹어야 하고, 기름도 사야 하니. 돈이 떨어지면 어떻게 해야 될지 모르겠다."

윌슨이 말했다. "아무래도 제 잘못인 것 같아요. 저 망할 놈의 자동차가 처음부터 내내 골치를 썩였거든요. 모두들 저희한테 정말 잘해 주셨어요. 그러니까 이제 저희는 그냥 놔두고서 떠나세요. 저는 새리하고 여기 남아서 방법을 강구해 볼 테니. 여러분께 폐를 끼치고 싶지 않습니다."

아버지가 천천히 말했다. "우리가 그럴 것 같소? 우린 이제 한 식구나 마찬가진데. 우리 아버님은 댁의 천막에서 돌아가셨어요."

새리가 피곤한 기색으로 말했다. "저희는 지금까지 여러분께 폐만 끼쳤어요. 폐만."

톰은 천천히 담배를 말아 잘못된 곳이 없는지 잘 살펴본 다음 불을 붙였다. 그리고 엉망이 된 모자를 벗어 이마를 닦았다. 그가 말했다.

"저한테 좋은 생각이 있어요. 아무도 좋아하지 않겠지만 일단 제 생각을 말해 볼게요. 우리가 캘리포니아에 빨리 가면 갈수록 돈을 빨리 벌 수 있어요. 그런데 이 차는 저 트럭보다 두 배나 빠르죠. 제 생각에는, 트럭에서 짐을 좀 덜어 낸 다음, 저랑 목사님만 빼고 전부 트럭을 타고 떠나는 거예요. 저하고 케이시는 여기 남아서 차를 고친 다음에 밤낮으로 달려갈게요. 그렇게 해서 다시 합류하는 거예요. 설사 우리가 합류하지 못한다 해도 일단 식구들은 계속 여행을 하는 셈이 되죠. 트럭이 고장 나면 길가에 천막을 치고 우리가 올 때까지 기다리면 돼요. 밑져야 본전 아니에요? 만약 별문제 없이 캘리포니아에 도착할 수 있다면 다들 곧 일자리를 잡을 거고, 그러면 한결 편해질 거예요. 저는 케이시랑 같이 있으니까 지루하지 않을 테고, 그렇게 유유히 달려가면 되죠."

식구들은 잠시 생각에 잠겼다. 큰아버지가 아버지 옆에 나란히 주저앉았다.

앨이 말했다. "연결봉을 고칠 때 내가 안 도와줘도 돼?"

"이런 건 고쳐 본 적이 없다고 네가 아까 네 입으로 말했잖아."

"그거야 그렇지. 형이 가진 거라곤 몸뚱이뿐이잖아. 어쩌면 목사님이 남기 싫어할지도 모르고."

"뭐, 누가 남든 난 상관없어." 톰이 말했다.

아버지는 집게손가락으로 바싹 마른 땅을 긁적거렸다. 아버지가 말했다.

"아무래도 톰 말이 맞는 것 같다. 우리가 전부 여기 있어 봤자 도움될 게 없어. 어두워지기 전에 50마일이나 100마일쯤 더 달릴 수 있을 텐데."

어머니가 걱정스러운 목소리로 말했다. "너 우리를 어떻게 찾아내려고?"

"다 똑같은 길을 달릴 거잖아요. 계속 66번 도로만 따라가면 되죠. 쭉 가다 보면 베이커즈필드라는 데가 나와요. 제가 갖고 있는 지도에서 봤어요. 그냥 그리로 곧장 가세요."

"그래도 우리가 캘리포니아에 도착해서 고속도로를 벗어나면……?"

"걱정 마세요." 톰은 어머니를 안심시키려 애썼다. "우리가 식구들을 찾을게요. 캘리포니아가 설마 그렇게 넓겠어요?"

"지도에서 보니까 엄청 크던데." 어머니가 말했다.

아버지가 큰아버지에게 조언을 구했다. "형님, 톰 얘기대로 하지 말아야 할 이유가 있을까요?"

"없어." 존이 말했다.

"윌슨 씨, 이건 댁의 차요. 내 아들이 차를 고쳐서 몰고 와도 괜찮겠소?"

윌슨이 말했다. "물론이죠. 여러분은 이미 저희한테 너무나 많은 걸 해 주셨는데요 뭐. 아드님한테 차를 맡기지 않을 이유가 없죠."

톰이 말했다. "우리가 따라잡지 못하더라도 다들 일을 하면서 돈을 모을 수 있어요. 하지만 우리가 모두 여기 남으면 어떻게 되겠어요? 여긴 물도 없고, 이 차를 움직일 수도 없는데. 하지만 식구들이 여길 떠나서 일자리를 구한다면 돈이 생기잖아요. 그러다 보면 집을 살 수 있을지도 모르고. 어때요, 케이시? 저랑 같이 남아 주실래요?"

케이시가 말했다. "난 식구들한테 제일 이로운 일을 하고 싶어. 자네가 날 받아들여 줬으니까, 뭐든 자네 하라는 대로 하겠네."

"여기 남으면 차 밑에 누워서 얼굴에 기름을 묻히게 될 거예요." 톰이 말했다.

"난 상관없어." 아버지가 말했다. "그렇게 할 거라면, 서두르는 게 좋겠다. 서두르면 잠자리를 잡기 전에 100마일쯤 더 갈 수 있을지도 몰라."

어머니가 아버지 앞에 버티고 섰다.

"난 안 가요."

"무슨 소리야? 안 가다니. 당신은 가야 돼. 식구들을 돌봐야지."

아버지는 어머니의 반발에 놀란 모양이었다.

어머니는 윌슨의 차로 가서 뒷좌석 바닥을 향해 손을 뻗었다. 그리고 잭핸들을 꺼내 손바닥 위에 올려놓고 손쉽게 균형을 잡았다.

"난 안 가요." 어머니가 말했다.

"당신은 가야 돼. 이미 결정이 내려졌다고."

어머니가 입을 굳게 다물더니 부드러운 목소리로 말했다.

"날 두들겨 패지 않고서는 데려갈 수 없을 거예요."

어머니는 잭핸들을 살짝 움직였다.

"하지만 그랬다간 나한테 큰코다칠 줄 알아요. 울고불고하면서 맞기만 하진 않을 테니. 나도 같이 싸울 거야. 게다가 어쨌든 당신은 날 두들겨 패지 못해요. 만약 내가 당신한테 지더라도, 내 분명히 말하는데, 당신이 나한테 등을 돌리거나 바닥에 앉을 때까지 기다렸다가 양동이로 당신을 후려칠 거예요. 속이 뒤집힐 만큼. 거룩한 예수님의 이름을 걸고, 반드시 그렇게 할 거야."

아버지는 난감한 표정으로 식구들을 둘러보며 말했다. "기운이 넘치는구먼. 저렇게 기운이 넘치는 걸 본 적이 없어."

루티가 새된 소리로 킥킥거렸다.

어머니의 손에 들린 잭핸들이 굶주린 듯 앞뒤로 까딱거렸다.

"어디 한번 해 봐요. 결정을 내렸다면서요. 어디 날 한번 때려 봐. 한번 해 보라고요. 그래도 난 안 갈 테니. 만약 내가 간다면, 당신은 한숨도 못 잘 줄 알아요. 당신이 눈을 붙일 때까지 기다리고 기다리다가 장작개비로 후려칠 거니까."

"아주 신났네. 나이도 먹을 만큼 먹었으면서." 아버지가 중얼거렸다.

식구들은 어머니의 반란을 지켜보았다. 아버지가 벌컥 화를 내지는 않는지, 풀어져 있는 아버지의 손이 주먹으로 변하지는 않는지 지켜보았다. 그러나 아버지는 화를 내지 않았고, 손도 옆구리에 힘없이 늘어뜨린 채였다. 잠시 후 식구들은 어머니가 이겼음을 깨달았다. 어머니도 자신이 이겼음을 알고 있었다.

톰이 말했다. "어머니, 대체 왜 그래요? 뭣 때문에 이러시는 거예요? 뭘 잘못 먹기라도 했어요? 식구들하고 싸울 거예요?"

어머니의 표정이 부드러워졌지만 눈빛은 여전히 사나웠다.

"네가 생각이 모자란 거야. 이 세상에서 우리한테 남은 게 뭐냐? 식구들밖에 없잖아. 우리가 떠나자마자 할아버지가 땅에 묻히셨다. 그런데 이제 네가 식구들을 흩어 놓으려고……"

톰이 소리쳤다. "어머니, 우리가 따라잡을 거라고 했잖아요. 그렇게 오랫동안 헤어져 있는 게 아니라고요."

어머니가 잭핸들을 흔들어 댔다.

"우리가 야영을 하고 있을 때 네가 그냥 스쳐 지나가면? 또, 우리가 목적지에 도착하더라도 무슨 수로 너하고 연락을 하겠어? 안 그래도 힘든 길이야. 할머니가 편찮으시다. 할머니도 언제 돌아가실지 몰라. 너무 지치고 힘들어서. 그런데도 앞으로 이 힘든 길을 한참 가야 하잖니."

존이 말했다. "하지만 톰 말대로 하면 돈을 좀 벌 수 있어요. 저축도 조금 할 수 있고. 톰이 도착할 때까지."

온 식구의 시선이 다시 어머니를 향했다. 칼자루를 쥔 사람은 어머니였다. 어머니가 이 상황을 장악했으니까.

"그렇게 돈을 벌어 봤자 아무 소용이 없을 거예요. 우리한테 남은 거라고는 하나로 뭉쳐 있는 가족뿐이라고요. 늑대들이 나타났을 때 소들이 그러는 것처럼 모두 하나로 뭉쳐야 해요. 식구들이 한곳에 다 같이 있을 때는 무서운 게 없어요. 난 식구들이 흩어지는 꼴은 못 봐요. 윌슨 부부도 우리하고 같이 있고, 목사님도 우리하고 같이 있지만, 그분들이 떠나겠다면 내가 할 말은 없어요. 하지만 내 식구들이 흩어진다면 난 이 쇠몽둥이를 들고 고양이처럼 사납게 날뛸 거예요." 어머니의 목소리는 차갑고 단호했다.

톰이 달래듯이 말했다. "어머니, 전부 여기서 야영을 할 수는 없어요. 여긴 물이 없어요. 그늘도 별로 없고요. 힐머니는 그늘에 계셔야 하잖아요."

어머니가 말했다. "좋아. 그러면 우리가 먼저 떠날게. 물하고 그늘이 있는 곳이 보이는 대로 곧장 차를 세우는 거야. 그다음에 트럭을 몰고 이리로 다시 와서 너를 태우고 부품을 구하러 시내로 가는 거야. 돌아올 때도 트럭을 타고 오면 되지. 네가 햇볕에 쪼이면서 거기까지 걸어갈 수는 없어. 나도 널 여기 혼자 남겨 둘 생각이 없고. 그랬다간 네가 경찰에 잡히더라도 식구들이 널 도와줄 수 없으니까."

톰은 입술로 이를 감쌌다가 쩝 하는 소리를 냈다. 그리고 난감한 표정으로 양팔을 벌렸다가 옆구리로 떨어뜨렸다.

"아버지. 아버지가 한쪽에서 어머니한테 달려들고, 제가 반대편에서 달려들고, 다른 식구들이 전부 그 위를 덮친 다음에 맨 꼭대기로 할머니가 뛰어내린다면 저 잭핸들에 두세 명만 맞아 죽는 선에서 어머니를 잡을 수도 있을 것 같은데요. 하지만 아버지가 머리를 얻어맞고 싶지 않으시다면, 아무래도 어머니가 이기신 것 같아요. 나 참, 혼자서 식구들을 전부 좌지우지하다니! 어머니가 이겼어요. 누가 다치기 전에 그 잭핸들이나 치우세요."

어머니는 깜짝 놀란 얼굴로 자기 손에 들린 쇠몽둥이를 바라보았다. 어머니의 손이 부들부들 떨리고 있었다. 어머니가 몽둥이를 바닥에 떨어뜨리자 톰은 아주 조심스럽게 그것을 들어 올려 다시 자동차 안에 집어넣었다.

그가 말했다. "아버지, 얘긴 끝났어요. 앨, 식구들을 태우고 가서 천막을 친 다음에 트럭을 몰고 다시 이리로 와. 나와 목사님이 엔진 받침판을 떼어 낼 거야. 그리고 시간을 봐서 될 것 같으면 산타로사로 가서 연결봉을 구해 보자. 아마 구할 수 있을 거야. 아직 토요일 저녁이니까. 빨리 서둘러. 트럭에서 멍키렌치랑 펜치 좀 꺼내 놓고."

그는 자동차 밑으로 손을 넣어 기름투성이 엔진 받침판을 만져 보았다.

"그렇지, 통 하나만 주라. 저기 저 낡은 양동이. 기름 좀 받게. 기름을 아껴야지."

앨이 양동이를 건네주자 톰은 그것을 차 밑에 놓고 펜치로 기름 마개를 돌렸다. 그가 손가락으로 계속 마개를 돌리는 동안 검은 기름이 그의 팔을 타고 흘러내리다가 소리 없이 양동이로 떨어지기 시작했다. 양동이가 반쯤 찼을 때 식구들은 이미 트럭에 다 올라타 있었다. 얼굴이 기름으로 더러워진 톰이 바퀴 사이로 고개를 내밀었다.

"빨리 갔다 와!" 그가 소리쳤다.

트럭이 조심스레 도랑을 건너 천천히 떠나가는 동안 그는 엔진 받침판의 나사를 풀었다. 개스킷이 상하지 않도록 나사를 각각 한 바퀴씩만 돌려 똑같이 풀어 놓았다.

목사가 바퀴 옆에 무릎을 꿇고 말했다. "난 뭘 할까?"

"지금은 그냥 계세요. 조금 있다 기름을 다 빼내고 나면 여기 나사를 빼낼 거예요. 그때 받침판 떼어 내는 걸 도와주세요."

그는 자동차 밑에서 꿈틀꿈틀 몸을 움직여 렌치로 나사를 느슨하게 한 다음 손가락으로 돌렸다. 받침판이 떨어지지 않도록 나사를 다 빼내지는 않았다.

"이 아래 땅바닥이 아직도 뜨거워요." 톰은 잠시 가만있다가 말을 이었다. "저기, 케이시, 요새 며칠 동안 너무 말이 없는 거 아니에요? 나 참. 처음 만났을 때는 한 삼십 분에 한 번씩 일장 연설을 하시더니. 그런데 거의 이틀 동안 열 마디도 안 하셨잖아요. 무슨 일 있어요?"

케이시는 배를 쭉 펴고 엎드려서 자동차 밑을 들여다보고 있었다. 뻣뻣한 수염이 듬성듬성 나 있는 턱을 손등에 고이고. 모자를 뒤로 젖혀 버렸기 때문에 모자가 목덜미를 덮고 있었다.

"목사 노릇을 할 때 평생 할 말을 다 해 버렸거든."

"그렇지만 그 후에도 얘기를 좀 하셨잖아요."

"난 걱정이 돼서 죽겠어. 내가 설교를 하고 돌아다닐 때는 그것도 몰랐는데, 사실 난 그때 여자들 꽁무니를 쫓아다니고 있었던 거야. 다시는 설교를 안 할 생각이라면 난 결혼을 해야 돼. 토미, 지금도 여자 생각이 간절해."

"저도 그래요. 맥알레스터에서 나온 날 정신을 차릴 수가 없더라고요. 그래서 토끼를 쫓듯이 어떤 여자를 쫓아갔죠. 매춘부였는데 그 후로 무슨 일이 있었는지는 말 안 할래요. 아무한테도 말하지 않을 거예요."

케이시가 소리 내어 웃었다.

"난 다 알지. 내가 한번은 황야에서 단식을 한 적이 있는데, 끝내고 나오던 날 나도 똑같은 짓을 했거든."

"그렇죠!" 톰이 말했다. "어쨌든, 전 돈도 안 내고 그 여자한테 일을 시킨 셈이에요. 제가 미친 것 같더라고요. 그 여자한테 돈을 줬어야 하는데 수중에는 5달러밖에 없었어요. 그 여자는 돈을 안 받겠다고 했죠. 자, 이리 들어와서 이걸 좀 잡아 주세요. 제가 툭툭 쳐서 헐겁게 할 테니까. 그러고 나서 목사님이 그 나사를 빼내면 제가 제 쪽의 나사를 빼낼게요. 그다음에 이걸 살살 내려놓는 거예요. 개스킷을 조심하세요. 보세요, 무사히 떼어 냈죠. 이 낡은 닷지 자동차는 4기통밖에 안 돼요. 제가 한 번에 하나씩 빼놨어요. 메인 베어링이 멜론만큼 크네요. 자, 이제 내려놔요. 꽉 잡으세요. 손을 위로 뻗어서 저기 걸려 있는 개스킷을 잡아당기세요. 살살. 그렇지!"

기름투성이 엔진 받침판이 이제 두 사람 사이의 땅바닥에 놓여 있었다. 받침판을 떼어 낸 구멍들 속에는 여전히 기름이 조금 남아 있었다. 톰은 앞쪽 구멍 속으로 손을 넣어 깨진 베어링 조각을 몇 개 꺼냈다.

"여기 있네요." 톰은 손가락으로 베어링을 돌리면서 말을 이었다. "굴대가 올라갔어요. 뒤에서 크랭크를 찾아 주세요. 그리고 제가 그만두라고 할 때까지 돌리세요."

케이시는 자리에서 일어나 크랭크를 찾았다.

"돌릴까?"

"돌리세요. 살살. 조금만 더…… 조금만 더…… 됐어요."

케이시는 무릎을 꿇고 앉아 다시 차 아래쪽을 들어디보았다. 톰이 연결봉 베어링으로 굴대를 쾅쾅 때렸다.

"이거예요."

"그게 왜 그렇게 됐을까?" 케이시가 물었다.

"제가 그걸 어떻게 알겠어요! 이거 십삼 년이나 된 고물차예요. 계기판에는 6만 마일이라고 되어 있지만 사실 그건 16만 마일이라는 뜻이죠. 게다가 사람들이 계기판 숫자를 몇 번이나 뒤로 돌려놨는지 누가 알겠어요? 누가 윤활유를 충분히 채우지 않아서 그랬는지, 속이 뜨거워지면 그냥 나가 버려요."

그는 가로쐐기를 잡아당긴 다음 베어링 나사에 렌치를 갖다 댔다. 그가 힘을 주자 렌치가 미끄러졌다. 그의 손등에 길게 갈라진 상처가 생겼다. 톰은 상처를 바라보았다. 상처에서 흘러나온 피가 기름과 섞여 엔진 받침판으로 뚝뚝 떨어졌다.

"어떡하지?" 케이시가 말했다. "자네가 상처를 싸매는 동안 내가 할까?"

"안 돼요! 차를 수리할 때마다 항상 이런 상처가 나는데요 뭐. 이제 상처가 났으니 더 이상 걱정할 필요는 없겠네요."

그는 다시 렌치를 나사에 갖다 댔다.

"초승달 모양의 렌치가 있으면 좋을 텐데."

그가 손바닥 끝으로 렌치를 두드리자 마침내 나사가 느슨해졌다. 그는 나사를 빼내서 엔진 받침판 안의 나사들과 나란히 놓았다. 가로쐐기도 그 옆에 함께 놓았다. 그리고 피스톤을 꺼내 연결봉과 함께 엔진 받침판 안에 놓았다.

"됐다!"

그는 꿈틀꿈틀 차 밑을 빠져나오면서 엔진 받침판을 함께 끌고 나왔다. 그리고 거친 삼베 조각으로 손을 훔치고는 베인 상처를 자세히 살펴보았다.

"피가 징그럽게도 많이 나오네. 뭐, 피를 멈추는 법을 아니까."

그는 땅바닥에 오줌을 싸서 흙을 진흙으로 만들더니 상처 위에 그 흙을 붙였다. 피가 잠시 진흙 위로 스며 나오다가 금방 멈췄다.

"피를 멈추는 데는 세상에 이만한 게 없어요."

"거미줄도 잘 들어." 케이시가 말했다.

"알아요. 하지만 여긴 거미줄이 없잖아요. 하지만 오줌은 누구든 언제라도 쌀 수 있는 거니까."

톰은 자동차 발판에 앉아 부서진 베어링을 자세히 살펴보았다.

"25년식 닷지를 찾아서 중고 연결봉하고 쐐기를 좀 구할 수만 있다면 아마 차를 완전히 고칠 수 있을 텐데. 아무래도 앨이 아주 멀리까지 간 모양이에요."

광고판 그림자가 이제 60피트까지 길어져 있었다. 오후가 그림자를 길게 늘이며 점점 끝나가고 있었다. 케이시는 자동차 발판에 주저앉아 서쪽을 바라보았다.

"곧 고산지대에 들어설 거야."

그는 이렇게 말하고 나서 잠시 침묵을 지키다가 입을 열었다.

"톰!"

"예?"

"톰, 내가 도로를 달리는 자동차들을 계속 지켜봤네. 우리가 지나친 차와 우리를 지나친 차들 모두. 계속 지켜보고 있었어."

"왜요?"

"톰, 우리 같은 사람들 수백 명이 전부 서쪽으로 가고 있네. 내가 다 지켜봤다고. 동쪽으로 가는 사람은 하나도 없어. 사람이 수백 명이나 되는데. 자네도 알고 있었나?"

"예, 저도 봤어요."

"이건 마치…… 마치 군대를 피해서 피난 가는 사람들 같아. 온 나라가 전부 움직이고 있는 것 같다고."

"맞아요. 온 나라가 다 움직이고 있죠. 우리도 움직이고 있고."

"그런데 말이지 여기 이 사람들뿐만 아니라 모든 사람들이…… 그 사람들이 거기 가서 일자리를 구할 수 없다면?"

"젠장!" 톰이 소리쳤다. "그런 걸 제가 어떻게 알아요? 전 그냥 한 발 한 발 나아가고 있을 뿐이에요. 맥알레스터에서도 사년 동안 그렇게 했어요. 감방을 드나들 때도, 식당을 오갈 때도 계속 한 발 한 발 걸었다고요. 젠장, 밖에 나오면 뭔가 달라질 줄 알았는데! 거기 있을 때는 내가 나가면 식구들이 반가워할 거라는 생각밖에 없었는데, 지금은 아무 생각도 안 나요."

그가 케이시에게 시선을 돌렸다.

"고장 나 버린 이 베어링을 보세요. 우린 이게 고장 날 줄 몰랐기 때문에 아무 걱정도 안 했어요. 지금은 고장 난 걸 알

앗으니 고치면 되고요. 다른 일도 다 마찬가지예요! 전 걱정 안 할 거예요. 걱정을 할 수가 없어요. 여기 이 작은 쇳조각이 랑 베어링을 좀 보세요. 보여요? 지금 제가 생각하는 건 이것 뿐이에요. 도대체 앨 이놈의 자식은 어디까지 간 거야."

케이시가 말했다. "이봐, 톰. 아이고, 젠장! 뭔 말을 하기가 왜 이렇게 힘들지."

톰은 상처를 덮었던 진흙을 들어 올려 땅바닥에 던져 버렸 다. 상처 가장자리에 빙 둘러 흙이 묻어 있었다. 그는 목사를 흘깃 바라보았다.

"목사님은 뭔가 근사한 말만 하려고 해요. 뭐, 한번 해 보세 요. 저는 연설 듣는 거 좋아하니까. 교도소장은 항상 연설을 했죠. 들어 봤자 우리한테 손해날 건 없는 얘기였는데, 교도 소장은 연설을 하면서 정신없이 흥분하곤 했어요. 무슨 말이 하고 싶으신 거예요?"

케이시는 마디가 굵은 긴 손가락을 잡아당겼다.

"지금 뭔가가 벌어지고 있고, 사람들도 이런저런 일들을 하 고 있지. 자네 말처럼 사람들은 한 발 한 발 나아가고 있어. 자 네 말처럼 자기들이 어디로 가는지 생각도 안 하고. 하지만 다들 똑같은 방향으로 가고 있어. 똑같은 방향으로. 잘 들어 보면 움직이는 소리, 살금살금 움직이는 소리, 바스락대는 소 리…… 그리고 불안한 소리를 들을 수 있을 거야. 뭔가 일이 벌어지고 있는데, 사람들은 그 일이 뭔지 아무것도 모르면서 움직이고 있어. 아직은 그 일이 뭔지 전혀 모르고 있지. 서쪽 으로 가는 이 사람들 때문에…… 홀로 남은 그 사람들의 땅 때문에 뭔가 일이 벌어질 거야. 이 나라를 통째로 바꿔 버릴 일이 벌어질 거야."

톰이 말했다. "그래도 저는 한 번에 한 발짝씩 나아갈 뿐이에요."

"그래. 하지만 울타리가 나타나면 자네는 그 울타리를 넘겠지."

"울타리를 넘어야 한다면 넘어야죠."

케이시가 한숨을 쉬었다. "그게 최선의 방법이지. 그렇지 않다고 말할 수가 없구먼. 하지만 울타리에도 종류가 많아. 나처럼 아직 나타나지도 않은 울타리를 넘는 사람도 있어…… 넘기 싫어도 어쩔 수 없이 넘는 사람들."

"저기 앨이 오는 거 아니에요?" 톰이 물었다.

"그래, 그런 것 같네."

톰은 자리에서 일어나 연결봉과 반으로 쪼개진 베어링을 마대 자루로 쌌다.

"반드시 똑같은 걸 구해야 하니까요." 그가 말했다.

트럭이 길 옆에 멈춰 서더니 앨이 창밖으로 몸을 내밀었다.

"왜 그렇게 오래 걸렸어? 어디까지 갔다 온 거야?"

앨이 한숨을 쉬었다. "연결봉은 꺼냈어?"

"그래." 톰이 마대 자루를 들어 보였다. "베어링이 부러졌어."

"그럼 내 잘못이 아니네." 앨이 말했다.

"그래. 식구들은 어디 있어?"

"한바탕 난리가 났었어. 할머니가 소리를 질러 대니까 로저샨도 흥분해서 소리를 질러 댔지. 매트리스 밑에 머리를 처박고 소리를 질러 대더라니까. 할머니는 이를 드러내고 달밤의 사냥개처럼 짖어 댔고. 아무래도 할머니가 완전히 정신을 놓아 버리신 것 같아. 하는 짓이 완전히 아기야. 아무하고도 말을 안 하고, 아무도 알아보지 못하는 것 같아. 할아버지한테 얘기하는 것처럼 그냥 혼자서 계속 얘기를 해."

"식구들은 어디 있냐니까?" 톰이 고집스레 물었다.

"야영장이 있더라고. 그늘도 있고 수돗물도 있는데, 하루에 50센트래. 하지만 다들 너무 지치고 피곤해서 그냥 거기 있기로 했어. 할머니가 너무 지쳐서 그럴 수밖에 없다고 어머니가 그러셨어. 윌슨 씨네 천막을 세우고 우리는 천막 대신 방수포를 쳤어. 아무래도 할머니가 완전히 미쳐버린 것 같아."

톰은 점점 낮아지고 있는 태양을 바라보았다.

"케이시. 누가 여기서 차를 지키지 않으면 차 안에 있는 물건들이 깡그리 없어질 거예요. 여기 좀 있어 주실래요?"

"그래, 내가 여기 있을게."

앨이 좌석에서 종이봉투를 집어 들었다. "어머니가 빵이랑 고기를 좀 보내셨어요. 차 안에 물도 한 병 있고요."

"역시 어머니시네." 케이시가 말했다.

톰이 앨 옆자리에 올라탔다.

"저기요. 가능한 한 빨리 갔다 올게요. 하지만 시간이 얼마나 걸릴지는 모르겠어요."

"여기 있을게."

"예. 혼자서 연설을 하지는 마세요. 가자, 앨."

트럭이 늦은 오후의 햇살 속에서 출발했다.

"좋은 사람이야. 항상 이런저런 생각을 하시지." 톰이 말했다.

"쳇, 목사라면 어쩔 수 없는 거 아냐? 아버지는 나무 밑에서 야영을 하는 데 50센트나 든다고 난리야. 아버지는 요즘 세상을 잘 이해 못 해. 그냥 앉아서 욕이나 하지. 이 다음에는 사람들이 공기를 통에 담아서 팔 거라나. 하지만 어머니는 할머니 때문에 그늘과 물이 반드시 근처에 있어야 한다고 그러셨어."

트럭이 덜컹거리며 고속도로를 달렸다. 짐을 내린 상태였기 때문에 사방에서 덜컹거리는 소리가 났다. 화물칸 가로대와 둘로 잘라 이은 차체에서도 소리가 났다. 차는 가볍고 맹렬하게 달렸다. 앨이 시속 38마일까지 속도를 올리자 엔진에서 덜컹거리는 소리가 심하게 나면서 기름이 탈 때 나오는 푸르스름한 연기가 바닥의 널빤지 틈새로 올라왔다.

톰이 말했다. "속도 좀 줄여. 그러다 휠캡까지 타 버릴라. 할머니는 왜 그러시는 거지?"

"모르지 뭐. 지난 며칠 동안 할머니가 멍하니 계셨던 거 기억나? 아무하고도 말을 안 했잖아. 그런데 지금은 소리를 지르면서 계속 떠들고 있어. 그게 할아버지한테 하는 이야기라는 게 문제지만. 할아버지한테 소리를 지르는 거야. 보고 있으면 조금 무섭기도 해. 할아버지가 옛날처럼 거기 앉아서 할머니한테 히죽 웃고 있는 것 같다니까. 할아버지가 손가락으로 당신을 가리키면서 히죽히죽 웃고 있는 것 같아. 할머니도 할아버지가 그렇게 앉아 있는 게 보여서 바가지를 긁는 거고. 아참, 아버지가 형한테 주라고 20달러를 주셨어. 돈이 얼마나 필요할지 모르겠다면서. 어머니가 아까처럼 아버지한테 대드는 거 전에도 본 적 있어?"

"내가 기억하는 한 없어. 아무래도 내가 아주 제때에 가석방으로 나온 것 같다. 집에 오면 빈둥거리면서 늦잠이나 자고 음식이나 실컷 먹을 생각이었는데. 춤추러도 가고, 여자들 꽁무니도 쫓아다니고. 그런데 어느 것도 해 볼 시간이 없었으니."

앨이 말했다. "잊어버릴 뻔했네. 어머니가 형한테 전하라는 얘기가 많았는데. 술은 절대 마시지 말고, 말싸움도 벌이지 말고, 주먹다짐도 하지 말래. 형이 다시 감옥으로 끌려갈까 봐 무섭다고."

"내가 말썽을 안 피워도 어머니는 이미 걱정할 게 많으셔."

"그래도 맥주 한두 잔은 마실 수 있겠지? 맥주 생각이 나서 죽겠어."

"글쎄. 우리가 맥주를 사 먹으면 아마 아버지가 난리를 칠걸."

"저기, 형, 나한테 6달러가 있어. 우리 둘이서 맥주도 좀 마시고 신나게 놀자. 내가 6달러를 갖고 있다는 건 아무도 몰라. 그러니까 우리끼리 신나게 놀 수 있다고."

"그 돈은 아껴 둬. 캘리포니아에 도착한 다음에 우리 둘이서 그 돈을 갖고 실컷 놀자. 어쩌면 일자리도 있을 테니……." 톰이 좌석에 앉은 채 몸을 돌리며 말을 이었다. "네가 놀 때 그렇게 끝까지 가는 줄은 몰랐는데. 네가 사람들한테 그러지 말라고 설득하는 줄 알았어."

"쳇, 여긴 내가 아는 사람이 아무도 없잖아. 만약 내가 차를 타고 많이 돌아다니게 되면 결혼할 거야. 캘리포니아에 도착하면 진짜 진탕 놀아 볼 거야."

"정말로 그렇게 됐으면 좋겠다."

"이젠 자신감이 없나 봐?"

"그래, 자신감이 없어."

"형이 그 사람을 죽였을 때…… 그 일이나 뭐 다른 일이 꿈에 나타나지는 않았어? 그 일 때문에 고민하시는 않았어?"

"응."

"그럼 그 일에 대해서 생각해 본 적이 없는 거야?"

"당연히 해 봤지. 그놈이 죽어서 안됐다고 생각했어."

"책임감은 안 느꼈고?"

"응. 감옥에 갔으니까. 형기를 마쳤잖아."

"거긴…… 정말로…… 그렇게 지독해?"

톰은 짜증스러운 투로 말했다. "앨, 난 형기를 마쳤어. 이제 끝난 일이라고. 그러니까 자꾸 그 일을 되씹고 싶지 않아. 저 앞에 강하고 도시가 있다. 저기서 연결봉을 구할 수 있는지 보자. 다른 건 다 잊어버려."

앨이 말했다. "어머니는 형만 좋아해. 형이 집에 없을 때 얼마나 슬퍼하셨는데. 아무도 모르게 혼자서. 목구멍 안으로 울음을 삼키는 것 같았어. 하지만 어머니가 뭘 생각하는지 식구들은 다 알고 있었지."

톰은 눈 위로 모자를 깊게 눌러썼다.

"야, 앨, 이제 다른 얘기 좀 하자."

"그냥 어머니가 어떠셨는지 얘기해 주는 거야."

"알아. 알아. 하지만…… 난 얘기하기 싫어. 그냥…… 한 발

한 발 나아가고 싶을 뿐이야."

앨은 기분이 상해서 입을 다물었다.

잠시 후에 그가 말했다. "그냥 형한테 얘기해 준 건데."

톰은 그를 바라보았다. 앨은 똑바로 앞만 바라보고 있었다. 무게가 가벼워진 트럭이 시끄럽게 덜컹거렸다. 톰이 이를 드러내며 가볍게 웃었다.

"나도 알아, 앨. 아무래도 내가 교도소 얘기에 좀 민감한 모양이다. 나중에 혹시 너한테 그곳 얘기를 해 주게 될지도 모르지. 너야 알고 싶겠지. 흥밋거리로. 하지만 난 아무래도 거기서 있었던 일들을 한동안 잊고 지내는 게 좋을 것 같다. 시간이 조금 지나면 달라질지도 모르지. 지금은 거기서 있었던 일들을 생각하면 속이 뒤집히는 것 같아. 앨, 내가 한마디만 해 줄게. 감옥은 사람을 서서히 미치게 만드는 곳이야. 알겠니? 그렇게 감옥에서 미친 놈들이 하는 짓을 보고 듣다 보면 금방 내가 미친 건지 아닌지 분간할 수 없게 돼. 밤중에 미친놈들이 소리라도 질러 대기 시작하면 꼭 내가 소리를 지르고 있는 것 같다니까…… 가끔은 진짜로 내가 소리를 지를 때도 있고."

"알았어. 앞으로 그 얘기는 안 할게, 형." 앨이 말했다.

"30일 정도는 괜찮아. 180일도 괜찮아. 하지만 일 년 넘게 거기서 지낸다면…… 글쎄. 거기에는 세상 어디하고도 다른 뭔가가 있어. 뭔가 뒤틀린 것. 사람들을 가둔다는 생각 자체가 뒤틀린 것이지. 아 젠장, 그만하자! 더 이상 얘기하고 싶지 않아. 아이고, 햇빛이 창문 유리에 부딪혀서 반짝거리고 있네."

트럭은 휴게소들이 줄지어 늘어선 곳으로 향했다. 도로 오

른편에 폐차장이 있었다. 1에이커 넓이의 폐차장 주위를 가시
철조망 울타리가 높게 에워쌌고, 폐차장 건물 앞에는 골함석
으로 지은 창고가 있었다. 창고 문 앞에는 가격표가 붙은 중
고 타이어들이 쌓여 있었다. 그 건물 뒤편, 폐물로 나온 목재
와 양철로 지은 작은 건물의 창문 유리는 모두 자동차 앞유리
창에서 떼어 온 것이었다. 풀이 무성한 땅에는 망가신 자동차
들이 놓여 있었다. 차체가 뒤틀린 자동차, 앞부분이 찌그러진
자동차, 바퀴 하나 없이 모로 누워 있는 자동차. 땅바닥과 창
고 옆에서는 엔진들이 녹슬어 가고 있었다. 거대한 폐물 더미.
흙받기와 트럭의 가로대, 바퀴와 굴대. 폐차장 전체에 모든 것
이 녹슬고 썩어 가는 듯한 분위기가 퍼져 있었다. 뒤틀린 철
판, 부품이 반쯤 없어져 버린 엔진. 버려진 물건들.

앨은 기름투성이 땅을 지나 창고 앞으로 트럭을 몰았다. 톰
이 차에서 내려 어두운 문간을 들여다보았다.

"아무도 안 보이는데."

그는 이렇게 말하고 나서 큰 소리로 외쳤다.

"누구 없어요?"

"여기 25년식 닷지가 있으면 좋을 텐데."

창고 뒤에서 문이 꽝 소리를 냈다. 곧 유령 같은 남자가 창
고 건물 안을 가로질러 모습을 나타냈다. 여윈 몸에 더럽게 때
가 묻은 모습. 힘줄이 불룩불룩 튀어나온 근육 위로 기름투성
이 피부가 팽팽했다. 한쪽 눈은 어디로 갔는지 없어져 버렸고,
가리지 않고 드러내 놓은 눈구멍에는 아직도 흉터가 생생해
서 그가 성한 눈을 움직일 때마다 같이 꿈틀거렸다. 그의 청바

지와 셔츠는 오래된 기름때가 두텁게 끼어서 번들거렸다. 그리고 그의 손에는 갈라진 상처, 주름살, 베인 상처가 가득했다. 삐죽 튀어나온 두툼한 아랫입술이 뚱하게 보였다.

톰이 물었다. "당신이 여기 주인이오?"

남자가 한쪽만 남은 눈을 부라렸다.

"난 주인 밑에서 일하는 사람이오." 그가 뚱하게 말했다. "원하는 게 뭐요?"

"25년식 닷지 있어요? 연결봉이 필요한데."

"모르겠수. 사장이 있으면 금방 알 수 있을 텐데, 지금 여기 없거든. 집으로 갔수."

"우리가 좀 살펴봐도 되겠소?"

남자는 손으로 코를 풀고 나서 바지에 손바닥을 닦았다.

"어디서 왔수?"

"동쪽에서 와서…… 서쪽으로 가는 중이오."

"그럼 둘러보슈. 여길 홀랑 태워 버려도 난 상관없으니까."

"주인을 별로 좋아하지 않는 모양이군요."

남자가 하나만 남은 눈을 이글거리면서 비틀거리는 걸음으로 가까이 다가왔다.

"난 그 인간을 아주 싫어해." 그가 작은 목소리로 말했다. "그 개자식을 아주 싫어한다고! 지금은 집에 갔어. 자기 집으로." 그가 더듬더듬 말을 이었다. "그 인간 수완이 대단해. 적당한 사람을 골라서 아주 아작을 내 버리지. 그 개자식이 말이야. 열아홉 살짜리 딸이 있는데, 아주 예뻐. 그런데 그 개자식이 '우리 딸하고 결혼할래?' 이러는 거야. 바로 내 눈앞에서. 그리고 오늘 밤에는 또 뭐라고 했는 줄 알아? '무도회가 있는데 같이 안 갈래?' 나한테, 나한테 그런 말을 했다고!"

그의 눈에 눈물이 고이더니 충혈된 눈가로 뚝뚝 떨어져 내렸다.

"언젠가, 언젠가 내가 주머니에 파이프렌치를 넣고 올 거야. 그래서 그놈이 내 눈을 보면서 그런 소리를 할 때, 그 렌치로 그놈 대가리를 뽑아 버릴 거야. 조금씩, 조금씩."

그는 화가 나서 씩씩거렸다.

"조금씩, 조금씩 대가리를 완전히 뽑아 버릴 거라고."

해가 산 너머로 사라졌다.

앨은 망가진 차들을 들여다보았다.

"저기야, 봐, 형! 저거 25년식이나 26년식 같아."

톰은 애꾸눈 남자에게 시선을 돌렸다.

"우리가 봐도 괜찮겠소?"

"당연하지! 뭐든 원하는 대로 가져가슈."

톰과 앨은 죽어 버린 자동차들을 헤치며 타이어에 바람이 빠진 채 녹슬어 가고 있는 세단을 향해 걸어갔다.

앨이 소리쳤다. "틀림없어. 25년식이야. 엔진 받침판을 떼어 낼 수 있을까?"

톰은 무릎을 꿇고 차 밑을 들여다보았다.

"받침판은 이미 누가 떼어 갔어. 연결봉도 하나 없어졌고. 그런 것 같아."

그는 꿈틀꿈틀 자동차 밑으로 들어갔다.

"크랭크를 찾아서 돌려봐, 앨."

그는 굴대에 연결봉을 대고 움직여 보았다.

"기름때 때문에 아주 뻑뻑한데."

앨이 천천히 크랭크를 돌렸다.

"살살 해." 톰이 소리쳤다.

그는 땅바닥에서 나뭇조각 하나를 찾아 베어링과 베어링 나사에 두텁게 더께가 진 기름때를 긁어냈다.

"단단해?" 앨이 물었다.

"글쎄, 조금 헐겁기는 하지만 심하진 않아."

"많이 닳지는 않았어?"

"쐐기가 많아. 사람들이 다 가져가지는 않은 모양이야. 그래, 이만하면 괜찮겠다. 이제 살살 돌려 봐. 아래로, 살살. 됐어! 트럭에 가서 연장 좀 가져와."

애꾸눈 남자가 말했다. "내가 연장통을 가져다주지."

그는 녹슨 자동차들 사이로 발을 질질 끌며 사라졌다가 양철로 만든 연장통을 들고 나타났다. 톰은 소켓 렌치를 찾아 앨에게 건네주었다.

"네가 떼어 내. 쐐기를 잃어버리면 안 돼. 나사를 잃어버려도 안 되고. 가로쐐기도 잘 간수해야 돼. 서둘러. 날이 점점 어두워지고 있으니까."

앨이 차 밑으로 기어 들어가며 소리쳤다. "우리도 소켓 렌치를 하나 사야 돼. 멍키렌치로는 아무것도 못 해."

"도움이 필요하면 소리 질러." 톰이 말했다.

애꾸눈 남자가 멀거니 옆에 서서 말했다. "원한다면 도와줄 수도 있는데. 그 개자식이 뭔 짓을 했는지 알아? 하얀 바지를 입고 와서는 나한테 이랬어. '이봐, 우리 요트 타러 가자고.' 젠장, 내 언젠가 그놈을 작살내 버릴 거야!"

그는 거칠게 숨을 내쉬었다.

"난 눈을 잃은 후로 여자랑 데이트를 해 본 적이 없어. 그런데 그놈이 그런 소리를 하다니."

커다란 눈물방울이 때에 전 코 옆에 줄무늬를 그렸다.

톰이 짜증스럽다는 듯이 말했다. "그럼 그냥 그만두면 되잖아요. 여기 무슨 감시인이 있는 것도 아니고."

"말은 쉽지. 일자리를 얻는 게 그렇게 쉬운 줄 알아? 애꾸눈인데."

톰은 그에게 시선을 돌렸다.

"이봐요, 그래 당신 눈구멍이 뻥 뚫려 있는 건 사실이야. 몸도 더러워서 악취가 나고. 그게 다 당신이 자초한 거잖아요. 자기가 좋아서. 스스로 자기가 불쌍하다고 생각하고 싶으면 하라고. 그 텅 빈 눈구멍으로 여자를 얻을 수 없는 게 당연하지. 그걸 뭘로 좀 가리고 세수를 해 봐요. 그러면 파이프렌치로 누굴 때릴 일도 없을 테니."

남자가 말했다. "이봐, 애꾸눈으로 살기가 얼마나 힘든 줄 알아? 다른 사람들처럼 사물을 볼 수가 없다고. 물건이 얼마나 떨어져 있는지 알 수가 없단 말이야. 모든 게 다 평평하게 보이니까."

톰이 말했다. "바보 같은 소리. 내가 옛날에 외다리 창녀를 만난 적이 있는데, 그 여자가 뒷골목에서 푼돈을 받으며 일한 줄 알아? 천만에! 그 여자는 남들보다 50센트를 더 받았어.

'외다리 여자랑 자 본 적이 얼마나 돼? 한 번도 없지?' 이러면서. '그래, 여기서 아주 특별한 경험을 할 수 있어. 그러니까 50센트를 더 내라고.' 그런데 말이지, 사람들은 실제로 그 돈을 냈어. 그리고 자기가 아주 운이 좋았다고 생각하면서 그 집을 나왔지. 그 여자가 자기가 행운을 준다고 말했거든. 그리고 내가…… 내가 있던 곳에 꼽추가 하나 있었는데, 그 친구도 자기 혹이 행운을 가져다준다며 사람들에게 혹을 문지르게 해주고 돈을 받았어. 그걸로 생계를 모두 해결했다고. 젠장, 당신은 겨우 한쪽 눈이 없을 뿐이잖아."

남자가 더듬거리며 말했다. "그래도 사람들이 나를 슬슬 피하는 걸 보면 얼마나 속상한데."

"그럼 그걸 가려, 제길. 당신은 그게 무슨 암소 엉덩이라도 되는 것처럼 내보이고 있잖아. 자기를 불쌍한 사람으로 생각하고 싶으니까 그러는 거지. 그것 말고는 당신한테 아무 문제도 없어. 하얀 바지도 사서 입어 보라고. 당신 혼자 술 마시고 취해서 침대에서 울지? 뭐 좀 도와줄까, 앨?"

앨이 말했다. "아니. 베어링 나사를 풀었어. 피스톤을 떼어내려고 하는 중이야."

"다치지 않게 조심해." 톰이 말했다.

애꾸눈 남자가 작은 목소리로 말했다. "나를…… 좋아해 줄 사람이…… 있을까?"

톰이 말했다. "물론이지. 눈을 잃은 후로 당신 거시기가 커졌다고 해."

"당신들은 어디로 가는 중이야?"

"캘리포니아. 가족들 전부. 거기 가서 일자리를 구할 거야."

"나 같은 사람도 일자리를 얻을 수 있을까? 눈에다 안대를 대면?"

"안 될 거 뭐 있어? 절름발이도 아닌데."

"그럼…… 당신들 차를 좀 얻어탈 수 있어?"

"그건 안 돼. 지금도 사람이 너무 많아서 움직일 수노 없는 지경이야. 다른 방법을 찾아봐. 여기 있는 폐물들 중 하나를 수리해서 직접 몰고 가든지."

"그런 방법도 있네." 애꾸눈 남자가 말했다.

금속이 부딪히는 소리가 났다.

"됐어." 앨이 소리쳤다.

"그럼 가지고 나와. 한번 살펴보게."

앨이 피스톤과 연결봉, 그리고 베어링 아랫부분을 건네주었다.

톰은 베어링 표면을 닦아 내고 눈높이로 올려 표면을 살펴보았다.

"괜찮은 것 같은데. 아이고, 불빛만 있으면 오늘 밤에 이걸 고칠 수 있을 텐데."

앨이 말했다. "있지, 형. 생각을 해 봤는데, 고리 죔쇠가 없어. 그러니까 고리를 끼우는 게 보통 일이 아닐 거야. 특히 차 밑에서는."

톰이 말했다. "옛날에 들은 얘기가 있는데 말이야, 좋은 놋쇠 줄을 고리에다 감으면 고리가 떨어지지 않는데."

"그렇지만 놋쇠 줄을 어떻게 떼어 내지?"

"떼어 낼 필요 없어. 줄이 녹아 버리니까. 그것 때문에 뭐가 망가지는 것도 아니고."

"구리줄이 더 나을 거야."

"그건 튼튼하지 못해." 톰은 이렇게 말하고 나서 애꾸눈 남자에게 물었다. "좋은 놋쇠 줄 좀 있어?"

"몰라. 어딘가 줄 뭉치가 있을 텐데. 애꾸눈들이 쓰는 안대를 어디서 구할 수 있을까?"

"그거야 모르지." 톰이 말했다. "놋쇠 줄이나 찾아봐."

차고 안에서 그들은 상자들을 뒤진 끝에 줄 뭉치를 찾아냈다. 톰은 연결봉을 바이스에 넣고 피스톤 고리를 홈 속으로 누르면서 고리 주위에 조심스레 줄을 감았다. 중간에 줄이 뒤틀린 부분이 나오면 망치로 두드려 폈다. 줄을 다 감은 다음 그는 피스톤을 돌려가며 줄을 두드렸다. 피스톤 표면이 평평해질 때까지. 그는 손가락으로 피스톤을 쓸어 보며 고리와 줄이 피스톤 벽과 가지런해졌는지 확인했다. 창고 안이 점점 어두워졌다. 애꾸눈 남자가 손전등을 가져와 비춰 주었다.

톰이 말했다. "그렇지! 이봐, 그 손전등 얼마에 팔래?"

"글쎄, 별로 좋은 물건이 아닌데. 새 전지 사는 데 15센트 들었으니까…… 35센트만 내."

"좋았어. 그럼 여기 연결봉하고 피스톤 값은 얼마야?"

애꾸눈 남자는 손마디로 이마를 문질렀다. 그 바람에 이마에서 때가 한 줄 벗겨져 나갔다.

"글쎄, 모르겠어. 사장이 있으면 부품 장부를 뒤져서 새 부품 가격이 얼만지 알아낼 텐데. 그리고 당신들이 작업하는 동안 당신들이 얼마나 다급한 상황인지, 돈은 얼마나 있는지 알아내서…… 뭐, 장부에 가격이 8달러로 나와 있다면…… 그 인간은 그 중고품을 팔면서 5달러를 부를 거야. 만약 당신들이 시끄럽게 떠들어 대면 3달러에 살 수도 있을 테고. 내가 괜한 소리를 하는 것 같겠지만, 그 인간은 진짜 개자식이야. 그 물건이 당신들한테 얼마나 필요한지 알아낸다고. 고리 기어를 차 한 내 값보다 더 비싼 값에 팔아넘기는 것도 봤는데 뭐."

"알았어. 어쨌든 내가 당신한테 얼마를 주면 돼?"

"한 1달러쯤?"

"좋아. 그리고 여기 소켓 렌치 값으로 25센트를 줄게. 이게 있으면 일이 두 배로 쉬워지거든." 그는 동전을 건네주었다. "고마워. 그리고 그 눈 가려."

톰과 앨은 트럭에 올라탔다. 이제 사방이 칠흑같이 어두웠다. 앨이 시동을 걸고 헤드라이트를 켰다.

톰이 말했다. "잘 있어. 나중에 캘리포니아에서 볼 수 있으면 보자고."

두 사람은 고속도로를 가로질러 방향을 돌린 다음 온 길을 되짚어가기 시작했다.

애꾸눈 남자는 두 사람이 떠나는 것을 지켜보다가 창고를 가로질러 그 뒤의 자기 오두막으로 갔다. 안은 어두웠다. 그는 손으로 주위를 더듬으며 바닥에 놓인 매트리스까지 가서 길게 드러누워 울기 시작했다. 고속도로를 휙휙 지나가는 자동차들은 그를 둘러싼 고독의 벽을 한층 더 단단하게 만들어 줄 뿐이었다.

톰이 말했다. "만약 네가 아까 나더러 이 부품들을 구해서 오늘 밤 안에 자동차를 고치자고 했다면, 난 미친 소리라고 했을 거다."

"우리가 잘 고칠 수 있을 거야. 하지만 형이 해. 내가 하면 나사를 너무 단단하게 줘서 부품이 타 버리거나, 나사가 너무 헐거워서 저게 떨어져 나가 버릴 것 같으니까."

"내가 할게. 또 고장나면 나는 거지 뭐. 밑져야 본전이잖아."

앨은 어둠 속을 바라보았다. 헤드라이트 불빛은 어둠을 전혀 밝혀 주지 못했지만, 저 앞에서 사냥에 나선 고양이의 눈이 불빛을 받아 초록색으로 반짝였다.

"형이 그 사람을 아주 따끔하게 혼내 줬어. 앞으로 어떻게 해야 하는지도 말해 줬고."

"젠장, 그자가 자초한 거야! 눈 하나 잃었다고 자기를 불쌍해 하면서 모든 걸 눈 탓으로 돌리다니. 게으름뱅이에 더러운 개자식이야. 사람들이 자기를 그렇게 대하는 것에도 다 이유가 있다는 걸 알면 정신을 차릴지도 모르지."

앨이 말했다. "형, 베어링이 타 버린 건 내 잘못이 아냐."

톰은 잠시 침묵을 지켰다.

"너 아무래도 좀 혼나야겠다, 앨. 넌 지금 엉뚱한 소리만 하고 있어. 누가 널 탓할까 봐 겁이 나서. 네가 왜 그러는지 난 다 알지. 젊은 애들은 혈기가 넘쳐서 항상 굉장한 사람이 되고 싶어 하지. 하지만 말이다, 앨, 너한테 덤비는 사람이 없는데도 먼저 방어 자세를 취하지는 마. 너한테 뭐라고 하는 사람은 없을 거야."

앨은 아무 대답이 없었다. 그저 앞만 똑바로 바라볼 뿐이었다. 트럭이 덜컹거렸다. 길 옆에서 고양이 한 마리가 갑자기 뛰어나오자 앨은 녀석을 치려고 운전대를 급히 꺾었지만 맞히지 못했다. 고양이는 풀 속으로 펄쩍 뛰어 들어갔다.

"잡을 수 있었는데." 앨이 말했다. "형, 코니가 밤에 공부할 거라는 얘기 들었어? 나도 밤에 공부를 해 볼까 생각해 봤는데. 있잖아, 라디오나 텔레비전이나 디젤엔진 기술 같은 거. 그런 식으로 시작할 수 있을지도 몰라."

"그럴지도 모르지. 먼저 강의 비용으로 놈들이 돈을 얼마나 뜯어내는지 알아봐. 그리고 네가 정말로 그 공부를 할 건지 생각해 보고. 맥알레스터에도 우편으로 강의를 듣는 사람들이 있었어. 그런데 내가 알기로는 공부를 제대로 끝마친 놈이 하나도 없었다고. 싫증이 나서 그냥 내팽개친 거지."

"아차, 먹을 걸 안 사왔네."

"어머니가 많이 보내셨잖아. 목사님이 그걸 다 드셨겠어? 좀 남아 있을 거야. 캘리포니아까지 시간이 얼마나 걸릴지 모르겠다."

"나도 몰라. 그냥 부지런히 가는 거지 뭐."

두 사람은 침묵에 잠겼다. 어둠이 내리고 별들이 하얀색으로 선명하게 빛났다.

트럭이 멈추자 케이시가 닷지의 뒷좌석에서 나와 길가로 느릿느릿 걸어왔다.

"이렇게 빨리 올 줄 몰랐는데." 그가 말했다.

톰은 부품들을 싼 마대 조각을 들어 올렸다.

"운이 좋았어요. 손전등도 구했으니까. 지금 당장 수리를 시작할 거예요."

"저녁도 안 먹었잖아."

"다 끝낸 다음에 먹죠 뭐. 앨, 차를 도로에서 조금 더 떨어뜨려 놓고 이리 와서 불 좀 들고 있어."

그는 곧장 닷지 자동차로 가서 등을 땅에 대고 차 밑으로 기어 들어갔다. 앨이 엎드린 자세로 따라 들어와 손전등을 비췄다.

"내 눈에다 비추면 어떻게 해? 저쪽, 위로 올려."

톰은 피스톤을 실린더에 끼워 돌렸다. 놋쇠 줄이 실린더 벽에 살짝 걸렸다. 그는 그 줄을 재빨리 밀어 고리 옆으로 넣었다.

"헐거워서 다행이야. 안 그러면 압축될 때 피스톤이 멈춰 버릴 텐데. 아무 문제없이 잘 굴러갈 것 같다."

"저 줄이 고리에 엉키지 않기를 바라야지." 앨이 말했다.

"그래서 내가 줄을 망치로 두드려서 편 거야. 줄이 벗겨지지는 않을 거다. 그냥 녹아서 벽에 동판처럼 달라붙어 버릴지도 몰라."

"저 줄 때문에 벽이 긁히지는 않을까?"

톰이 소리 내어 웃었다. "세상에, 그 정도는 저 벽이 견딜 수 있어. 벌써 뒤쥐 구멍처럼 기름을 빨아들이고 있잖아. 기름을 조금 더 먹는다고 해서 문제 될 건 없어."

그는 굴대 위에 연결봉을 붙이고 아래쪽을 시험해 보았다.

"쐐기가 좀 필요하겠다." 그가 말했다. "케이시!"

"왜?"

"제가 지금 베어링을 끼울 거거든요. 크랭크 옆에 가 있다가 제가 돌리라고 하면 천천히 돌리세요."

그는 나사를 조였다.

"지금이에요. 천천히 돌려요!"

각진 모양의 굴대가 돌아가자 그는 거기에 베어링을 갖다 댔다.

"쐐기가 너무 많아." 톰이 말했다. "잠깐 멈춰요, 케이시."

그는 나사를 빼내고 양편에서 가느다란 쐐기들을 빼낸 다음 다시 나사를 끼웠다.

"이제 다시 해 보세요, 케이시!"

그는 연결봉을 다시 끼웠다.

"아직도 조금 헐거워. 쐐기를 더 빼내면 너무 뻑뻑해질 것 같은데. 어쨌든 한번 해 보자."

그는 다시 나사를 빼내고 가느다란 쐐기 두 개를 더 제거했다.

"이제 돌려 보세요, 케이시."

"괜찮은 것 같은데." 앨이 말했다.

톰이 소리쳤다. "돌리기가 더 힘들어졌어요, 케이시?"

"아니, 그런 것 같지는 않아."

"그럼 제대로 맞은 모양이네. 제발 그랬으면 좋겠다. 연장 없이는 베어링을 다듬을 수 없으니까. 소켓 렌치 덕분에 일이 훨씬 쉬워졌어."

앨이 말했다. "그 폐차장 사장이 이 소켓 렌치를 찾다가 없으면 엄청 화낼 거야."

"그놈이 그러거나 말거나. 우리가 훔친 건 아니잖아." 톰이 말했다.

그는 가로쐐기를 두드려 박고 그 끝을 바깥쪽으로 구부렸다.

"잘된 것 같다. 케이시, 저랑 앨이 엔진 받침판을 끼우는 동안 불 좀 들어 주세요."

케이시가 무릎을 꿇고 손전등을 받아 들었다. 그리고 톰과 앨이 개스킷을 살살 두드려 제자리에 넣고 나사와 구멍을 맞추는 동안 불을 비춰 주었다. 톰과 앨은 엔진 받침판의 무게 때문에 힘들어 하면서 맨 끝의 나사를 끼우고 나머지 나사들도 차례로 끼웠다. 이렇게 나사를 다 끼운 다음 톰은 나사들을 조금씩 조여가며 받침판이 개스킷과 평평하게 맞닿도록 조정했다. 그리고 고정 나사를 세게 조였다.

"다 된 것 같다." 톰이 말했다.

그는 기름 마개를 조이고 엔진 받침판을 유심히 살펴본 다음 손전등을 건네받아 땅바닥을 살폈다.

"저기 있네. 차에 다시 기름을 넣어야지."

두 사람은 차 밑에서 기어 나와 양동이에 든 윤활유를 크랭크실에 다시 부었다. 톰은 새는 곳이 없는지 개스킷을 살펴보았다.

"됐어, 앨. 시동을 걸어 봐." 그가 말했다.

앨은 차에 올라타서 시동 발판을 밟았다. 부르릉 소리와 함께 모터가 돌기 시작했다. 푸른색 연기가 배기관에서 쏟아져 나왔다.

"속도를 줄여!" 톰이 소리쳤다. "이러다가 기름이 다 타서 줄이 없어져 버리겠어. 벌써 가늘어지고 있다고."

그는 모터 돌아가는 소리에 조심스레 귀를 기울였다.

"점화전을 치우고 차를 공전시켜."

그는 다시 귀를 기울였다.

"됐어. 앨. 시동을 꺼. 제대로 고친 것 같다. 이제 밥이나 먹자."

"형 진짜 솜씨가 좋은데." 앨이 말했다.

"왜 아니겠어? 정비소에서 일 년을 일했는데. 한 200마일 정도는 차를 천천히 살살 몰아야 돼. 차가 적응할 시간을 줘야지."

두 사람은 기름기로 뒤덮인 손을 잡초에 닦은 다음 다시 바지에 대고 문질렀다. 그리고 게걸스레 돼지고기를 먹으며 병에 든 물을 마셨다.

"배고파 죽는 줄 알았네." 앨이 말했다. "이제 어떡하지? 야영장으로 갈까?"

톰이 말했다. "글쎄. 혹시 우리한테 50센트를 더 내라고 하시 않을까? 일단 가서 식구들한테 차를 다 고쳤다고 얘기하자. 만약 우리더러 돈을 더 내라고 하면 그냥 떠나지 뭐. 식구들도 일이 어떻게 됐는지 궁금할 거야. 어머니가 오늘 오후에 그렇게 나서 준 게 얼마나 다행인지. 전등으로 주위를 좀 비춰 봐, 앨. 뭐 두고 가는 거 없나 좀 보게. 소켓 렌치 잘 챙겨. 앞으로 또 필요할지도 모르니까."

앨은 손전등으로 땅바닥을 훑었다.

"바닥에는 아무것도 없어."

"그럼 됐어. 이 차는 내가 운전할 테니 넌 트럭을 몰아라, 앨."

톰은 엔진에 시동을 걸었다. 목사가 차에 올라탔다. 톰은 엔진 속도를 낮게 유지하면서 천천히 움직였다. 앨이 트럭을 몰고 뒤를 따랐다. 그는 기어를 낮게 놓고 얕은 도랑을 건너 기어가듯 움직였다.

톰이 말했다. "닷지는 기어를 낮게 놓아도 집 한 채를 끌 수 있는 차예요. 그런데 이 차는 힘이 많이 약해졌어요. 우리한 텐 좋은 일이죠. 베어링을 살살 길들이고 싶으니까."

고속도로에 올라선 다음에도 닷지는 천천히 움직였다. 12볼 트짜리 헤드라이트 덕분에 도로 위에 노란빛이 나는 작은 빛 덩어리가 생겼다.

케이시가 톰에게 시선을 돌렸다.

"자네들이 자동차를 수리할 줄 안다니 재미있구먼. 불빛을 비추면서 금방 고쳐 버렸잖아. 난 차 같은 건 절대 못 고치는 데. 자네들이 일하는 걸 조금 전에 봤어도 마찬가지야."

"어렸을 때부터 관심이 있어야 돼요. 그냥 알기만 한다고 되는 게 아니거든요. 요즘 아이들은 이것저것 따져 보지 않고도 자동차 하나를 분해할 수 있어요."

산토끼 한 마리가 빛 속에 붙들렸다가 깡충깡충 뛰면서 편 안하게 앞으로 나아갔다. 녀석이 한번 뛸 때마다 커다란 귀 가 펄럭거렸다. 녀석은 가끔 도로를 벗어나려고 했지만, 어둠 의 벽에 밀려 다시 도로로 돌아오곤 했다. 저 멀리 앞에서 밝은 헤드라이트 불빛이 나타나 톰 일행을 향해 다가왔다. 토끼는 잠시 머뭇거리다가 방향을 돌려 비교적 어두운 편인 닷지의 불빛을 향해 도망쳤다. 녀석이 바퀴에 치이는 순간 차가 살짝 덜컹거렸다. 앞에서 다가오던 차는 휙 하고 톰 일행을 지나쳐 갔다.

"우리가 ㄱ 토끼를 치었어." 케이시가 밀했다.

톰이 말했다. "일부러 짐승들을 치려고 하는 사람들도 있어요. 하지만 난 이런 일이 있을 때마다 조금 소름이 끼쳐요. 소리를 들어 보니 자동차는 괜찮은 것 같은데요. 고리들이 지금쯤이면 틀림없이 길들었을 거예요. 차에서 연기가 지독하게 나오지도 않고요."

"자네 솜씨가 아주 대단해." 케이시가 말했다.

나무로 지은 작은 집 한 채가 야영장을 지배하듯 서 있었다. 그 집의 현관 베란다에서는 휘발유 램프가 쉿쉿 소리를 내며 주위를 하얗게 밝혔다. 집 근처에 천막 대여섯 개가 서 있었고, 천막 옆에는 자동차들이 있었다. 다들 식사를 끝낸 다음이었지만 타다 남은 모닥불이 천막 옆에서 아직도 밝게 빛나고 있었다. 램프가 걸려 있는 베란다 현관에 남자 몇 명이 모여 있었다. 강렬한 하얀 불빛 속에 그들의 강인한 근육질 얼굴이 드러났다. 이마와 눈에는 모자 때문에 검은 그림자가 드리워져 있었고, 상대적으로 턱이 두드러져 보였다. 그들은 계단에 앉아 있었다. 베란다 바닥에 팔꿈치를 대고 땅바닥에 서 있는 사람도 있었다. 홀쭉한 몸매에 뚱한 표정을 한 집주인은 베란다에 놓인 의자에 앉아 있었다. 그는 벽에 등을 기댄 채 손가락으로 무릎을 톡톡 두드렸다. 집 안에서는 등유 램프가 타오르고 있었지만 빛이 약해서 휘발유 램프의 이글거리는 빛 때문에 제대로 보이지도 않았다. 현관 베란다에 모인 남자들은 집주인을 에워싸고 있었다.

톰은 닷지를 길가로 몰고 가서 세웠다. 앨은 트럭을 몰고 입구를 통과했다.

"우리까지 안으로 들어갈 필요는 없어요."

톰은 이렇게 말하고 나서 차에서 내려 입구를 지나 하얗게 빛나는 램프를 향해 걸어갔다.

집주인이 뒤로 기댔던 몸을 세워 앞으로 숙였다.

"여기서 야영할 거요?"

"아뇨. 우리 식구들이 여기 있어요. 저 왔어요, 아버지."

맨 아래 계단에 앉아 있던 아버지가 말했다. "일주일은 걸릴 줄 알았는데. 차는 다 고친 거냐?"

"진짜 운이 좋았어요. 어두워지기 전에 부품을 구했으니까. 날이 밝자마자 떠날 수 있어요."

아버지가 말했다. "잘됐다. 네 어머니가 걱정을 많이 했어. 할머니는 정신을 놓으셨고."

"예, 앨한테 들었어요. 지금은 좀 어떠세요?"

"글쎄, 최소한 지금은 주무시고 계시니까."

집주인이 말했다. "차를 갖고 들어와서 야영을 할 생각이라면 50센트를 내요. 천막 칠 데도 있고, 물하고 장작도 있어. 그리고 아무도 당신들을 귀찮게 하지 않을 거요."

"젠장. 우린 길가의 저 도랑에서도 잘 수 있어요. 그러면 돈 한 푼 안 든다고."

집주인이 손가락으로 무릎을 톡톡 쳤다.

"밤이 되면 보안관보가 오거든. 그 친구가 귀찮게 굴지도 몰라요. 이 주에서는 밖에서 자는 게 불법이라. 부랑자들을 단속하는 법이 있어서 말이야."

"내가 당신한테 50센트를 주면 부랑자가 아니라는 얘긴 가요?"

"그렇지."

톰의 눈이 분노로 이글거렸다.

"보안관보가 혹시 당신 처남 아냐?"

집주인이 앞으로 몸을 숙였다.

"아니야. 우리 같은 사람들이 당신 같은 부랑자들한테서 연설을 들어야 하는 시대는 아직 아닌 것 같은데."

"우리한테 50센트를 받아가는 게 당신한테는 아무 문제가 안 된단 말이지? 그래, 우리가 언제 부랑자가 된 건데? 우린 당신한테 구걸한 적도 없어요. 그런데 우리가 전부 부랑자라고? 우린 잠시 누워서 쉴 수 있게 해 주겠다며 당신한테 돈을 요구하는 짓은 안 해."

베란다 위의 남자들은 딱딱하게 긴장해서 꼼짝도 하지 않고 침묵을 지켰다. 그들의 얼굴에는 표정이 없었다. 모자 그림자에 가린 눈동자들이 몰래 집주인의 얼굴로 향했다.

아버지가 호통을 쳤다. "그만해라, 톰."

"그래요, 그만두죠."

계단에 앉거나 높은 베란다에 기댄 남자들은 조용했다. 램프의 강렬한 빛 속에서 그들의 눈이 반짝였다. 그들의 얼굴은 딱딱하게 굳어 있었고, 몸은 꼼짝도 하지 않았다. 오로지 눈동자만이 말하는 사람들의 얼굴을 차례로 바라보았다. 그들의 얼굴도 표정 하나 없이 조용했다. 벌레 한 마리가 램프에 부딪쳐 어둠 속으로 떨어졌다.

어떤 천막에서 아이가 투정을 부리는 소리가 들려왔다. 여자가 부드러운 목소리로 아이를 달래다가 나지막하게 노래를 부르기 시작했다. "예수님이 사랑하시는 우리 아기. 잘 자라, 잘 자라. 예수님은 밤에도 너를 지켜보신단다. 잘 자라, 잘 자라."

베란다에서 램프가 쉿쉿 소리를 냈다. 집주인은 브이 자 모양으로 앞이 파인 셔츠 속을 긁적거렸다. 하얀 가슴털이 엉켜 있는 것이 보였다. 그는 자신이 곤경에 빠졌음을 알고 경계를 늦추지 않았다. 그는 빙 둘러앉은 남자들을 유심히 바라보았다. 혹시 얼굴에 어떤 표정이 나타나 있지 않나 하고. 사람들은 꼼짝도 하지 않았다.

톰은 오랫동안 침묵을 지켰다. 그의 검은 눈이 천천히 집주인을 올려다보았다.

"난 문제를 일으키고 싶지 않아요. 나를 부랑자 취급한 건 좀 심했어. 그런다고 내가 무서워하는 것도 아닌데." 그는 부드러운 목소리로 말을 이었다. "당신하고 당신이 얘기하는 그 보안관보를 내 주먹으로 상대해 주죠. 지금 당장. 하지만 그래 봤자 무슨 소용이 있을까?"

남자들이 부스럭거리며 자세를 바꿨다. 그들의 반짝이는

눈이 천천히 집주인의 입을 향했다. 그들은 그의 입술이 움직이는지 지켜보고 있었다. 집주인은 마음이 놓였다. 자신이 이겼다는 느낌이 들었다. 하지만 상대를 몰아붙여도 될 만큼 결정적인 승리는 아니었다.

"50센트도 없어요?" 그가 물었다.

"물론 있죠. 하지만 내가 그 돈을 써야 하거든요. 그냥 잠이나 자려고 그 돈을 내놓을 수는 없어요."

"하지만 다들 먹고살아야 하잖소."

톰이 말했다. "그렇죠. 그저 다른 사람한테서 먹을 걸 빼앗지 않고도 먹고살 수 있는 방법이 있으면 좋겠다고 생각할 뿐이에요."

남자들이 다시 부스럭거렸다.

아버지가 말했다. "우린 내일 아침 일찍 떠날 거요. 이봐요, 주인 양반. 우린 이미 돈을 냈소. 여기 이놈은 우리 식구야. 이 녀석이 머물면 안 되겠소? 이미 돈을 냈는데."

"차 한 대당 50센트요." 집주인이 말했다.

"우리한텐 자동차가 없소. 차는 밖에 길가에 세워 놨으니까."

집주인이 말했다. "당신 아들이 차를 타고 왔잖소. 앞으로는 다른 사람들도 전부 차를 밖에 두고 들어와서 내 땅을 공짜로 사용하려 들 텐데."

톰이 말했다. "우리가 먼저 떠날게요. 아침에 만나죠. 식구들이 오는지 우리가 살펴볼게요. 앨이 여기 남고 큰아버지가 우리와 같이 가면 돼요……." 그는 집주인을 바라보았다. "그러면 당신도 불만 없겠지?"

그는 재빨리 양보하는 척 결정을 내렸다.

"여기 머무르는 사람 숫자가 같다면, 문제 될 것 없지."

톰은 담배쌈지를 꺼냈다. 흐물흐물하게 늘어진 회색 쌈지 안에는 축축한 가루담배가 조금 남아 있을 뿐이었다. 그는 가늘게 담배를 말고 나서 쌈지를 던져 버렸다.

"우린 금방 떠날 거야." 그가 말했다.

아버지가 둥글게 모여 앉은 사람들을 향해 말했다. "식구들이 헤어져서 가야 한다니. 우리처럼 자기 땅을 갖고 있던 사람들이. 우린 게으른 사람들이 아니오. 트랙터 때문에 쫓겨날 때까지 우린 농사를 짓던 사람들이오."

눈썹이 햇빛에 바래서 노랗게 변하고 몸매가 호리호리한 젊은이가 천천히 고개를 돌리며 물었다.

"소작이었어요?"

"물론 소작이었지. 옛날부터 우리가 부쳐 먹던 땅이야."

젊은이가 다시 앞을 바라보며 말했다. "우리도 마찬가지예요."

아버지가 말했다. "이런 상태가 오래가지 않을 테니 다행이야. 우린 서부로 가서 일자리를 구한 다음에, 물 좋은 농지를 살 생각이야."

베란다 가장자리 근처에서 누더기 옷을 입은 남자 하나가 일어섰다. 그의 검은 외투는 너덜너덜했고, 무명 바지의 무릎은 아예 있지도 않았다. 흙먼지 때문에 검게 변한 그의 얼굴에는 땀이 흘러내린 자국을 따라 줄무늬가 나 있었다. 그가 아버지를 향해 고개를 돌리더니 입을 열었다..

"댁들은 돈푼깨나 있나 봐요."

아버지가 말했다. "아니, 돈은 한 푼도 없소. 하지만 식구가 많으니 일도 많이 할 수 있지. 다들 건장한 남자들이거든. 거기서 높은 품삯을 받아 한데 모을 거요. 그러면 다 잘 해낼 수 있을 거야."

누더기를 입은 남자는 아버지가 말하는 동안 아버지를 빤히 바라보다가 웃음을 터뜨렸다. 그의 웃음소리가 말 울음소리처럼 톤이 높은 소리로 변해 갔다. 둘러앉은 사람들이 그를 향해 시선을 돌렸다. 남자는 너무 웃은 나머지 기침을 하기 시작했다. 그가 간신히 기침을 멈췄을 때 붉게 변한 그의 눈에는 눈물이 고여 있었다.

"거기 가서…… 아이고, 세상에!"

웃음이 다시 터져 나왔다.

"거기 가서…… 높은 품삯을 받는다…… 아이고, 세상에!"

그는 웃음을 멈추고 음흉하게 물었다. "오렌지를 딸 건가요? 아니면 복숭아?"

아버지가 당당한 목소리로 대답했다. "뭐든 거기 있는 일자리를 잡을 거요. 거긴 일자리가 많아."

누더기를 걸친 남자가 숨을 죽이고 키득거렸다.

톰이 화난 얼굴로 그를 바라보았다.

"뭐가 그렇게 우스운 겁니까?"

누더기를 걸친 남자가 입을 다물더니 뚱한 표정으로 베란다 바닥을 바라보았다.

"여러분 모두 틀림없이 캘리포니아로 가는 거겠죠?"

아버지가 말했다. "아까 말했잖소. 당신이 짐작하고 말고 할 것도 없어요."

누더기를 걸친 남자가 천천히 말했다. "나는…… 나는 거기서 돌아오는 길입니다. 거기 갔다 오는 거라고요."

사람들의 얼굴이 순식간에 그를 향했다. 모두들 딱딱하게 굳어 있었다. 램프에서 쉿쉿거리며 불이 타오르던 소리가 한숨처럼 작아지자 집주인이 의자에서 일어나 소리가 다시 선명하게 커질 때까지 램프에 펌프질을 했다. 그는 다시 의자로 돌아가 앉았지만 아까처럼 등받이를 뒤로 기울이지는 않았다. 누더기를 입은 남자가 사람들을 향해 고개를 돌렸다.

"난 돌아가면 굶주리게 될 겁니다. 차라리 지금 당장 굶어 죽는 편이 나을 것 같아요."

아버지가 말했다. "도대체 무슨 소리를 하는 거요? 내가 갖고 있는 전단지에는 거기 품삯이 높다고 쓰여 있어요. 바로 조금 전에도 신문에서 과일을 딸 일손이 필요하다는 얘기를 봤단 말이오."

누더기를 입은 남자가 아버지에게 시선을 돌렸다.

"고향에 돌아갈 곳이 있어요?"

아버지가 말했다. "아니. 우린 쫓겨났소. 놈들이 트랙터로 우리 집을 뭉개버렸거든."

"그럼 돌아갈 생각이 없군요?"

"당연히 없지."

"그럼 공연히 댁을 불안하게 만들지 않겠습니다." 누더기를 걸친 남자가 말했다.

"당신이 무슨 말을 해도 불안할 것 없소. 내가 갖고 있는 전단지에 일손이 필요하다고 쓰여 있으니까. 사람이 필요하지도 않은데 그런 전단지를 뿌린다는 건 말이 안 되잖소. 그것도 더 돈이 드는 일인데. 사람이 필요하지 않았다면 그런 걸 뿌리지도 않았을 거요."

"댁을 불안하게 만들고 싶지 않아요."

아버지가 화를 내며 말했다. "실없는 소리를 해 놓고 이제 와서 입을 다물겠다고? 내가 가진 전단지에는 일손이 필요하다고 쓰여 있고, 당신은 마구 웃어 대면서 그런 게 아니라고 하고, 도대체 어느 쪽이 거짓말을 하는 거지?"

누더기를 입은 남자가 아버지의 화난 눈을 내려다보았다. 미안한 표정이었다.

그가 말했다. "전단지가 옳아요. 일손이 필요합니다."

"그럼 당신은 왜 공연히 웃어서 사람을 불안하게 만드는 거요?"

"거기서 필요한 사람이 어떤 사람인지 댁들이 모르고 있으니까요."

"무슨 소리요?"

누더기를 입은 남자가 마음을 정한 모양이었다.

"이봐요. 전단지에 필요한 사람이 몇 명이나 된다고 쓰여 있어요?"

"800명. 그것도 작은 농장에 필요한 인원이 그만큼이라고."

"오렌지색 전단지인가요?"

"뭐, 그렇소."

"어떤 사람 이름이 거기 쓰여 있죠? 어쩌고저쩌고 하는 인력 회사라고 돼 있죠?"

아버지가 주머니에서 전단지를 꺼냈다.

"맞소. 당신이 어떻게 아는 거지?"

남자가 말했다. "잘 들어요. 그건 말이 되지 않습니다. 그 사람은 800명이 필요하다면서 전단지를 5000장이나 찍었어요. 그걸 본 사람이 아마 2만 명은 될 겁니다. 그리고 이 전단지 때문에 서부로 가고 있는 사람이 2000에서 3000명은 될 거고요. 걱정 때문에 제정신을 잃어버린 사람들이죠."

"말도 안 되는 소리 하지 마시오!" 아버지가 소리쳤다.

"이 전단지를 뿌린 사람을 직접 보면 알 겁니다. 그 사람이나 그 사람 밑에서 일하는 사람을 만나게 될 거예요. 도랑 옆에서 천막을 치고 다른 사람들과 함께 야영을 하고 있으면, 그 작자가 천막 안을 들여다보며 먹을 것이 좀 남았느냐고 물을 겁니다. 남은 게 없다고 하면 그 작자는 일자리가 필요하냐고 묻죠. 그래서 '당연히 필요하죠, 선생님. 일자리를 마련해 주신다면 정말 감사하겠습니다.' 이렇게 말하면 그 작자는 '내가 당신들을 써먹을 수 있을 것 같다.'라고 말할 겁니다. 그래서 언제부터 일을 시작하면 되겠느냐고 물으면 그 작자는 몇 시에 어디로 가라고 일러 주고는 또 다른 천막으로 가죠. 그 작자한테 필요한 건 200명인데, 그 작자는 500명한테 얘길 합니다. 그러면 그 얘기를 들은 사람들이 또 다른 사람들한테 얘기를 하죠. 그래서 그 장소에 가 보면 사람이 1000명이나 모여 있어요. 전단지를 뿌린 사람은 '한 시간에 20센트를 주겠다.'라고 말합니다. 그러면 사람들 중 절반이 그냥 가 버리죠. 하지만 아직도 500명이나 되는 사람들이 남아 있습니다. 그 사람들은 너무나 배가 고프기 때문에 돈 한 푼 안 주고 빵만 준다고 해도 일을 할 사람들입니다. 어쨌든 전단지를 뿌린 사람은 복숭아를 따거나 목화를 솎아 낼 인부를 공급하겠다고 계약을 맺은 사람이에요. 무슨 말인지 알겠습니까? 사람이 많이 보일수록, 그 사람들이 배가 고플수록, 그 작자가 임금을 적게 줄 수 있다는 겁니다. 게다가 그 작자는 가능한 한 아이가 딸린 사람들을 골라요. 왜냐하면…… 에이, 공연히 불안하게 만들지 않겠다고 했는데."

둘러앉은 사람들이 차가운 표정으로 그를 바라보았다. 그들의 눈은 그의 말을 저울질해 보고 있었다. 누더기를 걸친 남자가 점점 어색한 표정을 지었다.

"여러분을 불안하게 만들기 싫다면서 결국 그렇게 하고 있네요. 여러분은 그냥 계속 갈 텐데. 다시 돌아갈 사람들이 아닌데."

침묵이 현관 베란다를 짓눌렀다. 램프에서 쉿쉿 소리가 났고, 나방들이 그 주위를 후광처럼 빙빙 돌고 있었다. 누더기를 입은 남자가 불편한 표정으로 말을 계속했다.

"일자리를 줄 수 있다는 사람을 만났을 때 어떻게 해야 하는지 알려 드리죠. 그 사람한테 돈을 얼마나 줄 거냐고 물으세요. 그리고 그 액수를 글자로 적어 달라고 하세요. 그렇게 해야 합니다. 그렇게 안 하면 분명히 사기를 당할 거예요."

집주인이 누더기를 입은 남자를 더 자세히 보려고 의자에서 몸을 앞으로 숙였다. 그가 가슴에 난 회색 털을 긁으면서 차가운 목소리로 말했다.

"당신 혹시 공연히 말썽이나 일으키고 다니는 친구 아냐? 일부러 노동자 행세를 하는 것 아니냐고?"

누더기를 입은 남자가 소리쳤다. "하느님께 맹세코 절대 아닙니다!"

집주인이 말했다. "그런 놈들이 아주 많지. 돌아다니면서 말썽을 부리는 놈들. 사람들을 미치게 만드는 놈들. 공연히 참견하는 놈들. 그런 놈들이 아주 많아. 언젠가 우리가 그런 놈들을 다 잡아넣을 거야. 말썽이나 일으키고 다니는 놈들. 그놈들을 전부 외국으로 쫓아 버릴 거라고. 사람들은 일하고 싶어 해. 일하지 않는 놈들은 죄다 꺼져 버려. 그런 놈들이 말썽을 일으키게 가만히 내버려 둘 줄 알아?"

누더기를 입은 남자가 몸을 똑바로 곧추세웠다.

"난 여러분한테 알려 드리고 싶었을 뿐입니다. 내가 이걸 알아내는 데 일 년이 걸렸죠. 그동안 아이 둘이 죽었고, 마누라도 죽었습니다. 하지만 내가 하려던 얘기를 지금 할 수는 없습니다. 그럴 수는 없죠. 나도 옛날에는 남들 얘기를 듣지 않았으니까. 어린 자식들이 뼈만 앙상한 몸에 배만 부풀어 오른 모습으로 몸을 부들부들 떨며 강아지처럼 낑낑거리면서 천막 안에 누워 있는데 나는 일자리를 얻으려고 돌아다녔습니다. 돈을 벌려고, 품삯을 받으려고 그런 게 아니에요!" 그가 소리쳤다. "젠장, 밀가루 한 컵과 돼지기름 한 숟갈을 구하려고 그런 겁니다. 그런데 검시관이 와서 그러더군요. 아이들이 심장

마비로 죽었다고. 그걸 서류에 써넣고 있었습니다. 애들은 몸을 부들부들 떨고 있었어요. 배가 돼지 오줌보처럼 부풀어 오른 모습으로."

사람들은 말이 없었다. 몇몇 사람은 약간 입을 벌리고 있었다. 그들은 밭은 숨을 내뱉으면서 남자를 지켜보았다.

누더기를 입은 남자가 둘러앉은 사람들을 둘러보고는 몸을 돌려 재빨리 어둠 속으로 사라졌다. 어둠이 그의 모습을 삼켜 버렸지만, 그 후로도 한참 동안 발을 질질 끄는 그의 발소리가 들려왔다. 발소리가 도로를 따라 이어지다가 고속도로로 차 한 대가 지나가자 그 불빛에 도로를 따라 발을 질질 끌며 걷고 있는 남자의 모습이 드러났다. 그는 고개를 푹 숙인 채 검은 외투 주머니에 양손을 넣고 있었다.

사람들은 불안해 했다.

누군가가 말했다. "저기…… 시간이 늦었는데, 가서 자야겠어요."

집주인이 말했다. "아마 게으른 놈일 거요. 요즘은 저런 게으른 놈들이 하도 많이 돌아다녀서 말이야."

그리고 그는 더 이상 말을 하지 않은 채 의자를 다시 벽 쪽으로 기울이고 손가락으로 자기 목을 만지작거렸다.

톰이 말했다. "잠깐 가서 어머니를 좀 만나고 올게요. 그다음에 움직이죠."

조드 집안 남자들은 자리를 떴다.

아버지가 말했다. "아까 그 사람 말이 사실일까?"

목사가 대답했다. "틀림없는 사실입니다. 그 사람한테는 그게 사실이에요. 지어낸 얘기가 아닙니다."

톰이 다그치듯 물었다. "그럼 우리는요? 우리도 그런 일을 당하게 될까요?"

"그거야 모르지." 케이시가 말했다.

"그거야 모르지." 아버지가 말했다.

그들은 밧줄 위에 방수포를 펼쳐서 만든 천막을 향해 걸어갔다. 천막 안은 어둡고 조용했다. 천막이 가까워졌을 때, 문간 근처에서 회색 형체가 부스럭거리더니 사람 키만 하게 커졌다. 어머니가 그들을 맞이하러 밖으로 나왔다.

어머니가 말했다. "다 자고 있어요. 어머님도 결국 잠드셨고."

그제야 그녀는 톰을 알아보았다.

"여긴 어떻게 왔니?" 어머니가 불안한 얼굴로 다그치듯 물었다. "무슨 문제는 없었어?"

톰이 말했다. "차를 고쳤어요. 이제 아무 때나 떠나도 돼요."

어머니가 말했다. "정말 다행이다. 빨리 떠나고 싶어서 안절부절못하겠다. 비옥한 땅으로 가고 싶어서 말이야. 빨리 갔으면 좋겠다."

아버지가 헛기침을 했다. "방금 어떤 사람 얘기를 들었는데⋯⋯."

톰이 아버지의 팔을 쥐고 잡아당겼다. "웃기는 얘기였어요. 가는 길에 사람들이 아주 많대요."

어머니는 어둠 속에서 두 사람을 유심히 살펴보았다. 천막 안에서 루티가 잠결에 기침을 하며 코로 씩씩 소리를 냈다.

어머니가 말했다. "아이들을 씻겼어요. 아이들을 목욕시킬 수 있을 만큼 물이 있는 게 처음이라서. 당신이랑 애도 씻고 싶을 것 같아서 양동이를 밖에 내놨는데. 차를 타고 달릴 때는 계속 몸이 더러워지니까."

"다들 안에 있어?" 아버지가 물었다.

"코니하고 로저샨만 빼고 다 있어요. 걔들은 밖에서 잔다고 나갔어요. 천막 안이 너무 덥다나."

아버지는 불만스러운 표정이었다. "로저샨이 점점 불안해하면서 겁을 내는군."

어머니가 말했다. "첫아이잖아요. 개하고 코니가 그 아이를 얼마나 애지중지하는지 몰라요. 당신도 옛날에 그랬잖아요."

톰이 말했다. "우린 지금 떠날게요. 도로를 따라서 조금 앞에 차를 세울게요. 혹시 우리가 트럭을 못 볼지 모르니까 우리가 어디 있는지 잘 찾아봐 주세요. 바로 오른쪽에 있을 테니까."

"앨은 여기 있을 거니?"

"예. 저는 큰아버지랑 같이 떠날 거예요. 안녕히 주무세요, 어머니."

그들은 잠들어 있는 야영장을 통과했다. 어떤 천막 앞에서 작은 모닥불이 커졌다 작아졌다 하면서 타고 있었고, 한 여자가 이른 아침 식사를 준비하며 솥을 지켜보고 있었다. 콩을 요리하는 냄새가 강하게 풍겨왔다.

"한입 맛볼 수 있을까요?" 톰이 그 옆을 지나치면서 정중하게 물었다.

여자가 미소를 지으며 말했다. "다 익었으면 얼마든지 드릴 텐데. 동이 트면 오세요."

"고맙습니다." 톰이 말했다.

그와 케이시와 존은 베란다 옆을 지나갔다. 집주인은 아직도 의자에 앉아 있었고, 램프도 쉿쉿 소리를 내며 타올랐다. 세 사람이 지나가는 것을 보고 그가 고개를 돌렸다.

"기름이 거의 다 떨어졌네요." 톰이 말했다.

"뭐, 어쨌든 문 닫을 시간이니까."

"50센트짜리 손님들이 이제 들어오지 않는 모양이죠?" 톰이 말했다.

집주인이 몸을 앞으로 기울였다.

"어디서 감히 말대꾸야? 내가 네놈을 기억해 둘 테다. 너도 말썽꾼이야."

"맞아요." 톰이 말했다. "난 볼셰비키거든."

"너 같은 놈이 요즘 너무 많아."

톰은 웃음을 터뜨리며 입구를 지나 차에 올라탔다. 그리고 흙덩어리를 집어 램프를 향해 던졌다. 흙이 집에 부딪히는 소리가 들리고, 집주인이 벌떡 일어나 어둠 속을 노려보는 모습이 보였다. 톰은 차에 시동을 걸고 도로로 나갔다. 그리고 모터에서 이상한 소리가 나지 않는지 귀를 기울였다. 자동차의 약한 불빛 속에 도로가 희미하게 뻗어 있었다.

17장

이주하는 사람들이 탄 자동차들이 길가에서 기어 나와 국토를 가로지르는 거대한 고속도로로 올라서서 서쪽으로 향했다. 밝은 햇빛 속에서 그들은 마치 벌레처럼 서쪽으로 허둥지둥 달려갔다. 어둠이 내리면 그들은 잠자리와 물이 있는 곳 근처로 벌레처럼 모여들었다. 그들은 외로움 속에서 어찌할 바를 모르고 있었으므로, 모두들 슬픔과 근심과 패배로 가득 찬 곳에서 왔으므로, 모두들 실체를 알 수 없는 새로운 곳으로 가고 있었으므로, 서로 옹기종기 모여들었다. 그들은 서로 이야기를 나누며 자기들이 어떻게 살아왔는지 들려주기도 하고, 음식을 나눠 먹기도 하고, 새로운 땅에서 무엇을 원하는지 이야기하기도 했다. 따라서 어떤 가족이 샘 근처에 천막을 치면 또 다른 가족이 샘과 동료를 찾아 근처에 천막을 쳤다.

그리고 이미 두 가족이 시험해 보고 괜찮다고 판단한 그 장소에 또 다른 가족들이 나타났다. 그렇게 해서 해가 지면 스무 가족과 스무 대의 자동차들이 그곳에 모이는 경우도 있었다.

저녁이 되면 이상한 일이 벌어졌다. 스무 가족이 한 가족이 되고, 아이들은 모두의 아이들이 되는 것이다. 고향을 잃어버린 슬픔은 모두의 슬픔이 되고, 서부에서 황금 같은 시절을 보내게 될 것이라는 꿈도 모두의 꿈이 되었다. 어떤 아이가 아프면 스무 가족에 속한 100여 명의 사람들이 모두 가슴 아파했다. 그리고 천막에서 아이가 태어날 때면 100여 명의 사람들이 모두 밤새 경이로움에 사로잡혀 침묵을 지키다가 아침에 기쁨을 함께 나눴다. 전날 밤만 해도 어찌 할 바를 모르고 두려움에 떨던 사람들이 이제는 새로 태어난 아기에게 줄 선물을 찾으려고 자기들이 가져온 물건을 뒤졌다. 저녁에 스무 가족은 불 가에 둘러앉아 하나가 되었다. 그들은 그곳에서 하나가 되었다. 저녁과 밤에만. 누군가가 담요에 싸 둔 기타를 꺼내 음악을 연주하면 모든 사람들이 밤공기 속에서 노래를 불렀다. 남자들은 가사를 따라 했고, 여자들은 콧노래로 멜로디를 따라 했다.

밤마다 새로운 세상이 창조되었다. 가구들까지 완전히 갖춰진 세상. 그 안에서 사람들은 친구를 사귀기도 하고 적을 만들기도 했다. 이 세상에는 허풍선이도 있고 겁쟁이도 있었다. 조용한 사람도 있고, 겸손한 사람도 있고, 친절한 사람도 있었다. 밤마다 그들은 서로 관계를 맺으며 새로운 세상을 만들었다. 그러나 아침이 되면 그 세상은 마치 서커스 공연장처럼 허물어졌다.

처음에 사람들은 세상을 세우고 무너뜨리는 것에 겁을 냈다. 그러나 세상을 만드는 기술이 점차 그들의 것이 되었다. 얼마 후 지도자들이 나타났고, 법도 만들어졌다. 규칙도 생겼다. 이런 세상들은 점점 서쪽으로 옮겨 가면서 더 많은 것을 갖춰 더 완전해졌다. 세상을 만드는 사람들이 경험이 점점 늘어났으므로.

사람들은 어떤 권리를 존중해야 하는지 배웠다. 천막 안에서 사생활을 누릴 권리, 과거를 가슴 속에 묻어 둘 권리, 말을 하고 남의 말에 귀를 기울일 권리, 도움을 거절하거나 받아들일 권리, 도움을 제공하거나 도와 달라는 요청을 거부할 권리, 남자가 구애를 하고 여자가 구애를 받을 권리, 배고픈 사람이 음식을 먹을 권리, 임신부와 병자가 다른 모든 권리를 뛰어넘을 수 있는 권리.

그들은 다른 것도 배웠다. 비록 아무도 말로 하지는 않았지만, 반드시 없애 버려야 하는 터무니없는 권리가 무엇인지 배웠다. 다른 사람의 사생활을 침해할 권리, 다른 사람들이 자고 있을 때 소란을 피울 권리, 유혹을 하거나 강간할 권리, 간통을 저지르거나 도둑질을 하거나 살인할 권리. 이런 권리들은 분쇄되었다. 이런 권리들이 살아 있다면 그들의 작은 세상이 단 하룻밤도 존재할 수 없었으니까.

그들의 세상이 점점 서쪽으로 옮겨 가면서, 누가 말해 주지 않았는데도 규칙은 법이 되었다. 야영장 근처를 어지럽히는 것은 불법이었다. 식수를 더럽히는 것도 무조건 불법이었다.

굶주린 사람에게 함께 먹자고 권하지도 않고 바로 옆에서 맛 있는 음식을 먹는 것도 불법이었다.

이런 법률들과 함께 형벌도 생겼다. 형벌은 두 가지밖에 없 었다. 그 자리에서 무시무시한 싸움을 벌이든지, 아니면 문제 를 일으킨 사람을 추방하는 것. 추방은 가장 무서운 벌이었다. 어떤 사람이 법을 어기면, 그의 이름과 얼굴이 널리 알려져서 어느 세상에도 들어갈 수 없게 되기 때문이었다.

다시 말해서 사회적인 행동 규약이 아주 엄격하게 정해졌 다고 할 수 있다. 그래서 누가 "안녕히 주무셨습니까?"라고 물 으면 반드시 똑같은 대답을 해야 했다. 또 어떤 남자가 여자 의 마음을 얻어 그녀와 함께 살 생각일 때, 그녀에게 아이를 낳게 하고 그녀와 아이를 모두 지켜 줄 생각일 때에만 여자를 취할 수 있었다. 밤마다 여자를 바꿀 수는 없었다. 그러면 그 들의 세상이 위험해질 테니까.

사람들은 계속 서쪽을 향해 움직였고, 세상을 만드는 기술 은 점점 발달했다. 그래서 사람들은 자기들의 세상에서 안전 하게 머무를 수 있었다. 세상의 형태도 완전히 고정되어 규칙 에 따라 행동하면 규칙에 따라 안전하게 머무를 수 있다는 확 신이 생겼다.

그들의 세상에는 정부(政府)도 생겼다. 지도자도 있고 원로 들도 있는 정부. 현명한 사람들은 모든 야영장에서 자신의 지 혜가 필요하다는 것을 깨달았다. 어리석은 사람들은 스스로 세상을 만든다 해도 자신의 어리석음을 고칠 수 없었다. 사람 들이 밤을 보내는 세상 속에서 일종의 보험도 개발되었다. 먹을 것을 가진 사람은 굶주린 사람에게 음식을 주었다. 나중에 자신이 굶주릴 경우를 대비해 보험을 드는 셈이었다. 아기가 죽으면 천막 입구 앞에 동전들이 쌓였다. 아기를 잘 묻어 주려고 사람들이 가져다준 돈이었다. 아기는 인생에서 아무것도 경험하지 못했으니까. 노인을 무연고자 공동묘지에 묻을 수는 있지만, 아기를 그런 곳에 묻을 수는 없었다.

세상을 만들기 위해서는 특정한 물리적 조건이 충족되어야 했다. 물이나 강둑이나 개울이나 샘이 있어야 한다는 것. 하다 못해 지키는 사람이 없는 수도꼭지 하나라도 있어야 했다. 천막을 세울 평평한 땅과 땔감을 구할 수 있는 작은 덤불이나 숲도 필요했다. 멀지 않은 곳에 쓰레기장이 있다면 금상첨화였다. 그곳에서 이런저런 장비를 구할 수 있었으니까. 풍로 뚜껑, 불가에 바람막이로 세워 놓을 수 있는 둥그런 자동차 흙받기, 취사도구와 밥그릇으로 쓸 수 있는 깡통 같은 것들.

이주자들의 세상은 밤에 만들어졌다. 고속도로를 빠져나온 사람들이 천막을 세우고, 자신들의 가슴과 머리로 세상을 만들었다.

아침이 되면 사람들은 천막을 걷어 접고, 천막 기둥들을 자동차 발판에 묶었다. 매트리스와 냄비는 차 안에 실었다. 사람들이 계속 서쪽으로 움직이는 동안 저녁에 집을 지었다가 아침에 다시 허무는 기술이 확립되었다. 그래서 사람들은 천막을 접어 정해진 장소에 보관하고, 냄비 등은 상자에 넣었다. 자동차들이 서쪽으로 움직이는 동안 차 안의 식구들은 자신의 자리와 의무에 점점 익숙해졌다. 따라서 나이를 막론하고 모든 식구들이 차 안에서 앉는 자리가 정해져 있었다. 그리고 기온이 높아 몸이 쉽게 지치는 저녁에 자동차들이 야영장으로 들어서면, 식구들은 누가 지시하지 않아도 각자 자신의 의무를 수행했다. 아이들은 장작을 모으고 물을 길어 왔다. 남자들은 천막을 세우고 매트리스를 차에서 꺼냈다. 여자들은 저녁 식사를 준비한 뒤 가족들이 식사하는 동안 그들을 지켜보았다. 누가 지시하지 않아도 이 모든 일들이 이루어졌다. 옛날에는 밤에는 집에서, 낮에는 농장에서 하나가 되어 움직였던 가족들의 영역이 바뀌었다. 무덥고 긴 낮 동안에 그들은 느릿느릿 서쪽으로 움직이는 자동차 안에서 침묵을 지켰다. 그러나 밤이 되면 그들은 야영장에서 어떤 사람들을 만나든 그 안으로 섞여 들어갔다.

이렇게 해서 그들의 사교 생활도 바뀌었다. 온 우주에서 오직 인간만이 이런 변화를 만들어 낼 수 있다. 그들은 이제 농부가 아니라 이주민이었다. 말없이 한참 동안 밭을 바라보며 이런저런 생각을 하고 계획을 세우던 사람들이 이제는 고속도로, 저 먼 곳, 서부를 바라보며 생각을 하고 계획을 세웠다. 오로지 땅만 생각하던 사람이 이제는 콘크리트로 만든 좁은 길과 함께 살고 있었다. 그는 이제 비, 바람, 흙먼지, 수확 등을 걱정하지 않았다. 그의 눈은 타이어를 지켜보았고, 그의 귀는 덜걱거리는 모터 소리에 귀를 기울였으며, 그의 머리는 기름과 휘발유와 점점 얇아지는 고무 타이어와 씨름했다. 기어가 고장 난다면 그것은 비극이었다. 밤이 되면 물을 마시고 싶은 생각이 간절했다. 불 위에 올린 음식 생각도 간절했다. 건강은 앞으로 계속 나아가기 위해 반드시 필요한 힘이자 정신이었다. 그들의 의지는 그들보다 앞서서 서부를 향해 나아가고 있었다. 한때 가뭄이나 홍수를 두려워했던 그들은 이제 서쪽을 향해 기어가는 자동차를 멈춰 세울 수 있는 모든 것을 두려워했다.

이제는 야영 장소가 정해져 있었다. 항상 전날 밤의 야영장에서 하루면 닿을 거리에 고정된 야영장이 있었다.

어떤 사람들은 도로를 달리다가 겁에 질려서 밤낮을 가리지 않고 차를 몰며 자동차 안에서 잠을 잤다. 그들은 날듯이 움직이면서 사람들의 흐름을 벗어나 서쪽으로 계속 차를 몰았다. 그들은 빨리 자리를 잡고 싶다는 생각이 너무나 간절했기 때문에 오로지 서쪽만 바라보며 덜컹거리는 엔진을 억지로 재촉해 차를 몰았다.

그러나 대부분의 사람들은 재빨리 새로운 삶에 적응했다. 해가 지면…….

밤을 보낼 장소를 찾아봐야 한다.

그래, 저 앞에 천막이 몇 개 있네.

그들은 고속도로를 벗어나 차를 세웠다. 다른 사람들이 먼저 와 있었으므로 예의를 지킬 필요가 있었다. 가장이 차 밖으로 몸을 내밀고 물었다.

우리가 여기서 하룻밤 자도 되겠소?

되다마다. 반갑소. 어디서 오셨소?

아칸소에서 여기까지 왔소.

저 아래 네 번째 천막이 아칸소 사람들이오.

그래요?

이제 중대한 질문을 할 차례다.

물은 어떻소?

글쎄, 맛은 별로지만 양은 많아요.

그래요? 고맙소.

그런 말씀 마시오.

하지만 예의는 지켜야 했다. 자동차가 육중하게 움직여 맨 끝의 천막으로 가서 멈췄다. 그리고 피곤에 지친 사람들이 차에서 내려 굳어 버린 팔다리를 폈다. 새로운 천막이 세워졌다. 아이들은 물을 길으러 갔고, 그보다 조금 나이가 많은 사내아이들은 덤불과 숲에서 나무를 잘랐다. 식구들은 불을 피우고 그 위에 끓이거나 튀길 음식들을 올려놓았다. 먼저 와 있던 사람들이 다가와 서로의 출신지를 물었다. 그 과정에서 때로는 옛 친구나 친척을 만나는 경우도 있었다.

오클라호마라고요? 오클라호마 어디?

체로키요.

이런, 우리 친척들이 거기 사는데. 앨런 일가를 아시오? 체로키는 앨런 일가 천지지. 윌리스 일가도 알아요?

그럼요, 알죠.

이렇게 해서 새로운 가족이 형성되었다. 어스름이 깔리기 시작했지만, 어둠이 다 내리기 전에 새로 온 가족은 그 야영장의 일원이 되었다. 그곳에 모인 사람들 사이로 이야기가 퍼졌다. 저 사람들은 아는 사람들이야. 좋은 사람들이지.

난 태어났을 때부터 앨런 일가랑 아는 사이였어요. 사이먼

앨런, 그 사이먼 영감은 첫 번째 마누라하고 문제가 있었지. 그 마누라는 체로키족의 피가 섞인 여자였는데. 예뻤어요. 마치…… 마치 검은 망아지처럼.

그랬지. 그리고 그 영감 아들 사이먼은 루돌프 집안 여자랑 결혼했죠? 그랬던 것 같은데. 두 사람은 에니드로 이사를 가서 잘살았죠. 아주 잘살았어요.

앨런 일가 중에 유일하게 잘살았죠. 자동차 정비 공장을 갖고 있었으니까.

아이들은 물을 길어 오고 나무를 잘라 온 후 조심스럽게 천막들 사이를 돌아다녔다. 그리고 친구를 사귀기 위해 정교하게 고안된 몸짓을 했다. 한 사내아이가 다른 사내아이 근처에서 걸음을 멈추고 돌멩이 하나를 유심히 들여다보다가 땅에서 집어 들고는 또다시 자세히 살펴보았다. 그리고 그 위에 침을 뱉어 깨끗하게 닦은 다음 또 이리저리 살펴보았다. 마침내 옆에 있던 사내아이가 궁금증을 견디지 못하고 물었다. 그거 뭐야?

아이는 심드렁하게 말했다. 아무것도 아냐. 그냥 돌멩이지 뭐.

그럼 왜 그걸 그렇게 보고 있는 거야?

이 안에 금이 있는 것 같았거든.

네가 그걸 어떻게 알아? 금은 금색이 아냐. 돌 속에 들어 있을 땐 까맣다고.

그걸 모르는 사람이 어딨어?

그건 틀림없이 가짜 금이야. 그런데 그게 금인 줄 알다니.

그런 게 아냐. 우리 아버지가 옛날에 금을 많이 찾아냈는데, 어디를 어떻게 봐야 되는지 나한테 말해 줬단 말이야.

커다란 금덩이를 찾아내고 싶지?

당연하지! 네가 한 번도 본 적이 없는 사탕만큼 존나 큰 금덩이를 찾아낼 거야.

욕하지 말랬는데, 그래도 나도 한다.

나도야. 우리 샘으로 가 보자.

어린 여자아이들도 끼리끼리 모여 자기가 얼마나 인기가 있으며, 앞으로 얼마나 근사하게 살게 될 건지를 수줍게 자랑했다. 여자들은 불 가에서 식구들의 배를 채워 줄 음식을 서둘러 요리했다. 돈이 좀 있는 집은 돼지고기에 감자와 양파를 넣은 요리를 만들었다. 냄비에 구운 작은 빵이나 옥수수빵에 그레이비소스도 듬뿍 곁들여 냈다. 그리고 저민 고기나 베이컨을 준비하고, 검은색 쓴 차도 깡통에 담아 내놓았다. 돈이 부족한 집은 밀가루 반죽을 바삭바삭하게 갈색으로 튀겨서 그 위에 고기 국물을 부었다.

돈이 아주 많거나 돈을 제대로 쓸 줄 모르는 사람들은 콩통조림과 복숭아 통조림, 그리고 빵집에서 포장해서 파는 빵과 케이크를 먹었다. 하지만 그들은 천막 안에서 몰래 이 음식들을 먹었다. 그렇게 좋은 음식을 내놓고 먹는 것은 별로 좋은 일이 아니었으므로. 그래도 밀가루 튀김을 먹던 아이들은 콩 데우는 냄새를 맡고 속상해 했다.

저녁 식사가 끝나고 설거지도 끝나면 어둠이 내렸다. 남자들은 쭈그리고 앉아 서로 이야기를 나눴다.

그들은 두고 온 땅에 대해 이야기했다. 그 땅이 어떻게 될지 모르겠다고. 시골이 엉망이 돼 버렸다고.

그래도 언젠가 다시 제대로 돌아올 거야. 그때는 우리가 거기 살고 있지 않겠지만.

그들은 생각했다. 어쩌면 우리가 모르는 사이에 뭔가 죄를 지었는지도 몰라.

어떤 사람이 그러는데 말이야, 정부에서 일하는 친구였는데, 그 친구 말이 땅이 골짜기처럼 깎여 버렸대. 정부에서 일하는 친구가 한 말이야. 지형 선(線)을 가로질러서 쟁기질을 하면 땅이 그렇게 파이지 않는다는구먼. 그 말을 시험해 볼 기회는 한 번도 없었지만. 게다가 새로 온 그 감독관도 지형 선을 가로질러서 땅을 갈지 않더라고. 이랑을 4마일이나 쭉 파는데, 그게 중간에서 멈추는 법도 없고 휘는 법도 없어.

그리고 그들은 나직한 목소리로 자기들의 고향에 대해 이야기했다. 풍차 밑에 작은 냉(冷) 창고가 하나 있었지. 우유에서 크림을 뽑아내거나 수박을 차게 보관할 때 거기를 썼는데. 화끈한 여자보다 더 뜨거운 한낮에 거기 들어가면 얼마나 시원한지 몰라. 거기서 수박을 잘라 먹으면 이가 시릴 정도지. 그 정도로 시원했다니까. 수조에서 물이 뚝뚝 떨어질 정도로.

그들은 자신들이 겪은 슬픈 일에 대해서도 이야기했다. 내 동생 찰리는 머리가 옥수수처럼 노란색이었어. 이미 다 자란 어른이었지. 아코디언 솜씨도 아주 좋았는데. 어느 날 그 애가 써레질을 하다가 이랑을 고르러 올라갔는데, 방울뱀 한 마리가 윙윙 소리를 내면서 나타난 거야. 말들이 놀라서 냅다 달아나는 바람에 써레가 찰리 몸 위로 떨어졌지. 그 뾰족한 끝이 그 애 배에 박혀 버린 거야. 그 애 머리는 도망가는 말들한 테 끌려 다니고. 아이고.

그들은 미래에 대해 이야기했다. 거기 가면 어떻게 살게 될까?

글쎄, 사진으로 보기에는 좋던데. 덥고 화창한 날 호두나무 하고 과실나무들을 찍은 사진을 본 적이 있어. 나무들 바로 뒤, 엎어지면 코 닿을 데에 눈이 쌓인 높은 산이 하나 있었지. 경치가 아주 좋더라고.

일자리만 얻을 수 있다면 아무 문제없을 거야. 겨울에도 춥지 않다니까. 학교 가는 길에 애들이 꽁꽁 어는 일도 없겠다. 난 우리 애들이 다시는 학교를 빼먹지 못하게 할 거야. 난 글을 읽을 줄은 알지만, 글 읽는 데 익숙한 사람처럼 재미있지는 않거든.

누군가가 기타를 가지고 천막 앞으로 나오는 경우도 있었다. 그가 상자 위에 앉아 연주를 하면 야영지에 있는 사람들이 모두 천천히 그를 향해 다가왔다. 마치 그에게 끌린 듯이. 기타로 가락을 연주할 수 있는 사람은 많지만, 그날 기타를 연주한 사람은 꽤나 솜씨가 있는 것 같았다. 솜씨가 보통이 아니었다. 반주 화음이 쿵쿵 박자를 맞추고, 멜로디가 작은 발소리처럼 현을 따라 달린다. 두툼하고 단단한 손가락이 기타 지판 위를 행진한다. 그가 연주를 하자 사람들이 천천히 그를 향해 다가와서 단단한 원 모양으로 둘러앉았다. 그가 「목화 10센트, 고기 40센트」라는 노래를 불렀다. 둘러앉은 사람들도 작은 목소리로 그와 함께 노래를 불렀다. 그가 「왜 머리를 자르는 거죠, 아가씨들?」이라는 노래를 불렀다. 사람들도 함께 따라 불렀다. 그는 「그리운 텍사스를 떠나며」라는 노래를 울부짖듯 불렀다. 스페인인들이 오기 전에 사람들이 부르던 섬뜩한 노래. 하지만 그때는 가사가 인디언들의 말로 되어 있었다.

이제 사람들은 하나로 융합되었다. 어둠 속에서 사람들의 눈이 내면을 향하고, 머릿속에서는 옛날 일들이 펼쳐진다. 그들의 슬픔은 휴식 같고, 잠 같다. 그는 「맥알레스터 블루스」를 부른 다음, 나이가 많은 사람들을 위해 「예수님이 나를 부르시네」라는 노래를 불렀다. 아이들은 음악을 들으며 꾸벅꾸벅 졸다가 천막 안으로 들어가 잤다. 노래가 그들의 꿈속에까지 들어왔다.

얼마 후 기타를 연주하던 남자가 일어서서 하품을 했다. 안녕히 주무세요, 여러분. 그가 말했다.

사람들이 중얼거렸다. 그래요, 잘 자요.

다들 자기도 기타를 연주할 수 있으면 좋겠다는 생각을 하고 있었다. 기타 연주는 우아한 일이니까. 사람들이 각자 잠자리에 들자 야영장이 조용해졌다. 올빼미들이 하늘을 날고, 멀리서 코요테들이 울어 대고, 스컹크들이 음식 부스러기를 찾아 야영장 안으로 들어왔다. 뒤뚱거리며 걸어 다니는 그 스컹크들은 아무것도 무서워하지 않는 오만한 녀석들이었다.

밤이 지나갔다. 먼동이 트자마자 여자들이 천막 밖으로 나와 불을 피우고 커피 주전자를 올려놓았다. 남자들도 밖으로 나와 새벽빛 속에서 조용히 이야기를 나눴다.

콜로라도강을 건너면 사막이 나온대. 사막을 조심해. 거기서 꼼짝 못 하게 되면 곤란해. 혹시 발이 묶일 경우를 대비해서 물을 많이 가져가야 해.

난 밤에 사막을 건널 거야.

나도. 예수님도 사막에선 견디기 힘들걸.

사람들은 재빨리 식사를 하고 설거지를 했다. 그리고 천막을 접었다. 모두들 서두르고 있었다. 해가 떠올랐을 때, 야영장은 이미 텅 비어 있었다. 사람들이 버리고 간 약간의 쓰레기만 남아 있을 뿐이었다. 야영장은 새로이 찾아올 밤에 새로운 세상을 맞을 준비가 되어 있었다.

이주민들이 탄 차가 고속도로를 따라 벌레처럼 느릿느릿 기어갔다. 그리고 콘크리트로 만든 좁은 길이 앞으로 길게 뻗어 있었다.

18장

소드 일가는 서서히 서쪽으로 움직여 뉴멕시코의 산악 지대에 들어섰다. 그들은 뾰족탑이나 피라미드 모양을 한 고지대의 봉우리들을 넘었다. 그리고 애리조나의 고지대로 올라갔다가 골짜기를 하나 통과하니 저 아래에 오색사막이 보였다. 주 경계선을 지키는 경비원이 그들을 멈춰 세웠다.

"어디로 가십니까?"

"캘리포니아로 갑니다." 톰이 말했다.

"애리조나에는 얼마나 계실 거죠?"

"그냥 통과할 겁니다."

"혹시 식물을 갖고 계신가요?"

"그런 건 없습니다."

"제가 짐을 좀 살펴보겠습니다."

"식물 같은 건 없다고 했잖습니까."

경비원이 자동차 앞유리에 작은 스티커를 붙였다.

"좋습니다. 이제 가서도 됩니다. 하지만 중간에 멈추지 않는 편이 좋을 겁니다."

"물론 우리도 그럴 생각입니다."

그들은 고갯길을 기어올랐다. 키가 작고 비비 꼬인 나무들이 고갯길을 뒤덮고 있었다. 홀브룩, 조지프시티, 윈슬로. 키가 큰 나무들이 나오기 시작했다. 자동차들은 김을 뿜어내며 힘겹게 고갯길을 올랐다. 플래그스태프가 나왔다. 여기가 가장 높은 곳이었다. 플래그스태프 아래로 도로가 넓은 고원지대를 지나 눈에 보이지도 않을 만큼 멀리까지 뻗어 있었다. 물이 점점 귀해져서 돈을 주고 물을 사야 했다. 1갤런에 5센트, 10센트, 15센트. 태양이 건조한 바위 지대를 더 건조하게 만들었고, 앞에는 봉우리들이 뾰족뾰족하게 솟아 있었다. 애리조나의 서쪽 벽이었다. 이제 그들은 햇빛과 갈증을 피해 달아나고 있었다. 그들은 밤새 차를 몰아 날이 밝기 전에 산악 지대에 들어섰다. 그리고 역시 밤중에 그 뾰족뾰족한 서쪽 벽을 기어올랐다. 길가에 돌로 세워둔 벽이 희미한 헤드라이트 불빛에 창백한 모습을 드러냈다가 사라지곤 했다. 그들은 어둠 속에서 정상을 넘어 한밤중에 천천히 길을 내려왔다. 부서진 돌들이 쌓여 있는 오트맨을 지났다. 날이 밝자 아래쪽으로 콜로라도강이 눈에 들어왔다. 그들은 토폭으로 가서 다리 앞에 차를 세웠고, 경비원이 앞유리의 스티커를 물로 씻어 떼어 주었다. 그들은 다리를 건너 바위투성이 황야에 들어섰다. 몸이 죽을 것처럼 피곤하고 날이 점점 더워지고 있었지만 그들은 차를 세웠다.

아버지가 소리쳤다. "다 왔어…… 여기가 캘리포니아야!"

그들은 햇볕을 받아 이글거리는 바위들과 강 너머 애리조나의 무시무시한 바위 벽들을 멍하니 바라보았다.

톰이 말했다. "아직 사막이 남았어요. 물도 있고 쉴 수도 있는 데를 찾아야 해요."

도로는 강과 나란히 뻗어 있었다. 자동차 모터가 금방이라도 타 버릴 것처럼 과열된 가운데 그들이 니들스에 들어선 것은 날이 밝고 한참 시간이 흐른 다음이었다. 이곳에서는 강물이 갈대들 사이로 빠르게 흘렀다.

조드 일가와 윌슨 부부는 강으로 차를 몰고 가서 차 안에 앉은 채 사랑스럽게 흘러가는 강물과 물살 때문에 느릿느릿 흔들리는 초록색 갈대를 바라보았다. 강가에 작은 야영지가 있고, 물 근처에 천막 열한 개가 서 있었다. 땅에는 늪지에서 자라는 풀이 돋아 있었다. 톰이 트럭 창밖으로 몸을 내밀었다.

"우리가 여기서 잠시 쉬어 가도 될까요?"

양동이에 빨래를 담아 비비고 있던 땅딸막한 여자가 고개를 들었다.

"우리가 여기 주인도 아닌데요 뭐. 얼마든지 쉬어 가세요. 나중에 경찰이 와서 여러분을 조사할 거예요."

그리고 그녀는 햇빛을 받으며 다시 빨래를 비비기 시작했다.

일행은 풀이 나 있는 공터에 차를 세웠다. 그리고 차에서 천막을 내려 윌슨 부부는 천막을 세웠고, 조드 일가는 밧줄

위에 방수포를 덮어씌웠다.

윈필드와 루티는 버드나무 숲을 헤치고 갈대가 자라는 곳으로 천천히 걸어갔다. 루티가 약간 열정적인 목소리로 말했다.

"캘리포니아야. 여기가 캘리포니아라고. 우리가 캘리포니아에 있어!"

윈필드는 골풀을 꺾어 하얀 속대를 입에 넣고 씹었다. 두 아이는 물속으로 걸어 들어가 조용히 서 있었다. 물은 대략 아이들의 종아리 높이였다.

"아직 사막이 남았어." 루티가 말했다.

"사막은 어떻게 생겼어?"

"나도 몰라. 사진으로 사막을 본 적은 있지만. 뼈가 사방에 흩어져 있었어."

"사람 뼈야?"

"사람 뼈도 있었던 것 같아. 하지만 대부분 소 뼈였어."

"우리도 뼈를 보게 될까?"

"어쩌면. 나도 몰라. 밤에 사막을 건널 거야. 톰 오빠가 그랬어. 낮에 거길 건너다가는 다 타 죽을 거라고."

"차가워서 좋다."

윈필드가 이렇게 말하면서 발가락으로 바닥의 모래를 찔렀다.

어머니가 부르는 소리가 들렸다.

"루티! 윈필드! 이리 와."

두 아이는 몸을 돌려 천천히 갈대와 버드나무 숲을 지나 식구들에게 돌아갔다.

다른 천막들은 조용했다. 일행의 차가 나타났을 때 몇몇 사람들이 잠시 천막 입구로 머리를 내밀었지만, 이내 안으로 들어가 버렸다. 일행은 천막을 세운 후 남자들끼리 따로 모였다.

톰이 말했다. "서는 내려가서 목욕을 좀 할래요. 그럴 생각이에요. 그러고 나서 좀 잘 거예요. 천막 안에 계신 할머니는 좀 어떠세요?"

아버지가 말했다. "모르겠다. 어떻게 해도 잠이 깨실 것 같지 않아."

그는 고개를 살짝 기울여 천막을 가리켰다. 할머니가 칭얼거리는 목소리로 뭔가 중얼거리는 소리가 천막 안에서 들려왔다. 어머니가 서둘러 천막 안으로 들어갔다.

노아가 말했다. "이제 잠이 깨신 모양인데요. 밤새도록 트럭 위에서 투덜거리시는 것 같더니. 완전히 제정신이 아니세요."

톰이 말했다. "젠장! 피곤하셔서 그래. 하루라도 빨리 휴식을 좀 취하지 않으면 할머니는 오래 못 버티실 거야. 그냥 피곤해서 저러시는 거야. 누구 나랑 같이 갈 사람 없어? 난 좀 씻은 다음에 그늘에서 잘 거야. 하루 종일."

그가 자리를 뜨자 남자들이 뒤를 따랐다. 그들은 버드나무 숲에서 옷을 벗은 다음 물속으로 걸어 들어가 앉았다. 그들은 모래 속에 발꿈치를 박아 몸을 지탱하면서 오랫동안 그렇게 앉아 있었다. 물 밖으로 나온 것은 그들의 머리뿐이었다.

"아이고, 얼마나 목욕이 하고 싶었는지." 앨이 말했다.

그는 바닥에서 모래를 한 줌 집어 올려 몸을 문질렀다. 그들은 물속에 누워 니들스라고 불리는 날카로운 봉우리들과 애리조나의 하얀 바위산들을 바라보았다.

"우리가 저길 지나왔구나." 아버지가 놀랍다는 듯이 말했다.

존이 물속에 머리를 담갔다. "뭐, 이제 다 왔잖아. 여기가 바로 캘리포니아야. 그런데 별로 잘사는 곳 같지는 않은데."

톰이 말했다. "아직 사막이 남았잖아요. 그 사막을 건너는 게 장난이 아니래요."

노아가 물었다. "오늘 밤에 건널 거니?"

"아버지 생각은 어때요?" 톰이 물었다.

"글쎄, 잘 모르겠다. 조금 쉬는 게 좋겠지. 특히 할머니한테. 하지만 빨리 사막을 건너서 일을 구하고 자리를 잡는 게 나을 것 같기도 해. 남은 돈이 40달러밖에 안 되니까. 모두들 일을 하게 돼서 돈이 좀 들어오면 마음이 놓일 것 같다."

다들 물속에 앉아 물살을 느꼈다. 목사는 팔과 손을 물 위에 둥둥 띄웠다. 그들의 몸은 하얀색이었지만, 손과 얼굴은 햇볕에 타서 짙은 갈색이었고 빗장뼈 주위에도 브이 자 모양의 선이 그려져 있었다. 그들은 모래로 몸을 문질렀다.

노아가 나른하게 말했다. "그냥 여기 이렇게 있었으면 좋겠다. 여기 영원히 있을 수 있다면 좋겠어. 절대 배가 고파지지도 않고, 슬퍼지지도 않고. 평생 동안 물속에 누워서 진흙 속의 암퇘지처럼 게으름을 피울 수 있다면."

톰은 강 건너의 뾰족뾰족한 봉우리들과 하류 쪽의 니들스를 바라보며 말했다. "저렇게 험한 산은 처음 봐요. 잘하면 사람 하나 잡겠는데요. 해골 같아. 저런 바위에 달라붙어서 죽어라 애를 쓰지 않아도 살 수 있는 데가 있을지. 사진에서는 초록색 들판이 펼쳐진 곳이었는데. 어머니 얘기처럼 작은 하얀색 집들도 있었고. 어머니는 하얀 집이 아주 마음에 드신 모양이에요. 그런데 그 사진처럼 생긴 데가 없는 것 같네요. 사진에선 분명히 봤는데."

아버지가 말했다. "캘리포니아에 도착할 때까지 기다려 봐. 그러면 좋은 풍경이 나타날 테니."

"젠장, 아버지! 여기가 캘리포니아라고요."

청바지와 땀에 전 파란색 셔츠를 입은 남자 두 명이 버드나무 숲을 뚫고 나타나서 벌거벗은 남자들을 바라보며 소리쳤다.

"수영할 만해요?"

톰이 말했다. "몰라요. 수영을 해 보지 않아서. 그래도 이렇게 앉아 있으니 확실히 기분은 좋은데요."

"우리가 좀 들어가서 앉아도 되겠어요?"

"이 강이 우리 것도 아닌데요 뭐. 들어오세요."

남자들은 바지를 벗고 셔츠도 벗은 다음 물속으로 들어왔다. 그들의 다리는 무릎까지 먼지투성이였고, 하얀 발은 땀 때문에 부들부들해져 있었다. 두 남자는 물속에서 한가로이 자리를 잡고 아무렇게나 옆구리를 씻었다. 햇볕에 심하게 탄 그 두 사람은 부자지간이었다. 그들은 물속에서 신음 소리를 내기도 하고 끙끙거리기도 했다.

아버지가 예의 바르게 물었다. "서부로 가는 거요?"

"아뇨. 우린 거기서 오는 겁니다. 고향으로 돌아가는 길이죠. 거기선 살 수가 없어요."

"고향이 어디인데요?" 톰이 물었다.

"팬핸들. 팸퍼 근처 출신이오."

아버지가 물었다. "거기선 살 수 있겠소?"

"아뇨. 하지만 굶어 죽더라도 우리가 아는 사람들하고 같이 있을 수는 있죠. 우리를 싫어하는 사람들 옆에서 굶어 죽지는 않을 겁니다."

아버지가 말했다. "당신 같은 얘기를 하는 사람을 만난 게 두 번째요. 그 사람들이 왜 당신들을 싫어하는 거요?"

"모르죠." 남자가 말했다.

그는 컵처럼 오므린 손으로 물을 떠서 요란한 소리를 내며 얼굴을 씻었다. 먼지 섞인 물이 그의 머리카락에서 흘러내려 목에 줄무늬를 그렸다.

"당신들 얘기를 조금 더 듣고 싶소만." 아버지가 말했다.

"저도요." 톰이 말을 덧붙였다. "서부 사람들이 왜 당신들을 싫어하는 거죠?"

남자가 날카로운 눈빛으로 톰을 바라보았다.

"지금 서부로 가는 중이오?"

"예."

"캘리포니아에 가 본 적이 한 번도 없고?"

"없어요."

"그럼 내 말을 듣지 말고 가서 직접 보시오."

톰이 말했다. "그거야 그렇죠. 하지만 누구나 자기가 가는 데가 어떤 데인지 알고 싶어 하는 법 아닙니까?"

"정말로 그걸 알고 싶다니까 하는 말인데, 나도 몇 가지 의

문을 품고 생각을 좀 해 봤소. 캘리포니아는 좋은 곳이에요. 하지만 그 좋은 고장은 이미 오래전에 도둑맞았지. 사막을 건너면 베이커즈필드 근처가 나올 거요. 정말 아름다운 곳이지. 과수원과 포도나무가 사방에 있으니. 아마 그렇게 아름다운 곳은 본 적이 없을 거요. 거길 지나면 땅이 평평하고 30피트 깊이의 물이 흐르는 곳이 나올 거요. 아직 개산되지 않은 땅이지. 하지만 당신들은 그 땅을 눈곱만큼도 가질 수 없어요. 그건 '토지가축회사' 소유니까. 그 회사가 원하지 않으면 그 땅은 경작할 수 없어요. 만약 당신이 그 땅에 들어가서 옥수수라도 조금 심었다가는 감옥에 가게 될 거요!"

"좋은 땅이라고 했어요? 그리고 그 땅을 경작하는 사람이 없다고요?"

"그래요. 좋은 땅이 있는데 그냥 놀리고 있소! 이 얘기를 듣고 조금 화가 나겠지만, 이 정도는 아무것도 아니오. 거기 사람들 시선에는 묘한 분위기가 있거든. 거기 사람들이 당신을 바라볼 때 그 표정에는 '난 너희들이 싫어 이 개자식들아.'라고 쓰여 있소. 보안관보들이 나타나 사람을 밀어붙이기도 하지. 길가에 천막을 세우면 그놈들이 나타나서 천막을 옮기라고 할 거요. 얼굴을 보면 그 사람들이 당신들을 얼마나 싫어하는지 알 수 있어. 내가 한 가지 알려 드릴까? 그 사람들이 당신 같은 사람들을 싫어하는 건 무섭기 때문이오. 굶주린 사람은 남의 걸 훔쳐서라도 먹을 걸 구하려고 한다는 걸 알고 있거든. 땅을 놀리는 건 죄니까 누군가가 그 땅을 차지하게 되리라는 것도 알고. 젠장! 아직 누구한테 '오키'라는 말은 들어

본 적이 없죠?"

톰이 말했다. "오키? 그게 뭔데요?"

"오키는 원래 오클라호마 출신이라는 뜻이었소. 하지만 지금은 더러운 개자식이라는 뜻이지. 인간쓰레기라는 뜻이란 말이오. 그 말 자체에는 아무 의미도 없지만, 그 말을 할 때 사람들의 태도를 보면 알아요. 하지만 난 아무것도 말해 줄 수 없소. 당신들이 직접 가 봐야지. 내가 듣기로는 우리 같은 사람들 30만 명이 거기서 돼지처럼 살고 있다고 하더만. 캘리포니아에서는 모든 것이 이미 누군가의 소유니까. 남은 게 하나도 없으니까. 게다가 뭔가를 소유하고 있는 사람들은 세상 사람을 모두 죽이는 한이 있더라도 절대 자기 물건을 놓지 않을 거요. 그런데 그 사람들이 지금 겁에 질려 있다 이 말이오. 그래서 화를 내는 거지. 당신들이 직접 가서 봐야 해요. 그 사람들이 하는 얘기를 직접 들어 봐야 해. 정말 무지무지 아름다운 곳이지만 사람들은 친절하지 않소. 너무 무섭고 걱정스러워서 자기들끼리도 친절하게 대하는 법이 없어요."

톰은 물속을 들여다보며 발꿈치로 모래를 팠다.

"일을 하면서 돈을 저축하면 땅을 좀 살 수 있을까요?"

남자가 웃음을 터뜨리며 자기 아들을 바라보았다. 침묵을 지키고 있던 아들이 거의 의기양양한 표정으로 히죽 웃었다.

남자가 말했다. "안정적인 일은 얻지 못할 거요. 매일 먹을 걸 구하려고 애를 써야 할걸. 그것도 기분 나쁜 눈초리로 당신을 바라보는 사람들 옆에서. 목화 따는 일을 하게 된다면, 놈들이 반드시 저울 눈금을 속일 거요. 뭐 그러는 사람도 있고 안 그러는 사람도 있지만, 당신 입장에서는 모든 저울에 다 농간을 부려 놓은 것처럼 보이겠지. 제대로 된 저울이 어떤 건지 알아낼 방법도 없고. 어찌됐든 당신이 어떻게 할 수 있는 문세도 아니오."

아버지가 느릿느릿한 말투로 물었다. "그러면…… 그러면 거기에는 좋은 점이 하나도 없단 말이오?"

"물론 있죠. 풍경은 좋으니까. 하지만 당신들은 그 풍경을 조금도 가질 수 없어요. 노란 오렌지 숲이 있는 곳에는 총을 멘 사람이 지키고 있죠. 그 사람은 오렌지에 손을 대는 사람은 누구든지 쏘아 죽일 수 있는 권리가 있어요. 해안 지방에서 신문사를 경영하는 놈이 하나 있는데, 100만 에이커나 되는 그놈 땅이……."

케이시가 퍼뜩 고개를 들었다. "100만 에이커? 아니 뭘 하려고 땅을 100만 에이커나 갖고 있답니까?"

"나야 모르죠. 어쨌든 그놈은 그 땅을 갖고 있어요. 소 몇 마리를 키우면서. 다른 사람들이 들어오는 걸 막으려고 사방에 경비원을 세워 놨죠. 그놈은 방탄 자동차를 타고 다니고. 그놈 사진을 본 적이 있는데 뚱뚱하고 물렁물렁하게 생긴 놈입디다. 조그만 눈은 아주 비열하게 생겼고, 입은 꼭 똥구멍 같고. 죽을까 봐 겁이 나는 모양이에요. 땅을 100만 에이커나 갖고 있으면서 죽을까 봐 겁을 내는 거지."

케이시가 다그치듯 물었다. "도대체 뭘 하려고 땅을 100만 에이커나 갖고 있는 겁니까? 100만 에이커를 어디다 쓰려고."

남자는 허옇게 불어서 쭈글쭈글해진 손을 물 밖으로 꺼내 양쪽으로 벌리면서 어깨를 으쓱하더니 아랫입술을 꾹 다물고 머리를 한쪽 어깨 위로 기울였다.

그가 말했다. "나야 모르죠. 아마 미친놈이겠지. 틀림없이 미쳤을 거예요. 그놈 사진을 봤는데, 미친놈처럼 생겼더라고. 제정신이 아닌 데다 비열해 보이기까지 했어요."

"그놈이 죽을까 봐 겁을 내고 있다고요?" 케이시가 물었다.

"그렇게 들었소."

"하느님이 자기를 잡아갈까 봐 겁내고 있다고?"

"모르죠. 그냥 겁내는 거겠지."

아버지가 말했다. "그놈도 좋아하는 게 있을까? 아무 재미도 모르는 인간 같은데."

톰이 말했다. "할아버지는 무서워하지 않으셨어요. 할아버지가 제일 재미있어 한 건 거의 죽기 일보직전까지 갔을 때였다고요. 할아버지가 다른 사람이랑 같이 밤중에 나바호[7] 인디언들이랑 한판 붙었을 때. 그때가 두 분한텐 인생 최고의 순간이었어요. 누가 봐도 승산이 별로 없었는데도."

케이시가 말했다. "원래 사는 게 그런 것 아닌가? 마음껏 즐기면서 다른 건 신경 쓰지 않는 것. 하지만 비열하고, 고독하고, 나이 많고, 실망으로 가득 찬 인간은 죽는 걸 무서워하지!"

아버지가 물었다. "100만 에이커를 가진 사람이 뭣 때문에 실망을 하겠소?"

---

7) 뉴멕시코, 애리조나, 유타 등 미국 남서부에 주로 사는 인디언 종족.

목사는 미소를 지었다. 당혹스러운 표정이었다. 그는 손으로 물을 내리쳐서 물 위를 떠다니는 벌레 한 마리를 쫓아 버렸다.

"그 사람이 100만 에이커를 가져야 비로소 부자가 된 기분을 느낄 수 있다면, 사실 속으로는 자기가 아주 가난하다고 생각하고 있는 게 아닐까요? 그리고 그렇게 자기가 가난하냐는 생각을 하고 있다면 100만 에이커를 가져도 부자가 됐다는 생각이 안 들 겁니다. 그러니 자기가 무슨 짓을 해도 부자가 된 기분을 맛볼 수 없어서 실망한 건지도 모르죠. 할아버님이 돌아가셨을 때 천막을 내준 윌슨 부인처럼 부자가 된 기분을 맛볼 수 없어서. 난 지금 설교를 하려는 게 아닙니다. 하지만 잡동사니를 모아들이는 프레리도그처럼 바쁘게 움직이는 인간치고 실망하지 않은 인간을 못 봤습니다." 그가 히죽 웃었다. "아무래도 좀 설교처럼 들리죠?"

이제 태양이 사납게 이글거리고 있었다.

아버지가 말했다. "물속으로 들어가는 편이 낫겠다. 아주 다 타 버리겠어." 그가 몸을 뒤로 누이자 물이 그의 목 주위에서 부드럽게 찰랑거렸다. "부지런히 열심히 일하고 싶어 하는 사람도 어쩔 수 없는 거요?" 아버지가 물었다.

남자가 일어나 앉아 아버지를 똑바로 바라보았다.

"이보세요, 선생님. 나라고 모든 걸 다 아는 건 아닙니다. 어쩌면 댁들이 거기 가서 안정적인 일을 구할지도 모르죠. 그러면 난 거짓말쟁이가 되는 거고. 반대로 댁들이 일자리를 전혀 구하지 못한다면 또 나더러 미리 말해 주지 않았다고 탓을 하겠죠. 내가 분명히 말할 수 있는 건, 대부분의 사람들이 아주 비참한 생활을 하고 있다는 겁니다." 그는 물 속에 드러누웠다. "사람이 모든 걸 다 알 수는 없어요."

아버지는 고개를 돌려 큰아버지를 바라보았다.

"형님은 원래 말을 많이 하는 편이 아니죠. 하지만 아무리 그래도 그렇지, 집을 떠난 후로 입을 연 게 두 번도 안 되는 건 너무하잖아요. 지금 이 사람 얘기에 대해서 어떻게 생각해요?"

존은 얼굴을 찡그렸다. "아무 생각도 안 해. 우린 지금 거기로 가고 있잖아. 여기서 누가 무슨 얘길 해도 갈 거잖아. 거기 도착하면 도착하는 거고, 일자리가 생기면 일을 하면 돼. 일자리가 없으면 손드는 거고. 여기서 무슨 얘길 해 봤자 소용없어."

톰은 뒤로 드러누워 입 안에 물을 가득 채웠다가 허공으로 뿜어내며 웃음을 터뜨렸다.

"큰아버지는 말을 많이 하지는 않지만 항상 옳은 말만 해요. 맞아! 맞는 말만 한다니까. 오늘 밤에 떠날 거죠, 아버지?"

"그래야겠지. 빨리 가는 게 낫겠지."

"그럼 저는 덤불에 들어가서 잠을 좀 자 둘게요."

톰은 자리에서 일어나 물살을 헤치며 모래가 깔린 물가로 갔다. 그리고 너무 뜨거워진 옷 때문에 움찔거리면서 젖은 몸에 옷을 입었다. 다른 사람들도 그의 뒤를 따랐다.

남자와 그의 아들은 물속에서 조드 일가를 지켜보았다.

아들이 말했다. "육 개월 후에 저 사람들을 보고 싶어요. 세상에!"

남자가 집게손가락으로 눈초리를 훔쳤다.

"그 말을 하지 말걸. 사람은 항상 현명한 척하면서 사람들한테 이런저런 얘기를 해 주고 싶어 해서 탈이라니까."

"그런 생각 마세요, 아빠! 저 사람들이 얘기해 달라고 했잖아요."

"그래, 나도 알아. 하지만 아까 저 사람이 말한 것처럼 저 사람들은 어쨌든 갈 거야. 내가 무슨 말을 했다고 해서 달라지는 건 하나도 없단 말이다. 내 얘기 때문에 저 사람들이 훨씬 일찍 비참한 기분을 느끼게 될 거라는 점만 다를 뿐이지."

톰은 버드나무 숲으로 걸어 들어갔다. 그리고 동굴처럼 그늘진 곳으로 기어 들어가 누웠다. 노아도 그의 뒤를 따라왔다.

"여기서 잘 거야." 톰이 말했다.

"톰!"

"왜?"

"톰, 난 안 갈 거야."

톰은 일어나 앉았다.

"무슨 소리야?"

"톰, 난 여기 물가에 그냥 있을 거야. 이 강을 따라 걸어갈 거라고."

"미쳤어?" 톰이 말했다.

"낚싯대를 만들어서 물고기를 잡을 거야. 강가에서는 굶어 죽으려야 굶어 죽을 수가 없어."

톰이 말했다. "식구들은 어떡하고? 어머니는 어떡하고?"

"나도 어쩔 수 없어. 난 여기 물가를 떠날 수 없어." 노아는 미간이 넓은 두 눈을 반쯤 감고 있었다. "너도 알잖아, 톰. 식구들이 나를 친절하게 대하지만 사실은 나한테 별로 신경 쓰지 않는다는 거."

"웃기는 소리 하지 마."

"웃기는 소리가 아냐. 내가 어떤 사람인지 난 잘 알아. 식구들이 안쓰러워하는 것도 알고. 하지만…… 어쨌든 난 안 갈 거야. 네가 어머니한테 말해, 톰."

"내 말 잘 들어." 톰이 뭔가 말을 하려고 했다.

"그래 봤자 소용없어. 난 방금 저 물속에 있었어. 난 여기 있을 거야. 이제 그만 가 봐야겠다, 톰. 강 하류 쪽으로. 물고기나 뭐 그런 걸 잡을 거야. 여길 떠날 수 없어. 절대로." 그는 동굴 같은 버드나무 그늘 밖으로 기어 나갔다. "네가 어머니한테 말해, 톰."

그리고 그는 걸어가기 시작했다.

톰은 강둑까지 그를 따라갔다.

"형, 멍청하게……."

노아가 말했다. "소용없어. 슬프지만 어쩔 수 없어. 이제 가봐야 해."

그가 갑자기 고개를 돌려 강변을 따라 하류 쪽으로 걷기 시작했다. 톰은 그를 따라가려다가 걸음을 멈췄다. 노아가 덤불 속으로 사라졌다가 다시 나타나는 모습이 보였다. 그는 강을 따라가고 있었다. 노아의 모습이 점점 작아지다가 버드나무 숲속으로 사라질 때까지 그는 노아를 지켜보았다. 그리고 모자를 벗고 머리를 긁적거렸다. 그는 동굴 같은 버드나무 그늘로 돌아가 잠을 자려고 누웠다.

밧줄에 걸쳐 놓은 방수포 밑에서는 할머니가 매트리스에 누워 있고, 어머니가 그 옆에 앉아 있었다. 숨이 막힐 정도로 날이 더웠다. 방수포 그늘 속에서 파리들이 윙윙거렸다. 할머니는 알몸에 기다란 분홍색 커튼 조각을 덮고 있었다. 할머니가 쭈글쭈글한 머리를 불안한 듯 좌우로 흔들더니 뭔가를 중얼거리다가 숨이 막힌 것 같은 소리를 냈다. 어머니는 할머니 옆의 땅바닥에 앉아서 마분지로 파리들을 쫓으며 쭈글쭈글한 할머니의 얼굴 위로 부채질을 했다. 샤론의 로즈는 반대편에 앉아서 어머니를 지켜보았다.

할머니가 거만하게 소리쳤다. "윌! 윌! 이리로 와, 윌." 그리고 눈을 뜨더니 사나운 시선으로 주위를 둘러보았다. "윌더러 이리 오라고 했는데. 내가 잡고 말 거다. 그 인간 머리칼을 뽑아 버릴 거야."

할머니는 눈을 감고 머리를 이리저리 흔들면서 갈라진 목소리로 뭐라고 중얼거렸다. 어머니는 마분지로 부채질을 했다.

샤론의 로즈가 난감한 표정으로 할머니를 바라보다가 조용히 말했다. "아주 많이 편찮으신가 봐요."

어머니는 눈을 들어 딸의 얼굴을 바라보았다. 참을성 있는 시선이었지만 이마에는 긴장 때문에 주름살이 나타나 있었다. 어머니는 계속 부채질을 해 대며 마분지로 파리들을 쫓았다.

"젊을 때는 모든 게 다 그것 하나뿐인 것처럼 보이지, 로저샨. 다른 일들과는 동떨어진 일인 것처럼. 나도 알아. 옛날 기억이 있으니까, 로저샨."

어머니는 딸의 이름을 부를 때 사랑이 가득 찬 표정을 지었다.

"넌 조금 있으면 아기를 낳겠지. 그리고 너만 혼자 그런 일을 겪는 것 같다는 생각이 들 거야. 그것 때문에 마음이 아프겠지만 그것도 외로운 고통이야. 여기 이 천막도 이 세상에서 하나뿐인 외로운 곳이고."

어머니는 윙윙거리는 파리 한 마리를 쫓으려고 마분지로 허공을 후려쳤다. 반짝반짝 빛나는 커다란 파리는 천막 안을 두 바퀴 돌고는 눈부신 햇살 속으로 휙 날아가 버렸다. 어머니가 계속 말을 이었다.

"변화의 시기라는 게 있어. 그때가 오면 죽음은 모든 죽음의 한 조각이 되고, 출산도 모든 출산의 한 조각이 돼. 그리고 아이를 낳는 것과 죽는 것은 똑같은 일의 양면에 지나지 않지. 그때가 되면 세상이 더 이상 외롭지 않을 게다. 상처를 입어도 별로 심하게 아프지 않을 테고. 이젠 외로운 상처가 아니니까, 로저샨. 네가 알아듣기 쉽게 말해 줄 수 있으면 좋으련만, 그게 잘 안 되는구나."

어머니의 목소리가 너무나 부드럽고 거기에 너무나 많은 사랑이 담겨 있었기 때문에 샤론의 로즈의 눈에 눈물이 고이기 시작했다. 눈물이 흘러내려 앞이 보이지 않을 정도였다.

"이걸로 할머니한테 부채질을 해 드려라." 어머니가 이렇게 말하면서 마분지를 딸에게 건네주었다. "부채질을 해 주는 건 좋은 일이야. 네가 알아듣기 쉽게 말해 줄 수 있다면 좋을 텐데."

할머니가 감은 눈 위의 눈썹을 찡그리면서 우는소리를 했다. "월! 아이고 더러워라! 도대체 한 번도 깨끗한 꼴을 못 봤어요, 내가."

할머니의 주름진 작은 손이 움직여 뺨을 긁적거렸다. 빨간 개미 한 마리가 커튼을 따라 기어 올라가 할머니 목의 늘어진 피부 위로 올라갔다. 어머니가 재빨리 손을 뻗어 녀석을 집어 들더니 엄지와 검지로 녀석을 꾹 눌러 버렸다. 그리고 자기 옷에 손가락을 닦았다.

샤론의 로즈는 마분지로 부채질을 했다. 그녀가 어머니를 올려다보며 말했다.

"할머니는……?"

말이 목구멍에 걸려 잘 나오지 않았다.

"발을 닦아, 월. 더러운 돼지 같잖아!" 할머니가 소리쳤다.

어머니가 말했다. "나도 몰라. 혹시 날이 이렇게 뜨겁지 않은 곳이라면 어떨지 모르지만, 그것도 모르는 일이지. 걱정하지 마라, 로저샨. 그냥 숨을 들이쉬어야 할 때 들이쉬고, 내쉬어야 할 때 내쉬면 돼."

찢어진 검은색 옷을 입은 덩치 큰 여자 하나가 천막 안을 들여다보았다. 그녀의 눈은 흐릿하고 몽롱했으며, 피부가 턱쪽으로 늘어져 턱 아래에 덜렁덜렁 매달려 있었다. 입술 피부도 늘어져서 윗입술이 마치 커튼처럼 이를 가리고 있었으며,

아랫입술은 무게 때문에 바깥으로 접혀서 잇몸이 드러나 있었다.

"안녕하세요, 부인." 그녀가 말했다. "하느님의 승리를 위해."

어머니가 고개를 돌리며 말했다. "안녕하세요."

여자가 몸을 구부려 천막 안으로 들어오더니 고개를 숙여 할머니를 내려다보았다.

"예수님을 만날 준비가 된 영혼이 여기 있다는 얘길 들었어요. 하느님께 영광을!"

어머니의 얼굴이 굳어지더니 눈빛이 날카로워졌다.

"어머님은 피곤해서 이러시는 것뿐이에요. 날도 더운 데다 오랫동안 차를 타서 지치셨어요. 그냥 지치셨을 뿐이라고요. 조금 쉬면 괜찮아지실 거예요."

여자가 할머니의 얼굴 위로 몸을 숙였다. 마치 코를 킁킁거리며 냄새를 맡는 것 같았다. 그녀가 어머니에게 시선을 돌리며 재빨리 고개를 끄덕였다. 그녀의 입술이 살짝 흔들리고 턱이 출렁거렸다.

"소중한 영혼이 예수님을 만나려고 해요." 그녀가 말했다.

어머니가 소리쳤다. "그렇지 않아요!"

여자는 고개를 끄덕였다. 이번에는 천천히. 그리고 할머니의 이마에 살찐 손을 올려놓았다. 어머니가 그 손을 치우려고 손을 뻗다가 재빨리 자신을 억제했다.

여자가 말했다. "그래요, 자매님. 우리 천막에 신도가 여섯 명 있어요. 내가 가서 데려올 테니 같이 예배를 드리도록 해요. 기도도 드리고, 모두 여호와의증인들이에요. 나를 포함해서 여섯 명. 내가 가서 데려올게요."

어머니의 안색이 굳었다.

"아뇨, 그러지 마세요. 어머님은 지치셨어요. 예배를 감당할 수 있는 상태가 아니에요."

"감사 기도를 감당할 수 없다고요? 예수님의 다정한 숨결을 감당할 수 없다고요? 도대체 무슨 소리를 하시는 거예요, 자매님?"

"여기서는 안 돼요. 어머님이 너무 지치셨어요." 어머니가 말했다.

여자는 꾸짖는 듯한 시선으로 어머니를 바라보았다.

"부인은 신자가 아니에요?"

"우린 옛날부터 하느님을 믿었어요." 어머니가 말했다. "하지만 어머님은 지금 너무 지치셨어요. 밤새 달려왔거든요. 부인께 폐를 끼치고 싶지 않아요."

"그건 폐가 아니에요. 그리고 설사 폐가 되더라도 우린 하느님의 어린 양에게 날아가는 영혼을 위해 그렇게 해 주고 싶어요."

어머니는 무릎을 바닥에 댄 채 몸을 일으켰다.

"고맙지만 여기서 예배를 드릴 생각이 없어요." 어머니가 차갑게 말했다.

여자가 오랫동안 어머니를 바라보았다.

"여기 이 자매님이 기도도 없이 떠나가게 그냥 둘 수는 없어요. 우리 천막에서 우리끼리 예배를 드리도록 하죠, 부인. 그리고 당신의 그 차가운 마음도 용서해 드리겠어요."

어머니는 다시 주저앉아서 할머니를 바라보았다. 어머니의 얼굴은 여전히 딱딱하게 굳어 있었다.

"어머님은 피곤하셔서 그래요. 피곤하신 것뿐이에요."

할머니가 머리를 흔들며 숨죽인 소리로 뭐라고 중얼거렸다.

여자는 딱딱한 걸음걸이로 천막을 나갔다. 어머니는 계속 할머니의 얼굴을 바라보았다.

샤론의 로즈가 마분지로 부채질을 하면서 뜨거운 공기를 몰아냈다.

"엄마!" 그녀가 말했다.

"왜?"

"왜 예배를 못 드리게 했어요?"

어머니가 말했다. "나도 모르겠다. 여호와의증인은 좋은 사람들인데. 그 사람들은 예배를 드리면서 소리를 지르기도 하고 펄쩍펄쩍 뛰기도 하지. 나도 모르겠다. 내가 어떻게 된 모양이야. 도저히 참을 수가 없을 것 같았어. 그냥 내 몸이 산산조각 날 것 같아서."

조금 떨어진 곳에서 사람들이 예배를 시작하는 소리가 들려왔다. 노래를 부르듯 간곡한 마음을 읊조리는 소리였다. 무슨 말을 하는지 분명히 알아듣기는 어려웠다. 그저 말투만 똑똑히 들려올 뿐이었다. 사람들의 목소리가 높아졌다 낮아졌다를 반복하며 한 번씩 높아질 때마다 점점 더 고조되어 갔다. 그 읊조림에 대답하는 목소리가 사이사이의 침묵을 메우고, 간곡한 목소리는 의기양양하게 더욱 높아졌다. 힘차게 고함을 지르는 소리가 그 목소리에 섞여 들었다. 그 소리가 크게 부풀어 올랐다가 잠시 잠잠해지더니, 응답하는 목소리에도 고함 소리가 섞여 들었다. 간곡한 읊조림의 문장들이 점점 짧아지면서 말투도 점점 날카로워졌다. 마치 명령을 내리는 것 같았다. 응답하는 목소리에 투정을 부리는 듯한 어조가 나타났다. 리듬이 빨라졌다. 지금까지는 남녀의 목소리가 같은 높이를 유지하고 있었지만, 이제는 응답하는 목소리의 중간에서 어떤 여자의 목소리가 계속 높아지더니 거칠고 사납게 울부짖는 소리로 변했다. 짐승이 외치는 소리 같았다. 그보다 더 묵직한 여자의 목소리가 그 옆에서 함께 높아졌다. 짐승이 짖어 대는 듯한 소리였다. 어떤 남자의 목소리도 늑대의 울부짖음처럼 점점 높아졌다. 간곡한 읊조림이 멈추고, 이제 들려오는 소리라고는 야수의 울부짖음뿐이었다. 그와 함께 쿵쿵거리는 소리도 들려왔다. 어머니가 몸을 떨었다. 샤론의 로즈의 숨소리도 가빠졌다. 여럿이 함께 울부짖는 소리가 하도 오랫동안 계속되어서 저러다 허파가 터져 버릴지도 모른다는 생각이 들 정도였다.

어머니가 말했다. "듣고 있자니 불안해지는구나. 내가 어떻게 된 것 같아."

이제 높이 올라간 목소리가 히스테리의 단계로 접어들었다. 하이에나가 빠르게 비명을 질러 대는 것 같았다. 쿵쿵거리는 소리도 더 커졌다. 사람들의 목소리가 갈라졌다. 그리고 모든 사람들의 목소리가 낮아져 흐느끼며 신음하는 듯한 소리로 변했다. 사람의 살을 후려치는 소리, 쿵쿵거리는 소리도 들려왔다. 흐느낌이 작게 낑낑거리는 소리로 바뀌었다. 밥그릇 앞에서 강아지들이 우는 소리 같았다.

샤론의 로즈가 불안한 나머지 조용히 울음을 터뜨렸다. 할머니는 다리를 덮은 커튼을 차 버렸다. 할머니의 다리는 옹이가 많은 회색 나무 막대 같았다. 할머니가 멀리서 낑낑거리는 사람들과 함께 낑낑거렸다. 어머니는 커튼을 다시 덮어 주었다. 할머니가 깊이 한숨을 내쉬더니 고르고 편안하게 숨을 쉬기 시작했다. 눈꺼풀도 더 이상 움찔거리지 않았다. 할머니는 입을 반쯤 열고 코 고는 소리를 내면서 깊이 잠들었다. 멀리서 들려오는 낑낑거리는 소리가 점점 작아지더니 완전히 들리지 않게 되었다.

샤론의 로즈가 어머니를 바라보았다. 그녀의 퀭한 눈에는 눈물이 가득 차 있었다. 그녀가 말했다. "저게 효과가 있었어요. 할머니한테 효과가 있었다고요. 이제 주무시고 계세요."

어머니는 고개를 숙인 채 자신을 나무라고 있었다. "내가 좋은 사람들한테 나쁜 짓을 한 건지도 모르겠다. 할머니가 이렇게 주무시다니."

"엄마가 혹시 죄를 저지른 건 아닌지 목사님한테 한번 물어보지 그래요?"

"그래야지. 하지만 목사님이 조금 이상한 사람이라서. 내가 저 사람들한테 이리로 오지 말라고 한 게 어쩌면 그 목사님 때문인지도 몰라. 그 목사님은 사람들이 하는 일은 모두 옳은 일이라고 생각하는 것 같더라."

어머니는 자신의 손을 바라보다가 다시 말을 이었다.

"로저샨, 우리도 잠을 좀 자야겠다. 오늘 밤에 떠날 거라면 지금 좀 자 둬야 해."

어머니는 매트리스 옆의 땅바닥에 누웠다.

샤론의 로즈가 물었다. "할머니 부채질은 어쩌고요?"

"지금은 주무시고 계시니까 너도 좀 누워서 쉬어."

"코니는 어디 있는지 모르겠어요." 로저샨이 투덜거렸다. "코니를 본 지 한참 된 것 같아요."

어머니가 말했다. "쉬! 좀 쉬어."

"엄마, 코니는 밤에 공부를 해서 훌륭한 사람이 될 거예요."

"그래, 전에도 네가 얘기했잖니. 좀 쉬어라."

로저샨은 할머니의 매트리스 가장자리에 누웠다.

"코니가 새로운 계획을 세웠어요. 항상 뭔가를 생각하는 사람이니까. 전기에 대한 공부를 마치고 나면 자기 가게를 열 거래요. 그다음에 우리가 뭘 살 건지 알아요?"

"뭔데?"

"얼음이에요. 실컷 쓸 수 있는 얼음. 아이스박스를 살 거예요. 그래서 그걸 가득 채워 놔야지. 얼음이 있으면 음식이 상하지 않아요."

"코니는 항상 이런저런 생각을 하는구나." 어머니가 쿡쿡 웃었다. "이제 좀 쉬는 게 좋을 거다."

샤론의 로즈는 눈을 감았다. 어머니는 똑바로 누워서 손으로 머리를 받쳤다. 그리고 할머니의 숨소리와 딸의 숨소리에 귀를 기울였다. 어머니는 손을 움직여 이마에 앉은 파리를 쫓았다. 찌는 듯한 더위 속에서 야영장 전체가 조용했다. 뜨겁게 달아오른 풀밭에서 나는 소리, 귀뚜라미 소리나 파리가 앵앵

거리는 소리도 거의 침묵에 가까웠다. 어머니는 깊은 한숨을 내쉬고 나서 하품을 하며 눈을 감았다. 반쯤 잠이 들었을 때 누군가의 발소리가 점점 가까워졌다. 그러나 어머니가 깜짝 놀라서 깬 것은 남자의 목소리 때문이었다.

"이 안에 누구야?"

어머니는 재빨리 일어나 앉았다. 얼굴이 갈색으로 그을린 남자가 몸을 구부리고 안을 들여다보았다. 그는 카키색 바지와 견장이 달린 카키색 셔츠에 부츠를 신은 차림이었다. 허리띠에는 권총집이 매달려 있었고, 셔츠 왼쪽 가슴에는 커다란 은색 별 모양 배지가 달려 있었다. 짜부라진 군모는 그의 뒤통수에 삐딱하게 올려져 있었다. 그가 손으로 방수포를 두드렸다. 팽팽하게 당겨진 방수포가 북처럼 진동했다.

"당신들 누구야?" 그가 다시 다그치듯 물었다.

어머니가 물었다. "무슨 일이시죠?"

"무슨 일이냐고? 당신들이 누구냐고 물었잖아."

"여긴 우리 셋밖에 없어요. 나랑 어머님이랑 우리 딸이랑."

"남자들은 어디 있어?"

"글쎄요, 몸을 씻겠다고 내려갔는데. 밤새도록 차를 몰았거든요."

"어디서 왔어?"

"오클라호마주 샐리소 근처에서요."

"당신들 여기 있으면 안 돼."

"오늘 밤에 출발해서 사막을 건널 거예요."

"그래, 그러는 게 좋을 거야. 내일 이 시간에도 당신들이 여기 있으면 체포해 버리겠어. 여긴 당신들이 살면 안 되는 곳이야."

어머니의 얼굴이 분노로 어두워졌다. 천천히 자리에서 일어선 어머니는 살림살이를 넣어 둔 상자에서 쇠로 된 프라이팬을 꺼냈다.

어머니가 말했다. "선생. 당신이 양천 배지랑 총을 차고 있지만, 우리 고향에서는 당신 같은 인간들이 그렇게 소리를 지르지 않아."

어머니는 프라이팬을 들고 남자에게 다가갔다. 남자가 권총집의 단추를 풀었다.

어머니가 말했다. "한번 해 봐. 계속 여자들한테 겁을 줘 보라고. 남자들이 여기 없어서 얼마나 다행인지 모르겠네. 남자들이 있었으면 당신을 갈기갈기 찢어 버렸을 거야. 우리 고향에서는 당신 같은 사람들이 말조심을 해야 하거든."

남자가 두 걸음 뒤로 물러났다.

"여긴 당신 고향이 아냐. 여긴 캘리포니아라고. 우린 당신들 같은 망할 놈의 오키들이 여기 정착하는 게 싫어."

어머니의 걸음이 멈췄다. 어리둥절한 표정이었다.

"오키?" 어머니가 작은 목소리로 말했다. "오키라."

"그래, 오키! 내일도 당신들이 여기 그대로 있으면 내가 체포해 버릴 거야."

남자는 몸을 돌려 옆 천막으로 가서는 손으로 천막을 내리쳤다.

"이 안에 누구야?" 그가 말했다.

어머니는 천천히 천막 안으로 돌아왔다. 그리고 프라이팬을 상자에 넣고 천천히 앉았다. 샤론의 로즈는 몰래 어머니를 지켜보고 있었다. 어머니가 울음을 참느라고 애쓰는 모습이 보이자 샤론의 로즈는 눈을 감고 자는 척했다.

오후가 되자 해가 낮게 가라앉았지만 더위는 조금도 가시지 않는 것 같았다. 버드나무 밑에서 잠을 자던 톰이 깨어났다. 입은 바짝 말랐고, 몸은 땀 때문에 축축했다. 아직 잠이 모자란지 머리가 멍했다. 그는 비틀거리며 일어나 물가로 나갔다. 그리고 옷을 벗은 다음 물살을 헤치며 물속으로 들어갔다. 물이 몸을 감싸는 순간 갈증이 사라졌다. 그가 얕은 곳에 드러눕자 몸이 둥둥 떠올랐다. 그는 모래 속에 팔꿈치를 박아 몸이 흘러가지 않게 하면서, 수면에서 출렁거리는 자신의 발가락을 바라보았다.

삐쩍 마른 창백한 남자아이가 마치 짐승처럼 갈대 숲을 기어와 옷을 벗었다. 그리고 사향뒤쥐처럼 꿈틀거리며 물속으로 들어와서는 역시 사향뒤쥐처럼 헤엄을 쳤다. 물 위로 나와 있는 건 아이의 눈과 코뿐이었다. 아이는 갑자기 톰의 머리를 발견하고는 그가 자기를 지켜보고 있음을 깨달았다. 아이가 장난을 그만두고 일어나 앉았다.

톰이 말했다. "안녕?"

"엄마야!"

"사향뒤쥐 흉내를 내는 것 같던데."

"맞아요."

아이는 살금살금 강둑을 향했다. 그냥 아무 일도 아닌 것처럼 움직이던 아이가 갑자기 강둑으로 뛰어오르더니 단숨에 옷가지를 움켜쥐고는 버드나무 숲속으로 사라져 버렸다.

톰은 작은 소리로 웃었다. 그때 누군가가 날카로운 목소리로 그의 이름을 불렀다.

"톰 오빠! 오빠!"

그는 물속에서 일어나 앉아 이 사이로 휘파람을 불었다. 끝이 살짝 올라가는 날카로운 휘파람이었다. 버드나무 숲이 흔들리더니 루티가 나타나 그를 내려다보았다.

"엄마가 좀 오래. 엄마가 당장 오래." 루티가 말했다.

"알았다."

그는 일어서서 물살을 헤치며 물가로 나갔다. 루티는 흥미와 놀라움이 담긴 눈으로 그의 벌거벗은 몸을 바라보았다.

아이의 눈이 어디로 향하고 있는지를 깨달은 톰이 말했다. "빨리 가. 어서!"

루티가 뛰기 시작했다. 그녀가 뛰어가면서 잔뜩 흥분한 목소리로 윈필드를 부르는 소리가 들려왔다. 톰은 물기가 남아 있는 차가운 몸에 뜨거운 옷을 걸치고 천천히 버드나무 숲을 지나 천막으로 걸어갔다.

어머니는 마른 버드나무 가지로 불을 피워 물을 데우고 있었다. 그를 보자 어머니가 안도의 표정을 지었다.

"무슨 일이에요, 어머니?"

"무서워서 혼났다. 경찰이 왔어. 우리더러 여기 있으면 안 된다고 그러더라. 경찰이 너를 만나게 될까 봐 얼마나 겁이 나던지. 네가 경찰하고 이야기를 하다가 경찰을 때릴까 봐."

톰이 말했다. "내가 왜 경찰을 때려요?"

어머니가 미소를 지었다. "뭐, 그놈 말투가 아주 고약했거든. 하마터면 내가 그놈을 때릴 뻔했어."

톰은 어머니의 팔을 붙들고 흔들며 소리 내어 웃었다. 그렇게 계속 웃으면서 그는 땅바닥에 주저앉았다.

"세상에, 어머니. 옛날에는 그렇게 부드럽던 분이 어쩌다 이렇게 되신 거예요?"

어머니는 진지한 표정을 지었다.

"나도 모르겠다, 톰."

"처음에는 잭핸들로 식구들하고 맞서더니 이제는 경찰을 때리려고 했다고요?"

그는 가볍게 웃었다. 그리고 손을 뻗어 어머니의 맨발을 다정스레 토닥거렸다.

"아이고, 무서운 할머니야."

"톰."

"예?"

어머니는 오랫동안 말을 하지 못하고 망설였다.

"톰, 아까 그 경찰이…… 그놈이 우리더러…… 오키라고 하더라. '우린 당신들 같은 망할 놈의 오키들이 여기 정착하는 게 싫어.' 이러더라고."

톰은 어머니를 유심히 살펴보았다. 그의 손은 여전히 어머니의 맨발 위에 가볍게 놓여 있었다.

"누가 그 얘기를 해 준 적이 있어요. 사람들이 그 말을 무슨 뜻으로 쓰는지." 그는 잠시 생각에 잠겼다. "어머니, 내가 나쁜 놈이라고 생각해요? 그렇게 감옥에 가야 마땅하다고 생각해요?"

"아니. 넌 재판을 받았잖니. 나쁜 사람이 아니고말고. 그건 왜 묻는 건데?"

"글쎄, 잘 모르겠어요. 내가 있었으면 그 경찰관을 때렸을 거예요."

어머니는 재미있다는 표정으로 미소를 지었다.

"그럼 나는 너한테 내가 나쁜 여자냐고 물어봐야겠다. 내가 프라이팬으로 그놈을 후려칠 뻔했으니까."

"어머니, 우리가 여기 있으면 안 되는 이유가 뭐래요?"

"그냥 망할 놈의 오키들이 여기 정착하는 게 싫대. 우리가 내일도 여기 있으면 체포해 버리겠다고 하더라."

"하지만 고향에서는 경찰들이 그렇게 막무가내로 나오지 않았잖아요."

"나도 그놈한테 그렇게 얘기했다. 그랬더니 여긴 우리 고향이 아니래. 여긴 캘리포니아니까 자기들이 하고 싶은 대로 한다는 거야."

톰이 걱정스러운 표정으로 말했다. "어머니, 말씀드릴 게 있어요. 노아 형이 강 아래쪽으로 내려갔어요. 우리랑 같이 안 가겠대요."

어머니는 조금 시간이 지난 후에야 이 말을 이해했다.

"왜?" 어머니가 부드럽게 물었다.

"몰라요. 자기도 어쩔 수 없대요. 여기 있어야 한다고. 나더러 어머니한테 대신 얘기해 달라고 했어요."

"어떻게 먹고살려고?" 어머니가 다그치듯 물었다.

"저도 몰라요. 물고기를 잡아먹겠다고 하던데요."

어머니는 오랫동안 말이 없었다.

"식구들이 뿔뿔이 흩어지는구나." 어머니가 말했다. "나도 모르겠다. 더 이상 아무 생각도 할 수가 없어. 정말 아무 생각도 못 하겠다. 너무 힘들어."

톰이 어설프게 어머니를 위로했다. "형은 괜찮을 거예요, 어머니. 원래 좀 엉뚱한 사람이잖아요."

어머니는 멍한 눈으로 강물 쪽을 바라보았다. "더 이상 아무 생각도 할 수가 없어."

톰은 줄줄이 늘어선 천막들을 바라보았다. 루티와 윈필드가 어떤 천막 앞에 서서 안에 있는 누군가와 점잖게 이야기를 하고 있는 모습이 보였다. 루티는 손으로 치맛자락을 배배 꼬고 있었고, 윈필드는 발가락으로 땅을 파고 있었다. 톰이 소리쳤다.

"야, 루티!"

루티가 시선을 들어 톰을 보고 그를 향해 뛰어왔다. 윈필드도 그 뒤를 따랐다. 루티가 다가오자 톰이 말했다.

"가서 식구들 좀 데려와. 다들 버드나무 밑에서 자고 있으니까 가서 데려와. 그리고 너, 윈필드. 너는 윌슨 씨 부부한테 우리가 가능한 한 빨리 떠날 거라고 얘기해 줘."

아이들은 홱 몸을 돌려 뛰어갔다.

"어머니, 할머니는 좀 어떠세요?" 톰이 말했다.

"글쎄, 오늘은 조금 주무셨어. 어쩌면 조금 나아지신 건지도 모르지. 지금도 주무시고 계신다."

"잘됐네요. 돼지고기가 얼마나 남았죠?"

"별로 없어. 4분의 1통 정도."

"그럼 빈 통 하나를 물로 채워 놓으세요. 물을 가져가야 하니까."

루티가 버드나무 밑에서 새된 소리로 식구들을 부르는 소리가 들려왔다.

어머니가 버드나무 가지들을 불 속에 던져 넣자 검은 냄비 주위에서 불꽃이 딱딱 소리를 내며 타올랐다.

어머니가 말했다. "하느님, 저희가 좀 쉴 수 있게 해 주세요. 예수님, 우리가 어디 편한 곳에서 드러누울 수 있게 해 주세요."

태양이 서쪽에서 햇볕에 달궈진 뾰족뾰족한 산들을 향해 가라앉았다. 불 위의 냄비에서는 맹렬하게 부글거리는 소리가 났다. 어머니는 방수포 밑으로 들어갔다가 앞치마 자락 가득히 감자를 담아 가지고 나왔다. 어머니는 그 감자를 끓는 물 속에 넣었다.

"하느님, 빨래를 좀 할 수 있게 해주세요. 지금까지 우리가 이렇게 더러웠던 적이 없습니다. 감자를 끓이기 전에 씻을 수도 없는 형편이에요. 왜 이렇게 된 걸까요? 아무래도 누가 우리 심장을 빼앗아간 것 같아요."

남자들이 버드나무 숲에서 우르르 몰려왔다. 눈에는 졸음이 가득했고, 낮에 잠을 잔 탓에 얼굴이 벌겋게 부어 있었다.

18장

아버지가 말했다. "무슨 일이냐?"

톰이 말했다. "떠나야 돼요. 경찰이 떠나라고 했대요. 빨리 가는 게 좋을 것 같아요. 빨리 출발하면 사막을 무사히 통과할 수 있을 거예요. 우리가 가는 데까지 거리가 거의 300마일이나 돼요."

아버지가 말했다. "여기서 좀 쉬는 줄 알았는데."

"그러지 못하게 됐어요. 떠나야 해요, 아버지." 톰이 말했다. "노아 형은 안 가겠대요. 아까 강 아래쪽으로 내려갔어요."

"안 가? 그놈은 도대체 왜 그러는 거야?" 아버지는 화를 가라앉혔다. "내 잘못이다." 아버지가 비참한 표정으로 말했다. "그 애가 그렇게 된 건 다 내 잘못이야."

"그렇지 않아요."

"그 얘긴 더 이상 하고 싶지 않다. 할 수가 없어. 내 잘못이다."

"우린 떠나야 돼요." 톰이 말했다.

윌슨이 가까이 다가오다가 톰의 말을 들었다.

"우린 못 가요, 여러분." 그가 말했다. "새리가 완전히 지쳐버렸어요. 좀 쉬어야 합니다. 지금 갔다간 새리가 살아서 사막을 건너지 못할 거예요."

그의 말을 듣고 식구들은 아무 말도 하지 못했다. 잠시 후 톰이 입을 열었다.

"경찰이 우리더러 내일도 여기 있으면 체포해 버리겠다고 했대요."

윌슨은 고개를 저었다. 그의 눈에는 근심이 가득했고, 검게 그을린 피부 사이로 창백한 안색이 드러났다.

"그래도 어쩔 수 없어요. 새리는 지금 떠날 수 없으니까. 우리를 감옥에 가두겠다면 그러라죠, 뭐. 새리는 좀 쉬면서 기운을 차려야 돼요."

아버지가 말했다. "우리가 기다렸다가 같이 떠나는 편이 낫지 않을까?"

윌슨이 말했다. "안 됩니다. 지금까지 저희헌데 정말 잘해 주셨어요. 가족처럼. 하지만 여러분은 여기 남으면 안 됩니다. 빨리 가서 일자리를 얻으셔야죠. 저희가 여러분의 발목을 잡고 싶지는 않아요."

아버지가 흥분한 목소리로 말했다. "하지만 당신들은 가진 게 하나도 없잖소."

윌슨이 미소를 지었다.

"여러분이 저희를 거둬 주었을 때도 가진 게 하나도 없었습니다. 여러분은 신경 쓰지 마세요. 저를 나쁜 사람으로 만들지도 마시고요. 여러분이 떠나시지 않으면 제가 심통을 부리면서 화를 낼 겁니다."

어머니는 아버지에게 방수포 밑으로 들어오라고 손짓을 했다. 그리고 나지막한 목소리로 뭐라고 이야기를 했다.

윌슨이 케이시에게 말했다. "새리가 목사님을 좀 만나고 싶어 해요."

"그럼 당연히 가야죠." 목사가 말했다.

그는 윌슨의 자그마한 회색 천막으로 걸어가서 포장을 들치고 안으로 들어갔다. 천막 안은 어둑어둑하고 더웠다. 매트리스가 땅바닥에 놓여 있었고, 살림살이가 여기저기 흩어져 있었다. 아침에 짐을 풀어 놓아둔 그대로였다. 새리는 매트리스 위에 누워 눈을 커다랗게 뜨고 있었다. 목사는 선 채로 그녀를 내려다보았다. 그의 커다란 머리가 아래로 숙여지고, 목의 단단한 근육이 팽팽해졌다. 그는 모자를 벗어 손에 들었다.

새리가 말했다. "남편이 우리는 갈 수 없다고 하던가요?"

"남편께서 그렇게 말씀하셨습니다."

그녀가 나지막하고 아름다운 목소리로 말을 이었다. "저는 같이 떠나고 싶어요. 사막을 건너기 전에 저는 죽을 거예요. 하지만 남편은 사막을 건널 수 있겠죠. 그런데 안 가겠대요. 그 사람은 뭘 몰라요. 다 괜찮아질 줄 알고 있어요. 정말 뭘 몰라요."

"남편께서는 가지 않겠다고 하셨어요."

"저도 알아요. 고집이 센 사람이죠. 기도를 해 달라고 부탁하고 싶어서 목사님을 오시라고 했어요."

"저는 목사가 아닙니다." 그가 부드럽게 말했다. "제 기도는 아무 소용없어요."

그녀는 입술을 축였다. "할아버지가 돌아가셨을 때 저도 그 자리에 있었어요. 그때는 목사님이 기도를 하셨잖아요."

"그건 기도가 아니었습니다."

"기도였어요."

"그건 목사의 기도가 아니었어요."

"훌륭한 기도였어요. 저한테도 그런 기도를 해 주세요."

"무슨 말을 해야 할지 모르겠군요."

그녀는 한동안 눈을 감고 있다가 다시 떴다.

"그럼 그냥 속으로 기도하세요. 말로 하시지 말고. 그래도 괜찮아요."

"저는 하느님을 믿지 않아요." 그가 말했다.

"목사님은 신을 믿고 계세요. 그 신이 어떻게 생겼는지 모른다고 해서 달라지는 건 없어요."

목사는 고개를 숙였다. 그녀는 걱정스러운 표정으로 그를 지켜보았다. 그가 다시 고개를 들자 그녀는 안도의 표정을 지었다.

"잘하셨어요. 저한테 필요한 게 그거예요. 누군가 가까운 사람이…… 기도해 주는 거."

그는 마치 정신을 차리려는 듯 고개를 흔들었다.

"저는 이해를 할 수가 없습니다." 그가 말했다.

그녀가 대답했다. "아뇨, 이해하고 계세요. 그렇죠?"

"알기는 하죠. 알기는 하는데 이해는 안 됩니다. 며칠 쉬면 부인도 우리를 따라올 수 있을 겁니다."

그녀는 천천히 고개를 가로저었다.

"저는 온몸이 다 아파요. 왜 이렇게 아픈지 저는 알고 있지만 남편한테는 얘기하지 않을 거예요. 너무 슬퍼할 테니까. 어쨌든 남편은 뭘 어떻게 해아 할지 갈피를 잡지 못할 거예요. 밤중에 남편이 잠들어 있을 때…… 남편이 잠에서 깨어날 때 그렇게 된다면 별로 힘들지 않을 거예요."

"제가 가지 말고 계속 옆에 있어 드릴까요?"

"아뇨. 그러지 마세요. 어렸을 때 저는 노래를 자주 불렀어요. 주위 사람들은 제가 제니 린드처럼 노래를 잘한다고들 했죠. 제가 노래를 부르면 사람들이 제 노래를 들으러 왔어요. 사람들이 서 있고 제가 노래를 부를 때면, 저하고 그 사람들이 하나가 된 것 같았어요. 목사님은 그런 걸 경험한 적이 없을 거예요. 전 감사했죠. 그렇게 충실하고 그렇게 친밀한 감정을 느낄 수 있는 사람은 많지 않아요. 사람들이 서 있고 제가 노래를 부를 때처럼. 저는 무대에서 노래를 부를까 하는 생각도 해 봤어요. 하지만 실제로 무대에 선 적은 없죠. 지금 생각하면 다행이다 싶어요. 그 사람들하고 저 사이에는 우리를 가로막는 게 하나도 없었어요. 그래서 목사님더러 기도를 해 달라고 한 거예요. 그 친밀감을 다시 한 번 느끼고 싶어서. 노래하는 거나 기도하는 거나 다 같은 일이에요. 똑같은 일. 목사님한테 노래를 들려드릴 수 있다면 좋을 텐데."

그는 그녀의 눈을 내려다보았다.

"안녕히 계세요." 그가 말했다.

그녀는 고개를 천천히 끄덕이고는 입을 꼭 다물었다. 목사는 어둑어둑한 천막에서 눈부신 햇빛 속으로 나왔다.

남자들이 트럭에 짐을 싣고 있었다. 존이 짐 위에 올라가 있고, 다른 사람들이 그에게 짐을 올려 주었다. 그는 표면이 평평하게 되도록 조심스럽게 짐을 실었다. 어머니는 통에 4분의 1쯤 남은 절인 돼지고기를 냄비로 옮겼다. 톰과 앨이 통 두 개를 모두 강으로 가져가서 씻었다. 그리고 그 통을 자동차 발판에 묶은 다음 양동이로 물을 퍼 와서 통을 채웠다. 통을 다채운 다음에는 물이 넘치지 않도록 두꺼운 천으로 통을 덮고 묶었다. 이제 남은 짐은 방수포와 할머니의 매트리스뿐이었다.

톰이 말했다. "짐을 이렇게 많이 실었으니 이 낡은 차가 엄청 열을 받을 거예요. 그러니까 물을 많이 가져가야 해요."

어머니는 삶은 감자를 식구들에게 나눠 주고 천막에서 감자가 반쯤 남은 자루를 꺼내 돼지고기 냄비와 함께 두었다. 식구들은 제자리에서 서성거리면서 뜨거운 감자를 식히려고 양손으로 번갈아 감자를 쥐며 선 채로 식사를 했다.

어머니가 윌슨의 천막으로 가서 십 분쯤 있다가 조용히 돌아왔다.

"이제 가자." 어머니가 말했다.

남자들이 방수포 밑으로 들어갔다. 할머니는 여전히 입을 크게 벌린 채 자고 있었다. 남자들이 매트리스를 조심스레 들어 트럭 꼭대기로 옮겼다. 할머니는 뼈만 남은 다리를 끌어올리며 잠결에 인상을 찌푸렸지만 깨어나지는 않았다.

큰아버지와 아버지가 방수포를 가로대 위에 묶어 짐 위로 작은 천막을 쳤다. 이제 준비가 끝났다. 아버지는 지갑에서 구겨진 지폐 두 장을 꺼냈다. 그리고 윌슨에게 가서 그 돈을 내밀었다.

"이걸 받아요. 그리고……." 아버지는 돼지고기와 감자를 가리켰다. "저것도."

윌슨은 고개를 수그린 채 세차게 저었다.

"받을 수 없습니다. 여러분도 넉넉한 게 아니잖아요."

"거기 닿을 때까지 먹을 만큼은 돼요." 아버지가 말했다. "우리가 가진 걸 다 주겠다는 게 아니오. 그리고 우리는 가자마자 일을 할 거요."

윌슨이 말했다. "받을 수 없습니다. 계속 그러시면 화를 낼 겁니다."

어머니가 아버지의 손에서 지폐를 빼앗았다. 그리고 지폐를 깔끔하게 접어 땅 위에 놓고 그 위에 돼지고기 냄비를 올려놓았다.

"그럼 여기다 두죠. 아저씨가 가져가지 않으면 누군가가 가져갈 테니."

윌슨은 계속 고개를 숙인 채 몸을 돌려 자신의 천막으로 갔다. 그가 안으로 들어가자 천막의 포장이 그의 몸 뒤로 떨어져 내렸다.

식구들은 잠시 기다렸다. 잠시 후 톰이 말했다.

"이제 가요. 틀림없이 4시가 다 됐을 거예요."

식구들이 트럭 위로 기어 올라갔다. 어머니가 제일 꼭대기에서 할머니 옆에 자리를 잡았다. 톰과 앨과 아버지는 앞쪽의 좌석을 차지했고, 윈필드가 아버지 무릎에 앉았다. 코니와 샤론의 로즈는 운전석을 등지고 자리를 잡았다. 목사와 존과 루티는 짐 속에 아무렇게나 섞여 앉았다.

아버지가 소리쳤다. "잘 있어요, 윌슨 씨, 아주머니."

천막에서는 대답이 없었다. 톰이 시동을 걸자 트럭이 무겁게 움직이기 시작했다. 그들이 니들스와 고속도로를 향해 험한 길을 기어 올라가는 동안 어머니는 뒤를 돌아보았다. 윌슨이 천막 앞에 서서 그들을 뚫어지게 바라보고 있었다. 그의 손에는 모자가 들려 있었다. 햇빛이 그의 얼굴에 정면으로 떨어졌다. 어머니는 그를 향해 손을 흔들었지만 그는 응답하지 않았다.

톰은 험한 길을 달리는 동안 스프링을 보호하려고 기어를 계속 2단에 놓았다. 니들스에 도착한 후 그는 휴게소에 들러서 낡은 타이어에서 바람이 빠지지 않았는지 확인했다. 차 뒤에 묶어 놓은 예비 타이어도 함께 확인해 보았다. 그는 연료통을 가득 채운 다음 5갤런짜리 휘발유 두 통과 2갤런짜리 윤활유 두 통을 샀다. 그는 라디에이터에 물을 채운 다음 지도를 빌려서 자세히 살펴보았다.

하얀 제복을 입은 휴게소 직원은 톰 일행이 기름 값을 지불할 때까지 불안한 표정을 짓고 있었다.

그가 말했다. "댁들은 정말 배짱이 두둑한 모양이에요."

지도를 보던 톰이 고개를 들었다. "무슨 뜻이죠?"

"그게, 이런 털털이 자동차를 타고 가니까요."

"댁도 사막을 건넌 적이 있어요?"

"그럼요. 여러 번 있죠. 하지만 이런 고물 자동차를 탄 적은 없어요."

톰이 말했다. "차가 고장 나면 아마 누군가가 도와주겠죠."

"그럴지도 모르죠. 하지만 사람들이 밤에 차를 세우는 걸 무서워하거든요. 저라도 절대 그러고 싶지 않을 거예요. 저보다 훨씬 배짱이 두둑한 사람이라면 모를까."

톰이 씩 웃었다.

"달리 어쩔 도리가 없을 땐 배짱이고 뭐고 따질 겨를이 없어요. 어쨌든 고마워요. 이제 털털거리며 가 볼까."

그는 트럭에 올라 차를 출발시켰다.

하얀 제복을 입은 청년은 쇠로 만든 건물 안으로 들어갔다. 건물 안에서는 그의 조수가 전표를 계산하고 있었다.

"저 사람들 진짜 굉장해 보이던데!"

"저 오키들 말이야? 오키들은 다 저래."

"세상에, 나라면 저런 털털이 자동차를 타고 출발할 엄두를 못 낼 거야."

"너랑 나는 분별 있는 사람들이니까. 저 망할 놈의 오키들은 분별도 없고 감정도 없어. 저놈들은 인간이 아냐. 인간이라면 저렇게 살지 않겠지. 저렇게 더럽고 비참한 생활을 인간이 어떻게 버티겠어. 저놈들은 고릴라랑 별로 다를 게 없어."

"내가 저 허드슨 슈퍼식스로 사막을 건너지 않아도 되는 게 다행이야. 그놈의 자동차는 탈곡기 같은 소리를 내거든."

조수가 고개를 숙이고 전표철을 들여다보았다. 커다란 땀방울 하나가 그의 손가락에서 분홍색 전표 위로 굴러 떨어졌다.

"있잖아, 저놈들은 별로 고민하지도 않아. 너무 멍청해서 저게 위험하다는 것도 모르니까. 사실 뭐 저놈들은 자기네 자동차보다 더 좋은 게 있는 줄도 모르니까. 걱정 같은 걸 왜 해?"

"누가 걱정한대? 그냥 나라면 저렇게 하고 싶지 않을 거라는 얘기지."

"그건 네가 저놈들보다 아는 게 많기 때문이야. 저놈들은 잘 몰라서 저러는 거고."

그는 분홍색 전표에 묻은 땀을 소매로 닦았다.

트럭은 도로로 나와 푸석푸석하게 부서진 바위들 사이로

긴 오르막길을 올라갔다. 엔진이 금방 달아올랐기 때문에 톰은 속도를 늦추고 차를 살살 다뤘다. 긴 오르막길 위에는 죽어 버린 풍경 사이로 구불구불한 길이 뻗어 있었다. 햇볕에 타서 흰색과 회색으로 변해 버린 이곳에는 생명의 흔적이 전혀 없었다. 톰은 엔진을 식히려고 몇 분 동안 차를 세웠다가 다시 출발시켰다. 태양이 아직 떠 있는 동안 그들은 고갯길의 정상에 올라 사막을 내려다보았다. 저 멀리에 검은 재 같은 산들이 보였고, 회색 사막에 노란색 햇빛이 반사되었다. 작은 덤불을 이루고 있는 세이지와 명아주 관목이 모래와 바위에 뚜렷한 그림자를 던지고 있었다. 이글거리는 태양은 똑바로 앞쪽에 있었다. 톰은 눈 위에 손으로 차양을 만들고 풍경을 살펴보았다. 그들 일행은 정상을 지나 엔진을 끈 채 내리막길을 내려왔다. 엔진을 식히기 위해서였다. 그렇게 긴 내리막길을 내려와 사막에 들어선 후에는 라디에이터 안의 물을 식히기 위해 팬을 돌렸다. 운전석에 앉은 톰과 그 옆에 앉은 앨과 아버지, 그리고 아버지 무릎에 앉은 윈필드는 점점 가라앉고 있는 눈부신 태양을 바라보았다. 그들의 눈에는 아무런 표정이 없었고, 갈색으로 그을린 얼굴은 땀 때문에 축축했다. 햇볕에 타 버린 땅과 검은 재 같은 산들이 사막의 평탄한 지형을 깨뜨렸다. 그 때문에 저물어 가는 태양의 붉은 빛 속에서 사막의 풍경이 더 무시무시하게 보였다.

앨이 말했다. "세상에, 뭐 이런 데가 다 있지? 여길 걸어서 건넌다면 어떨까?"

"그렇게 건넌 사람들도 있어." 톰이 말했다. "그런 사람이 아주 많아. 그 사람들이 해냈다면 우리도 해낼 수 있겠지."

"죽은 사람도 틀림없이 많을 거야." 앨이 말했다.

"뭐, 우리도 아무 탈 없이 여기까지 온 건 아니니까."

앨은 한동안 말이 없었다. 붉게 변해 가는 사막이 휙휙 지나갔다.

"윌슨 씨 부부를 다시 만날 수 있을까?" 앨이 물었다.

톰은 유량계를 흘깃 바라보았다. "윌슨 부인을 앞으로 오랫동안 볼 수 없을 것 같다는 생각이 들어. 그냥 육감이지만."

윈필드가 말했다. "아빠, 나 내리고 싶어요."

톰이 윈필드를 바라보며 말했다. "밤에 본격적으로 달리기 전에 다들 차에서 한번쯤 내리는 게 좋을 것 같다."

그는 천천히 차를 세웠다. 윈필드가 내려 길가에 오줌을 눴다. 톰이 차창 밖으로 몸을 내밀고 물었다.

"다른 사람들은 괜찮아요?"

"여기 위에 있는 사람들은 그냥 참을게." 존이 소리쳤다.

아버지가 말했다. "윈필드, 저 위로 올라가거라. 네가 무릎에 앉아 있으니 다리가 저려."

윈필드는 옷의 단추를 채우고 순순히 뒤쪽 널빤지를 기어올라가 손과 무릎으로 할머니의 매트리스를 넘어 루티에게 향했다.

트럭은 저녁이 될 때까지 계속 움직였다. 태양의 가장자리가 들쭉날쭉한 지평선에 닿아 사막을 붉게 물들였다.

루티가 말했다. "너더러 저기 앉지 말래?"

"나도 저기 앉기 싫어. 여기만큼 좋지도 않더라 뭐. 누울 수가 없으니까."

"너, 괜히 투덜거리면서 나 귀찮게 하지 마. 난 지금부터 잘 거니까. 내가 깨어났을 때쯤이면 벌써 목적지에 가 있을 거야! 톰 오빠가 그랬어! 예쁜 풍경을 보면 재미있을 거야."

태양이 가라앉으면서 하늘에 커다란 후광을 남겼다. 방수포 아래가 점점 어두워졌다. 방수포 아래는 양쪽 끝에 불을 놓아둔 긴 동굴 같았다. 불빛이 세모꼴을 그리고 있었다.

코니와 샤론의 로즈는 운전석에 등을 기댔다. 뜨거운 바람이 방수포로 만든 천막을 지나 그들의 뒤통수를 때리고, 머리 위에서는 방수포가 펄럭거리며 북소리를 냈다. 두 사람은 둥둥거리는 방수포 소리에 맞춰 낮은 목소리로 이야기를 나눴다. 아무도 자기들 이야기를 듣지 못하게 하기 위해서였다. 코니는 고개를 돌려 그녀의 귀에 대고 직접 이야기를 했고, 그녀도 그에게 똑같은 자세로 이야기를 했다.

그녀가 말했다. "앞으로도 계속 이렇게 달리기만 할 것 같아. 너무 피곤해."

그가 그녀의 귀에 입을 대고 말했다. "아침이 되면 달라질지도 몰라. 지금 나랑 단둘이 있는 기분이 어때?"

어스름 속에서 그의 손이 그녀의 엉덩이를 쓰다듬었다.

"이러지 마. 꼭 매춘부처럼 흥분된단 말이야. 이러지 마." 그리고 그녀는 그의 대답을 들으려고 귀를 내밀었다.

"그럼…… 다들 잠들었을 때."

"그때 봐서……." 그녀가 말했다. "어쨌든 다들 잠들 때까지 기다려. 당신이 날 흥분시키면 식구들이 잠들지 못할지도 몰라."

"참을 수가 없어." 그가 말했다.

"알아. 나도 그러니까. 거기 도착하면 뭘 할지 얘기하자. 그리고 내가 아주 흥분해 버리기 전에 조금 떨어져 앉아."

그가 약간 떨어져 앉았다.

"음, 난 가자마자 밤에 공부를 시작할 거야." 그가 말하자 그녀는 깊이 한숨을 쉬었다. "공부하는 방법이 적힌 책을 한 권 사서 신청 용지를 보낼 거야. 도착하자마자."

"얼마나 걸릴 것 같아?" 그녀가 물었다.

"뭐가?"

"당신이 돈을 많이 벌어서 아이스박스를 살 때까지 얼마나 걸리겠냐고."

"그건 모르지." 그가 아주 중요한 이야기를 하는 것처럼 말했다. "정확히는 몰라. 크리스마스가 되기 전까지 공부를 아주 많이 해야 될 거야."

"당신이 공부를 마치기만 하면 금방 아이스박스랑 이런저런 물건들을 살 수 있겠지?"

그가 쿡쿡 웃었다. "여기가 더워서 그러는 모양인데, 크리스마스 때 얼음을 어디다 쓰려고?"

그녀가 킥킥거렸다. "맞아. 그래도 난 항상 얼음이 있으면 좋을 것 같아. 아이, 지금은 안 된다니까. 기분이 이상해진단 말이야!"

어스름이 어둠으로 바뀌고 사막의 별들이 아련한 하늘에 나타났다. 찌르듯이 선명하게 빛나는 별들이었다. 하늘은 벨

벳 같았다. 기온도 바뀌었다. 태양이 떠 있을 때는 더위가 사람들을 후려쳤지만 지금은 땅에서 열기가 올라오고 있었다. 무겁고 숨이 막히는 열기였다. 트럭의 헤드라이트에 불이 들어오면서 그 불빛에 앞으로 뻗어 있는 고속도로가 약간 흐릿하게 나타났다. 도로 양편에 뻗어 있는 사막도 조금 보였다. 때로 앞쪽 멀리에서 불빛을 받아 번득이는 짐승의 눈이 보이기도 했지만, 불빛 속에 짐승이 모습을 드러내지는 않았다. 방수포 아래는 이제 칠흑처럼 어두웠다. 존과 목사는 트럭 중간 부분에서 팔꿈치를 바닥에 대고 몸을 둥글게 만 자세로 뒤쪽의 불빛 너머를 물끄러미 바라보고 있었다. 바깥의 어둠을 배경으로 어머니와 할머니의 모습이 두 개의 덩어리처럼 보였다. 어머니가 때때로 몸을 움직였다. 바깥의 어둠을 배경으로 어머니의 검은 팔이 움직이는 것이 보였다.

존이 목사에게 말했다. "케이시, 당신이라면 어떻게 해야 하는지 알고 있겠지?"

"뭘 어떻게 한다는 말입니까?"

"나도 모르겠소." 존이 말했다.

"거참, 쉽게도 말씀하시네."

"당신은 목사였잖소."

"이봐요, 존. 내가 목사였다는 이유로 다들 나한테 이런저런 얘기들을 하는데 목사도 그냥 사람입니다."

"그렇지. 하지만…… 조금 다른 사람 아닌가? 그렇지 않았다면 목사가 되지 않았을 테니. 내가 묻고 싶은 건…… 그러니까 식구들에게 불운을 몰고 오는 사람이 있다고 생각하오?"

"모르겠습니다. 모르겠어요." 케이시가 말했다.

"음…… 나는 결혼을 했소…… 착하고 좋은 여자랑. 어느 날 밤 그 여자가 배가 아프다고 했지. 나더러 가서 의사를 좀 불러오라기에 나는 '당신이 너무 많이 먹어서 그래.' 이래 버렸소."

존은 케이시의 무릎을 손으로 짚고 어둠 속에서 그를 바라보았다.

"그 여자가 날 노려봅디다. 그러고는 밤새 끙끙 앓다가 다음 날 오후에 죽었소."

목사가 뭐라고 우물거렸다.

"그러니까." 존이 말을 계속했다. "내가 그 여자를 죽인 거요. 그 이후로 난 내 잘못을 보상하려고 애썼소. 대개 애들을 상대로. 착해지려고 노력도 했고. 그런데 그럴 수가 없어요. 술에 취하면 이성을 잃으니까."

"다들 그래요." 케이시가 말했다. "나도 그렇고."

"그렇지. 하지만 당신 영혼은 내 영혼처럼 죄를 짊어지고 있지 않잖소."

케이시가 부드럽게 말했다. "물론 나도 죄를 짊어지고 있습니다. 다들 죄를 짊어지고 있어요. 죄에 대해서는 아무도 장담할 수가 없어요. 뭐든 다 확실히 알고 죄도 없는 사람들…… 그런 개자식들은 말입니다, 내가 하느님이라면 그놈들 엉덩이를 뻥 차서 천국에서 쫓아내 버릴 겁니다! 그놈들을 도저히 참고 볼 수 없을 테니까!"

존이 말했다. "내 생각에는 내가 식구들한테 불운을 몰고 오는 것 같소. 내가 멀리 떠나 버려야 할 것 같아. 이대로는 마음이 편치가 않아요."

케이시가 재빨리 말했다. "이건 확실히 압니다. 사람은 자기가 해야 하는 일을 해야 한다는 것. 난 뭐라고 말할 수 없습니다. 말할 수 없어요. 난 행운이나 불운 같은 게 있다고는 생각하지 않습니다. 이 세상에서 내가 확신히는 건 하나밖에 없습니다. 어느 누구도 다른 사람의 인생에 대해 이러쿵저러쿵 할 권리가 없다는 것. 사람은 모든 일을 스스로 해야 합니다. 그 사람을 도와줄 수는 있겠지만, 그 사람한테 이래라저래라 할 수는 없어요."

존이 실망한 목소리로 말했다. "그럼 당신도 모른단 말이오?"

"모릅니다."

"마누라를 그렇게 죽게 만든 게 죄라고 생각하오?"

케이시가 말했다. "글쎄요. 다른 사람들 같으면 그냥 실수라고 생각했을 겁니다. 하지만 당신이 그걸 죄라고 생각하면 죄라고 봐야죠. 사람은 바닥에서부터 자기 죄를 쌓아올리니까."

"아무래도 다시 잘 생각해 봐야겠소."

존은 이렇게 말하고 나서 벌렁 드러누워 무릎을 세웠다.

트럭은 뜨거운 대지 위를 계속 움직였다. 몇 시간이 흘렀다. 루티와 윈필드는 잠이 들었고, 코니는 짐 속에서 담요를 하나 꺼내 샤론의 로즈와 함께 덮었다. 더위 속에서 그들은 서로 몸을 비벼 대며 숨을 죽였다. 얼마 후 코니가 담요를 젖히자 방수포를 통과해 불어오는 뜨거운 바람이 두 사람의 젖은 몸에 서늘하게 느껴졌다.

트럭 뒤쪽에서는 어머니가 할머니와 나란히 매트리스 위에 누워 있었다. 눈으로는 아무것도 보이지 않았지만 할머니의 몸과 심장이 힘겹게 애쓰는 것을 느낄 수 있었다. 흐느끼는 듯한 숨소리가 귓전에 울렸다. 어머니는 계속 혼자 중얼거렸다. "괜찮아. 괜찮아질 거야." 그리고 갈라진 목소리로 이런 말도 했다. "식구들이 사막을 건너야 한다는 거 알고 계시죠? 아실 거예요."

존이 소리쳤다. "괜찮으세요?"

어머니가 잠시 후 대답했다. "괜찮아요. 제가 깜박 잠이 들었나 보네요."

얼마 후 할머니의 몸이 조용해졌고, 어머니는 할머니 옆에 누운 채 딱딱하게 굳어 있었다.

몇 시간이 흐르고 어둠이 트럭 앞으로 밀려왔다. 가끔 자동차들이 서쪽을 향해 트럭 옆을 지나쳐 갔다. 커다란 트럭들이 서쪽에서 나와 커다란 소리를 내며 동쪽으로 달려가기도 했다. 서쪽 지평선 위로 별빛이 천천히 쏟아지는 폭포처럼 흘러내렸다. 대거트가 가까워졌을 때는 이미 자정이 다 된 시간이었다. 대거트에는 검사소가 있었다. 도로에는 환하게 불이 밝혀져 있고, '오른쪽으로 붙어서 서시오'라고 적힌 전광판이 있었다. 톰이 차를 세우자 사무실 안에서 빈둥거리던 관리들이 지붕이 있는 길쭉한 공간으로 나왔다. 관리 한 명이 자동차 번호를 기록하고 엔진 뚜껑을 열었다.

톰이 물었다. "여긴 뭐 하는 뎁니까?"

"농산물 검사소요. 당신들 물건을 조사해 봐야겠소. 채소나

종자를 갖고 있소?"

"아뇨." 톰이 말했다.

"어쨌든 짐을 조사해 봐야겠소. 짐을 내려요."

어머니가 트럭에서 힘겹게 내려왔다. 어머니의 얼굴은 부어 있었고, 눈은 사나웠다.

"저, 선생님. 병든 할머니가 계십니다. 할머니를 의사 선생님 께 모셔 가야 해요. 여기서 지체할 수 없습니다." 어머니는 히 스테리를 부리지 않으려고 애쓰고 있는 것 같았다. "여기서 지 체할 수 없어요."

"그래요? 그래도 우린 당신들을 조사해 봐야겠소."

"맹세코 저희는 아무것도 가진 게 없어요!" 어머니가 소리 쳤다. "맹세합니다. 할머니가 너무나 편찮으세요."

"당신도 그리 좋아 보이지 않는데." 관리가 말했다.

어머니는 엄청난 힘으로 몸을 끌어 올려 트럭 뒤로 올라 갔다.

"보세요." 어머니가 말했다.

관리가 쭈글쭈글한 할머니의 얼굴에 손전등을 비췄다.

"아이고, 정말이네." 그가 말했다. "종자나 과일이나 채소나 옥수수나 오렌지가 없다고 맹세할 수 있소?"

"없어요, 없어요. 맹세합니다!"

"그럼 가시오. 바스토에 가면 의사가 있어요. 겨우 8마일 거 리지. 어서 가시오."

톰이 차에 올라타서 차를 출발시켰다.

관리가 동료에게 말했다. "저 사람들을 도저히 붙들어 둘 수가 없었어."

"어쩌면 속임수였는지도 몰라." 동료가 말했다.

"아이고, 아냐! 그 할머니 얼굴을 자네도 봤어야 하는데. 그건 절대 속임수가 아니었어."

톰은 바스토까지 점점 속도를 높이며 달렸다. 바스토에 들어선 후 그는 차를 세우고 밖으로 나와서 트럭 뒤로 돌아갔다. 어머니가 몸을 내밀었다.

"괜찮아." 어머니가 말했다. "거기 멈추기가 싫어서 그랬어. 사막을 건너지 못할까 봐."

"알아요! 할머니는 어떠세요?"

"할머니는 괜찮아. 괜찮아. 계속 가자. 사막을 건너야지."

톰은 고개를 절레절레 젓고는 자기 자리로 돌아갔다.

"앨. 차에다 기름을 채운 다음에 네가 좀 운전해라."

그는 밤새 영업하는 주유소에 차를 세우고 기름 탱크와 라디에이터와 크랭크실을 채웠다. 앨이 운전석으로 옮겨 타자 톰은 아버지를 가운데 두고 바깥쪽 좌석에 앉았다. 앨이 어둠 속으로 차를 몰았다. 바스토 근처의 나지막한 산들이 이제 그들 뒤에 있었다.

톰이 말했다. "어머니가 조금 이상해요. 귓속에 벼룩이 들어간 개처럼 변덕스러우시니. 짐을 검사해도 시간이 오래 걸리지 않았을 텐데. 아까는 할머니가 편찮으시다더니 지금은 또 괜찮다고 하시질 않나. 어머니가 왜 그러시는지 모르겠어요. 아무래도 이상해요. 여행을 하면서 머리가 이상해지신 것 같아요."

아버지가 말했다. "네 엄마는 지금 처녀 때랑 거의 비슷해. 그때는 네 엄마가 아주 굉장했지. 세상에 무서운 게 없었으니까. 그동안 애들을 낳고 집안일을 하느라 그 성질이 다 없어진 줄 알았는데 그게 아닌 모양이다. 세상에! 네 엄마가 그 잭핸들을 들었을 때는 정말이지 그 손에서 그걸 빼앗겠다고 나서고 싶지가 않더라."

톰이 말했다. "어머니가 왜 저러시는지 모르겠어요. 너무 지쳐서 그러시는 건가?"

앨이 말했다. "난 사막을 다 건널 때까지 울지도 않고 끙끙거리지도 않을 거야. 이 망할 놈의 차를 사자고 한 게 나니까."

톰이 말했다. "차를 잘 골랐어. 지금까지 거의 문제가 없었잖아."

그들은 밤새도록 무더운 밤공기를 헤치며 달렸다. 산토끼들이 자동차 불빛 속으로 튀어 들어왔다가 깜짝 놀라서 깡충깡충 뛰면서 허둥지둥 사라져 버렸다. 모하비 마을의 불빛이 앞에 나타났을 무렵 뒤에서 먼동이 터 오기 시작했다. 새벽빛에 서쪽의 높은 산들이 드러났다. 그들은 모하비 마을에서 물과 기름을 채우고 느릿느릿 산속으로 들어갔다. 점점 동이 트고 있었다.

톰이 말했다. "와, 사막을 지났어요! 아버지, 앨, 다 왔어! 사막을 지났다고요!"

"너무 피곤해서 아무 생각도 안 나." 앨이 말했다.

"내가 운전할까?"

"아니, 조금 있다가."

그들은 아침 햇빛 속에서 테하차피산을 통과했다. 뒤쪽에서 해가 떠오르더니 갑자기 아래쪽에 거대한 계곡이 나타났다. 앨은 급히 브레이크를 밟아 도로 중간에 차를 세웠다.

"세상에! 봐!"

그가 말했다. 포도원, 과수원, 크고 평평하며 초록색으로 뒤덮인 아름다운 계곡, 줄지어 서 있는 나무들, 농가들.

아버지가 말했다. "아이고 세상에!"

멀리 보이는 도시들, 과수원 지대의 작은 마을들, 계곡을 황금빛으로 물들인 아침 햇살. 뒤에서 누가 경적을 울려 댔다. 앨은 차를 길가로 몰고 가서 세웠다.

"구경을 좀 하고 싶어."

곡식을 심어 놓은 밭들이 아침 햇살 속에서 황금빛으로 물들어 있고, 버드나무와 유칼립투스 나무들이 줄지어 서 있었다.

아버지가 한숨을 쉬었다. "여기 풍경이 이 정도인 줄은 몰랐다."

복숭아나무와 호두나무 숲. 검푸른 색의 오렌지 나무들. 나무들 사이로 보이는 빨간 지붕, 헛간. 풍요로운 헛간들. 앨이 차에서 내려 다리를 쭉 폈다.

그가 소리쳤다. "엄마, 와서 보세요. 드디어 도착했어요!"

루티와 윈필드가 서둘러 차에서 내려와 말을 잊은 채 멍하니 서 있었다. 거대한 계곡 앞에서 당황한 모양이었다. 안개 때문에 먼 곳의 풍경이 희미하게 보였다. 거리가 멀어질수록 땅이 더욱 부드러워졌다. 햇빛 속에서 풍차 하나가 반짝였다. 빙

빙 돌아가는 풍차 날개는 멀리 떨어져 있는 일광 반사 신호기 같았다. 루티와 윈필드도 그 풍차를 보았다.

루티가 속삭였다. "여기가 캘리포니아야."

윈필드가 소리 없이 입술만 움직여 그 말을 따라하더니 큰 소리로 말했다. "과일도 있어."

케이시와 존, 코니와 샤론의 로즈가 차에서 내렸다. 그들도 말없이 서 있었다. 샤론의 로즈는 머리카락을 손으로 빗으려다가 계곡의 풍경을 보고 천천히 손을 아래로 떨어뜨렸다.

톰이 말했다. "어머니는 어디 계셔? 어머니도 보셔야지. 어머니, 보세요! 이쪽으로 오세요, 어머니."

어머니가 뻣뻣한 동작으로 천천히 내려오고 있었다. 톰이 어머니를 보고 말했다.

"세상에, 어머니, 어디 편찮으세요?"

어머니의 얼굴은 뻣뻣하게 굳어 있었고, 눈은 머릿속으로 푹 꺼져 버린 것 같았다. 피로 때문에 눈가가 벌겋게 변해 있었다. 발이 땅에 닿자 어머니는 트럭 측면의 가로대를 붙들고 몸을 지탱했다.

어머니가 갈라진 목소리로 말했다. "사막을 건넜다고 했니?"

톰이 거대한 계곡을 가리켰다.

"보세요!"

어머니는 고개를 돌리더니 입을 약간 벌렸다. 그리고 손가락으로 목의 피부를 조금 집어 살짝 꼬집었다.

"하느님 감사합니다! 우리 식구들이 여기까지 왔어요." 어머니는 무릎의 힘이 빠져서 자동차 발판에 주저앉았다.

"어디 편찮으세요, 어머니?"

"아니, 그냥 피곤해서 그래."

"잠을 전혀 못 주무셨어요?"

"응."

"할머니가 많이 안 좋으신가요?"

어머니는 지친 연인들처럼 무릎에 함께 놓여 있는 두 손을 내려다보았다.

"계속 얘기를 미룰 수 있다면 좋을 텐데. 모든 게 다 잘됐다면 좋을 텐데."

아버지가 말했다. "어머니가 많이 안 좋으신 모양이군."

어머니가 눈을 들어 계곡을 바라보았다.

"돌아가셨어요."

모두들 어머니를 바라보았다.

"언제?" 아버지가 물었다.

"어젯밤에 검사소에 서기 전에."

"그래서 짐 검사를 못 하게 한 거로군."

"거길 통과하지 못할까 봐 그랬어요." 어머니가 말했다. "어머님께 우리도 어쩔 수 없다고 말씀드렸죠. 식구들이 사막을 건너야 한다고. 그렇게 말했어요. 어머님이 돌아가실 때. 사막에서 멈출 수는 없잖아요. 애들도 있고, 로저샨은 임신 중이니. 어머님한테 그렇게 말씀드렸어요."

어머니는 손으로 잠시 얼굴을 가렸다.

"파란 풀이 자라는 좋은 땅에 어머님을 묻어 드릴 수 있을 거예요." 어머니가 작은 소리로 말했다. "나무들이 주위를 둘러

싼 좋은 땅에. 어머님은 캘리포니아에 누워 계시게 될 거예요."

식구들은 어머니의 강인함에 약간 기가 질린 표정으로 어머니를 바라보았다.

톰이 밀했나. "세상에! 밤새도록 할머니랑 함께 누워 계신 거잖아요!"

"식구들이 사막을 건너야 하니까." 어머니가 참딤한 표성으로 말했다.

톰은 어머니에게 다가가 어머니의 어깨에 손을 얹었다.

어머니가 말했다. "나한테 손대지 마. 네가 손대지 않으면 내가 어떻게든 버틸 수 있을 거야. 네가 건드리면 난 쓰러져."

아버지가 말했다. "이제 가야겠다. 계속 내려가야 돼."

어머니가 고개를 들어 아버지를 바라보았다.

"내가…… 내가 앞에 앉아도 되겠어요? 이젠 저 뒤에 가고 싶지 않아. 지쳤어요. 너무나 지쳤어."

식구들이 다시 짐 위로 올라갔다. 모두들 이불로 단단하게 싸 놓은 할머니의 뻣뻣한 시신을 피했다. 머리까지 이불로 덮여 있었는데도, 그들은 각자 자신의 자리로 가서 시신을 바라보지 않으려고 애썼다. 할머니의 코가 있는 부분에서 이불이 살짝 솟아 있는 것, 턱이 있는 부분에서 이불이 갑자기 절벽처럼 뚝 떨어진 것을 보지 않으려고. 그들은 시선을 피하려 했지만 그럴 수가 없었다. 루티와 윈필드는 시신에서 가능한 한 멀리 떨어진 앞쪽 구석자리에 꼭 붙어 앉아서 이불로 싸 놓은 시신을 뚫어져라 바라보았다.

루티가 속삭였다. "저게 할머니야. 할머니가 돌아가셨어."

18장

윈필드가 엄숙한 표정으로 고개를 끄덕였다. "숨을 전혀 쉬지 않아. 정말로 돌아가셨어."

샤론의 로즈가 코니에게 작은 소리로 말했다. "할머니가 돌아가실 때 우리는……."

"우린 몰랐잖아." 그가 그녀를 위로했다.

앨이 앞쪽 좌석을 어머니에게 내주고 짐 위로 기어 올라왔다. 기분이 이상해서 일부러 약간 거들먹거리며 그는 케이시와 큰아버지 사이로 불쑥 끼어들었다.

"뭐, 할머니는 나이가 많았으니까요. 아마 할머니한테 주어진 시간이 다 끝났나 보죠. 누구나 죽는 거잖아요."

케이시와 존이 무표정한 시선으로 그를 바라보았다. 마치 말하는 나무를 신기하게 바라보는 것처럼.

"안 그래요?" 앨이 다그치듯 물었다.

케이시와 존이 시선을 돌려 버리자 앨은 기분이 상한 듯 샐쭉한 표정을 지었다.

케이시가 놀라움이 담긴 목소리로 말했다. "밤새도록 혼자서 견뎌 내시다니. 존, 정말 대단한 사랑을 갖고 계신 분입니다. 무서울 정도예요. 그분이 무서우면서도 한편으로는 제가 부끄럽습니다."

존이 물었다. "그것이 죄일까? 그것을 죄라고 부를 수 있겠소?"

케이시가 깜짝 놀란 표정으로 그를 바라보았다. "죄라니요. 천만에. 그건 전혀 죄가 아닙니다."

"난 항상 죄가 되는 짓만 했는데." 존은 이렇게 말하고 나서 이불로 기다랗게 싸 놓은 시신을 바라보았다.

톰과 어머니와 아버지가 앞좌석에 올라탔다. 톰은 시동을 걸지 않고 트럭이 그냥 굴러 내려가게 했다. 무거운 트럭이 덜컹거리면서 내리막길을 내려가기 시작했다. 태양은 뒤쪽에 있었고, 앞쪽의 계곡은 황금빛과 초록빛을 띠고 있었다. 어머니가 천천히 고개를 흔들었다.

"예쁘네." 어머니가 말했다. "두 분도 보셨으면 좋았을걸."

"정말 그랬으면 좋았을 거야." 아버지가 말했다.

톰은 운전대를 손바닥으로 가볍게 두드렸다.

"두 분 다 나이가 많으셨어요. 여기 계셨더라도 아무것도 보지 못하셨을 거예요. 할아버지는 젊었을 때 본 인디언들이랑 초원을 생각하셨겠죠. 할미니는 처음에 당신이 살던 집을 생각하셨을 거고. 두 분 다 나이가 많으셨어요. 지금 이 풍경을 제대로 보고 있는 건 루티와 윈필드예요."

아버지가 말했다. "토미가 제법 어른스러운 얘기를 하는걸. 무슨 목사 같아."

어머니가 슬픈 미소를 지었다. "어른 맞아요. 아주 훌쩍 자라 버렸어. 너무 자라서 가끔은 내가 저 아이를 이해할 수 없을 정도예요."

그들은 덜컹덜컹 산을 내려왔다. 길이 구불구불해서 간혹 계곡이 시야에서 사라졌다가 다시 나타나곤 했다. 계곡의 뜨거운 숨결이 그들이 있는 곳까지 올라왔다. 뜨거운 풀 냄새, 진이 많은 세이지와 타위드의 냄새도 함께였다. 길가에서 귀뚜라미들이 울어 댔다. 방울뱀 한 마리가 도로를 건너다가 톰의 차에 치어 몸이 부러진 채 꿈틀거렸다.

톰이 말했다. "아마 검시관한테 가야 할 거예요. 검시관이 어디 있는지는 모르지만. 할머니를 제대로 묻어 드려야죠. 돈이 얼마나 남았어요, 아버지?"

"한 40달러쯤." 아버지가 말했다.

톰이 웃음을 터뜨렸다. "세상에, 완전히 빈손으로 시작하게 생겼네요! 정말로 아무것도 가져온 게 없는 꼴이 됐어요."

그는 잠시 쿡쿡거리다가 금방 정색을 했다. 그리고 모자의 차양을 눈 위로 깊숙이 눌러썼다. 트럭은 커다란 계곡을 향해 산길을 굴러 내려갔다.

(2권에서 계속)

세계문학전집 **174**

분노의 포도 1

1판 1쇄 펴냄   2008년 3월 24일
1판 42쇄 펴냄   2024년 8월 29일

지은이   존 스타인벡
옮긴이   김승욱
발행인   박근섭, 박상준
펴낸곳   (주)민음사

출판등록   1966. 5. 19. (제 16-490호)
서울특별시 강남구 도산대로1길 62(신사동) 강남출판문화센터 5층 (우편번호 06027)
대표전화 02-515-2000   팩시밀리 02-515-2007
www.minumsa.com

ISBN 978-89-374-6174-3 04800
ISBN 978-89-374-6000-5 (세트)

* 잘못 만들어진 책은 구입처에서 교환해 드립니다.

세계문학전집 목록

세계문학전집은 계속 간행됩니다.